dtv

»Nicolas Guerlain wartete. Zehn Sekunden. Zwanzig. Eine Minute. Zwei. Er wollte sichergehen, dass er sich nicht täuschte in dem, was er empfand. Ich bin grundlos zufrieden, dachte er. Er fand sich damit ab, ohne jedoch zu vergessen, wie brüchig das Eis war, auf dem er stand. Fast konnte er hören, wie es bereits gefährlich knackte.«

Vor mehr als vier Jahren verabschiedete sich Nicolas Guerlains geliebte Partnerin Julie mit den Worten »Ich bin gleich wieder da« von ihm – und tauchte unter. All die Jahre hat er vergeblich nach ihr gesucht, bis sie eines Tages wie aus dem Nichts vor ihm steht. Frankreich drohen Anschläge, und angeblich hat Julie nützliche Kontakte, um diese zu verhindern. Aber wie viel ist ihr Wort wert? Kann er ihr noch trauen? Nicolas hat keine Wahl, wenn er auch nur den Hauch einer Chance haben will, das mörderische Spiel, in dem er sich befindet, zu gewinnen. Und trotz allem: Es ist doch noch immer Julie. Seine Julie. Und so begibt er sich auf brüchiges Eis …

Benjamin Cors ist politischer Fernsehjournalist und hat viele Jahre für die ARD Tagesschau, die ARD Tagesthemen und den Weltspiegel berichtet. Heute arbeitet er für den SWR. Er ist Deutsch-Franzose und hat die Sommer seiner Kindheit in der Normandie verbracht. Mit seiner Familie lebt er in der Nähe von Wiesbaden.

Benjamin Cors

GEZEITENSPIEL

Ein Normandie-Krimi

dtv

Ausführliche Informationen über
unsere Autoren und Bücher
www.dtv.de

Von Benjamin Cors
sind bei dtv außerdem erschienen:
Strandgut (21716)
Küstenstrich (21722)
Leuchtfeuer (26210)

MIX
Papier aus verantwortungsvollen Quellen
FSC® C019821

Ungekürzte Ausgabe 2019

Umschlaggestaltung: Isabella Grill/dtv unter Verwendung
eines Fotos von Philip Enticknap/Alamy Stock
Satz: pagina GmbH, Tübingen
Gesetzt aus der Aldus 9,1·
Druck und Bindung: Druckerei C.H.Beck, Nördlingen
Gedruckt auf säurefreiem, chlorfrei gebleichtem Papier
Printed in Germany · ISBN 978-3-423-21773-6

Für meine Eltern

Am Vorabend des 6. Juni 1944 unterbricht die britische BBC
ihr Radioprogramm
für eine Mitteilung in französischer Sprache.
Es sind die ersten Zeilen eines Gedichts von Paul Verlaine, dem
›Herbstlied‹.

Den Herbst durchzieht
Das Sehnsuchtslied
Der Geigen
Und zwingt mein Herz
In bangem Schmerz
Zu schweigen.

Die Zeilen sind eine Botschaft an den französischen
Widerstand.
Das Gedicht kündigt die nahende Invasion der alliierten
Streitkräfte in der Normandie an.
Kurz darauf landen mehr als 170 000 Soldaten an der
französischen Küste.

Weltweit bekannt geworden ist dieser Tag als *D-Day*.
Die Franzosen hingegen nennen den 6. Juni 1944 *Le Jour J* und
Le jour le plus long – Der längste Tag.
Jedes Jahr wird an der Küste der Landung der Alliierten und
der zahlreichen Opfer der Kämpfe gedacht. Staatsgäste aus
aller Welt reisen dafür eigens in die Normandie.

So ist es auch in diesem Jahr.

Vorspann

DER VORHANG DER NACHT

Arromanches-les-Bains, Normandie
Am Vorabend des 6. Juni

»Hallo, Vater.«

Der blasse Schein einer Straßenlaterne fiel durch das schmale Fenster in den Raum, der Schatten des Holzrahmens legte sich wie ein dunkles Kruzifix auf die gegenüberliegende Wand.

Sie war kahl. Keine Bücher, keine Bilder. Keine Erinnerungen. Nur ein Schattenkreuz auf einer leeren Wand.

Der Mann, der in der Tür stand, sah die tanzenden Staubpartikel, er roch die abgestandene Luft und runzelte darüber kurz die Stirn. Dann blickte er hinab auf das Bett, das im Zimmer fast den ganzen Platz einnahm. Ein Zimmer, das so eng und staubig war wie sein eigenes Leben.

Er lächelte, es war ein warmes Lächeln an einem kalten Ort.

»Wie geht es dir heute Abend, Vater?«

Der alte Mann antwortete nicht, sein leerer Blick ging zum Fenster. Ein heftiger Sturm hatte vor einer halben Stunde die Küste erreicht, ohne jede Vorwarnung. Schwere Regentropfen klatschten gegen die Fensterscheiben und die Außenwand des alten Hauses. Klamme Feuchtigkeit kroch durch das Mauerwerk, und während er am Bett seines Vaters stand, überlegte Jean Prudhomme, warum er nicht einfach das Fenster weit öffnete und das Zimmer verließ. Der Sturm würde alles fortspülen, der unablässige Regen würde diesen Raum reinwaschen.

Sein Vater hätte nichts dagegen.

Das schwankende Licht der Straßenlaterne legte sich auf die hohen Wangenknochen des alten Mannes, beleuchtete seine glänzende Haut und ließ für einen kurzen Augenblick seine matten Augen glitzern.

»Hast du Durst? Soll ich dir vielleicht ein Glas Wasser holen?«

Jean zupfte mit einer behutsamen Geste das Bettlaken zurecht. Die Decke war etwas verrutscht, so dass der nackte Fuß seines Vaters herausschaute. Er deckte ihn wieder ordentlich zu und schüttelte die beiden Kopfkissen im Rücken des alten Mannes auf.

»So ist es besser, nicht wahr?«

Draußen jagte ein Windstoß durch den Hafen, Jean Prudhomme konnte das Klappern der Schiffstakelagen hören.

Ihr Haus lag direkt am Wasser, das in diesem Augenblick von einer weiteren Böe aufgewirbelt wurde. Wellen aus Gischt und Kälte prallten gegen die Kaimauer. Jean blickte aus dem Fenster, hinüber zu dem Museum, das sich auf der anderen Seite des Platzes mit breitem Kreuz gegen den Sturm stemmte. Als wollte es die unmittelbar dahinterliegenden Häuser und Geschäfte vor dem Schlimmsten bewahren.

Er zog die Vorhänge zu. Das Schattenkreuz an der Wand löste sich auf, der Herrgott verließ den Raum.

Jean setzte sich neben seinen Vater auf die Bettkante, aus einer Steinkaraffe goss er etwas Wasser in einen Zinnbecher und führte ihn dem alten Mann behutsam an den Mund.

»Du musst trinken, Vater.«

Aber sein Vater wollte nicht.

Jean blickte ihn nachdenklich an.

»Weißt du, Vater ... ich habe heute Nacht wieder geträumt. Von all dem, was passiert ist.«

Sein Flüstern war das Einzige, das in der beengten Stille des Raumes zu hören war.

»Ich will nur, dass alles so bleibt, wie es ist. Das verstehst du doch, oder?«

Das Gesicht des alten Mannes blieb ausdruckslos, und einen Moment überlegte Jean Prudhomme, ob sein Vater ihm überhaupt zuhörte. Doch, er tat es. Ganz sicher. Er lauschte den Worten seines Sohnes und blickte dabei aus dem Fenster, vor dem der Wind zu hören war und das Rauschen der Brandung.

Er klatschte in die Hände.

»Genug trübe Gedanken! Du musst mir einen Gefallen tun. Und lach mich nicht wieder aus, versprochen?«

Er holte einen zusammengefalteten Zettel aus der Brusttasche seines Hemdes und setzte seine Lesebrille auf.

»Also, ich hab dir doch erzählt, dass sie mich gefragt haben, ob ich eine kurze Ansprache halten kann, morgen, am großen Tag. Morgen ist der 6. Juni, das weißt du doch, oder? Ja, verzeih, ich weiß, das würdest du nie vergessen. Nicht du, Vater, ich weiß.«

Jean räusperte sich und stand auf. Schließlich würde er morgen auch im Stehen seine Rede halten, mit durchgestrecktem Rücken und stolzgeschwellter Brust. Sein linkes Bein, das immer zuckte, wenn er allzu aufgeregt war, würde er hinter dem hölzernen Rednerpult verstecken, das er eigens in der Tischlerei vom alten Enzo hatte anfertigen lassen. Der hatte ihn angelächelt mit seinem zahnlosen Mund und dem Bleistiftstummel hinter dem linken Ohr.

»Ah, ist es für die Rede, mein kleiner Jean Petit?«

»Nenn mich nicht so, Enzo. Ich brauche ein Pult, ich zahle auch.«

»Alle nennen dich so, warum sollte ich es also nicht tun? *Jean Petit qui danse*, so geht doch das Kinderlied, nicht wahr, Jean? *Jean Petit, der tanzt*. Und du tanzt doch gerne, dort drüben in deinem Museum, wenn die Touristen weg sind und du deine Runde drehst. Ich finde, *Jean Petit* passt ganz hervorragend zu dir. Bis wann brauchst du denn das Pult?«

»Bis zum 6. Juni natürlich. Spätestens.«

Der alte Enzo hatte ganze Arbeit geleistet, es war ein gutes

Gefühl, an dem Pult zu stehen. Es gab ihm Sicherheit, und die würde er brauchen, mehr als alles andere.

Sicherheit und Mut.

Um das zu tun, was er tun musste. Um zu retten, was ihm heilig war.

»So, ich fange an, in Ordnung, Vater? Keine Sorge, es sind nur ein paar Zeilen, der Bürgermeister meinte, dass die meisten Gäste doch sehr betagt seien. Als ob ich das nicht wüsste, also wirklich!«

Nervös kratzte er sich am Kopf und blickte auf seinen Zettel.

»Also gut, ich habe es mir so gedacht … Ach so, der Minister, von dem ich dir erzählt habe, er wird nun doch nicht kommen. François Faure. Es ist viel passiert, also haben sie das Programm geändert … Ja, es ist schade, nicht wahr. Das finde ich auch.«

Er schwitzte, aber das störte ihn ebenso wenig wie das leichte Zittern seines Beines. Er hatte einmal irgendwo gelesen, dass innere Anspannung sich oft ihren Weg bahnte, dass sie hinausdrängte, als wollte der Körper sich der aufgestauten Energie entledigen. Das Zucken eines Augenlids, die unkontrollierten Bewegungen einer Hand. Nervöses Räuspern, Schwitzen, schnelle Atmung.

Oder eben das leichte Zittern eines linken Beines.

Draußen im Wind schlug ein Fensterladen gegen die Hausfassade, er konnte das rostige Quietschen des Schildes hören, das im Wind schaukelte und auf dem der Name des kleinen Bistros stand, das sich im Erdgeschoss befand. Das *Mulberry* hatte noch geöffnet, aber viele Gäste würden an diesem stürmischen Abend nicht kommen.

Los jetzt.

»Guten Abend … Ich begrüße Sie alle sehr herzlich an diesem wunderbaren Ort.«

Zu zögerlich. Seine Stimme war zu schrill, sie prallte gegen die kahlen Wände seines alten Kinderzimmers, in dem jetzt sein

Vater lag. Sein Vater, der sich einen Sturm wünschte und eine Rede bekam.

Jean meinte, ein Lachen zu hören. Es kam von unten, aus dem Gastraum.

Weiter, er durfte sich nicht ablenken lassen.

»An diesem Ort, der nicht mir gehört und auch nicht dieser Stadt. Er gehört nicht dieser Region, nein, er gehört auch nicht Frankreich. Dieser Ort …«

So war es besser, das Zittern in seinem linken Bein ebbte ab, sein Atem wurde ruhiger. Sein Vater wartete auf die nächsten Worte.

»… dieser Ort gehört einzig und alleine Ihnen. Denn ohne Sie, ohne Ihren Mut und ohne Ihre Bereitschaft, Ihr Leben zu riskieren, wären wir nicht hier. Nicht ich. Und auch nicht die Staatsgäste, die heute unsere Strände besucht haben, um der Soldaten zu gedenken, die hier für uns gestorben sind. Und vielleicht auch, um einfach eine gute Muschelsuppe zu bekommen.«

Jean Prudhomme blickte seinen Vater an. Er freute sich noch immer, dass ihm der Satz mit der Suppe eingefallen war.

»Wie findest du das mit den Muscheln, Vater? Ich dachte mir, das Ganze kann eine kleine Auflockerung gebrauchen. Und *Maman* macht wirklich eine köstliche Suppe, deswegen ist unser Bistro ja auch ausgesucht worden, nicht wahr? Wegen der Suppe.«

Sein Vater hatte keine Einwände, warum sollte er auch. Er hatte immer schon Sinn für Humor gehabt.

Jean blickte wieder auf seinen Zettel, er war fast fertig.

»Das Landungsmuseum von Arromanches möchte Ihnen mit diesem neuen Film, den wir Ihnen vorführen werden, danken. Und Ihnen eine Geschichte erzählen. Eine Geschichte, die Sie selbst geschrieben haben, vor vielen Jahren. Eine Geschichte über das Leben. Und den Tod. Vor allem aber eine Geschichte darüber, wie das Leben den Tod besiegt. Wie Sie alle, die Sie hier sitzen, den Tod besiegt haben. Und wie Sie uns das Leben schenkten.«

Womöglich waren diese Worte etwas zu pathetisch, aber Jean fand, dass es Momente im Leben gab, die eine gewisse Größe in der Wortwahl verdienten. Und der morgige Tag war sicherlich ein solcher Moment. Er war stolz, dass sie ihn gefragt hatten. Und gerade deshalb hatte er lange nach einem passenden Schlusswort für seine kurze Ansprache gesucht. Er hatte lange überlegt, lange Nächte wachgelegen.

Dann hatte er aufgeschrieben, was ihm der Wind zugeraunt hatte.

Jean Prudhomme blickte zu seinem Vater, so wie er morgen in den kleinen, abgedunkelten Kinosaal des Museums blicken würde. Niemand würde etwas sagen.

Nur er.

Mit klopfendem Herzen und stolzgeschwellter Brust.

»Der Vorhang der Nacht erhebt sich. Und was wir sehen, ist das Ende des Bösen. Und der Beginn alles Guten. Es ist Ihr Beginn. Es ist unser Beginn.«

Der Regen schlug heftig gegen das Fenster. Das Licht der Straßenlaterne brach sich im Stoff des zerschlissenen Vorhangs. Wieder war aus dem Erdgeschoss ein Lachen zu hören. Jean Prudhomme würde auf einen Knopf drücken. Der Vorhang würde sich öffnen. Das Licht würde ausgehen.

Morgen.

»Eh, Jean Petit! Bist du da?«

Draußen prallten die Wellen gegen die steinerne Hafenmauer, ein schlecht befestigtes Ruderboot hatte sich gelöst und trieb hilflos in der Dunkelheit.

»Jean Petit! Bist du oben?«

Er beugte sich zu seinem Vater und drückte ihm einen Kuss auf die Stirn.

»Ich komme nachher wieder und schaue nach dir. Ich geh nur

schnell runter und dann noch mal rüber ins Museum, um nach dem Rechten zu sehen.«

»Jean, wo bist du denn?«

Die Stimme des alten Enzo drang durch das Treppenhaus zu ihm herauf. Er gehörte zu denjenigen, die sich vom Sturm nicht davon abhielten ließen, das *Mulberry* aufzusuchen. So wie an jedem anderen Abend auch.

»Schlaf gut, Vater.«

Jean Prudhomme, der nicht Jean Petit genannt werden wollte, verließ sein altes Kinderzimmer und ging hinunter ins Bistro, wo der alte Enzo ihn angrinste.

»Ich krieg noch achtzig Euro von dir! Für das Pult.«

»Nenn mich nicht Jean Petit, Enzo, sonst kriegst du gar nichts. Ich kann es nicht leiden.«

»Ist ja gut, aber zahlen musst du auf jeden Fall, schließlich habe ich es dir auch ins Museum gebracht. Morgen wird ein großer Tag, nicht wahr?«

Das *Mulberry* war kein sehr großes Bistro, aber es war eben das einzige hier unten am Hafen, und Jeans Mutter war tatsächlich eine so hervorragende Köchin, dass selbst im Winter der Schankraum meist voll war. Jean wusch sich die Hände hinter dem Tresen und atmete das wunderbare Gemisch aus Kaffee, Muscheln und erkaltetem Zigarettenrauch ein, das schon immer das *Mulberry* ausgemacht hatte.

Ein kleines Bistro in einem kleinen Ort mit großer Geschichte. Und morgen würde ein weiteres Kapitel dazukommen.

Die Tür zur Küche öffnete sich.

»*Salut,* Jean, bist du bereit für den großen Tag?«

Es war, als würde der Sturm für einen Augenblick innehalten, als würden die Straßenlaternen ihre Köpfe senken, um besser durch die kleinen Fenster in das Innere des *Mulberry* schauen zu können.

Wenn Jean Prudhomme der neuen Kellnerin begegnete, wusste er nie, was er sagen sollte. Und so war es auch an diesem Abend, an dem er eigentlich nur kurz runtergekommen war, um seiner Mutter einen schönen Abend zu wünschen, bevor er hinüber ins Museum ging, die wenigen Meter durch den Sturm über den Platz, vorbei an dem ausgestellten Panzer und der Sturmhaubitze, die ihre Rohre nach Westen richteten.

So wie damals.

»*Bonsoir, Mademoiselle* Anna.«

Die junge Frau lachte und ihr schwarzes Haar tanzte für einen Augenblick auf ihren nackten Schultern. Energisch pustete sie eine widerspenstige Strähne aus der Stirn, und Jean Prudhomme erkannte einige wenige Sommersprossen, die sich auf wundersame Weise nur auf ihrer linken Gesichtshälfte abzeichneten. Zum wiederholten Mal fragte er sich, ob Schwarz ihre natürliche Haarfarbe war, und zum wiederholten Mal traute er sich nicht, sie danach zu fragen. Sie trug eine leicht zerschlissene Jeans und ein enges, am Hals verknotetes Top, das nach den zahlreichen Gängen in die Küche fleckig war.

Und obwohl sie ihn anstrahlte und dabei laut in die Hände klatschte, konnte er sehen, dass sie etwas verbarg. Eine Müdigkeit, so tief und abgründig wie das Wasser jenseits des Hafenbeckens von Arromanches.

»Hör auf mit dem *Mademoiselle*, lieber Jean, so jung bin ich leider nicht mehr! Einfach nur Anna reicht völlig. Also, was macht deine Rede, ist sie fertig?«

Sie verschwand kurz in der hinteren Ecke des Bistros, wo Jean an einem der runden Tische drei Männer sitzen sah, die ihre Köpfe zusammensteckten und sich angeregt, aber leise unterhielten.

»*Voilà*, hier ist schon mal das Brot. Die Suppe kommt sofort. Noch jemand etwas zu trinken?«

»Nein, danke, wir haben alles«, antwortete einer der Männer und nickte Jean Prudhomme zu. Die Kellnerin trat zum Tresen und holte ein Glas Weißwein hervor, an dem sie vorsichtig nippte. Als sie es wieder zurückstellte, schaute sie Jean verschmitzt an.

»Wehe, du verrätst es deiner Mutter!«

»Nein, natürlich nicht«, versicherte er ihr schnell und ärgerte sich, dass er rot anlief. Verzweifelt versuchte er, nicht auf ihr Dekolleté zu blicken.

Der alte Enzo schaute aus dem Fenster.

»Wenigstens werden morgen die verfluchten Touristen nicht hier sein. Ist alles abgesperrt. Ausnahmsweise werden sie mal nicht unsere Straßen verstopfen und sich wundern, warum es hier nicht aussieht wie in ihren blöden Kriegsfilmen aus Hollywood.«

»Ohne die Touristen hätten wir hier gar nichts, Enzo, also lass es gut sein, ich kann es nicht mehr hören. Hoffen wir lieber, dass der Sturm sich bis morgen gelegt hat, sonst wird es für die Gäste eine einzige Regenschlacht, und die werden sie auf jeden Fall verlieren.«

»Wären sie doch damals mit ihrer Kriegsflotte nur am Mittelmeer gelandet und nicht auch noch bei uns«, murmelte Enzo und griff nach einer Schnapsflasche hinter dem Tresen.

Als er Jeans Blick bemerkte, lächelte er sein zahnloses Lächeln.

»Du verpfeifst mich nicht, dann verpfeif ich die Kleine nicht.«

Jean stieß ihm sanft gegen die Brust.

»Und das ist auch besser so, Anna braucht den Job hier. Und sie macht ihn besser als alle anderen vorher.«

»Eben. Und außerdem hat sie tolle Brüste.«

»Enzo!«

»Was denn? Ich bin vielleicht nicht mehr der Jüngste, aber Augen hab ich noch im Kopf. Und jetzt ab mit dir, du willst vermutlich noch mal rüber. Alles vorbereiten, für morgen.«

Der alte Enzo zwinkerte ihm zu, aber Jean Prudhomme mied seinen Blick. Er sah kurz in die Küche und winkte seiner Mutter zu, die stirnrunzelnd etwas Petersilie in einen großen Topf streute.

»*Maman*, ich bin drüben. Bis später.«

»Ist gut, Jean, ist gut. Oder vielleicht fehlt auch einfach nur Salz …«

»*Au revoir, Mademoiselle*. Einen schönen Abend noch.«

»Ach Jean, du lernst es nie«, antwortete die Kellnerin. »Aber dir auch einen schönen Abend, grüß mir die feschen Jungs. Vor allem den *First Sergeant*, den jungen. Er sieht ganz gut aus, findest du nicht?«

Weil Jean wieder spürte, dass er rot anlief, flüchtete er schnell aus der Küche. Er nickte den drei Männern zu und suchte in seinen Jackentaschen nach dem Schlüssel für den Haupteingang.

»Wo hab ich ihn denn nur hingesteckt …«, murmelte er.

»Linke Hosentasche.«

Überrascht hob Jean den Kopf und blickte sich um. Wer hatte da mit ihm gesprochen? Enzo saß gedankenverloren auf seinem Hocker. Dafür nickte ihm einer der drei Männer aus der hinteren Ecke des Bistros zu. Jean hatte seinen Namen vergessen.

Wie konnte er wissen …?

Aber es stimmte. Er bedankte sich und öffnete die Tür des *Mulberry*. Sofort schwappte ein Schwall Wasser herein, der Wind hob die schweren Vorhänge an der Tür und rauschte einmal quer durch den Gastraum.

Wollte er wirklich noch mal rüber? Er konnte auch morgen früh …

»Ab mit dir, Jean. Oder lass mich zumindest vorbei! Ich muss auch noch mal los.«

Die Kellnerin stand plötzlich direkt hinter ihm, sie hatte sich eine dunkle Regenjacke übergezogen, in der Hand hielt sie einen Motorradhelm.

»*Mademoiselle* Anna, was wollen Sie denn dort draußen?«, stammelte er. Für die kurze Dauer eines schaurig schönen Augenblicks überlegte er, ob sie ihn ins Museum begleiten wollte.

Aber sie hatte andere Pläne.

»Ich fahre nur schnell nach Hause, ich habe mein Fenster offen gelassen. Deine Mutter kommt kurz alleine zurecht. Lässt du mich durch?«

»Natürlich.«

Kurz darauf startete sie energisch ihren Roller, den sie unter dem Vordach an der Längsseite des *Mulberry* abgestellt hatte, und winkte Jean zum Abschied zu, bevor sie hinter den Häusern verschwand.

Rasch überquerte Jean den Platz des 6. Juni und stand kurz darauf vor dem Haupteingang des Museums, in dem er seit mehr als fünfzehn Jahren arbeitete.

Musée du Débarquement stand in großen Lettern auf der Außenwand.

Das Landungsmuseum von Arromanches. Vollgestopft mit Erinnerungen und Hinterlassenschaften aus jener dunklen Nacht, die sich in den längsten Tag verwandelt hatte, den Frankreich je erlebt hatte.

Le jour J – Der Tag J.

D-Day.

Dunkle Wolken schoben sich vor die wenigen Sterne, als Jean die Eingangstür des Museums aufsperrte. Drinnen empfing ihn eine merkwürdige Stille, als würde ihn im Dunkel irgendetwas oder irgendwer erwarten.

Er wollte das Licht in der Eingangshalle anknipsen, überlegte es sich dann jedoch anders und ging mit ruhigen Schritten in den Ausstellungsraum. Durch die großen Panoramascheiben sah er die aufgewühlte See, weiße Schaumkronen rollten immer wieder in Richtung Hafenmauer.

Alles war in Aufruhr.

So wie er. Aber er musste standhaft bleiben, das hier war zu wichtig.

Nach und nach machte er einige kleine Lampen an, der Raum wurde in warmes Licht getaucht. Die Glühbirnen warfen ihren Schein auf den Schaukasten, in dem ein Modell des damaligen Hafens ausgestellt war. Hier begannen tagsüber die Führungen, hier staunten die Besucher darüber, was die Welt geschaffen hatte, um den Teufel zu vertreiben.

Jean Prudhomme sah sich um und atmete die staubige Luft

ein. Er nahm seine Mütze ab und drehte sich langsam im Kreis.

»*First Sergeant* Montgomery?«

Keine Antwort.

»Sie dürfen sich rühren, *First Sergeant*.«

Es blieb still. Jean Prudhomme schritt langsam an zwei ausgestellten Maschinengewehren vorbei, tiefer in das Museum hinein. Zu seiner Rechten hingen Pläne und Skizzen an der Wand, Zeichnungen von Einflugschneisen und Gefechtspositionen. Orden und Abzeichen lagen geschützt hinter Glas, von der Decke baumelte ein Fallschirm.

»*First Sergeant* Montgomery, ich befehle Ihnen, sich sofort zu melden!«

Jean blieb vor einem der Schaukästen stehen.

»Ich soll Sie grüßen, *First Sergeant*! Von *Mademoiselle* Anna, Sie würden sie mögen. Sie ist die neue Kellnerin, ich mag sie und … ach, was erzähle ich das, raus mit Ihnen!«

Er öffnete vorsichtig den Schaukasten und blickte dem Soldaten ins Gesicht, der vor ihm stand und sich müde auf sein Gewehr stützte.

»Ich weiß, es ist spät, Soldat. Aber Sie wissen ja, wenn die Pflicht ruft …«

Jean fing an, eine Melodie zu pfeifen, als er die mannshohe Puppe behutsam aus dem Kasten hob und vor sich auf den Boden stellte.

First Sergeant John Montgomery war damals als einer der Ersten an Land gegangen, er hatte es noch nicht einmal bis zu den Felsen geschafft, so wie Hunderte seiner Kameraden neben ihm.

Er streifte der Puppe den schweren Rucksack und das Gewehr ab, lehnte beides an die Wand und griff nach der Hand des Soldaten.

»Darf ich bitten? Und nennen Sie mich ja nicht Jean Petit, *First Sergeant*, hören Sie?« Fröhlich pfeifend trug er die Puppe, die einen guten Kopf größer war als er, durch den Raum, zu einer kleinen Kommode. Als er eine Schublade herauszog, kam ein alter Plattenspieler zum Vorschein.

»Ein letzter Tanz im Sturm, was sagen Sie, Soldat?«

Aber der *First Sergeant* antwortete nicht. Sein Blick ging hinaus in die Dunkelheit, dorthin, wo in ebenjenem Augenblick in der Ferne ein Motorroller über eine kurvige Landstraße fuhr. Der Roller folgte den Hügeln oberhalb der Küste und zog dabei eine Spur aus feuchtem Spritzwasser hinter sich her. Der Scheinwerfer blitzte zwischen den struppigen Ginsterbüschen hervor, bevor der Roller plötzlich von der Straße abbog und über einen unbefestigten Kiesweg holperte.

Kurz darauf schaltete die Fahrerin das Licht aus und fuhr im Dunkeln weiter. Sie war unterwegs, um ein Fenster in ihrer Wohnung zu schließen.

Aber das war eine Lüge.

»Bereit für den Tanz, *First Sergeant*? Wenn Sie nichts dagegen haben, würde ich Sie führen.«

Der Soldat schwieg, als Jean Prudhomme seinen Arm nahm und ihn auf seine Schulter legte.

Das Kratzen einer Nadel drang durch die Stille, gefolgt von einem Rauschen und Knacken.

»Sie haben diese Zeit nicht mehr erlebt, aber glauben Sie mir, sie hätte Ihnen gefallen, *First Sergeant*.«

Die Musik setzte ein, Charles Aznavour. Die ersten Töne hüpften fröhlich durch den Ausstellungsraum des Museums, und Jean Prudhomme strahlte seinen Tanzpartner an.

You are the one for me, for me, for-mi-dable!

Exakt in diesem Augenblick drehte weiter landeinwärts eine zierliche Hand den Schlüssel eines Motorrollers um. Sofort erstarb das Motorengeräusch, und eine gespenstische Stille legte sich über die regenbeladenen Bäume.

Kein Geräusch war zu hören, nur der ruhige Atem der Fahrerin.

Vorsichtig nahm die junge Frau ihren Helm ab und fluchte kurz über den strömenden Regen. Wenige Augenblicke später stand sie an einem hohen Zaun.

Es war stockdunkel, und doch fand sie das kleine Loch sofort, das sie vor einiger Zeit in den Zaun geschnitten hatte, direkt hinter dem großen Stamm einer Esche. Sie schlüpfte hindurch und folgte dem leicht abfallenden Gelände. Weiter vorne hörte sie das Rauschen der Brandung in der Dunkelheit. Sie musste kurz darauf in die Hocke gehen, um unter einigen Büschen hindurchzukriechen. Nasse Zweige klatschten ihr ins Gesicht.

Als sie die Stelle oberhalb der Felsen erreichte, die sie sich vor einigen Tagen ausgesucht hatte, zog sie ihre Waffe aus ihrem Hosenbund und entsicherte sie. Sie kauerte sich in eine Felsnische und schlang ihre Motorradjacke enger um sich. Für einige Sekunden lauschte sie in den Regen hinein.

But how can you see me, see me, see me si mi-na-ble!

»Langsam, *First Sergeant,* nicht zu hastig. Bleiben Sie im Takt. Das Lied gefällt Ihnen, nicht wahr?«

Gekonnt führte Jean Prudhomme den Soldaten quer durch den Ausstellungsraum, mit großen Schritten drehte er sich mehrmals um die eigene Achse. Die Lichter der Glühbirnen verschwammen vor seinen Augen, und er stellte sich vor, dass der Regen, der gegen die Scheiben trommelte, in Wahrheit unablässiger Beifall war, der niemand anderem als ihm selbst galt.

Er lachte laut auf, als er merkte, dass der Soldat sich nun bereitwilliger führen ließ.

»Sie tanzen gerne, *First Sergeant,* nicht wahr? Da haben Sie schön recht, auf geht's, noch eine Runde!«

Die Musik trieb sie durch den Raum, sie tänzelten vorbei an den anderen ausgestellten Soldaten, den Fallschirmjägern und Marineinfanteristen, die staunend das seltsame Paar beobachteten. Jean war sich sicher, dass die Musik bis auf die andere Seite des Platzes zu hören war, aber das störte ihn nicht. Sollten sie ihn doch hören, ihren Jean Petit, es war ihm egal.

Morgen war der Tag, an dem alles anders werden würde, an dem er seinen Beitrag leisten würde. Für das Museum und für den Ort, in dem er aufgewachsen war und in dem er eines Tages auch sterben würde.

So viel stand fest.

Aber jetzt tanzte er, und in der Spiegelung der Panoramascheibe sah er sein eigenes Lächeln.

Pour te plaire, dans la langue de Molière! How can I lo-ve you?

Und oben in den Hügeln über dem Meer verschwand die Frau in den Schatten der Felsen. Sie griff in ihre Jacke und holte ein Nachtsichtgerät hervor. Sofort verwandelte sich die Dunkelheit vor ihr in eine grün schimmernde Landschaft, aus der die Schatten gespenstisch hervortraten. Wie die Geister toter Soldaten.

Hier an diesen Felsen waren sie gestorben, wie die Fliegen, zu hunderten.

Und jetzt saß sie hier, zusammengekauert in einer kleinen Felsnische und den Blick zum Horizont gerichtet, dorthin, wo das Meer am dunkelsten war. Nicht weit entfernt sah sie die ersten Häuser von Arromanches, die Lichter der Straßenlaternen, die schwachen Umrisse der kleinen Kirche.

Erneut lauschte sie in die Dunkelheit, aber hier oben über dem Meer war es still, abgesehen vom Regen, der unablässig auf die Erde prasselte. Dort, wo sie saß, war sie einigermaßen geschützt. Sie stellte ihr Nachtsichtgerät scharf, die Straßen und Häuser von Arromanches rückten näher, bekamen deutliche Konturen. Aus Schatten wurden Formen, aus schwachen Umrissen klare Linien.

Sicherheitsbeamte vor dem Museum. Polizeikräfte in den Nebenstraßen.

Und hier oben sie selbst. Die junge Frau holte tief Luft und streckte sich, als sie eine Bewegung wahrnahm.

Jemand kam aus dem Museum heraus, schloss die Tür hinter sich sorgfältig zu und überquerte hastig den Platz. Sie konnte sehen, wie er auf das *Mulberry* zulief, einigen Beamten zunickte und dann zu einem Fenster im ersten Stock blickte.

Was sie nicht sehen konnte, waren Jean Prudhommes Gedanken, die um seinen Vater kreisten, der dort oben in seinem Bett lag und den er nicht enttäuschen durfte.

Die junge Frau in der Felsnische griff nach ihrem Handy und wählte eine Nummer. Der Wind wurde schwächer, der Regen nahm ab.

Der Sturm ging. Die Ruhe kam.

Nach dem dritten Läuten nahm jemand ab. Sie sprach mit ruhiger Stimme, in dem Wissen, dass der Mann am anderen Ende es doch besser wusste.

Sie war nervös.

Als ihre Stimme zwischen den Felsen erklang, hob sich der Vorhang der Nacht.

»Hier ist Julie. Es kann losgehen.«

Teil eins

FORTITUDE

KAPITEL 1

Champagne-Ardenne
Sechs Monate zuvor, Neujahrstag
J-157

Nicolas Guerlain wartete.

Zehn Sekunden. Zwanzig Sekunden.

Eine Minute. Zwei Minuten.

Lange genug, um sicher zu sein, dass er sich nicht täuschte. Und kurz genug, um sich einen letzten Rest an Misstrauen zu bewahren gegenüber diesem Augenblick, der ihm doch tatsächlich eine gewisse Zufriedenheit unterjubeln wollte. Und das ohne erkennbaren Grund, ein Umstand, der ihn misstrauisch machte.

Ich bin grundlos zufrieden, dachte er. Er hatte schlimmere Zustände erlebt.

Viel schlimmere.

Nicolas spürte den Anflug eines Lächelns im Gesicht, es fühlte sich ungewohnt an. Vermutlich, weil es genau das war, ungewohnt. Er lehnte den Kopf gegen die Scheibe, spürte einen eisigen Windhauch, hörte das Geräusch der Rotorblätter. Das Lächeln blieb, weigerte sich zu gehen. Und er fand sich damit ab, ohne jedoch zu vergessen, wie brüchig das Eis war, auf dem er stand. Fast konnte er bereits hören, wie das Eis gefährlich knackte. Für Nicolas war das plötzliche Einsinken in kaltes Wasser immer miteingerechnet, auf Momente wie diesen folgte mitunter tiefe Dunkelheit.

Er öffnete die Augen und blickte hinab in die Tiefe. Weit unter ihm waren die Bäume und Sträucher mit Raureif bedeckt, auf dem mäandernden Fluss war eine dünne Eisschicht zu sehen.

Über Nacht hatte es geschneit, das neue Jahr empfing sie in diesem Teil des Landes mit einer eisigen Umarmung. In weiter Ferne erahnte er die sanft ansteigenden Hügel eine Gebirges, die Luft war klar und die Sicht an diesem Morgen außergewöhnlich gut.

Der Schatten ihres Hubschraubers huschte mit einem leichten Zittern über die Landschaft. Er wanderte über einsame Straßen und verlassene Gehöfte, folgte dem Lauf der Marne und übersprang ein kleines Wäldchen, Bäume mit schneebedeckten Häuptern. Kein Auto war zu sehen, kein Mensch schien in diesen frühen Stunden des neuen Jahres unterwegs zu sein.

Dabei ist es gerade jetzt wunderschön, dachte Nicolas, während sein Blick nach vorne ging, dem Ziel ihrer Reise entgegen.

Sie waren vor einer knappen Stunde in Le Bourget gestartet, dem kleinen Flughafen im Nordosten von Paris. Balthasar Pesac war nur wenige Augenblicke nach dem Start eingeschlafen und seitdem nicht wieder aufgewacht. Der Minister für Landwirtschaft, Fischerei und Forstwirtschaft hatte Flugangst, allerdings wussten das nur seine engsten Freunde und Mitarbeiter.

Und der Personenschützer, der ihm vor zwei Monaten zugeteilt worden war.

Es schien, als habe der Mann, der nun rechts neben Nicolas saß und leise schnarchte, sein eigenes Mittel gegen die Flugangst gefunden. Den Schlaf.

Er hatte Nicolas ausdrücklich verboten, ihn zu wecken, solange sie nicht am Ziel waren.

»Wenn Sie nicht wollen, dass ich neben Ihnen in Tränen ausbreche, anfange zu schreiten oder gar zu beten, was ich offen gesagt sonst nie tun würde, dann wecken Sie mich nicht, einverstanden?«

»Natürlich, *Monsieur.*«

»Gut, vielen Dank, Nicolas. Und Sie sollten vielleicht auch mal ein Auge zutun, schlafen Sie eigentlich auch manchmal? Ich meine, oben in der Luft wird schon niemand auf den Landwirtschaftsminister schießen, oder? Was meinen Sie?«

»Man weiß nie, *Monsieur le Ministre*. Aber schlafen Sie ruhig, der Flug wird nicht lange dauern.«

Nicolas mochte Balthasar Pesac, er war ein in sich ruhender, gelassener Politiker, der es kurz vor dem Ende seiner Laufbahn doch noch auf einen Ministerposten geschafft hatte. Pesac war pflegeleicht im Umgang und befolgte Nicolas' Anweisungen, wenn es um Fragen der Sicherheit ging. Und er machte sich augenscheinlich nicht viel aus der bewegten Vergangenheit seines Personenschützers.

»Dass ich überhaupt einen Personenschützer brauche, ist doch ein Witz, wer sollte mich ermorden wollen? Hochseefischer? Kamikaze-Angler? Biobauern? Die schmeißen mit Kuhkacke, die können Sie auch nicht abwehren, Nicolas. Aber es schadet auch nicht, wenn Ihr Dienst Sie ausgerechnet an mir testet. Denn so ist es doch, oder?«

»*Monsieur*, mein Dienst ist zuständig für die Sicherheit der französischen Regierung und ihrer Gäste, er testet nicht …«

»Hören Sie auf, Nicolas, ich bin nicht blöd«, hatte Pesac ihn unterbrochen. »Ein Landwirtschaftsminister braucht keinen Personenschützer, jedenfalls hatte keiner meiner Vorgänger einen. Man möchte Sie wieder in den Dienst einführen, langsam, nur nicht zu schnell. Also erst mal beim gemütlichen Pesac, da ist das Risiko denkbar gering, dass Sie wieder etwas anstellen. Und dagegen ist doch nichts einzuwenden, nicht wahr?«

Doch, hatte Nicolas gedacht. Denn die Arbeit im Ministerium in der Pariser Rue de Varenne hatte einen entscheidenden Nachteil, den auch der pflegeleichte Pesac nicht wettmachen konnte.

Es passierte nichts.

Gar nichts.

Balthasar Pesac besuchte Messen und Fachvorträge, ließ sich Weingüter und Schweinezuchtanlagen zeigen. Er reiste zu Krabbenfischern und Muschelanlagen, speiste mit Hühnerbaronen und Pferdezüchtern.

Er führte das sehr angenehme, aber eben auch sehr ereignislose Leben eines Ministers, der zwar geschätzt, aber nicht wirklich ernst genommen wurde. Am Rande des Kabinettstisches ließ es sich gut aushalten.

Nicolas Guerlain jedoch hatte für diese Langeweile keine Verwendung und darüber hinaus auch keine Zeit.

Er hatte Besseres zu tun.

»*Monsieur* Guerlain, ich glaube, da vorne ist es.«

Der Hubschrauberpilot deutete aus dem Fenster, dorthin, wo zwischen all dem Weiß eine kleine schwarze Rauchsäule in den stahlklaren Himmel wuchs.

»Was machen die da?«, murmelte Nicolas und prüfte den Sitz seiner Dienstwaffe, die er am Gürtel unter seinem Jackett trug.

»Remy, wo landen wir?«, fragte er den Piloten.

»Direkt auf der Straße, eine andere Möglichkeit sehe ich nicht. Bei dem vielen Schnee kann ich nicht erkennen, ob der Feldboden geeignet ist.«

»In Ordnung, aber nicht direkt vor der Absperrung, halten Sie Abstand.«

»Einverstanden. Wir landen in zwei Minuten.«

Die Nationalstraße N44 pflügte sich in leichten Kurven durch den gefrorenen Boden. Südlich von Châlons-en-Champagne waren schon bei normalen Witterungsverhältnissen nur wenige Autos unterwegs. Nun jedoch lag die Straße gänzlich verlassen vor ihnen.

Die Rauchsäule kam näher, sie stieg senkrecht auf, kein Windstoß veränderte ihre Richtung. Das gleichmäßige Geräusch der Rotorblätter hatte den Minister an Nicolas' Seite vollends eingelullt, mit leicht geöffnetem Mund und nach hinten gekipptem Kopf hätte er auch gut als Toter durchgehen können.

»*Monsieur le Ministre,* wir landen gleich.«

Mehr brauchte es nicht, das wusste Nicolas mittlerweile. Kein Rütteln an der Schulter, keine wiederholten Weckversuche. Balthasar Pesac war ein alter Hase, und als solcher wusste er, wann er schlafen konnte. Und wann nicht.

Er öffnete die Augen und schluckte kurz, als er hinab auf die verschneite Landschaft der Champagne blicke.

»In Ordnung. Gleich ist es geschafft, sehr gut. Schön ist es ja von hier oben, das muss ich sagen. Wie bei mir zuhause in den Pyrenäen, nur ohne Berge.« Er gähnte laut.

»In einem Jahr sitze ich auf meinem Hof und geh mit meinen Hunden spazieren, und …«

»… die Luft riecht nach Wildschweinwurst und spanischem Wein«, ergänzte Nicolas mit einem wissenden Lächeln.

»Und Sie haben versprochen, mich dann zu besuchen! So, wollen wir? Der Premierminister erwartet sofortige Maßnahmen, die Bande muss sofort die Straße räumen, und das wird sie auch. Ist es kalt draußen?«

»Sehr, *Monsieur*.«

»Dann bleiben Sie im Hubschrauber, Remy. Es reicht, wenn zwei frieren.«

Kurz darauf setzte der Hubschrauber behutsam auf dem schneebedeckten Asphalt der Nationalstraße auf, der Pilot schaltete den Motor aus, und die Rotorblätter kamen langsam zum Stehen.

Für einen kurzen Augenblick war es still.

Von seinem Sitz aus konnte Nicolas in einiger Entfernung eine alte Scheune erkennen, vor der ein verlassener rostiger Traktor stand.

»*Monsieur*, offenbar sind wir die Ersten, die Abgeordneten aus Reims sind noch nicht da. Und weitere Sicherheitskräfte sehe ich auch nicht. Vielleicht sollten wir warten.«

»Auf keinen Fall, die brauchen wir nicht. Wir machen das jetzt alleine, Sie und ich. Ich hole die Bauern von der Straße, und Sie passen auf, dass keiner mit Kuhmist wirft. Wo kommen wir denn da hin, einfach so eine Nationalstraße zu sperren?«

»Also gut. Aber bitte warten Sie kurz, *Monsieur*.«

Nicolas öffnete die Tür und sprang hinaus in die schneidende Kälte. Sein Atem hing für einen Moment als eisiger Hauch in der Luft. Er umrundete den Hubschrauber und half dem Minister beim Aussteigen. Aus Richtung der Bauern war hämisches Lachen zu hören, als Pesac mit seinem Kopfhörer kämpfte, den er vergessen hatte abzusetzen.

»Lacht nur«, murmelte er, »am Ende lache ich. Und dabei kitzelt der Duft von Wildschweinwurst und spanischem Wein meine Nase.«

»Auf in den Kampf«, sagte er dann zu Nicolas. »Und gucken Sie freundlicher, sonst können wir gleich wieder zurückfliegen, und der Premierminister versetzt mich an die belgische Grenze. Und glauben Sie mir, Sie wären dann mit von der Partie.«

Der Pilot hatte den Hubschrauber etwa hundert Meter vor der Straßensperre aufgesetzt, auf die Nicolas und Balthasar Pesac nun zuliefen. Der Minister trug einen dicken Wintermantel und versteckte sein Kinn hinter einem roten Schal. Nicolas konnte sehen, dass er dennoch fror.

Als er nach vorne blickte, runzelte er die Stirn. Denn das, was die Polizei in ihrer Meldung eine »kleinere Straßensperre« genannt hatte, entpuppte sich als wahrhaftige und übergroße Blockade.

»Sind die denn wahnsinnig?«, murmelte Pesac neben ihm, und Nicolas musste sich eingestehen, dass ihm ein ähnlicher Gedanke gekommen war.

»Offenbar«, sagte er laut und tastete nach seiner Dienstwaffe, eine Bewegung, die er nach all den Jahren als Personenschützer gar nicht mehr bewusst wahrnahm.

Als sie näher kamen, sahen sie beide, dass die Landwirte, die hier protestierten, stapelweise Autoreifen mit ihren Traktoren angekarrt und auf einen Haufen geworfen hatten. Hunderte davon blockierten die Fahrbahn und bildeten eine riesige Wand, hinter der nun deutlich mehr Bauern hervorkamen, als dem Ministerium gemeldet worden waren.

»Verdammt, ich dachte, es wären nur etwa ein, zwei Dutzend Landwirte«, raunte Pesac Nicolas zu.

»*Oui, Monsieur.* Und ehrlich gesagt gefällt mir diese Situation nicht besonders.«

»Was soll schon passieren?«, murmelte Pesac. »Die Polizei müsste jeden Augenblick da sein.«

Nicolas blickte zu den Männern hinüber.

»Das sind mindestens sechzig Bauern«, sagte er und bemerkte, wie einige der Landwirte Pesac und ihn mit ihren Handys filmten.

Er dachte für einen kurzen Augenblick, dass es nach Benzin roch, aber der Gedanke löste sich so schnell auf wie sein Atem in der kalten Luft.

Einer der Bauern trat aus der Gruppe hervor und blickte Pesac hämisch an.

»So, schickt die Regierung also ihren unwichtigsten Mann zu uns? Was sollen wir davon halten, *Monsieur* Pesac?«

»Ich bin der zuständige Minister, ich denke, ich bin genau der richtige Mann für Sie, *Monsieur* …«

»Und für was genau sind Sie zuständig, *Monsieur le Ministre*? Für Erpressung und Ausbeutung? So wie es Ihre Regierung seit Jahren mit uns Bauern macht? Die Milchpreise, der fallende Getreideabsatz, meinen Sie das, wenn Sie sagen, Sie seien verantwortlich? Dann allerdings, *Monsieur* Pesac, sind Sie bei uns tatsächlich richtig. Oder wir bei Ihnen.«

Hinter ihm schlugen einige Bauern mit den langen Stielen ihrer Mistgabeln auf den Boden, und Nicolas sah mit einigem Erstaunen, dass immer noch Landwirte hinter der Reifenabsperrung hervorkamen. Seitlich davon standen jetzt mehrere Heuballen in Flammen, jemand hatte einen Reifen dazugeworfen. Schwarzer Qualm stieg in den Himmel.

Nicolas machte einen Schritt nach vorne, er stand jetzt direkt neben dem Minister. Seine Blicke flogen zwischen den Demonstranten hin und her. Er musterte jedes Gesicht, versuchte die Absichten der Männer einzuschätzen und ihre Wut zu ermessen. Er blickte auf die Hände, die sich zu Fäusten ballten, und horchte auf das Scharren der schweren Stiefel auf dem Asphalt.

Noch war die Lage friedlich. Aber das musste nicht so bleiben.

Pesac stand alleine gegen mittlerweile fast achtzig Landwirte.

»Hören Sie«, erhob jetzt der Minister seine Stimme, »was auch immer Ihr Anliegen ist, wir werden es besprechen, so wie wir es immer tun. Unsere Regierung kennt den Wert der Landwirtschaft für Frankreich sehr wohl, Sie sind das Rückgrat …«

»Lügner!«

»Du laberst nur rum, Pesac!«

Einige Bauern hatten offenbar das Warten auf den Minister damit verbracht, sich Mut anzutrinken. Jetzt standen sie ihm gegenüber, pöbelten ihn an, und Nicolas konnte sehen, dass Pesac verunsichert war.

Die Stimmung kippt, dachte Nicolas. Er merkte, wie seine Atmung sich verlangsamte. Er wurde ruhig, während sich um ihn herum eine nervöse Anspannung breitmachte, eine Eigenschaft, die ihm bei seinen vielen Einsätzen schon oft geholfen hatte.

Sein Handy klingelte.

»Jedes Jahr wird es für uns schwerer, unsere Höfe zu erhalten und die Maschinen abzubezahlen«, schrie der offensichtliche Anführer Pesac ins Gesicht. »Und was macht ihr? Nichts! Ihr seht zu, wie wir verrotten, aber damit ist jetzt Schluss!«

»Genau! Recht hat er! Schluss damit!«

»Hören Sie mir zu«, versuchte Pesac zu beschwichtigen. »Bei allem Respekt vor Ihrer schwierigen Lage, Sie haben nicht das Recht, eine Nationalstraße zu sperren, nicht mit Ihren Maschinen und auch nicht mit diesem Stapel Reifen.«

Stiefel scharrten, die Bauern kamen näher.

Nicolas griff nach seinem Handy, ohne den Blick von den Landwirten abzuwenden. Seine rechte Hand lag jetzt auf dem Rücken des Ministers.

Ich bin da, sollte sie signalisieren.

»*Monsieur,* wir sollten gehen«, flüsterte Nicolas, dann nahm er den Anruf entgegen.

Neben ihm wurde Pesac sichtlich unruhig.

»Was soll denn das, meine Herren, ich bitte Sie …«

»Ja, was ist, Remy?«, fragte Nicolas. Es war der Pilot.

»Achtung, hinter Ihnen!«, schallte es aus seinem Telefon.

In einer fließenden und blitzschnellen Bewegung drehte sich Nicolas um und zog mit der rechten Hand seine Dienstwaffe.

Sie mussten sich in dem tiefen Graben seitlich der Straße versteckt haben.

Und jetzt kamen sie heraus.

»Rufen Sie die Polizei, Remy!«

Es waren etwa zehn weitere Bauern, die sich leise von hinten näherten, einige hatten Knüppel in der Hand, andere Spaten.

Sie waren keine zehn Meter entfernt, und ihre Absicht war eindeutig.

Das hier war keine Straßensperre.

Es war auch kein Protest.

Das hier war eine Falle.

Und jetzt schnappte sie zu.

»Okay, wir beruhigen uns jetzt alle …«, setzte Nicolas an, aber er erkannte schnell, dass die Zeit des Redens vorüber war. Er wurde übertönt vom Johlen der Menge vor dem Reifenstapel.

»Mein Gott, die spinnen doch!«, schrie Pesac auf, als direkt vor ihren Augen zwei Landwirte einen kleineren Heuballen entzündeten und ihn in Richtung Autoreifen rollten.

»Oh, Scheiße«, murmelte Nicolas.

Hinter ihnen hatten die zehn Bauern sie fast erreicht. Wenn er nicht sofort etwas unternahm, würden sie in exakt zehn Sekunden eingekesselt sein.

Mit einem lauten Zischen entzündeten sich die ersten Reifen, die offenbar vorher mit Benzin übergossen worden waren. Seine Nase hatte ihn nicht getäuscht, nur hatte er sie ignoriert.

Schwarzer Rauch stieg auf, das Feuer spiegelte sich in Nicolas' Sonnenbrille.

Das hier war nicht gut. Alles ging zu schnell.

»*Monsieur le Ministre*, es tut uns leid, wir behalten Sie erst mal bei uns, bis jemand wirklich auf uns hört«, rief der Wortführer. Seine rote Wollmütze war verrutscht, eine große Narbe zierte seine Stirn, sie verlief direkt über der linken Braue.

»Mir tut es auch leid«, sagte Nicolas ohne Vorwarnung, packte den Minister am Arm und zog ihn mit einem heftigen Ruck an sich.

»*Monsieur* Pesac, ich bin bei Ihnen. Es wird sich alles regeln. Aber Sie müssen jetzt machen, was ich sage.«

»Was soll das sein, ich ...«, stammelte der mittlerweile völlig verängstigte Minister.

»Laufen Sie. Jetzt!«

Ohne Vorwarnung riss Nicolas einem Bauern seinen Knüppel aus der Hand und schleuderte ihn auf einige Männer, die seitlich von ihnen vor der Böschung standen, die hinab in den Straßengraben führte. Der Knüppel traf einen von ihnen mitten im Gesicht, Blut spritzte auf seinen Nebenmann, der mit seinem Handy die ganze Szene festhielt.

Nicolas stürmte los, den Minister zerrte er einfach hinter sich her.

»Springen Sie!«

Nicolas riss Pesac mit aller Kraft hoch, als sie von der Straße in den Graben hinabsprangen, während hinter ihnen wütende Schreie ertönten.

»Holt ihn euch, Männer!«

»Er darf nicht entkommen!«

Nicolas und Balthasar Pesac rutschten einen kleinen Abhang hinunter und landeten kurz darauf auf den hartgefrorenen Schollen eines Ackers. Hinter ihnen loderte mittlerweile der gesamte Reifenberg, der Rauch ließ sie beide husten.

»Verdammt!«, fluchte der Minister, für mehr blieb ihm keine Zeit, denn schon zerrte ihn Nicolas wieder hoch und trieb ihn über einen kleinen Feldweg fort von der Straße.

»Kommen Sie schon, wir müssen Sie in Sicherheit bringen!«

»Sie haben doch eine Waffe!«, keuchte der Minister, während Nicolas mit wachsender Besorgnis registrierte, dass einige Bauern ihre Traktoren gestartet hatten. Andere liefen ihnen hinterher. Und sie waren verdammt schnell.

»Ich hätte natürlich auf die Bauern zielen können, *Monsieur*. Der Premierminister hätte sich bestimmt über die Handyvideos gefreut«, antwortete Nicolas nur und blickte sich um.

Der Weg führte in einem weiten Bogen über das Feld. Er hielt Pesac mit der linken Hand am Arm fest, als dieser auf einer vereisten Pfütze ausrutschte.

»Diese Arschlöcher«, fluchte der Minister und schlitterte heftig rudernd neben Nicolas über den hartgefrorenen Boden. »Der Minister flieht vor den Bauern, wie sieht denn das aus?«

»Besser als von den Bauern als Geisel genommen zu werden, *Monsieur*.«

»Das hätten die nicht gewagt!«

»Oh doch, das hätten die. Sie hatten alles vorbereitet, offenbar haben sie nicht mehr viel zu verlieren.«

Nicolas blickte auf die vor ihnen liegenden weißen Felder und suchte nach einem Ausweg, während hinter ihnen die ersten Traktoren von der Straße holperten und die Verfolgung aufnahmen.

Ihnen blieb nicht viel Zeit.

Vereinzelt warfen Bäume ihre Schatten auf den makellosen Schnee, eine Vogelscheuche streckte ihre dürren Arme aus. Drei Krähen hatten sich auf ihren Schultern niedergelassen und begleiteten das Schauspiel, das sich ihnen bot, mit hämischen Blicken.

Noch immer war auf der N44 kein Auto zu sehen, der schwarze Rauch, der von den Reifen aufstieg, wurde dichter, der Himmel verdunkelte sich.

Nicolas hörte bereits das wilde Keuchen einiger Bauern, die behände über die Ackerfurchen liefen.

»Wo wollen Sie hin, hier ist nichts!«, rief Pesac, er atmete mittlerweile schwer.

»Dorthin«, antwortete Nicolas und zeigte geradeaus.

Der Weg endete in etwa hundertfünfzig Metern Entfernung an der alten Scheune, die er zuvor vom Hubschrauber aus gesehen hatte. Dahinter waren in der Ferne die ersten Häuser von Aulnay-l'Aître zu sehen, einem kleinen Dorf, das sich in die verschneiten Hügel der Champagne schmiegte.

Bis dorthin mussten sie es schaffen, und Nicolas wusste auch, wie.

»Kommen Sie, beeilen Sie sich.«

Die Scheune kam nur langsam näher, aber auch die Bauern hatten jetzt offenbar Mühe, auf dem vereisten Boden voranzukommen.

Als Nicolas sich umblickte, sah er in einiger Entfernung Remy, der vor seinem Hubschrauber stand und verzweifelt zu ihnen herüberblickte.

»Wo bleibt die Polizei?«, schimpfte Pesac.

»Die kommt bestimmt gleich.«

»Gleich ist zu spät!«

Allerdings, dachte Nicolas und atmete erleichtert auf, als ihre Füße wieder Asphalt berührten.

Sie hatten die Scheune erreicht …

… genau wie die etwa zehn Traktoren, die sich von der anderen Seite dem kleinen Gehöft näherten, mit röhrenden Motoren und spatenschwingenden Bauern auf den Fahrersitzen. Sie mussten einen anderen Weg gewählt haben, der zwar länger, aber dafür leichter zu befahren war.

Heimvorteil, dachte Nicolas und zog den Minister hinter die Scheune, auf der Suche nach einem Gefährt, mit dem sie fliehen konnten.

Wie etwa einem rostigen alten Traktor, der verlassen neben dem verschlossenen Scheunentor stand.

»Aufsitzen, *Monsieur le Ministre*! Vielleicht haben wir Glück und … Scheiße!«

Nicolas starrte ungläubig auf den alten Traktor, der mit Sicherheit gewillt gewesen wäre, sie nach Aulnay-l'Aître zu bringen, wenn nicht jemand den gesamten Motorblock ausgebaut hätte.

Endstation.

»Und jetzt?«, rief Pesac verzweifelt.

Hinter ihnen tauchten mehrere schnaufende Bauern auf, während einige Meter vor ihnen die ersten Traktoren zum Stehen kamen.

Der Mann mit der roten Wollmütze stand von seinem Fahrersitz auf und winkte zu ihnen herüber.

»So, Schluss jetzt, wir sind zu alt für Spielchen. *Monsieur* Pesac, Sie haben nichts zu befürchten. Sagen Sie Ihrem Bodyguard, er soll seine Waffe wegstecken, er schießt ja doch nicht.«

»Personenschützer, du Trottel«, zischte Nicolas mit zusammengekniffenen Zähnen. »Ich bin Personenschützer, kein Bodyguard, das ist ein Unterschied.«

Er blickte sich um, auf der Suche nach einem Ausweg.

»Die filmen ja immer noch!«, flüsterte Pesac neben ihm, und tatsächlich sah nun auch Nicolas, dass einige Bauern auf den Traktoren ihre Handys in die Luft hielten.

Sie hatten sie voll im Visier.

»Nein!«, rief Nicolas laut. »Solange ich einen Minister beschütze, wird er weder festgehalten noch entführt, noch verletzt. So leid es mir tut. Und jetzt entschuldigen Sie uns!«

Nicolas packte den Minister am Arm und schob ihn vor sich durch eine Art Seitentür in die Scheune, die er während der kurzen Ansprache des Anführers entdeckt hatte.

Kaum waren sie drin, knallte er die Tür zu und schob einen schweren Holzbalken davor. Wütend hämmerten von draußen mehrere Bauern gegen das Holz.

Nicolas atmete kurz durch und blickte sich um.

»Und jetzt?«, fragte Pesac. »Wollen wir hier warten, bis die Polizei kommt?«

»Ich befürchte, die Zeit haben wir nicht, *Monsieur le Ministre.*«

Im Halbdunkel der Scheune konnten sie kaum etwas erkennen. Die Umrisse mehrerer vergammelter Heuballen schälten sich nur langsam aus dem Dämmerlicht, die Überreste eines Hühnerstalls, dazu mehrere rostige Anhänger und … der ausgebaute Motorblock eines alten Traktors, der draußen im Schnee stand, leblos und vollkommen unnütz.

Nicolas hörte, wie einige Bauern die Scheune umrundeten, auf der Suche nach einem weiteren Eingang. Jemand rüttelte am großen Tor, das Holz knarzte bedenklich.

Dieser Ort war nicht als Festung geeignet. Sie mussten fort von hier.

»Was machen wir jetzt?«, fragte der sichtlich aufgewühlte Minister wieder.

»Kommen Sie mit«, sagte Nicolas und trieb Pesac tiefer in die Scheune hinein, vorbei an leeren Obstkisten und durch dichte Spinnweben hindurch. Durch einen Spalt in der Bretterwand sahen sie die Silhouetten der Bauern, die draußen offenbar nach etwas suchten, um das Tor aufzubrechen.

Nicolas vermutete, dass sie in Kürze einfach mit einem der Traktoren durch das Tor brechen würden.

»Was ist das?«, fragte Pesac plötzlich.

Er stand vor einer großen Plane in der hintersten Ecke der Scheune. Ein mächtiger Gegenstand zeichnete sich darunter ab.

Etwas, das groß war und breit. Zu breit für einen Traktor.

Sie standen beide vor der Plane und blickten einander an.

Hinter ihnen rüttelte jemand heftig an der kleinen Seitentür.

»Ich habe keine Ahnung, aber vielleicht haben wir ausnahmsweise mal Glück«, sagte Nicolas. Er griff nach der Plane und zog sie mit einem Ruck zur Seite. Der Staub vieler einsamer Jahre wirbelte durch den Raum, während im diesigen Licht nach und nach sichtbar wurde, was sich unter der riesigen Plane verbarg.

Pesac hustete laut, der Staub kroch ihnen in die Nase.

Durch die Bretter der Außenwand lugte die weiße Wintersonne, ein heller Strahl ließ das Ungetüm vor ihren Augen leuchten.

Nicolas stand mit geöffnetem Mund davor, immer noch hielt

er eine Ecke der Plane in der Hand. Sein Gesicht war mittlerweile von Staub bedeckt.

»Das ist nicht euer Ernst«, murmelte er.

Pesac hingegen schien sich zum ersten Mal an diesem Tag wirklich zu freuen.

»Oh, das ist mal eine Entdeckung«, rief er. »Ich hoffe, der Schlüssel steckt. Es wäre zu schade, das hier nicht auszuprobieren.«

Hinter ihnen röhrte der startende Motor eines großen Erntetraktors.

Sie kamen.

»Brecht das Tor auf!«, schrie jemand mit heiserer Stimme.

Aber das war nicht mehr nötig, denn Nicolas und Balthasar Pesac kamen bereits heraus.

In voller Fahrt, mit wilder Miene und entschlossenem Blick.

Als sie von innen das große Tor der Scheune durchbrachen und mit einem lauten Krachen das Holz splitterte, blieb den Bauern nichts anderes übrig, als zur Seite zu springen, um nicht von der Maschine überrollt zu werden, die eben noch unter einer verstaubten Plane vor sich hin gedämmert hatte. Einige von ihnen hechteten panisch von den Sitzen ihrer Traktoren und krachten auf das harte Eis zwischen den Ackerfurchen. Andere wiederum blieben wie angewurzelt stehen und blickten ungläubig auf das, was ihnen das neue Jahr als Schauspiel bot.

»Scheiße, was ist das?«, fragte einer der Landwirte und blickte zu dem Mann mit der roten Wollmütze, der aus einem unerfindlichen Grund lächelte, während er als Einziger hoch oben auf seinem Fahrersitz sitzen blieb.

»Das, mein Lieber ist eine de Havilland 82. Ein Jagdflugzeug der Royal Air Force, gebaut zwischen den Weltkriegen. Ich hatte gehört, dass der alte Claude, Gott hab ihn selig, einen alten Doppeldecker in seiner Scheune hat. Und die alte Dame scheint tatsächlich noch zu funktionieren!«

Es war ein fast unwirklicher Anblick, der sich den verdutzten Bauern inmitten der verschneiten Winterlandschaft bot. Der alte Doppeldecker rumpelte mit einem infernalischen Lärm aus der Scheune, wobei sein linker Flügel ein Stück der Außenwand herausriss.

Auf dem Vorplatz verlor Nicolas, der am Steuer saß, für einen Augenblick die Kontrolle über das Flugzeug, so dass das Heck, das in den verblassten Farben der Royal Air Force gestrichen war, gegen einen der Traktoren stieß.

»Versperrt ihm den Weg!«, rief einer der Bauern und rappelte sich mühsam auf.

Aber es war bereits zu spät.

Die Maschine holperte über die harten Ackerfurchen, bis Nicolas sie unsanft auf den hartgefrorenen kleinen Weg navigierte, wo das schlanke Flugzeug sofort Fahrt aufnahm.

»Halt still, Miststück!«, fluchte er, während er versuchte, den ruckelnden Stahlkörper auf Kurs zu halten.

»Alles in Ordnung bei Ihnen, *Monsieur le Ministre*?«

Er hätte sich die Frage sparen können.

Balthasar Pesac kniete auf dem hinteren Sitz und winkte laut jubelnd den zurückbleibenden Bauern zu. Er hatte in der Scheune eine braune Pilotenmütze gefunden und sie sich übergezogen. Die dazu passende Fliegerbrille ließ ihn aussehen wie eine etwas beleibte Stubenfliege, die aufgeregt auf ihrem Platz herumhüpfte und sich diebisch freute.

»Adieu, meine lieben Freunde! Es war mir ein Fest! Nicolas, Sie haben es geschafft, mein Gott, Sie sind ein Teufelskerl!«

Nicolas hingegen kämpfte mit der zuckenden und altersschwachen Lenkung der Maschine und versuchte, sie einigermaßen gerade auf dem Feldweg zu halten. Wenn sie auf einen der vereisten Äcker gerieten, konnte es schnell vorbei sein mit ihrer Flucht.

»Sie haben gesagt, alles wird gut, und so ist es auch, alles ist gut! Mein Gott, was für ein herrlicher Tag, ich …«

»*Monsieur*, bitte setzten Sie sich hin, die Maschine ist ohnehin nicht leicht zu lenken!«

»Ach was, das schaffen Sie schon, wir könnten doch jetzt abheben, oder? Was sagen Sie, Nicolas? Fliegen Sie uns nach Hause! Meine Flugangst ist mit Sicherheit kuriert!«

»Ich kann leider nicht fliegen, *Monsieur le Ministre.*«

»Oh, schade, das ist bedauerlich!«

Pesac wandte sich zur Scheune um, wo die Bauern noch immer unschlüssig vor dem offenen Tor standen.

»*Au revoir!* Wir sehen uns in Paris, ihr ...«

»*Monsieur!* Festhalten!«

Nicolas versuchte noch auszuweichen, aber es war zu spät.

Der Aufprall kam fast ohne Vorwarnung, und er war hart.

Ein einzelner Begrenzungsstein, der womöglich seit Jahrzehnten ungestört an dieser Stelle geruht hatte, ragte einige Zentimeter zu weit auf den Feldweg heraus.

Gerade genug, um den rechten Reifen, der ohnehin kaum Luft enthielt, aufzuschlitzen und das gesamte Heck mit einem gewaltigen Ruck bei voller Fahrt zur Seite ausbrechen zu lassen. Nicolas war machtlos, als ihm der Steuerknüppel förmlich aus den Händen gerissen wurde und die ganze Maschine ins Schlingern kam.

Nach einigen Metern verlor er völlig die Kontrolle, der Doppeldecker schoss auf den Acker hinaus und rammte sich kurz darauf mit einem lauten Aufheulen des Motors in den hartgefrorenen Boden.

Der Motor erstarb augenblicklich, über den Feldern wurde es still.

Nicolas wischte sich ein wenig Blut von der Stirn, er war bei dem Aufprall gegen das Armaturenbrett geknallt. Es war wohl nur eine Platzwunde, er würde vielleicht eine kleine Narbe davontragen.

Endlich eine, die man sehen kann, dachte er.

Als er über sich ein Krächzen hörte, blickte er nach oben und sah drei Krähen, die über dem Flugzeug ihre Kreise drehten.

Für einen Moment kam es ihm vor, als würden sie sich vor Lachen die Bäuche halten.

»*Monsieur le Ministre,* ist alles in Ordnung mit Ihnen?«

Nicolas drehte sich um, aber von Balthasar Pesac fehlte weit und breit jede Spur. Der kleine Sitz hinter ihm war leer. Dort, wo der Minister eben noch siegestrunken den Bauern gewinkt hatte, lag jetzt nur noch eine braune Fliegermütze.

»Scheiße!«

Nicolas sprang von der Maschine und blickte sich um.

Alles war weiß, Schnee und Eis ruhten in ihrer ganzen Vergänglichkeit vor ihm auf den weitläufigen Feldern.

Als er die Maschine umrundete und die Spur aus Dreck und Matsch sah, die ihr Unfall hinterlassen hatte, hörte er plötzlich ein Geräusch.

»Mmmhhh! Mmmmhhhh!«

Balthasar Pesac lag bäuchlings hinter dem Doppeldecker. Sein Gesicht hatte sich tief in den Schnee gegraben, seine Hände suchten verzweifelt nach Halt. Er war offenbar völlig orientierungslos.

Nicolas musste unweigerlich lächeln.

»Mmhhh! Helfen Sie …«, drang Pesacs Stimme gedämpft zu Nicolas.

»Ich bin schon da, *Monsieur le Ministre*!«, rief er und half Pesac vorsichtig auf die Beine. Erschöpft, aber auf wunderliche Weise immer noch mit einem breiten Grinsen im Gesicht, lehnte sich der Minister gegen den Bauch des Flugzeuges und tätschelte das Metall.

»Sie haben der alten Dame viel zugemutet, mein lieber Nicolas.«

»Und Sie hätten sich setzen sollen, im Stehen waren Sie zudem eine prima Zielscheibe, *Monsieur le …*«

»Seien Sie still, Nicolas. Meinen Sie wirklich, die schießen auf mich? Nein, die wollten mich festhalten, damit sie endlich Gehör finden. Und wissen Sie was, ich kann die sogar ein bisschen verstehen. Europa macht nicht immer nur Gewinner aus uns.«

Das Geräusch mehrerer Motoren durchbrach die winterliche Stille über den Feldern.

»Sie kommen«, sagte Pesac und blickte erschöpft zu Nicolas. »Und jetzt? Was machen wir jetzt? Warum lächeln Sie?«

Nicolas deutete hinüber zur Scheune. Sie war verlassen.

Die Traktoren waren fort, ebenso die Bauern, die ihnen hinterhergelaufen waren. Als wären sie nie da gewesen.

Nur der große Reifenstapel brannte noch immer und schickte schwarze Rauchschwaden in den Himmel.

Pesac kratzte sich am Kopf.

»Wo sind die alle hin?«

»Keine Ahnung, vermutlich nach Hause.«

»Dabei stehen wie hier und können nicht weiter. Sie hatten uns.«

»*Oui, Monsieur le Ministre*. Aber die dort hinten haben uns auch.«

Pesac drehte sich um und blickte über die Felder hinweg, wo hinter einer durchaus amüsierten Vogelscheuche die ersten Häuser von Aulnay-l'Aître zu sehen waren.

Ein knappes Dutzend Polizeifahrzeuge warfen ihr blaues Licht auf den weißen Schnee, während sie in voller Fahrt über die Feldwege auf sie zukamen.

Pesac klopfte Nicolas auf die Schulter.

»Na endlich, da kommt die Kavallerie, wir haben es geschafft! Und eines sage ich Ihnen: Ihren Einsatz heute vergesse ich Ihnen so schnell nicht.«

Das hoffe ich, dachte Nicolas, während er sich etwas Schnee von der Hose klopfte.

Das hoffe ich wirklich.

In diesem Augenblick vibrierte sein Handy kurz in der Innentasche seines Anzuges. Die Nachricht, die ihn ohne Vorwarnung an diesem unwirklichen Ort erreichte, war von seinem Vater und bestand aus nur drei Wörtern.

Wir müssen reden.

KAPITEL 2

Normandie
Vier Tage später
J-153

Die Perlmuttküste war an diesem Morgen in zarte Pastelltöne getaucht, ein winterliches Gemälde in einem verblichenen Rahmen. Es war still, nicht einmal das heisere Krächzen einer Möwe war zu hören, hoch oben in der klirrend kalten Luft. Der feine Sandstrand lag völlig unberührt da. Aber das änderte sich schlagartig, als eine junge Frau fröhlich die Böschung herunterlief und ihre Arme in die Luft warf.

»Schau dir das an, Philippe! Keine Menschenseele, wir sind die Ersten am Strand! Wer als Erster am Wasser ist! Komm schon, Philippe!«

»Auf keinen Fall! Claire, warte …!«

»Na los, du Feigling! Oder hast du Angst, deine schicke blaue Uniform zu versauen? Immerhin könntest du hinter mir auf die Nase fallen! Und zwar weit hinter mir, kleiner Philippe!«

»Ich bin älter als du, und hier sollten wir auf keinen Fall …«

Aber es war zu spät.

Mit einem lauten Juchzen sprang Claire Cantalle, Polizeianwärterin der *Police Nationale* in Caen, eine kleine Anhöhe hinunter, landete im weichen Sand und rannte los. Für einen kurzen Moment schien es, als würden Himmel und Meer sich erschrecken, das Gemälde begann zu wackeln. Als säße der Nagel, an dem es befestigt war, schlecht in der Wand.

Mit großen Schritten überquerte Claire den hellen Sandstreifen, übersprang einen kleinen Bachlauf und rammte ihre Stiefel in den klammen, harten Sandboden. Kleine Krebse flohen mit seitlichen Ausfallschritten, verwundert über so wenig Respekt an diesem frühen Morgen.

Denn dies war nicht irgendein Strand.

Dies war Omaha Beach.

Jedes Sandkorn an diesem Ort hatte mehr Blut aufgenommen, als ein ganzes Meer jemals reinwaschen konnte.

Heftig keuchend tauchte Claire ihre rechte Hand in das eiskalte Wasser. »Ist das kalt! Philippe, komm, wir ziehen uns aus und gehen baden, was hältst du davon?«

Ihr glockenhelles Lachen drang durch die Luft, und für einen kurzen Augenblick überlegte Philippe Pasquale, ob die junge Polizeischülerin es ernst meinte. Zuzutrauen wäre ihr es.

Claire war erst seit kurzem bei der *Police Nationale,* und doch hatte sie bereits mehr Wirbel gemacht als jeder andere in einer ganzen Ausbildungszeit.

Also hatte der dicke Bruno beschlossen, sie jetzt rauszuschicken. Um Ruhe vor ihr zu haben.

Der dicke Bruno, das war Bruno Bogdalic, der Leiter des *Commissariat* in der Rue de la Fresnaye.

»Sie fahren zum amerikanischen Friedhof und schauen sich das an. Da ist vermutlich nichts dran, nur Schmierereien. Aber die brauchen das für ihr dämliches Protokoll. Und Sie wiederum brauchen Erfahrung, da kann so eine Landpartie nicht schaden. Und nehmen Sie Claire mit, bitte!«

Und da stand er nun, an einem der geschichtsträchtigsten Orte des Landes, und seine junge Kollegin plädierte für Nacktbaden im Meer.

»Claire, es reicht, wir haben zu tun!«

Aber Claire hörte ihn nicht, sie fischte einen kleinen Krebs vom feuchten Sandboden und betrachtete ihn mit großen Augen.

»Gehst du mit mir schwimmen? Du kannst auch die Kälte besser ab, wette ich.«

Der Krebs antwortete nicht, was Claire für einen kurzen Moment verwunderte. Dies waren ihrer Meinung nach der ideale Ort und die ideale Zeit für sprechende Krebse.

»Weißt du, mein Kollege dort hinten ist ein sehr eifriger Beamter, jetzt schon, mein Gott, stell dir vor, er ist noch nicht mal dreißig! Ich meine, ganz im Ernst, wie will er denn werden, wenn er mal richtig alt ist? Also, jedenfalls, er nimmt diesen Auftrag hier sehr ernst ... und ich glaube, er hat im Geschichtsunterricht immer gut aufgepasst, er hat irgendwas von irgendeinem *Overlord* erzählt, weißt du, wer das ist? Ich jedenfalls nicht.«

»Claire!«

Sie verdrehte die Augen.

»Siehst du, was ich meine? Nun gut, pass auf dich auf, das nächste Mal erzählst du mir was aus deinem Leben, ja?«

Sie legte den Krebs zurück auf den Boden, wo er sich sofort in Sicherheit brachte, schockiert für den Rest eines ansonsten ereignislosen Lebens.

»Ich komme!«, rief Claire und stapfte zurück zu der Anhöhe, nicht ohne die eisige Luft einzusaugen, bis sie ihr in den Lungen brannte.

»Meinen Sie, der Täter ist hier hochgekommen?«

Philippe drehte sich um, als die beiden Männer den Hang hinab auf ihn zukamen und sich neben ihn stellten. Einer links, einer rechts.

Ihre olivfarbenen Uniformen waren perfekt gebügelt, keine Falte störte den blitzsauberen Auftritt der beiden Wachsoldaten. Ihre Schuhe glänzten in der warmen Januarsonne, die goldenen Knöpfe und die Schulterklappen wirkten an diesem Strandabschnitt seltsam fremd.

Dieser Ort hatte viel Dreck gesehen.

»Hier sind zumindest keine Kameras angebracht, soweit ich weiß«, antwortete Philippe und blickte hinunter zu Claire, die mit beschwingten Schritten auf sie zukam.

»Das ist richtig. Sonst hätten wir Ihre lebenslustige Kollegin jetzt auf Band«, antwortete der Soldat links von ihm.

Philippe räusperte sich verlegen.

»Sie müssen verzeihen …«

»Schon gut«, schnitt ihm der andere Amerikaner das Wort ab. Sein Akzent war nicht zu überhören, auch wenn er fließend Französisch sprach.

Südstaaten, tippte Philippe.

Zehn Sekunden später erreichte Claire die drei Männer, ihr Atem ging schnell, ihre Wangen waren gerötet.

»*Miss* …«

»Cantalle. Aber Sie können Claire sagen.«

»*Miss* Cantalle, ich verstehe Ihre Freude über den sonnigen Tag, aber ich muss Sie darauf hinweisen, dass es hier an Omaha Beach doch eher üblich ist, mit dem nötigen Respekt …«

Claire blickte ihn aus reumütigen Augen an.

»*Sergeant* Cooper, so war doch Ihr Name, nicht wahr? Es tut mir leid, wenn ich die Gefühle Ihres Landes verletzt habe. Das war natürlich nicht meine Absicht. Aber der Strand war einfach zu einladend, das verstehen Sie doch bestimmt, oder?«

Der Wachsoldat hob eine Augenbraue und wandte sich an Philippe.

»*Monsieur* Pasquale, vielleicht können wir jetzt die Ermittlungen fortführen? Laut unseres Protokolls müssen wir in einem solchen Fall mit der örtlichen Polizei kooperieren. Das heißt aber nicht, dass …«

»Entschuldigen Sie, *Sergeant* Cooper, aber ich war noch nicht ganz fertig«, unterbrach Claire den hochgewachsenen Wachsoldaten mit einem Lächeln.

»Wie bitte?« Verwundert blickte der Mann Claire an, seine goldenen Knöpfe blitzten verärgert in der Sonne. »Ich würde jetzt sehr gerne weitermachen, Sie hatten darum gebeten, sich diese Stelle ansehen zu dürfen, aber ich denke …«

Claire konnte sehen, dass ihr Kollege mit den Augen rollte. Es störte sie nicht, im Gegenteil. Sollte er sich um die Etikette kümmern, sie wollte diesen Fall lösen. Es war ihr erster Fall als angehende Polizistin, da konnte sie keine falsche Rücksicht nehmen. Auch nicht auf ein ganzes Land und seine Geschichte.

»Das verstehe ich sehr gut, *Sergeant*. Ich würde auch gerne mit den Ermittlungen weitermachen, aber ich denke, wir sollten uns diesen Ort doch sehr genau anschauen.«

»Das haben wir, *Miss*.«

»Ich mag Ihren Akzent, wirklich, ich mag ihn. Südstaaten?«

»Claire, vielleicht sollten wir …«, versuchte ihr Kollege sie zu unterbrechen, allein, es gelang ihm nicht. Philippe Pasquale schien sich in einen Krebs verwandeln zu wollen, einen Krebs, der nicht sprach und vor allem nichts hörte.

»*Sergeant* Cooper, es gibt da jemanden, Sie kennen ihn nicht … oder höchstens aus dem Fernsehen … Ich müsste ihn mal wieder anrufen … Na ja, zumindest hat dieser Jemand mir beigebracht, auf alles und jeden zu achten. Nicht nur auf das große Ganze, vielmehr auf die kleinen Dinge.«

Die beiden Soldaten schienen endgültig ihre Geduld zu verlieren.

»*Miss*, könnten wir jetzt …«

»Er ist Personenschützer, der beste angeblich, müssen Sie wissen. Also ich finde ihn ja vor allem seltsam, wenn auch nicht unattraktiv, gar nicht. Aber wie gesagt, er sieht alles, wirklich alles, ist das zu glauben?«

»Wir gehen«, sagte *Sergeant* Cooper zu seinem Kollegen und nickte Philippe Pasquale zu.

»Das Offensichtliche sieht jeder, Claire, sagt er immer. Für den Rest sind wir zuständig. Bitte schön, das hier ist der Rest.«

Mit einem Lächeln streckte sie den beiden Wachsoldaten einen kleinen Ast entgegen, den sie bislang hinter dem Rücken verborgen hatte. Die vertrockneten Blätter klammerten sich mit letzter Kraft an die dünnen Zweige.

Für einen kurzen Augenblick blickte sie der Soldat mit offenem Mund an. Claire zeigte auf die Blätter. An ihren Spitzen klebte rote Farbe.

»Sehen Sie, da unten gibt es noch mehr davon. Leicht zu sehen, für jemanden, der nur richtig hinschaut.«

Der Mann straffte sich und suchte nach einer Antwort.

»Jedenfalls ist er genau hier hochgekommen, Ihr Mann. Oder Ihre Frau. Am Strand entlang und dann die Böschung hoch. Genau wie damals Ihre Soldaten, aber darüber kann Ihnen mein lieber Kollege bestimmt mehr erzählen. Der ist nämlich ganz versessen auf die Geschichte dieses Strandes.«

Sie lächelte und deutete weiter hinauf, wo die Böschung in eine gepflegte Parklandschaft überging.

»Wollen wir?«

Zehn Minuten später standen Claire, Philippe und die beiden Wachsoldaten inmitten all der Verluste, die die Amerikaner erlitten hatten, am längsten Tag, den diese Region je erlebt hatte. In langen, gleichmäßigen Reihen standen weiße Kreuze auf dem perfekt geschnittenen Rasen, vereinzelt wehten kleine Flaggen im Wind.

Der amerikanische Friedhof von Colleville war der größte Soldatenfriedhof außerhalb Amerikas und ein beliebtes Reiseziel für die Familien der Opfer und ihrer Nachkommen.

Claire blickte auf die eingravierten Namen, auf die Todesdaten und die Namen der Regimenter und Bataillone. Männer aus New Jersey und Kentucky, Piloten aus Kalifornien und Vermont, Sanitätssoldaten aus Florida und Ohio.

Hier lag eine ganze Nation.

Auf den Klippen entlang der Küste waren sie gestorben. Erschossen, durchsiebt, zerlöchert von den Maschinengewehren der Deutschen, deren Bunker ihre tödlichen Blicke auf die Truppen geworfen hatten, an jenem Morgen.

Dem 6. Juni 1944.

Dem *Jour-J*, wie ihn die Franzosen nannten, den Tag J.

Warum war ich noch nie hier, fragte sich Claire, während ihre Hand ehrfürchtig über den weißen Marmorstein glitt, aus dem die Kreuze gehauen waren. Als sie sich umblickte, sah sie einige wenige Besucher, die in der kalten Januarluft durch die Reihen spazierten, mit gesenktem Kopf und erhabenen Gedanken.

Ihr Kollege hingegen schien bereits mehrmals auf dem Friedhof gewesen zu sein, er kommentierte einzelne Namen, zeigte zu der Kapelle am Ende des großen Gräberfeldes und erklärte ihr, welche Division zuerst französischen Boden betreten hatte. Nur, um direkt am Strand aufgerieben zu werden, weil die Bomberpiloten aufgrund der schlechten Sicht nicht genügend Luftunterstützung geben konnten.

Und dann erreichten sie das Kreuz, das sich seit der vergangenen Nacht von allen anderen unterschied. Claire pfiff leise durch die Zähne.

»Nicht schlecht«, murmelte sie.

Charles Frederik Baker hatte immerhin den ersten Tag der Landung überlebt. Seine 29. Infanterie-Division gehörte zu den ersten, die an Omaha Beach gelandet waren. Und zu den ersten, von denen kaum jemand übrig blieb.

»Dem Rang nach war er ein einfacher Fußsoldat«, bemerkte Philippe.

»Kanonenfutter also«, sagte Claire. Sie spürte förmlich, wie *Sergeant* Coopers Blick sie durchbohrte.

Das ursprünglich weiße Kreuz hatte seine Unschuld verloren. Jemand hatte es mit einem satten Rot überstrichen, die Farbe leuchtete hell zwischen den anderen Kreuzen. Der Name des Toten war noch gut zu lesen, wer auch immer das Kreuz angemalt hatte, hatte sich um Sorgfalt bemüht.

Wie ein Tropfen Blut, inmitten eines weißen Meeres, dachte Claire.

Ein weißes Meer der Toten.

Philippe beugte sich zu dem Kreuz hinunter und kratzte mit einem kleinen Messer etwas Farbe ab. Die Farbsplitter schob er sorgfältig in eine durchsichtige kleine Tüte.

»Man weiß nie«, murmelte er.

Anschließend fotografierte er das rote Kreuz mit seiner Handykamera.

»Und Sie sagen, niemand hat etwas bemerkt?«, fragte er die beiden Wachsoldaten.

»Leider nein«, antwortet *Sergeant* Cooper.

Claire lächelte ihn an.

»Dachten wir uns schon.«

Als sie einige Minuten später in ihren Wagen stiegen, der auf dem großen Besucherparkplatz des Friedhofes stand, blickte sie Philippe von der Seite an.

»Was hältst du davon?«, fragte Claire.

»Von dem roten Kreuz? Keine Ahnung, ein Streich, ein Witz. Vielleicht eine verlorene Wette.«

»Oder eine gewonnene«, ergänzte sie.

Niedrige Ginsterbüsche säumten die engen Straßen, als sie zurück in Richtung Caen fuhren. Claire blickte nachdenklich aus dem Fenster, einige Kühe standen widerkäuend inmitten einer Postkartenlandschaft, als würden sie auf einen Fotografen warten.

»Vielleicht sollten wir uns mal mit diesem Charles Frederik Baker beschäftigen«, überlegte Philippe. »Vielleicht gibt es da etwas, wer weiß?«

»Du meinst, jemand hat sich ganz bewusst genau ihn rausgesucht?«

»Kann doch sein«, antwortete Philippe und setzte den Blinker, als sie an eine Kreuzung kamen, an der einige verfallene Steinhäuser standen.

»Es gibt etwas, das dagegenspricht«, sagte Claire. Auf ihrem Schoß lag der Friedhofsplan, den sie im Gehen an der Kasse mitgenommen hatte.

»Und was, bitte schön?«, fragte Philippe erstaunt.

Nicolas liegt falsch, dachte Claire. Manchmal sehen die anderen den Rest. Und wir das Offensichtliche.

»Hier«, sagte sie und tippte auf den Plan. »Es gibt ein Kreuz, das sich genau in der Mitte dieses Gräberfeldes befindet. Und wenn ich die Mitte sage, dann meine ich die exakte Mitte.«

Ihr Finger ruhte auf einer Stelle des Plans.

»Unser Fußsoldat ist der Mittelpunkt in diesem Teil des amerikanischen Friedhofs. Vielleicht ist es nur ein Zufall. Aber auffällig ist es schon.«

Philippe pfiff anerkennend durch die Zähne.

»Und was soll uns das sagen?«

Claire öffnete das Fenster und sog die frische Luft ein.

»Ich habe keine Ahnung, mein kleiner Philippe. Ich habe wirklich überhaupt keine Ahnung.«

KAPITEL 3

Paris
Zwei Wochen später
J-139

Passen Sie auf, gleich kommt es! Nur noch ein paar Meter!«

»Was passiert denn noch alles? Das wird ja immer besser. Wer hat das gefilmt?«

»Keine Ahnung, vermutlich einer von den dämlichen Bauern. Achtung, das Beste kommt gleich … jetzt kommt der Stein, da! Und … Zack! Da fliegt er!«

»Oh mein Gott, ist er …«

»Im hohen Bogen, mein Lieber! Eben steht er noch und jubelt. Und jetzt liegt er dahinten im Matsch, der arme Pesac. Und das in seinem Alter!«

»Nicht schön, und jetzt kann es auch noch jeder sehen.«

»Zwei Millionen Klicks hat das Video schon, unfassbar. Und dabei ist es erst vor wenigen Tagen ins Netz gestellt worden.«

»So wie das Ganze ausgegangen ist, kann wohl mittlerweile selbst Pesac darüber lachen. Aber nach allem, was ich gehört habe, hätte es ihm auch richtig an den Kragen gehen können.«

»Allerdings, die Bauern waren fuchsteufelswild, heißt es.«

»Kein Wunder, bei dem, was Brüssel ihnen aufbürdet.«

»Ich bitte Sie, mein Lieber, das ist kein Grund …«

»Nein, nein, natürlich nicht! Und es ist ja alles gut ausgegangen.«

»Ja, dank Pesacs Personenschützer. Sehen Sie, dahinten ist er zu sehen, er hilft ihm aus dem Schnee und sichert ihn gleichzeitig ab. Die Aufnahme bricht gleich ab, dahinten kommt die Polizei.«

»Und die Bauern verschwinden in alle Richtungen.«

»Guter Mann, dieser Bodyguard. Er war ganz alleine mit Pesac und hat ihn da rausgeholt, ohne zu zögern.«

»Und vor allem ohne Gewalt, das wäre ja alles im Internet zu sehen gewesen. Das war tatsächlich verdammt gute Arbeit.«

»Pesac kann sich glücklich schätzen, ihn zu haben.«

»Oh, er hat ihn nicht mehr.«

»Nein? Warum nicht?«

»Hat er gekündigt?«

»Ganz im Gegenteil. Er wurde versetzt.«

»Und wo ist er jetzt?«

»Er sitzt dort hinten am Tisch. Ich habe es selbst angeordnet. Er arbeitet jetzt wieder für mich.«

»Aber, ist das nicht …«

»Ja, natürlich ist er das. Nicolas Guerlain, der Mann, der mich bei den Filmfestspielen aus Versehen niedergeschlagen hat. Aber wissen Sie, mein Lieber: Ich will der nächste Staatspräsident werden. Und dafür brauche ich jeden guten Mann. Und die besten sowieso. Ganz egal, was die Vergangenheit uns lehrt – die Zukunft lässt sich nur schwer davon beeindrucken!«

»Diesen Spruch hat François Faure diese Woche schon drei Mal gebracht.«

»Vier Mal. Du hast den Auftritt in der Grundschule in Poissy vergessen.«

»Stimmt, mein Fehler.«

»Wirst du alt?«

»Halt die Klappe, Nicolas.«

Nicolas, Bertrand und ihr gemeinsamer Teamleiter Gilles Jacombe saßen an einem kleinen Tisch neben dem Tresen, von wo aus sie das ganze Restaurant im Blick hatten. Es war eines jener Lokale, wie es sie zu Hunderten in Paris gab, unauffällig, aber charmant, heimelig. Hatte man es einmal für sich entdeckt, kam man immer wieder. Anders als an einem normalen Abend war es jetzt jedoch nahezu leer.

Aber dies war kein normaler Abend.

Und es waren auch keine normalen Gäste, die am anderen Ende des Raumes an einem der Tische saßen und bei leichtem Weißwein und schweren Zigarren die Zukunft Frankreichs planten.

Nicolas saß mit dem Rücken zum Tresen, er hatte den Ausgang im Blick. Bertrand saß ihm gegenüber und blickte wahlweise auf den dampfenden Teller Nudeln vor seiner Nase und auf die Verbindungstür zur Küche, die in diesem Augenblick zurückschwang. Gilles Jacombe wiederum hatte den Tisch mit ihrer Schutzperson im Blick, außerdem das große Fenster, hinter dem es vor geraumer Zeit dunkel geworden war.

Die Stimmen der vier Männer drangen zu ihnen durch den Raum. Nicolas dippte etwas Baguette in eine kleine Schale mit Oliven.

»Wie oft haben Sie sich das Video jetzt schon angeschaut?«, fragte Bertrand leise, während er sich schnell eine Gabel Nudeln zwischen die Backen schob.

»Jetzt gleich ist es das dritte Mal.«

»Macht zwei Millionen und drei Klicks. Mein kleiner Nicolas, du hast viele Zuschauer bei deinem Comeback.«

»Ich habe es mir nicht ausgesucht, Bertrand. Scheiße, hat der ein Messer in der Hand?«

»Was!?«

Bertrand drehte sich mit einem Ruck zur Küchentür um, mehrere Nudeln landeten auf seinem Hemd.

»Nicolas! Da ist niemand!«

»Da muss ich mich doch tatsächlich getäuscht haben. Pardon, Bertrand.«

Gilles Jacombe prostete Nicolas mit einem Lächeln zu, während Bertrand fluchend versuchte, die Fettflecken mit einer großen Serviette abzuwischen.

»Der Anzug war echt teuer, du Idiot!«

»So sieht er gar nicht aus«, lachte Nicolas und hielt seinem Freund sein Wasserglas zum Anstoßen hin. »Ich zahl die Reinigung.«

»Und ich trinke auf uns«, ergänzte Gilles und hob ebenfalls sein Wasserglas. »Auf das Team, ich freue mich, dass du wieder an Bord bist, Nicolas.«

»Ich mich nicht«, murmelte Bertrand, hob dann aber mit einem breiten Grinsen doch sein Glas. »Ach, was soll's, willkommen zurück, Nicolas. Das war die beste Entscheidung, die François Faure treffen konnte.«

»Ich freu mich auch«, antwortete Nicolas und sah sein lächelndes Gesicht in der dunklen Fensterscheibe, vor der Carole Adams stand und den Eingang sicherte. Sie waren wie immer zu viert im Team des Ministers, der tatsächlich bald Staatspräsident werden konnte, glaubte man den jüngsten Umfragen.

Sie waren ein gutes Sicherheitsteam. Das Beste, das ein angehender Staatspräsident haben konnte.

Der Anruf aus Faures Ministerium war eine Woche nach dem Zwischenfall mit den Landwirten in der Champagne gekommen. Nicolas hatte ihn erwartet, allerdings nicht so rasch.

»Glückwunsch zum Einsatz, er will dich zurück«, hatte Thomas Bolden, der persönliche Referent von François Faure, ihm kurz mitgeteilt. »Pack deine Sachen, dein Dienstzimmer steht bereit.«

Balthasar Pesac hingegen war überaus betrübt gewesen, ihn als Personenschützer zu verlieren. Aber er konnte Nicolas verstehen.

»Ein Mann mit Ihren Qualitäten will dahin, wo die Musik spielt. Und das tut sie eben nicht hier im Landwirtschaftsministerium.«

»Na ja, manchmal schon«, hatte Nicolas geantwortet und nach anfänglichem Zögern die Umarmung des Ministers erwidert.

»Passen Sie auf sich auf. Ich weiß, das vergessen Sie manchmal, Nicolas.«

»*Oui, Monsieur le Ministre*. Und Sie auch, rufen Sie mich an, wenn die Bauern vor der Tür stehen.«

»Ich weiß, Sie holen dann das alte Flugzeug aus der Scheune.«

Sie hatten beide gelacht, und Nicolas hatte gedacht, dass dies ein kurzer, aber durchaus erträglicher Abschnitt seines Lebens gewesen war. Und er wurde den Gedanken nicht los, dass er sein Comeback bei François Faure vielleicht eines Tages bereuen würde.

»Sie sind jetzt beim Nachtisch angekommen.«

»Das zieht sich mal wieder«, murmelte Bertrand und schielte nach der jungen Bedienung, die zum wiederholten Male an Faures Tisch Wein nachschenkte.

Denn genau das war es: Faures Tisch. Auch wenn die anderen Gäste durchaus Persönlichkeiten waren, denen eine gewisse Autorität anhaftete und die an ihren Wirkungsstätten Macht besaßen. Jeder für sich. Und gemeinsam ohnehin, und diesen Punkt hatte François Faure besprechen wollen. In einem kleinen Pariser Restaurant fernab der üblichen Hauptstadtlokalitäten, wo hinter jeder Suppenschüssel die Presse lauerte. Hier, am Square Montholon, traf sich ansonsten tagsüber eher die Künstlerszene. Sänger, Schriftsteller und andere Troubadoure saßen draußen auf dem Trottoir, nippten an ihrem ersten Café, zogen an ihrer zweiten Zigarette, küssten ihre dritte Frau.

Wie auch immer die Wahlen ausgehen würden, hier würde François Faure sicherlich nicht die meisten Stimmen erhalten, aber wie so vieles in seinem Leben kümmerte ihn das nicht besonders. François Faure würde einen Pakt mit dem Teufel eingehen, um an die Macht zu gelangen. Und wenn man den linken Medien im Lande glaubte, dann hatte er auch tatsächlich vor, genau das zu tun: einen Pakt zu schließen mit politischen Kräften, die sich am rechten Rand des Parteienspektrums bewegten.

Hier und heute Abend aber war der Wein außergewöhnlich gut und seine eigene Zukunft außergewöhnlich simpel. Er würde der mächtigste Mann des Landes werden, und der Preis dafür war ihm ziemlich egal.

Natürlich war dies heute Abend sein Tisch, und er bestimmte, wer daran sitzen durfte.

Seit zwei Stunden bereits saßen die Männer dort und redeten sich die Köpfe heiß, diskutierten, beschwichtigten, bemängelten.

Sie teilten die Macht unter sich auf.

Und zwischendurch blickten sie immer wieder auf das Handy des Ministers und lachten über Balthasar Pesacs Abenteuer in der Champagne.

»So langsam kennen sie es auswendig«, murmelte Nicolas.

»Bleib ruhig, da musst du durch. Selbst schuld«, sagte Gilles Jacombe. »Noch eine halbe Stunde, dann brechen wir auf. Faure hatte drei Gläser Wein, mehr trinkt er nicht.«

»Na ja, meistens. Wenn keine Frauen da sind«, sagte Bertrand und erntete dafür einen strengen Blick seines Teamchefs.

»Seine Geschichten sind seine Geschichten, nicht unsere.«

»Richtig. Wir müssen sie nur organisieren, seine Geschichten. Und vertuschen.«

»Bertrand, es reicht«, zischte Jacombe.

»Ich sehe, es hat sich nichts geändert.« Nicolas lächelte und blickte zu dem Tisch hinüber, wo die vier Männer sich noch immer amüsierten.

François Faure war der Mittelpunkt.

Neben ihm saß der Polizeipräsident von Paris. Daneben der derzeitige Vorsitzende im Senat. Und schließlich ein ranghoher Offizier der französischen Streitkräfte, der offenbar gerne mehr werden wollte, nach den Wahlen.

Ganz im Gegensatz zu dem fünften Mann, der ebenfalls mit am Tisch saß, der aber die Angewohnheit hatte, kaum etwas zu sagen, und der sich den Debatten am Tisch nur gelegentlich anschloss.

Er musste nichts mehr werden.

Er war schon alles.

Er sagt nicht viel, aber wenn er etwas sagt, sollte man ihm zuhören. Diese Redewendung hielt sich seit mehr als zwei Jahrzehnten, so lange war der stille fünfte Mann an Faures Tisch bereits der Chef des französischen Inlandsgeheimdienstes.

Und der Respekt ihm gegenüber enthielt immer auch Spuren von Angst.

Nicolas schien es, als würde der flackernde Kerzenschein das Gesicht des Mannes absichtlich aussparen. Als würde er den Mann dem Schatten überlassen wollen. Ihre Blicke trafen sich, der Mann nickte kurz, und Nicolas verstand sofort.

»Zehn Minuten, Nicolas. Mehr nicht.« Gilles Jacombe blickte auf seine Uhr. »Ich will nicht riskieren, dass François Faure plötzlich früher aufbricht, und ihr seid noch dahinten.«

»Geht klar.«

Nicolas nahm einen Schluck Wasser, sein Hals war trocken. Er hatte lange auf diesen Moment gewartet.

Bertrand wechselte auf seinen Stuhl, als Nicolas aufstand und auf die große Schwingtür zuging, die in die Küche führte. Gilles Jacombe informierte Carole Adams draußen vor dem Restaurant über die kurze Änderung der Lage.

Einer aus dem Team wurde aus der Gleichung herausgenommen. Genau, wie es vor einigen Stunden bei der Einsatzbesprechung angekündigt worden war. Denn sosehr sich François Faure auch damit brüstete, ein solch wichtiges Treffen hier am Square Montholon organisiert zu haben, der wahre Grund für diesen Abend war ein anderer. Es hatte ihm nur keiner gesagt.

Der wahre Grund war Nicolas. Er sollte heute endlich mehr erfahren, warum ausgerechnet jetzt, wusste er selbst nicht.

Der wahre Spielleiter in dieser kleinen Scharade war nicht der mögliche zukünftige Staatpräsident dort hinten am Tisch der großen Männer, sondern der Mann im Schatten, der nicht viel sprach und dabei doch so viel zu sagen schien.

Es war jener Mann, der ihm, Nicolas, Julie genommen hatte, vor mehr als vier Jahren, an einem Abend im Théâtre des Champs-Élysées, begleitet von den Klängen Gustav Mahlers.

Der Mann, der ihm endlich mehr erzählen konnte, hier und jetzt, in einer Küche im 9. Arrondissement von Paris, begleitet vom Duft schwerer Saucen, der Nicolas entgegenschlug.

Sein Vater lehnte mit geschlossenen Augen an einer der großen Arbeitsinseln. In seinem teuren Maßanzug schien er zwischen all den Töpfen, Pfannen und herumliegenden Küchenutensilien völlig fehl am Platz.

Er ist alt geworden, dachte Nicolas. Alt und einsam.

Wobei er seinen Vater immer schon als einsamen Menschen wahrgenommen hatte, selbst, als er noch bei ihnen zu Hause gewohnt hatte. Das war, bevor er zum Geheimdienst gewechselt war, dessen Leiter er Jahre später werden sollte.

Im hinteren Teil der Küche führte einer seiner Mitarbeiter zwei Köche nach draußen.

Sie waren ungestört.

Sein Vater öffnete die Augen und blickte Nicolas an.

»Höchstens noch fünfzehn Minuten, dann ist es überstanden.«

»Ihr scheint euch zu amüsieren«, bemerkte Nicolas und nahm eine Apfelsine aus einer Schüssel auf der Arbeitsfläche.

Sein Vater seufzte und verdrehte die Augen.

»Er wird die Wahl wohl gewinnen, diese Gespräche sind nun mal wichtig.«

»Ganz bestimmt sogar.«

Für einen Moment schob sich ein unangenehmes Schweigen zwischen sie beide, ein Schweigen, das Nicolas nur zu gut kannte.

Er hatte es nie durchbrechen können.

»Herzlichen Glückwunsch übrigens«, sagte sein Vater plötzlich. »Dein Einsatz bei den Landwirten auf der N44 war nicht schlecht.«

»Vielen Dank.«

»Mit einem anderen Personenschützer hätte Pesac alt ausgesehen.«

»Das wissen wir nicht.«

»Glaub mir, Nicolas, das wissen wir.«

Natürlich, dachte Nicolas. Du weißt alles. Du weißt auch, wo

Julie ist. Aber ich werde dich noch nicht danach fragen, weil du das als Schwäche auslegen würdest.

Und sein Vater hasste Schwäche. Damals genau wie heute.

»Du arbeitest also wieder für François Faure. Ist es das, was du wolltest?«

»Du weißt genau, was ich will, Vater.«

Das Spiel war eröffnet.

Der Vorhang der Nacht hob sich. Im großen Saal des Théâtre des Champs-Élysées ging das Licht an, der Schein der großen Deckenleuchter fiel herab auf einen älteren Mann und auf die junge Frau an seiner Seite. Sie weinte leise. Er nahm sie in den Arm, verbarg ihre Schwäche. Während er, Nicolas, an den beiden vorbeilief, ohne sie zu sehen. Vor mittlerweile mehr als vier Jahren.

Und jetzt also wieder Paris, Square Montholon. Eine Küche, zwei Männer.

Nicolas hatte lange darauf gewartet, zu lange. Immer wieder hatte er seinen Vater bedrängt, ihm mehr zu sagen.

Wo war Julie? Wieso meldete sie sich nicht? Was hatte der Geheimdienst damit zu tun? Warum hatte sie sich damals neben seinen Vater gesetzt, im Théâtre des Champs-Élysées?

So viele Fragen. Und keine Antwort. Sein Vater hatte ihm bei ihrem ersten Treffen in seinem Büro nur das Nötigste gesagt.

Ein Auftrag. Eine Sache, die unter Verschluss war. Und dort blieb.

Und jetzt wurde dieser Verschluss also geöffnet, in einer Küche am Square Montholon.

Sein Vater blickte ihn an und begann zu reden, mit leiser Stimme und der klaren Botschaft, dass er alles nur genau ein Mal erzählen würde.

»Ich fange ganz vorne an, das hat durchaus seinen Sinn.«

Nicolas nickte.

»Ich bin ganz Ohr.«

»Ganz vorne, das bedeutet in diesem Fall ein Dienstagnachmittag vor mittlerweile mehr als vier Jahren.«

Nicolas runzelte die Stirn, aber sein Vater schien durch ihn hindurchzublicken, auf einen Punkt, der weit zurücklag.

»Damals regnete es draußen, ich erinnere mich noch ziemlich genau. Es war am späten Nachmittag, und ein Mann kam in mein Büro, um mir anzukündigen, dass er einen Anschlag plane. Und dass ich ihn nicht daran hindern könne. Mein gesamter Apparat könne ihn nicht daran hindern.«

»Was …«, wollte Nicolas fragen, aber sein Vater machte ihm ein Zeichen, einfach nur zuzuhören.

»Dieser Mann«, fuhr Alexandre Guerlain fort, »weißt du, was er gesagt hat? Er wolle mir ein Spiel vorschlagen, ein Spiel, bei dem der Gewinner bereits feststehe. Und auch der Verlierer.«

»Und der bist du«, vermutete Nicolas.

Sein Vater nickte kurz.

»Ich habe ihn gefragt, was das denn für ein Anschlag sei, den er da plane, wenn er mir das doch einfach sagen würde, könnten wir auf das Spiel verzichten. Aber er hat nur gelacht, hämisch gelacht. Und gesagt, ich habe es noch genau im Ohr: im Gegenteil, *Monsieur* Guerlain. Ich verrate es Ihnen zwar tatsächlich, aber genau in dem Augenblick beginnt unser kleines Spiel.«

Nicolas spielte gedankenversunken mit der Apfelsine in seiner Hand.

»Wer war der Mann?«, wollte er wissen, und seine Stimme klang ungeduldig. Er fragte sich, was dies alles mit Julie zu tun hatte. Denn nur deshalb war er hier.

Sein Vater griff in die Innentasche seines maßgeschneiderten Jacketts und holte ein Foto hervor, das er behutsam, als wäre es zerbrechlich, auf den blankpolierten Edelstahl der Arbeitsplatte vor sich legte. Nicolas beugte sich nach vorn, um den Mann auf dem Bild besser zu erkennen.

Es war eine Porträtfotografie, das Gesicht eines Mannes, der ungefähr in seinem Alter war. Er war attraktiv, elegant gekleidet, und er trug ein spöttisches Lächeln im Gesicht. Das kurze schwarze Haar war zu einem perfekten Seitenscheitel gekämmt, unter dem linken Ohr erkannte Nicolas eine kleine Narbe.

Er hatte ihn schon einmal gesehen, er wusste nur nicht genau …

»Dieser Mann stand vor mehr als vier Jahren in meinem Büro«, erklärte sein Vater. »Er trug ziemlich genau dieses Lächeln und dazu einen teuren dunklen Anzug. Ich wusste sofort, um wen es sich handelte. Dieser Mann, Nicolas, ist Pierre Melville, du hast ihn vermutlich schon mal gesehen.«

In Nicolas' Kopf kam etwas in Bewegung. Erinnerungen und Eindrücke, Listen und Dateien wurden aufgerufen. Eine Flut nützlicher und unnützer Informationen, die ganz plötzlich, beim Buchstaben M, abbrach.

Pierre Melville, jüngster Abgeordneter in der französischen Nationalversammlung. Er kam ursprünglich aus der Normandie, genauer gesagt dem Bessin, zwischen Caen und der Perlmuttküste.

Sein Vater deutete auf das Foto.

»Melville ist mittlerweile fünfunddreißig Jahre alt, also immer noch recht jung. Er gilt als …«

»… enorm ehrgeizig, manche halten ihn für hochintelligent«, fuhr Nicolas seinen Gedanken fort. »Er ist ein Charismatiker, manchmal aufbrausend, ein brillanter Redner und politischer Strippenzieher.« Nicolas hatte in Gedanken die Karteikarte von Pierre Melville aufgedeckt, sie lag auf einem fein säuberlich sortieren Stapel in seinem Kopf unter der Rubrik »Abgeordnete«. Natürlich konnte er nicht die Lebensläufe aller Parlamentsmitglieder auswendig, aber Melville war ihm bereits vor einiger Zeit aufgefallen, daher hatte er ihn sich genauer angesehen.

Sein Vater war sichtlich beeindruckt, auch wenn er dies nicht zugegeben hätte.

Nicolas sah ihn fragend an.

»Und dieser Melville hat dir erzählt, dass er einen Anschlag plant? Einfach so?«

Sein Vater schüttelte den Kopf.

»Nein, nicht einfach so. Sondern ganz gezielt und mit der Absicht, mich herauszufordern. Immer wieder hat er von einem Spiel gesprochen, er gegen den Staat, gegen den Geheimdienst, letztendlich aber auch gegen mich. Darum ging es ihm. Und er hat mir tatsächlich verraten, was er vorhat. Sogar wo und wann es stattfinden soll. Einfach so, als wäre es das Normalste auf der Welt.«

»Er hat dir den Tag genannt?«, fragte Nicolas ungläubig.

Sein Vater lächelte kurz.

»So ist es. Den Tag, den Monat. Aber nicht das Jahr. Er hat dabei gekichert wie ein kleiner Schuljunge, er hatte daran einen Riesenspaß.«

»Von welchem Tag reden wir?«, fragte Nicolas.

Sein Vater deutete auf das Foto, das vor ihnen lag.

»Pierre Melville sagte mir, er plane einen Anschlag am 6. Juni. Bei den Feierlichkeiten in der Normandie. Irgendwann in den kommenden Jahren, er habe es dabei nicht eilig. Aber er würde sich rechtzeitig melden.«

Nicolas lachte auf.

»Das ist Wahnsinn, kein Ort der Welt ist so gesichert wie die Normandie am 6. Juni. Da kommen …«

»… Staatsgäste aus aller Welt. Zuschauer, Presse, ganze Beraterstäbe. Präsidenten, Staatschefs, Oberhäupter. Ich kann dir versichern, in den vergangenen Jahren haben wir den 6. Juni hermetisch abgeriegelt. Aber es kam nie eine Ankündigung. Es ist nie etwas passiert.«

Nicolas erinnerte sich an den 6. Juni vor zwei Jahren. Die Feierlichkeiten anlässlich der Landung der Alliierten im Zweiten Weltkrieg, die Reden, die Kranzniederlegungen auf den Soldatenfriedhöfen. Die Sicherheitsvorkehrungen waren enorm gewesen, regelrecht auffällig. Jetzt wusste er auch, warum.

»Vielleicht blufft er nur«, überlegte er. »Ein übler Scherz, ein zu großes Ego.«

Sein Vater schüttelte wieder leicht den Kopf.

»Nein, dafür war er zu sicher. Wir haben ihn natürlich direkt nach seinem Besuch bei mir vernommen, stundenlang. Das ging die ganze Nacht hindurch. Immer wieder mit anderen Vernehmern, mit anderen Taktiken. Wir haben seinen gesamten Hintergrund gecheckt, wir haben sein Umfeld durchleuchtet. Aber da war nichts. Wirklich nichts. Und doch war ich mir sicher, dass er es ernst meint.«

Nicolas runzelte die Stirn.

»Warum warst du dir da so sicher?«

Sein Vater tippte auf das Foto.

»Weil er genau vorhergesagt hat, was wir tun würden«, erklärte er. »Die stundenlangen Verhöre. Die Beschattungen. Und er war vollkommen überzeugt davon, dass wir nichts finden würden. Und dass wir daraufhin irgendwann von ihm ablassen und ihn vergessen würden. So hat er sich ausgedrückt. ›Und dann haben Sie verloren‹, hat er noch gesagt und wieder genauso gelacht wie auf dem Foto da. Das war kein Bluff, Nicolas. Das war eine Drohung. Oder ein Versprechen.«

Für einen kurzen Moment schwiegen sie.

»Wir haben ihn unter dem Verdacht der Planung eines terroristischen Aktes für einige Tage festgehalten, aber irgendwann erkannten die Richter, dass wir nichts, aber auch gar nichts in der Hand hatten. Nichts, außer eben der persönlichen Ankündigung Melvilles. Und die hat er natürlich abgestritten. Als hätte es seinen Besuch bei mir nie gegeben.«

»Warum macht er das alles?«, wollte Nicolas wissen.

»Auch das hat er mir gleich zu Beginn gesagt«, antwortete sein Vater. Er nahm ein sauberes Glas aus einem Regal, befüllte es mit kaltem Wasser und trank es in einem Zug leer.

»Melville ist ein harter Hund, seine politische Heimat ist der äußerste rechte Rand. Er ist ein Nationalist durch und durch. Nur kann er das sehr gut verbergen, er ist nicht so dumm, in der Öffentlichkeit Reden zu schwingen. Damals war er ein sehr junger, aufstrebender Politiker. Und ganz offenbar hatte er einen Plan, für den er vor allem eines brauchte: Geduld.«

»Wie soll ich das verstehen?«, fragte Nicolas.

»Pierre Melville hat uns ganz bewusst Zeit gegeben. Er wollte uns von Anfang an in einem Zustand von Unsicherheit zappeln lassen. Er will uns zermürben, Nicolas, das Gefüge, in dem wir uns bewegen, zum Einsturz bringen, weil er selbst schon lange nicht mehr daran glaubt. Sofern er das überhaupt je getan hat. Er will beweisen, dass dieser Staat gescheitert ist, dass die Bürokratie, dass der gesamte Sicherheitsapparat die Menschen dort draußen nicht schützen kann. Nicht mal, wenn dieser Apparat Jahre zuvor genau weiß, was passieren wird. Nicht mal dann schaffen wir es, die Franzosen zu schützen, verstehst du, Nicolas?«

Sein Vater hatte die Tonart gewechselt, Nicolas spürte den Druck, der auf ihm lastete.

»Wenn Melville diesen Plan umsetzt, dann wird kein Stein mehr auf dem anderen bleiben. Die Öffentlichkeit wird nicht nur Köpfe fordern, sondern ganze Strukturen, sie wird Institutionen in Frage stellen. Und dann werden Politiker wie Pierre Melville da sein, mit ihrem höhnischen Lächeln und ihrem teuren Anzug, und sie werden Lösungen anbieten. Einfache Lösungen. Machtbefugnisse von unbekanntem Ausmaß werden entstehen, die Kontrolle über Menschen und Dinge, die bislang frei von Kontrolle waren, als legitim erscheinen. Du weißt, Nicolas, dass ich selbst kein Freigeist bin, was die Sicherheit unseres Landes betrifft. Aber ein solches Land, das will selbst ich nicht.«

Nicolas überlegte, ob er seinen Vater jemals so aufgebracht erlebt hatte. Die Antwort war einfach: noch nie.

»Pierre Melville ist ein gefährlicher Spieler«, sagte Alexandre Guerlain, nachdem er erneut einen Schluck Wasser getrunken hatte.

»Warum erzählst du mir das alles?«, fragte Nicolas, während er durch die Milchglasscheiben hinaus in den Hinterhof blickte, wo in der Dunkelheit einige von Alexandres Männern standen und mit den Köchen eine Zigarette teilten. Er musste wieder zurück zu seinem Team, sie waren schon zu lange hier drin.

Sein Vater blickte ihn an, und Nicolas konnte das Blitzen in seinen Augen sehen.

»Weil es so weit ist, Nicolas. Pierre Melville wird in Kürze das Spiel eröffnen.«

»Woher wisst ihr das?«

Während er die Frage stellte, spürte Nicolas, dass sie an einem entscheidenden Punkt angekommen waren. Die Antwort war womöglich jene, auf die er so lange Zeit gewartet hatte. Er betrachtete nochmals das Foto, das vor ihm auf der Arbeitsfläche lag. Er sah das Lächeln, die dunklen Haare, das glattrasierte Kinn. Er sah einen Mann, der es gewohnt war zu gewinnen.

Sein Vater musterte ihn.

»Ich wusste, dass Melville es ernst meint, von Anfang an. Und wir hatten nichts gegen ihn in der Hand. Deshalb habe ich beschlossen, zu tricksen. Falsch zu spielen, verstehst du.«

»Inwiefern?«, fragte Nicolas.

»In dem ich einen weiteren Spieler aufs Feld geschickt habe«, antwortete sein Vater. »Einen, von dem Melville nichts wusste, der dafür sorgen sollte, dass wir ihm immer einen Schritt voraus sind.«

Für einen kurzen Moment wog Nicolas die Apfelsine in seiner Hand, betrachtete die orange Schale. Er schluckte schwer, bevor er sprach, mit brüchiger Stimme.

»Keinen Spieler«, sagte er. Und er hatte recht.

Sein Vater nickte.

»Eine Spielerin.«

Dann griff er wieder in die Innentasche seines Jacketts und legte ein zweites Foto neben jenes von Pierre Melville.

»Diese Aufnahme ist eine Woche alt«, sagte er. »Sie wurde von einer Überwachungskamera an der Gare du Nord gemacht.«

In Nicolas' Ohr knackte es kurz, die Stimme seines Teamleiters war zu hören.

»Nicolas, kommt da raus. Die Runde löst sich gleich auf.«

Er antwortete knapp und starrte auf das Bild. Den Saft der zerquetschten Apfelsine in seiner Hand spürte er nicht, der seine Finger entlanglief und kurz darauf unmittelbar neben seine Schuhe auf den Küchenboden tropfte.

Sie trug ihr Haar etwas kürzer. Und sie hatte es schwarz gefärbt. Über der rechten Schulter erkannte er eine Reisetasche, ihre linke Hand umfasste den Arm eines Mannes in ihrem Alter.

In seinem Alter.

Ein Mann mit einem markantem Kinn, der seine schwarzen Haare akkurat zu einem Scheitel gekämmt hatte und der mit ihr in einer Taxischlange an der Gare du Nord stand und sie anlächelte.

Julie jedoch blickte über ihre linke Schulter nach oben, dorthin, wo die Kamera installiert war.

Dort, wo er jetzt stand und auf sie blickte.

Da war sie. Mit ernster Miene und müdem Blick. Zurück in seinem Leben, aber am Arm eines fremden Mannes, der vorhatte, dieses Land aufzurütteln, und daraus auch noch ein Spiel machte. Ihm war schwindelig.

»Nicolas, die Autos fahren vor«, zischte Gilles Jacombe in seinem Ohr.

Sein Vater nickte ihm zu.

»Die Autos fahren vor«, wiederholte Nicolas tonlos in Richtung seines Vaters. Dann sah er, dass auch Alexandre Guerlain einen Knopf im Ohr trug. Schlauer alter Hund, dachte er. Sein Vater hatte vermutlich bereits den ganzen Abend ihren Gesprächen gelauscht und war wie immer bestens über alles informiert.

»Sie werden warten«, sagte Alexandre Guerlain jetzt und machte einem seiner Männer draußen im Hinterhof ein Zeichen.

»Wir kommen gleich«, sagte Nicolas in sein Mikro. Dann blickte er seinen Vater an und klappte sein Visier nach oben.

Er ging aus der Deckung, das Spiel hatte sich geändert.

»Du willst mir erzählen, dass Julie an der Seite dieses Mannes lebt, dass sie die ganze Zeit bei ihm war?«

Sein Vater nickte.

»Wir mussten etwas tun, womit Melville nicht rechnete. Also haben wir Julie damals …«

»Das ist Blödsinn!«, fuhr Nicolas ihn an. »Julie war Analystin, das ist ein Bürojob. Sie wollte nie auf der Straße arbeiten, sie ist keine Agentin, sie ist dafür nicht ausgebildet und …«

»Sei still!«, zischte sein Vater ihn an. Nicolas hatte zu laut gesprochen, er atmete schwer, sein Mund war trocken. Die Apfelsine in seiner Hand tropfte.

Dann begriff er.

Sein Vater hatte ihn in diese Küche geholt, damit er endlich die Wahrheit erfuhr. Aber niemand hatte gesagt, dass es die ganze Wahrheit sein würde.

Hinter der Schwingtür wurden die Stimmen lauter, offenbar neigte sich das Abendessen tatsächlich dem Ende zu. Es blieb keine Zeit mehr.

»Hör zu«, sagte sein Vater. »Hör mir gut zu, Nicolas. Wir haben Julie da reingeschickt, weil sie die Richtige war. Die Richtige für Melville. Mehr musst du zum jetzigen Zeitpunkt nicht wissen. Sie ist freiwillig gegangen, ich habe sie nicht gezwungen.«

»Ich glaube dir kein Wort, Vater«, sagte Nicolas mit leiser Stimme.

Alexandre Guerlain zuckte kurz mit den Schultern.

»Das ist jetzt nicht wichtig. Wichtig ist nur, dass Julie sich gemeldet hat, endlich. Denn darin war sie in den vergangenen Jahren nicht unbedingt gut, sie hat ihren Auftrag … sagen wir … möglicherweise etwas schleifen lassen. Wie auch immer, sie hat sich gemeldet, einen Tag, nachdem wir sie auf dieser Aufnahme hier gesehen haben. Sie hat sich sonst so gut wie nie in der Öffentlichkeit mit ihm sehen lassen, es gibt kaum Aufnahmen mit ihr. Diese hier hat sie offenbar ganz bewusst in Kauf genommen und …«

»Was hat sie gesagt?«, unterbrach ihn Nicolas hastig, und Alexandre Guerlain lächelte, als er sah, wie aufgewühlt sein Sohn war.

»Dass Pierre Melville in diesem Jahr zuschlagen wird. Und dass sie mit dir Kontakt aufnehmen will. Und nur mit dir.«

Es war für einen kurzen Augenblick still in der Küche. Sein Vater stellte sein Glas auf die Arbeitsfläche und steckte die beiden Fotos ein. Dann beugte er sich zu Nicolas.

»Das Spiel ist eröffnet, Nicolas. Und ob es dir passt oder nicht, du stehst mitten auf dem Feld. Und du wirst gefälligst an meiner Seite spielen, und zwar nur an meiner Seite und an keiner anderen, verstehst du mich, Nicolas?«

Aber Nicolas verstand nicht, er wollte es nicht.

Warum hast du nichts gesagt? Das war sein einziger klarer Gedanke, die einzige Frage, für deren Antwort er ein Vermögen gezahlt hätte.

Aber es war niemand da, dem er das Geld hätte geben können.

Sein Vater stand jetzt ganz dicht vor ihm, draußen hörten sie Gelächter und Abschiedsgrüße, als die Runde der mächtigen Männer sich auf den Weg machte.

»Ich will das Spiel nicht verlieren, Nicolas, hörst du? Und dafür brauche ich Julie. Und dich, ob mir das nun passt oder nicht. Du wirst sie also in den Arm nehmen und sie beruhigen, und anschließend wirst du mich anrufen und mir alles erzählen.«

Nicolas merkte, wie die Stimme seines Vaters sich entfernte, wie ein Echo seinen Kopf ausfüllte. Das Echo eines Satzes, ausgesprochen vor so langer Zeit.

Ich bin gleich wieder da.

Langsam legte Nicolas die tropfende Apfelsine ins Spülbecken. Seine Hände klebten.

»Vertraust du Julie?«, fragte er seinen Vater mit leiser Stimme und blickte ihm dabei direkt in die Augen.

»Natürlich nicht«, antwortete Alexandre Guerlain mit schneidender Stimme. »Bislang hat sie kaum nennenswerte Berichte, geschweige denn irgendwelche Beweise geliefert – obwohl sie Melvilles engste Vertraute geworden ist. Würdest du ihr vertrauen, Nicolas?«

Nicolas antwortete nicht.

»Pierre Melville ist ein Menschenfänger, und Julie ist jung. Wir wissen nicht, ob sie wirklich noch auf unserer Seite spielt. Und leider haben wir wenig Zeit, um das herauszufinden. Die Uhr tickt, Nicolas.«

Nicolas und sein Vater gingen in Richtung der Schwingtür, die zurück ins Restaurant führte.

»Julie will sich bei dir melden und dir Einzelheiten erzählen, und du wirst mich vorwarnen. Ich will dabei sein, wenn es sein muss, verdeckt ...«

Nicolas griff mit einer blitzschnellen Bewegung nach dem Arm seines Vaters, krallte sich in seinen Anzug und zog ihn an sich heran.

In seinem Innern war es totenstill.

»Vater«, sagte er mit einer kaum hörbaren Stimme. »Eines sollst du wissen. Ganz egal, wie lange Julie weg war, ganz egal, was sie erlebt und gemacht hat: Ich vertraue ihr. Immer. Jetzt mehr denn je. Und wenn sie sich meldet, dann wirst du dich gedulden müssen. Genau wie ich mich geduldet habe, bis zum heutigen Tag.«

Sein Vater starrte ihn an, in offener Feindseligkeit.

»Es geht um die nationale Sicherheit, Nicolas. Das ist eine Nummer zu groß für euch. Wir müssen wissen ...«

»Das werdet ihr«, zischte ihn Nicolas an. »Ihr werdet alles wissen, so wie immer. Aber diesmal werdet ihr warten, diesmal werdet ihr verzweifelt nach Antworten suchen. Und ich werde euer Flehen hören, ich werde dich hören, und ich werde nicht antworten. Glaub mir, Vater, ich werde nicht antworten, ehe ich nicht alles weiß. Weiß ich alles, Vater?«

Nicolas wartete.

Fünf Sekunden. Zehn. Sein Vater zuckte kein einziges Mal mit den Wimpern.

Dann ließ Nicolas ihn los. Alexandre Guerlain rückte seinen Anzug zurecht und blickte ihn finster an. Dann jedoch begann er zu lächeln.

»Du stehst auf brüchigem Eis, Nicolas. Und glaub mir, Julie kann dir nicht helfen, wenn du einbrichst. Du magst ihr vertrauen, aber helfen kann sie dir nicht.«

Nicolas öffnete die Schwingtür einen Spalt, um zu sehen, was draußen vor sich ging. Sein Teamleiter organisierte gerade den Aufbruch des Ministers. Er schloss die Tür wieder und wischte sich die klebrigen Hände an einem Küchentuch ab.

»Vielleicht kann sie mir nicht helfen, Vater. Aber ich, ich kann ihr helfen.«

Für einen Moment standen sie sich schweigend gegenüber, dann straffte Alexandre Guerlain die Schultern.

»Also gut, wir werden sehen, was kommen wird. Aber du solltest meine Geduld nicht überstrapazieren, Nicolas. Erst mal gehst du jetzt vier Schritte zurück und wartest. Ich gehe alleine da raus. Ich habe in der Küche telefoniert, alleine. Sonst nichts. Und in ein paar Wochen wirst du in die Normandie aufbrechen, als Vorhut für euer Team. So wie ihr es immer macht. Hoffen wir, dass Julie sich bald bei dir meldet.«

Kein Wort des Mitgefühls. Kein Verständnis, kein Mitempfinden. Keine Entschuldigung dafür, dass der Geheimdienst ihm Julie genommen hatte. Nicolas hätte es wissen müssen, es traf ihn dennoch. Sein Vater hatte die Hand bereits am Griff der Schwingtür, als er sich noch mal zu ihm umdrehte.

»Und eines noch, Nicolas«, sagte er und prüfte dabei seinen Krawattenknoten.

»Ich weiß, diese Unterredung …«

»Das ist selbstverständlich. Nein, es geht um deinen Einsatz in der Champagne. Die Attacke der Bauern auf Balthasar Pesac. Da ist etwas, was ich mich die ganze Zeit frage …«

Nicolas blickte auf seine Armbanduhr.

»Ich muss da raus, Vater. François Faure verlässt das Lokal, ich bin für ihn mitverantwortlich.«

»Keine Sorge, einer meiner Männer hat deine Position längst übernommen. Jacombe weiß Bescheid.«

Natürlich, dachte Nicolas.

Sein Vater lächelte ihn an. Wissend.

»Weißt du, was ich mich die ganze Zeit gefragt habe? Wenn die Bauern schon eine Nationalstraße mit einer Straßensperre und brennenden Autoreifen blockieren, warum nehmen sie dann ausgerechnet die Landstraße südlich von Chalons-en-Champagne? Immerhin war die seit Tagen wegen dringender Reparaturarbeiten ohnehin gesperrt. Ist das nicht seltsam?«

Jetzt war es Nicolas, der lächelte.

»Darauf habe ich nun wirklich nicht geachtet, Vater.«

»Alexandre, da bist du ja! Wir wollen los, sollen wir dich mitnehmen?«

»Ich komme, ich musste in der Küche nur kurz telefonieren. Ein kleines Problem, nichts Besonderes.«

Kaum eine Minute später fuhren draußen auf dem Square Montholon drei Limousinen davon, besetzt mit Macht und Zuversicht.

Zurück blieben mehrere leere Flaschen Weißwein, ein bisschen trockenes Brot, ein paar Tropfen Olivenöl und der Duft schwerer Saucen.

Als Nicolas eine knappe Stunde später alleine in die dunkle Nacht hinaustrat, zerriss der Wind die Wolkendecke und gab den Blick auf den dahinter verborgenen Sternenhimmel preis. Er schloss die Augen und gab sich für einen kurzen Moment der Vorstellung hin, dass das Geräusch des zähfließenden Verkehrs auf den großen Boulevards der Stadt in Wahrheit das Rauschen heranrollender Wellen sei, an einem Strand, weit entfernt von allem.

Vor allem von ihm selbst.

KAPITEL 4

Normandie
Zur gleichen Zeit
J-139

Etwas mehr als 250 Kilometer von den belebten Cafés der Hauptstadt Richtung Nordwesten war der Nachthimmel klar, nur hin und wieder schob der Wind vereinzelte Wolken heran. Die heranrollenden Wellen am Strand erinnerten an das Rauschen des zähfließenden Verkehrs in einer weit entfernten Großstadt.

Der Mann, der in der Dunkelheit lag und Blut spuckte, bemerkte, wie sich alles von ihm entfernte. Die Lichter der Küste, das Kreischen der Möwen über seinem Kopf, das wärmende Pochen seines Herzens in seiner Brust.

Vorsichtig tastete er mit der linken Hand über den Untergrund, den er als rostig und dunkel erkannt hatte, ein riesiger, mit grünem Tang bewachsener Klotz, den jemand auf dem Spielfeld der Geschichte liegen gelassen hatte – und der ihm jetzt das Leben rettete.

Vorerst.

Seine Finger spürten den glitschigen Tang, schoben sich in die Ritzen zwischen die Metallplatten, fuhren über Kalkablagerungen und kleinste Muscheln, die sich an der feuchten Oberfläche festgesetzt hatten. Unter ihm erklang das Gurgeln des Wassers, das von den Gezeiten hin und her gezerrt wurde.

Er versuchte, flach zu atmen. Nicht zu schnell, so gerne er auch mehr Sauerstoff in seinen Körper gepumpt hätte. Aber jeder Atemzug war eine Qual, und er spürte das Blut an seiner

Hand, die er auf die tiefe Wunde an seiner linken Seite gelegt hatte. Das Salz des Meeres brannte in seinem Fleisch, noch immer spuckte und hustete er Wasser.

Jetzt ging sein Atem wieder zu schnell.

Er hyperventilierte.

Er starb.

Bleib ruhig, schalt er sich.

Mach die Augen auf.

Schau nach, was das Leben noch zu bieten hat.

Sterne, Wolken. Einen milde lächelnden Mond.

Mehr als er erwarten durfte, nach all dem, was passiert war.

Sein Kopf war gegen Metall gestoßen, eine Welle hatte ihn regelrecht gegen dieses schwarze Ungetüm im Meer geschleudert. Sein Körper hatte bereits sinken wollen. Doch er hatte sich festgekrallt, an etwas, er wusste nicht genau, woran. Vielleicht an das Leben selbst, versehen mit rostigen Sprossen, die nach oben führten. Raus aus dem Wasser, raus aus der Kälte. Er hatte eine Ewigkeit gebraucht, um sich bis nach oben zu kämpfen.

Seine Wunde pochte jetzt wieder, ihm wurde flau.

Er verlor Blut.

Mühsam schaffte er es, den linken Ärmel seines klammen Jacketts ganz abzureißen, der nur noch an einer Stelle von der Naht gehalten wurde. Immer wieder drang sein Keuchen durch die dunkle Nacht. Endlich hielt er den Stoff in der Hand und presste ihn kurz darauf auf die Wunde.

Sein Kopf pochte, und als er sich über die Augen fuhr, blieben Haut und Blut von der tiefen Wunde an seiner Hand hängen. Ihm wurde schwarz vor Augen, und für die kleine Ewigkeit einer knappen Minute wurde er ohnmächtig.

Als er wieder erwachte, saß vor ihm ein Engel und krächzte laut. Kurz darauf flog er davon.

Ich bin zu hässlich für den Himmel, dachte der Mann.

Dann fiel ihm seine Waffe ein. Vielleicht konnte er mit einem Schuss auf sich aufmerksam machen. Umständlich schob er sein Jackett zur Seite und tastete nach dem Holster. Es war leer, seine Waffe war fort.

Und während sich um ihn herum die Geister seines Lebens versammelten, um mit ihren spitzen Fingern in seinen Wunden zu bohren, verlor sich sein Blut in den salzigen Abgründen des Ärmelkanals.

Seine Fingernägel kratzten über das Metall, auf dem er lag.

Es würde eine lange Nacht werden.

Oder eine kurze.

KAPITEL 5

Paris
Eine Stunde später
J-139

Nicolas hatte beschlossen, vom Square Montholon aus zu Fuß nach Hause zu laufen, immer Richtung Osten, einmal herum um den Bauch dieser Stadt. Immer noch waren die Straßen bevölkert und die Cafés gut besucht, auf den Bürgersteigen standen junge Menschen und rauchten, ihre Gesichter wurden erhellt von den warmen Lichtern, die aus den Eingängen der Kabaretts und Programmkinos fielen. Aber wie so oft, wenn Nicolas durch diese Welt schritt, in der alles leicht war und verspielt, in der nichts anderes zu zählen schien als der Augenblick, fühlte er sich fremd.

Fremd an diesem Ort, fremd in diesem Leben.

Fremd in seiner Haut. Sie zwickte, als hätte er sich einen viel zu engen Anzug gekauft. Und immer wieder kam es ihm vor, als würde ihn niemand sehen, als sei er unsichtbar. Die Unbekümmertheit dieses Abends drang auch jetzt nicht zu ihm durch.

Einmal leicht sein, dachte Nicolas, als er an einer Gruppe Studenten vorbeilief. Einmal nichts fühlen als nur den Augenblick. In der Innentasche seines Anzuges spürte er eine kleine Packung Medikamente. Sie war federleicht.

Nicolas fuhr sich müde übers Gesicht und senkte den Blick. Er beobachtete, wie seine Füße ihn langsam vom Boulevard de Magenta forttrugen, hinein in die etwas ruhigeren Straßen seines Viertels.

Er musste nur warten. Warten, bis Julie sich meldete, von einem Münztelefon in Deauville oder einem Handy in Paris. Von wo auch immer, er würde da sein, ihr zuhören, ihr vertrauen, ihr helfen.

Wenn ich eines kann, dachte er, dann ist es warten. Wie oft schon hatte er vor geschlossenen Türen gestanden und gewartet, auf das Ende einer Sitzung, auf den Beginn einer Pressekonferenz, auf Limousinen und Motorräder, auf Flugzeuge und Hubschrauber, darauf, dass es weiterging.

Er würde einfach nur warten. Darauf, dass es zu Ende ging.

Als er wenig später den Canal Saint-Martin erreichte und das Blaulicht eines vorbeifahrenden Polizeifahrzeuges im Wasser aufblitzte, dachte er für einen kurzen Moment an das erste Treffen mit seinem Vater vor einigen Monaten. Ein Moment von Enge und Enttäuschung, der Zugang verstellt mit Kisten voller Geheimnisse und Verrat. Und sein Vater hatte einfach immer mehr Kisten dazugestellt, anstatt ihm den Weg freizuräumen.

Er hätte damit rechnen müssen.

»Hallo, Vater.«

»Hallo, Nicolas.«

Es war ein Schock. Alles war ein Schock gewesen, damals. Und das war es bis heute.

So viele falsche Wahrheiten. Und so viele echte Lügen.

Julie, die nicht verschollen war, sondern untergetaucht.

Im Auftrag seines eigenen Vaters, dem Chef des französischen Inlandsgeheimdienstes.

Der Mann im Schatten, der nichts sagen durfte. Nicht einmal seinem eigenen Sohn, den er ohnehin nicht mehr sah und der keine Rolle spielte in seinem Leben, womöglich noch nie gespielt hatte.

Alles für den Dienst. Alles für sein Land.

Da blieb nicht viel übrig.

Stets hatte Nicolas seinen Vater verleugnet, hatte ihn nie erwähnt, in keinem Bewerbungsgespräch, bei keinem Dienstantritt, bei keiner behördlichen Überprüfung.

Und auch die, die um das Verwandtschaftsverhältnis wussten, erwähnten es nicht.

Alexandre Guerlain war seit vielen Jahren der Chef des DGSI, der mächtigsten Sicherheitsbehörde des Landes. Und sein Sohn war eben Personenschützer der französischen Regierung und ihrer Staatsgäste.

Da endete die Geschichte. Punkt.

Und bis zu dem Abend in der Avenue Montaigne hatte auch Julie für seinen Vater keine Rolle gespielt.

Er hatte sich nicht für sie interessiert, als sie und Nicolas ihre erste gemeinsame Wohnung an der Place Saint-Marthe bezogen. Auch nicht, als sie beide die Polizeischule besuchten, und Julies Arbeit als Fallanalystin bei der Pariser Kriminalpolizei war ihm später vollkommen egal gewesen.

Ihr Leben, Seite an Seite – er war kein Teil davon gewesen, hatte es nie sein wollen.

Bis zu dem Tag, an dem er plötzlich seinen Fokus auf Julie gerichtet hatte.

»Ich bin gleich wieder da.« Sie hatte einen Grund dafür gehabt, den Auftrag seines Vaters anzunehmen, und sie hatte auch ihre Gründe gehabt, diesen nicht mit ihm zu teilen.

Und genau das machte ihn wahnsinnig. Was hatte sie dazu bewogen, einen derartigen Schritt zu machen, warum hatte sie ihr Leben aufgegeben, um im Auftrag seines Vaters in die Schatten zu verschwinden? Weil sie das Licht scheute? Er wusste es nicht, aber er musste es wissen, weil er sonst daran zerbrechen würde.

Auf der gegenüberliegenden Kanalseite warfen kahle Bäume ihre Schatten auf das Wasser, ein einzelnes Blatt trudelte langsam in Richtung des kleinen Wehrs und ging kurz darauf unter.

Und er stand hier, auf dem harten Asphalt der Straße und hörte plötzlich Julies Atem, so laut, dass er stehen bleiben musste. Ihr Atem ging stoßweise, war voller Verlangen. Er sah die Schweißperlen auf ihrer Stirn, ihre Finger, die sich ins Bettlaken krallten. Voller Lust. Und es spielte keine Rolle, ob sie echt war oder nicht, ob sie spielte oder nicht. Denn es war Melvilles Hand auf ihrer Haut, nicht seine, es war sein Körper über ihrem.

Nicolas' Faust schloss sich, öffnete sich. Schloss sich wieder. Krachend prallte sie auf eine raue Hauswand, Putz bröckelte ab, er spürte keinen Schmerz. Stattdessen war da das Geräusch von niederprasselndem Wasser, zwei Schatten in einer Dusche, unter einem hellen, warmen Strahl. Lippen auf einem Nacken, Hände auf einer Taille.

Das Flüstern eines Namens, voller Begierde. Der Menschenfänger hatte einen Menschen gefangen.

Und während Nicolas seine blutenden Knöchel betrachtete, dachte er an die Worte seines Vaters, die plötzlich so einleuchtend waren.

Julie nicht zu vertrauen, es lag so nahe.

Nicolas lief jetzt langsam über die kleine Kanalbrücke, vorbei am Hôpital Saint-Louis und schließlich in Richtung Place Saint-Marthe, wo die Platanen bereits schliefen, eingelullt von den Klängen einer Klarinette, die aus dem kleinen Café im Erdgeschoss eines Wohnhauses drangen. Sich wiegende und drehende Schatten waren durch die Scheiben des *Le Vannier* zu sehen. Gäste, die tanzten und ihre Gläser hoben, Männer und Frauen, die den Winter draußen gelassen hatten, um drinnen einen zweiten Frühling zu feiern.

Ein Hund, nicht sonderlich groß, kratzte von draußen leise wimmernd an der Tür, die Schnauze an das warme Holz gepresst.

»Guten Abend, Rachmaninoff«, sagte Nicolas und tätschelte dem Tier den Kopf.

»Hat der alte Mann dich ausgerechnet an seinem Geburtstag hier draußen vergessen oder ist es drinnen einfach zu laut?«

Der Hund kläffte kurz und rieb sein Fell an Nicolas' teurer Anzughose.

»Ich verstehe. Na komm, wir sehen mal nach, ich werde bei dem Lärm sowieso nicht schlafen können.«

Nicolas öffnete die Tür zum Café und ließ den Hund hinein, der sofort unter dem Tresen verschwand, wo offensichtlich der einzige geschützte Ort für einen Hund war, der lieber in Ruhe dem Flackern der Kerzen zugeschaut hätte.

»Oh, *pardon*! He, Nicolas, was machst du denn hier?«

Es war Tito persönlich, sein alter Nachbar, der in diesem Augenblick an ihm vorbeischwebte, geführt von den starken Armen einer deutlich jüngeren Frau, mit der er vor allem die rote Gesichtsfarbe teilte, die der Rotwein ihnen beiden geschenkt hatte. Er hatte Nicolas in vollem Schwung angerempelt.

»Na, egal, komm, trink was! Wir feiern, schließlich habe ich Geburtstag!«

»Ich weiß, Tito, alles Gute.« Aber der alte Mann, der sich zur Feier des Tages doch tatsächlich einen etwas abgewetzten, aber durchaus eleganten Cordanzug angezogen hatte, war schon auf und davon, nur sein zahnloses Lachen hing noch einen Augenblick in der Luft.

Nicolas musste lächeln. Das hier war tatsächlich eine gewisse Ablenkung von all den Dingen, die ihn heute beschäftigt hatten.

Einsatzbesprechungen, Routineaufträge, Protokollnotizen.

Ein Tisch mit fünf schwer besetzten Stühlen.

Sein Vater und er in einer Küche, Informationen, für deren Verarbeitung er Zeit brauchte. Zeit, die er womöglich nicht hatte.

Das *Le Vannier* war zum Bersten voll, überall standen Gäste und prosteten sich zu, sangen und klatschten immer wieder Beifall, wenn der alte Tito an ihnen vorbeitanzte. Ein paar Musiker, die sich in einer Ecke gruppiert hatten, spielten ein Lied über das Arbeiterviertel, das nur wenige Meter hinter der Place Saint-Marthe begann. Eine Gegend, in der ein Herz verloren ging und eine Seele gefunden wurde. Titos Freunde und Bekannte sangen den Refrain mit Leidenschaft und dem sicheren Gespür für jeden schiefen Ton, den es zu treffen galt.

Jemand drückte Nicolas ein Glas Rotwein in die Hand, doch er stellte es unberührt auf den Tresen.

»Na, Bruchpilot! Was macht die Fliegerei?«

Eine schwere Hand legte sich auf seine Schulter, und als Nicolas sich umdrehte, sah er zuerst die Reste von Kautabak zwischen gelblichen Zähnen, dann das breite Grinsen, das unrasierte Gesicht und schließlich die rote Wollmütze eines Mannes, der ihm vor wenigen Wochen den Weg ins neue Jahr gewiesen hatte.

Nicolas legte den Kopf zur Seite und taxierte den Mann mit ernstem Blick.

»Wenn das mal nicht Leon ist. Oder soll ich sagen: Der Anführer der völlig durchgedrehten Champagne-Rebellen?«

Der Mann lachte und tippte sich an die Wollmütze. Dann schlug er Nicolas erneut auf die Schulter.

»Wir waren fantastisch, nicht wahr? Hat es dir gefallen?«

Die Männer um sie herum hoben ihre Gläser und johlten.

»Auf die Champagne!«

»Auf Balthasar Pesac!«

Nicolas blickte sich um und erkannte, dass er dem Großteil der Gäste im Raum nicht zum ersten Mal begegnete. Einige der von Rotwein und guter Musik geröteten Gesichter hatte er zuletzt in der Kälte der Provinz gesehen, ihre Blicke waren grimmig gewesen und ihre Mienen zu allem entschlossen.

Nicolas wandte sich an die Männer.

»Ihr sagt mir erst mal, wer auf diese wirklich schlechte Idee mit dem alten Flieger gekommen ist!«

Die Männer lachten laut und hieben ihre Gläser auf die Holztische und den Tresen, bis Rachmaninoff verzweifelt in die hinterste Ecke des Cafés floh.

»Du wolltest eine Fluchtmöglichkeit, wir haben dir eine gegeben«, erklärte Leon. »Wir dachten, so macht es auch noch Eindruck, im Video, meine ich!«

»Wir hatten abgemacht, dass da ein Auto steht! Oder zumindest ein Traktor«, wandte Nicolas ein.

Leon hob entschuldigend die Hände.

»Wir hatten ja einen Wagen, aber der ist im Graben gelandet. Und da dachten wir eben … Aber es hat doch alles ganz fantastisch geklappt, oder?«

Nicolas schüttelte resigniert den Kopf.

»Ja, aber um ein Haar hätten wir den armen Pesac im Schnee begraben.«

»Lass das Jammern, Nicolas, heute wird gefeiert!« Mit großem Schwung tanzte Tito an ihnen vorbei, diesmal in den Armen einer stämmigen Frau, die im Haus gegenüber wohnte und die ihn gelegentlich hochhob, so dass sein kahler Kopf über der Menge thronte.

Nicolas und Leon setzten sich an den Tresen, und Nicolas fragte sich, warum es nicht immer so sein konnte. Ein volles Café, Musiker, die spielen, Menschen, die tanzen.

Und doch hatte er sich wieder mit dem Rücken zur Wand gesetzt, den Ausgang im Blick, so wie er es immer tat. Einige Meter neben ihm stand das Telefon auf dem Tresen, aber bevor er sich wieder in seinen Gedanken verlieren konnte, stellte ihm Leon ein Glas Pernod hin.

»Und dieses hier stellst du nicht weg, ich habe es genau gesehen, vorhin.«

Die beiden Männer prosteten sich zu und beobachteten für einen Moment die Gäste um sie herum.

»Sie haben wirklich alle mitgemacht«, sagte Nicolas.

»Natürlich haben sie das, es war ein Riesenspaß. Für unseren alten Tito würden wir auch Wände hochgehen, wenn es sein müsste.«

»Es war ein riskanter Plan.«

»Nein, war es nicht. Alles war ja abgesperrt, die Straße wurde eine Woche später ohnehin aufgerissen. Und bevor die Polizei kam, waren wir weg, in alle Winde verstreut. Keiner von uns wohnt dort in der Gegend, also ist alles halb so schlimm. Dein Plan hat funktioniert.«

Es war Titos Plan gewesen.

»Du musst raus aus diesem langweiligen Ministerium«, hatte sein Nachbar eines Abends von seinem Balkon aus zu ihm hochgerufen, während sein Plattenspieler wehmütige Töne in den Himmel über Paris schickte.

»Alles vergeht mit der Zeit«, hatte Nicolas gesagt.

»Eben. Und man vergisst das Gesicht. Und die Stimme. Und wenn das Herz nicht mehr schlägt …«

»… lohnt es sich nicht mehr zu suchen, ich habe schon verstanden, Tito. Schönes Lied, mach einen Strich für mich auf der Tafel.«

Ihr gemeinsames Musikraten war für Nicolas mittlerweile zum liebgewonnenen Ritual geworden.

»Hör es zu Ende, das Lied. Und dann kommst du runter, ich habe eine Idee. Und bring Wein mit.«

Und so hatte alles begonnen, während sich die Dunkelheit über die Stadt legte und die Abermillionen Lichter der Häuser wie Glühwürmchen vor ihren Augen tanzten. Es war die Idee einer Inszenierung. Ein gewagter Plan, bei dem Titos alte Freunde mithelfen würden.

Ein Aufstand, der keiner war, eine Straßensperre auf einer ohnehin gesperrten Straße.

Ein Fluchtfahrzeug, das sich später als altes Flugzeug herausstellen sollte.

Wahnsinn, dachte Nicolas.

Leon, ein alter Freund von Tito, kam noch am selben Abend dazu, sie waren sich auf Anhieb sympathisch.

Wahnsinn. Aber es hatte schließlich tatsächlich geklappt, auch, weil Nicolas Thomas Bolden, François Faures Referenten, ins Vertrauen gezogen hatte.

Denn ohne Weiteres hätte sein Dienst Nicolas nicht wieder François Faure zugeteilt, dem wichtigsten Minister des Landes, bei dem er schon so viel Porzellan zerschlagen hatte.

»Das ist Wahnsinn«, hatte der Referent gesagt und sich dann doch bereit erklärt mitzumachen.

Der beste Personenschützer für den wichtigsten Minister. Das war Argument genug gewesen.

Und am Ende hatte es so ausgesehen, als wäre François Faure selbst darauf gekommen: der beste Personenschützer für den besten Minister. Sie hatten Faure bei seiner Eitelkeit gepackt, der Bluff war aufgegangen.

Nicolas war zurück auf dem Spielfeld.

Nicolas und Leon prosteten sich zu.

»Aber ein bisschen dick aufgetragen habt ihr schon.«

»Natürlich, irgendwann fing es an, Spaß zu machen, die Reifen brannten so schön.«

Nicolas lächelte und klopfte auf den Tresen.

»Ich geh noch mal mit Titos Hund raus, der muss zu seinem fünften Baum.«

»Muss ich das verstehen?«, fragte Leon.

»Nein, musst du nicht. Ist eine alte Geschichte.« Nicolas' Blick fiel auf irgendwelche Umschläge, die auf dem Tresen lagen, eine halbvolle Flasche Pastis diente als Briefbeschwerer. Als er die Flasche anhob, sah er, dass es Titos Post war, die hier so achtlos abgelegt worden war.

»Das macht er öfter«, sagte der Wirt und nickte mit dem Kopf in Richtung des alten Mannes, der mittlerweile an seinem Tisch am Fenster saß und genüsslich an einer selbstgedrehten Zigarette zog.

Es war der oberste Briefumschlag, der Nicolas' Aufmerksamkeit erregte.

Er war geöffnet, Tito hatte den Brief also schon gelesen.

»Warum bekommt er Post aus der Normandie?«, murmelte Nicolas und betrachtete den Absender.

Das Landungsmuseum von Arromanches-les-Bains.

»Die haben ihn wohl eingeladen«, sagte Leon. »Sein Vater hat in der Résistance gekämpft, wusstest du das nicht?«

»Nein, hat er mir nie erzählt.« Tito erzählte nicht viel, wenn er in seinem Schlafanzug und seiner Strickjacke hier unten im *Le Vannier* saß und die Platanen zeichnete. Oder Nicolas hörte einfach nicht aufmerksam genug hin.

Leon tippte auf den Umschlag.

»Tito will hingehen, es ist wohl ein Fest geplant. Anscheinend eine große Nummer.«

Nicolas zog den Brief vorsichtig heraus und faltete ihn auf.

Weil er etwas ahnte.

Und weil er etwas fürchtete.

Und er hatte recht.

Die Feierlichkeiten anlässlich der Alliierten-Landung in der Normandie.

Der 6. Juni. Der Tag, den die Welt D-Day nannte. Und Frankreich den Tag J, *le jour J*. Den längsten Tag, weil es vor so vielen Jahren ein Alptraum ohne Ende war. Das Kämpfen und Sterben hatte nicht aufgehört, bis endlich der erste Brückenkopf am Strand der Normandie gesichert war und die alliierten Streitkräfte ins Landesinnere vordringen konnten.

Ein Tag mit vielen Toten, deren die Welt jedes Jahr gedachte.

Ein Tag, an dem ein Siegeszug begonnen hatte, der jedes Jahr gefeiert wurde.

Nicolas überlegte, ob er Tito verbieten konnte, in die Normandie zu reisen. Er konnte es zumindest versuchen.

Als er kurz darauf mit einem nicht allzu großen Hund hinaus auf die Place Sainte-Marthe trat, überlegte er, wo Julie in diesem Augenblick wohl war. Auf welchen Platz sie hinaustrat, unter welchem Baum sie stand, in welchen Schatten sie sich verbarg. In diesem Augenblick hätte er sein Leben gegeben für einen Hinweis. Aber die Place Sainte-Marthe lag schweigend vor ihm, und kein Licht brannte mehr in den umliegenden Wohnhäusern.

Nicolas blickte Rachmaninoff an.

»Dann wollen wir mal, alter Freund«, sagte er und setzte sich auf die Parkbank. Er hatte gelernt zu warten. Also wartete er.

KAPITEL 6

Normandie
Am nächsten Morgen
J-138

Die Straße schmiegte sich in sanften Kurven an die Hügel. Ab und an knickte sie abrupt ab, wenn es galt, einem verfallenen Steinhaus auszuweichen oder dem weitläufigen Grundstück eines Milchbauern, der sich erfolgreich gegen die Planungen der Regionalverwaltung gewehrt hatte. Links und rechts säumten kahle Apfelbäume und hohe dornige Hecken die Straße, wiederkäuende Kühe trotteten zwischen den Gatterzäunen umher, den Blick auf den Boden gerichtet. Hinweisschilder wiesen an kaum einzusehenden Kreuzungen den Weg, verfallene Begrenzungsmauern reihten sich rechts und links der Straße aneinander, dahinter fiel das Gelände zum Meer hin leicht ab. Kleine Bäche schickten ihr kristallklares Wasser hinunter zur See, die ihren salzigen Duft über das ganze Land gebreitet hatte.

In einiger Entfernung kreiste eine Möwe, das untrügliche Zeichen eines nicht mehr weit entfernten Hafens.

Eine rechte Hand schob sich voller Vorfreude aus dem Innern eines Wagens, die Finger einer jungen Frau fuhren durch die kalte Luft. Der Fahrtwind legte sich belebend auf ihren Handrücken, den Unterarm und wenig später auf das Gesicht und den Nacken, auf dem ein kleines Tattoo in Ankerform zu erkennen war. Eine Sonnenbrille wurde zurechtgerückt, ein Lächeln im Seitenspiegel überprüft, die Hand winkte nun fröhlich einer Milchkuh zu, die aus unerfindlichen Gründen jedoch keine Regung zeigte.

Eine Idee entstand, geboren im Hinterkopf einer unterbeschäftigten Polizeianwärterin, und bevor diese noch über deren Sinnhaftigkeit oder gar Folgen nachgedacht hatte, sprach sie ihren Einfall bereits aus.

»Was hältst du von einem Picknick?«, fragte Claire Philippe, ihren Kollegen, der bereits vertraut war mit ihrem Gespür für gute Ideen und schlechtes Timing.

Er lächelte, und Claire fand, dass es ein hübsches Lächeln war. Sie mochte Philippe, trotz seiner Neigung zum Strebhaften. Stets korrekt, stets bemüht, nicht kreativ, aber verlässlich.

Ein guter Polizist, ein guter Mensch.

Vielleicht ein bisschen langweilig, aber in einer Gegend, in der die Kühe nicht zurückwinkten, war das vermutlich nicht weiter verwunderlich.

»Ich habe keine Picknickdecke dabei«, antwortete Philippe und deutete nach hinten. »Warum auch immer gehört sie doch tatsächlich nicht zur Standardausrüstung eines Polizeifahrzeuges, aber ich werde in der Zentrale anregen, dass …«

Claire lachte laut auf.

»Du kannst ja richtig lustig sein!«, rief sie entzückt und schlug ihm leicht auf den Oberschenkel, was sich wiederum als Fehler herausstellte.

Philippe lief sofort rot an.

»Wir müssten gleich da sein«, sagte er.

Und Schluss mit lustig, dachte Claire und blickte nach vorn, wo eine weitere, kaum einzusehende Kreuzung auftauchte.

»Für mich sieht das hier alles gleich aus«, sagte sie. »Aber schön, wie eine von den Postkarten, die meine Großmutter mir früher immer geschickt hat. Ein Apfelbaum, eine Flasche Cidre, eine Kuh – und darunter stand ›Willkommen in der Normandie‹. Dabei liegt Le Havre auch in der Normandie, allerdings gibt es da kaum Kühe, und Apfelbäume schon gar nicht und …«

»Wir müssen hier rechts runter«, unterbrach Philippe sie. Ein kleines Schild wies den Weg nach Arromanches-les-Bains, ihrem Ziel für den heutigen Vormittag.

»Also kein Picknick«, seufzte Claire.

»In dem Ort gibt es ein kleines Bistro, da kriegen wir ein Frühstück. Wir müssen ohnehin dorthin.«

Ihr Chef, der dicke Bruno, hatte ihnen gestern am späten Nachmittag ihren heutigen Einsatz knapp umrissen. Und der Besuch im *Mulberry* war Bestandteil dieses Einsatzes.

»Paris hat die tolle Idee, dass der 6. Juni in diesem Jahr in Arromanches gefeiert wird. Also fahrt hin und schaut mal nach dem Rechten.«

»Er will uns loswerden«, hatte Claire bei ihrer Abfahrt in Caen gesagt.

»Er will *dich* loswerden«, war Philippes Antwort gewesen, und sie wusste, dass er recht hatte. Ihre Nachforschungen zum roten Kreuz auf dem amerikanischen Soldatenfriedhof waren bislang noch nicht von Erfolg gekrönt. Im Gegenteil: Sie hatte die halbe Dienststelle mit ihren Mutmaßungen verrückt gemacht. Herausgekommen war dabei nichts.

Aber die Sache ließ ihr keine Ruhe, sie juckte geradezu unter ihrer Haut. Dass zwei weitere rote Kreuze wie aus dem Nichts über Nacht dazugekommen waren, machte es nicht unbedingt besser.

Und was tat der dicke Bruno? Wie als schulterzuckende Antwort auf all ihre Fragen schickte er sie heute auf eine belanglose Landpartie.

Arromanches lag in einer kleinen Bucht, die kaum mehr war als eine leichte Senke in der ansonsten geraden Linie der Perlmuttküste. Der Ort war umgeben von den Felsen des Cap Manvieux im Westen, den ansteigenden Hügeln von Saint-Côme-de-Fresné im Osten und dem grünen Hinterland des Bessin im Süden. Arromanches konnte aufgrund seiner Lage nicht mit breiten Sandstränden aufwarten, wie sie weiter die Küste hinauf zu finden waren.

Alle Straßen schienen auf einen kleinen Platz zu führen, der sich an die kurze Strandpromenade anschloss und der vor allem als Parkplatz für die zahlreichen Reisebusse genutzt wurde. Gedrungene kleine Häuser drängten sich um diesen Platz, und fast allen war der salzige Seewind anzusehen, der dem Putz zusetzte.

Und dann war da natürlich im Norden das kalte Wasser des Ärmelkanals, der sich wie ein grauer Teppich vor ihnen ausbreitete, als Philippe den Wagen nach Arromanches hineinrollen ließ. Claire hatte einen Ort im Winterschlaf erwartet, der jetzt, wo die Badesaison in weiter Ferne war, vor sich hin schnarchte und nur ab und an erwachte, wenn sich seine wenigen Bewohner wohlig im Bett umdrehten. Umso mehr wunderte es sie, zahlreiche »Belegt«-Schilder an den Gästehäusern zu sehen, Touristen auf den Bürgersteigen und zwei Crêpes-Stände, vor denen auch noch ein paar Leute Schlange standen.

»Was ist denn hier los?«, fragte sie erstaunt.

Philippe lächelte.

»Ein bisschen was ist hier immer los«, sagte er und lenkte den Wagen auf den Parkplatz am Hafen, von wo aus sie direkt aufs Meer blickten. Zwei Reisebusse, einer aus Deutschland, ein anderer aus Polen, parkten ebenfalls da.

»Und das in der absoluten Nebensaison?«, fragte Claire erstaunt und blickte sich um.

Philippe zeigte auf den flachen Bau, der am Rande des Parkplatzes lag und vor dem sich eine Panzerhaubitze präsentierte. Eine kleine Gruppe Japaner stand fein säuberlich aufgereiht vor dem Geschütz und lächelte in das wachsame Auge einer Handykamera.

»Das Landungsmuseum ist eines der besten hier in der Gegend. Und glaub mir, es gibt sehr viele, jeder versucht etwas vom Kuchen abzubekommen.«

Als sie aus dem Auto stiegen, empfing sie der kalte Wind vom Meer, dazu der Geruch nach feuchten Algen und erkalteten Hotdogs. Claire zog den Reißverschluss ihrer Dienstjacke zu und wünschte sich zurück zu den Apfelbäumen und den schlecht einsehbaren Straßenkreuzungen, die wenigstens von der Sonne beschienen waren. Hier unten hingegen schien die sich aus reiner Boshaftigkeit hinter den Hügeln zu verstecken.

Philippe zeigte nach Westen, wo sich eine steile Felsküste erhob.

»Da oben lagen die Bunker der Deutschen. Glaub mir, von dort aus hatten die alles im Blick. Wer auch immer hier landen wollte, musste an denen vorbei. Und leider war am Tag J hier ganz schlechte Sicht, die Bomber haben sie verfehlt.«

Claire drehte sich einmal im Kreis.

»Das heißt, das hier war ein zentraler Ort damals?«

Philippe nickte und Claire sah, dass er nun ganz in seinem beflissenen Element war.

»Sogar ein kriegsentscheidender Ort«, erklärte er ihr.

Sie machte ein paar Schritte in Richtung Promenade und deutete auf den vor ihnen liegenden Strandabschnitt.

»Und was ist das, bitte?«

Philippe nahm seine Sonnenbrille ab.

»Das, Claire, sind die Überreste eines künstlichen Hafens. Die riesigen Kästen wurden absichtlich im Wasser gelassen, als Denkmal.«

Es waren große Quader aus Metall, die in einiger Entfernung im schlickigen Sand steckten. Wie große, dunkle Dominosteine, dachte Claire.

»Es sind Pontons, Brückenteile, die damals in England eigens hergestellt wurden.«

»Und für was?«

»Um daran Schiffe zu befestigen und später dann Landungsbrücken. Mulberry war der Name für den künstlichen Hafen, von dem aus die Alliierten ins Landesinnere vorgestoßen sind. Immerhin eine der größten Ingenieursleistungen in der Geschichte der Menschheit.«

Claire blickte ihn erstaunt an.

»So sagt es zumindest der Museumsführer immer«, sagte Philippe verlegen.

»Immer?«, fragte Claire.

Philippe lief rot an.

»Na ja, ich war schon mindestens ein Dutzend Mal …«

Claire unterbrach ihn und deutete hinaus aufs Meer, wo weitere Dominosteine zu erkennen waren.

»Und die dort draußen?«

»Das sind Senkkästen. Die wurden unter Wasser miteinander verbunden, so dass sie ein künstliches Riff bildeten. Außerdem wurden alte Schiffe dort versenkt, damit ein Hafenbecken entstehen konnte.«

»Wahnsinn.« Claire musste sich eingestehen, dass sie von diesem Ort beeindruckt war. Und auch ein bisschen von Philippe.

Der schien Gefallen an seinem kleinen Geschichtsunterricht gefunden zu haben. Während Claire die Touristen beobachtete, die über das Watt hinüber zu den ersten Pontons liefen, erzählte er weiter von jenem Tag, an dem am Horizont plötzlich eine unermesslich große Flotte von Schiffen erschienen war, begleitet von den dröhnenden Flugzeugen der Luftstreitkräfte.

»Eigentlich sollte es noch einen weiteren künstlichen Hafen geben, aber der ist im Sturm zu schwer beschädigt worden. Also sind die Briten und später auch die Amerikaner eben hier mit ihrem schweren Geschütz an Land gegangen.«

Claire blickte hinaus aufs Meer, wo die gewaltigen Senkkästen wie dunkle Eisschollen im Wasser lagen. Die Sonne brach für einen Augenblick durch die Wolkendecke und beschien die Bucht von Arromanches.

»Weiter im Osten sind die Kanadier an Land gegangen, insgesamt haben sie mehrere Tage gebraucht, bis sie die Küste erobert hatten, und … Claire, hörst du mir zu?«

Die Wolkendecke hatte sich wieder geschlossen, aber für einen kurzen Augenblick war es heller gewesen dort draußen auf dem Wasser.

Claire setzte ihre Sonnenbrille ab und kniff die Augen zusammen. Sie machte einige Schritte in Richtung Strand, dann blieb sie stehen.

Konnte das sein?

»Also, wie gesagt, die Bewohner von Arromanches waren alle vorher gewarnt worden. Die Résistance hatte einen Hinweis bekommen, über das britische Radio. Eigentlich war es nur ein Gedicht, sogar nur einige Zeilen, aber …«

»Philippe, haben wir ein Fernglas im Wagen?«

»Ich … glaube nicht. Claire! Wo willst du hin?«

Aber Claire rannte bereits los, vorbei an der japanischen Reisegruppe und der Panzerhaubitze, direkt auf den Eingang des Landungsmuseums zu. Im Laufen holte sie ihren Dienstausweis hervor, auf dem zu ihrem Ärger immer noch »Polizeianwärterin« stand. Sie hörte, wie Philippe hinter ihr herlief.

»Claire, warte!«

Sie betrat den Empfangsraum des Museums und hielt einer älteren Dame ihren Ausweis vor die Nase.

»*Police Nationale* aus Caen. Haben Sie ein Fernglas?«

Die Frau war sichtlich erschrocken und blickte sich hilflos um, offenbar auf der Suche nach einer Person, die ihr die Entscheidung abnehmen konnte. Die Entscheidung darüber, ob sie etwas entscheiden durfte. Oder gar musste.

»*Mademoiselle,* wir haben eben erst geöffnet, ich weiß nicht, ob *Monsieur* Prudhomme gerade …«

»Hören Sie, ich brauche sofort ein Fernglas!«

Claire blickte in den Ausstellungsraum, in dem zu dieser frühen Stunde noch kaum Besucher waren. Sie sah Waffen und alte Uniformen, Lagepläne und ein Modell vom Hafen. Im Hintergrund kündigte eine Stimme auf Deutsch den Beginn einer Filmvorführung in fünf Minuten an.

»*Mademoiselle,* ich kann nachfragen, ob wir …«

»Vergessen Sie es!«, sagte Claire und betrat mit schnellen Schritten den Ausstellungsraum. Ohne zu zögern, schritt sie über ein dickes rotes Tau hinweg, das als Absperrung diente.

»Verzeihen Sie, Soldat, ich bringe es auch bestimmt zurück«, erklärte sie und blickte der lebensgroßen Figur eines Fallschirmjägers tief in die gläsernen Augen.

Der Soldat gab sich unbeeindruckt, was Claire als Einverständnis wertete, und für einen Moment schweiften ihre Gedanken zu einer ähnlich gleichmütigen, wiederkäuenden Kuh am Rande einer Landstraße. In einer fließenden Bewegung zog sie dem Soldaten den Gurt seines Fernglases über den Kopf und lief kurz darauf an der verblüfften Empfangsdame vorbei ins Freie.

Philippe blickte sie verständnislos an.

»Claire, was, um Himmels willen …?«

»Werden wir gleich sehen. Vielleicht habe ich mich ja getäuscht. Das hoffe ich jedenfalls.«

Exakt zwanzig Sekunden, drei vergebliche und einen erfolgreichen Versuch, das Fernglas scharfzustellen, später wusste sie, dass sie sich nicht getäuscht hatte.

»Ach, du Scheiße«, murmelte Philipe, nachdem sie ihm das Fernglas überreicht und ihm die Richtung gezeigt hatte, in die er schauen sollte.

Hinaus zu den Senkkästen, dem künstlichen Riff.

Dem zweiten Kasten von links.

Dorthin, wo etwas baumelte.

»Ist das …?«

»Ein Arm«, sagte Claire. »Ein herabhängender Arm. Ich glaube, auf deinem Kriegsdingsbums da draußen liegt jemand. Und der Größe des Armes nach zu urteilen, ist es ein erwachsener Mann.«

Jetzt sah es auch Philippe scharf und deutlich. Die Kontur eines Körpers, der oben auf dem riesigen Senkkasten lag, zeichnete sich gegen den blässlichen Himmel ab. Der rechte Arm hing schlaff an der Stahlwand herab.

»Wir brauchen sofort einen Krankenwagen. Und Verstärkung!«

»Vor allem brauchen wir ein Boot«, erwiderte Claire und blickte sich um. »Dahinten!«

Während Philippe mit wenigen Worten die Kollegen in Caen informierte, rannten sie beide zu einem kleinen Wellenbrecher, der am Rande der Bucht die umliegenden Häuser vor dem Wasser schützte. An seinem Ende schaukelte ein kleiner Außenborder. Der Besitzer saß direkt daneben und flickte ein altes Netz. Claire sprang auf die glitschigen Steine und balancierte so gut es ging hinüber zu dem kleinen Boot.

»*Police Nationale*, wir brauchen Ihr Boot! Sofort!«, rief sie und hielt dem alten Mann, der gelassen auf einem Kaugummi kaute, ihren Dienstausweis vor die Nase.

»Sie sind ja nur Polizeianwärterin«, sagte er und blickte über die Bucht hinüber zum Museum.

Claire sog etwas kalte Luft durch die Zähne und blickte ihn an.

»Sie fahren uns jetzt sofort da raus. Auf einem der Senkkästen liegt jemand, und ich glaube nicht, dass er Zeit hat zu warten, bis Sie Ihr Netz zu Ende geflickt haben.«

»*Merde*. Kommen Sie«, erwiderte der Mann, warf sein Netz auf die Steine und half ihr, an Bord zu klettern. Philippe sprang behände hinterher.

Kurz darauf hüpfte der kleine Außenborder über die Wellen, die Nase steil nach oben gereckt. Der alte Fischer steuerte auf direktem Wege zu dem künstlichen Riff und achtete dabei nicht auf das Wasser, das sich regelmäßig über seine beiden Passagiere ergoss.

Claire fror nach wenigen Augenblicken und überlegte, wie lange es jemand da oben aushalten konnte. Nicht lang genug wohl.

»Wenn er die ganze Nacht da oben lag, dann ist er tot«, mutmaßte der Fischer, während er langsam beidrehte und an der Küstenseite des gewaltigen Senkkastens zum Stehen kam.

Philippe griff nach den rutschigen Sprossen einer Eisenleiter, die in die Wand eingelassen war. Claire blickte in das dunkle Wasser und überlegte, wie weit der Kasten wohl nach unten reichte. Als sie wieder nach oben blickte, senkte sich der Schatten des massiven Stahlkörpers über sie.

»So ein Mist«, murmelte sie und folgte Philippe, der bereits die ersten Stufen erklommen hatte.

»Pass auf, es ist wahnsinnig rutschig.«

»Wie hat der es da hoch geschafft?«, fragte Claire. Es gelang ihr gerade so, sich zu halten, immer wieder drohten ihre Finger abzurutschen.

»Gleich sind wir oben!«

Keuchend schwang sich Philippe auf die schwankende Plattform, die sich etwa sieben Meter über dem Wasser befand. Claire folgte ihm nach einigen Sekunden.

Für einen kurzen Moment standen sie beide auf dem metallenen Koloss und blickten sich um.

»Verdammt«, fluchte Claire, »die sind ja hohl.«

»Ja, dann schwimmen sie besser.«

Tatsächlich war der Kasten oben nicht geschlossen. Der Boden, auf dem sie standen, fiel bereits nach zwei Metern wieder hinab ins Wasser, rostige Metallstreben führten durch den Bauch des Senkkastens. Ein paar mutige Graffiti-Sprayer hatten sich dort unten verewigt, zudem klebte grüner Tang an den Innenseiten der stählernen Wand. Das gesamte Gebilde schwankte leicht, wenn eine größere Welle dagegenprallte. Claire und Philippe hielten sich gegenseitig fest und blickten sich um.

»Dahinten!«

Der Mann lag gute zehn Meter weiter, sein Arm baumelte über den äußeren Rand, seine Füße hingegen ragten fast über den inneren Rand hinweg.

»Kaum zu glauben, dass er nicht reingefallen ist«, sagte Claire.

Vorsichtig arbeiteten sie sich auf dem schmalen Metallsteg entlang, während unter ihnen der Außenborder tuckerte. Der alte Fischer blickte skeptisch zu ihnen herauf.

»Die Küstenwache müsste bald da sein«, sagte Philippe. Als es immer rutschiger wurde, krochen sie auf allen vieren weiter. Erst jetzt sahen sie, dass es noch eine weitere Leiter gab. An dieser musste der Mann hochgeklettert sein.

»Scheiße, was ist denn das?« Als sie den Mann fast erreicht hatten, blickte Claire auf die Innenseite ihrer Hand.

Blut tropfte von ihren Fingern.

»*Monsieur*, hier ist die Polizei!«, rief Philippe mit einem Mal. »Sind Sie …«

Wenn dieser Moment nicht so hoffnungslos gewesen wäre, Claire hätte wahrscheinlich gelacht.

»Genau, frag ihn doch, ob er einen Kaffee möchte. Mann, Philippe, der ist tot!« Ihre Stimme war jetzt spitz und schrill.

»Ist ja gut, ich wollte nur …«

Als sie dicht bei dem Mann waren, konnte Claire erkennen, woher das Blut kam. Der Mann lag auf dem Bauch, dennoch konnte sie die Wunde an der Seite sehen, direkt unterhalb des Brustkorbes. Daneben lag ein blutgetränktes Stück Stoff.

»Er ist angeschossen worden«, murmelte sie. »Er hat es bis hier hoch geschafft, wie auch immer. Aber dann war Schluss.«

»Der Hinterkopf ist auch blutverklebt«, sagte Philippe, während er vorsichtig den Körper des Mannes abtastete. »Da wollte jemand ganz sichergehen.«

Claire blickte Richtung Küste, wo sie die beiden Reisebusse und ihren eigenen Wagen ausmachte. Ein Krankenwagen bog aus der Hauptstraße auf den Parkplatz ab, gefolgt von drei Polizeifahrzeugen.

Aber zwischen denen und ihnen lag immer noch das kalte Wasser der Bucht.

Philippe begann hektisch zu winken.

Der Mann hatte graue Haare, Claire schätzte ihn auf Anfang fünfzig. Er trug einen Anzug, an seinem linken Fuß sah sie einen eleganten Lederschuh, der andere musste im Kampf ums Überleben verloren gegangen sein. Der rechte Ärmel des Jacketts war abgerissen, offensichtlich hatte er den Stoff zum Stillen der Blutung benutzt. Das weiße Hemd darunter war von Blut und Dreck verkrustet, grüner Tang klebte an der linken Hand des Mannes. Claire erkannte einen glänzenden Manschettenknopf.

Philippe hatte aufgehört zu winken und beugte sich wieder über den leblosen Körper.

Wer, bitte, trägt denn Manschettenknöpfe, dachte Claire, als sie plötzlich eine Ausbeulung an der Hüfte des Mannes bemerkte. Unter dem Jackett war etwas.

»Claire …«, flüsterte Philippe.

»Moment.« Sie schlug den Stoff zurück und riss die Augen auf.

»*Merde*«, flüsterte sie und blickte zu Philippe.

»Das ist ein Holster. Die Waffe ist weg, aber das Holster kenne ich genau. Solche tragen nur …«

»… Polizisten«, ergänzte Philippe.

Claire blickte auf den Hinterkopf des Verletzten, dann wieder auf seine Manschettenknöpfe, mit einem Mal kam ihr der Mann seltsam bekannt vor.

»Das muss ein Kollege sein«, sagte sie leise.

»Und er atmet.«

Claire hob erstaunt den Kopf.

»Wie bitte!?«

Philippe machte ihr ein Zeichen, ruhig zu sein.

Wieder beugte er sich über den Kopf des Mannes. Claire zitterte jetzt vor Kälte. Vorsichtig kroch sie ein Stück weiter, so dass sie das Gesicht des Mannes sehen konnte.

Philippe blickte sie an.

»Der lebt noch. Er atmet, ganz schwach und unregelmäßig.«

»Wie kann das sein, wenn er die ganze Nacht hier …«

»Ich weiß es nicht. Aber wir brauchen schleunigst ein Boot! Oder am besten einen Hubschrauber, sonst kriegen wir ihn hier nicht runter.«

Erneut begann Philipp hektisch zu winken. Dann griff er nach seinem Handy.

Claire hingegen beugte sich über das Gesicht des Mannes.

Ein Holster und Manschettenknöpfe.

Graue Haare, Anfang fünfzig.

Mit einem Mal begann sie noch heftiger zu zittern.

Das konnte nicht sein.

Sie beugte sich noch tiefer über den Mann.

Doch, es konnte sein.

Auch wenn es unfassbar war.

»Philippe, du kannst den Namen des Mannes durchgeben.«

Ihr junger Kollege blickte sie erstaunt an und hörte auf, in sein Handy zu reden.

»Was sagst du?«

»Den Namen. Du kannst den Namen durchgeben. Ich kenne den Mann.«

»Moment, einen Augenblick, wir haben offenbar einen Namen …«, sagte er stockend ins Handy.

Claire spürte, dass sie traurig war. Traurig, müde und durchnässt.

Der Mann, der vor ihr lag, hatte nie viel von ihr gehalten. Und sie nicht viel von ihm.

Damals war sie noch Praktikantin gewesen drüben in Deauville. Und wenig später ein Undercover-Zimmermädchen.

Jetzt war sie Polizeianwärterin. Und er lag sterbend hier draußen auf dem Meer, durchtränkt von Salzwasser und Blut.

»Sein Name ist Roussel«, sprach Claire gegen den aufkommenden Wind an. »Luc Roussel. Er ist der Dienststellenleiter des *Commissariat* in Deauville.«

Wenig später wurde das Wasser unter ihnen von den mächtigen Rotorblättern eines Hubschraubers der Seenotrettung aufgewirbelt. Claire fühlte sich erschöpft und ausgelaugt. Sie beobachtete, wie ein Rettungssanitäter sich mit einer Seilwinde zu ihnen herunterließ und Roussels Körper auf eine Trage hob. Philipp half ihm, die Gurte festzuziehen, und kurz darauf schwebte Roussel durch den grauen Himmel über Arromanches.

Philipp stieg als Erster die feuchten Tritte hinunter, Claire folgte ihm, zögerte dann kurz und blickte noch einmal zurück.

Dort, wo Roussel eben noch gelegen hatte, lag nur noch ein einzelner Manschettenknopf, der ein wenig verformt wirkte.

»Das kann nicht sein«, murmelte Claire wenig später, als sie etwas Blut und Dreck von der Stelle wischte, an der Roussel gelegen hatte.

Das, was er mithilfe des Manschettenknopfes in das Metall geritzt hatte, war gut zu lesen. Es war kein vollständiger Begriff, nur der Beginn eines Wortes, die letzten Buchstaben fehlten. Offenbar hatte Roussels Kraft am Ende nicht gereicht.

Im Kopf ergänzte Claire mühelos die fehlenden Buchstaben.

Eine Berufsbezeichnung.

Und doch wusste sie sofort, wen Roussel damit meinte. Auch wenn derjenige sich selbst nie so bezeichnen würde, aber darum ging es jetzt nicht. Es ging einzig und allein um die Frage, warum Roussel ausgerechnet dieses eine Wort in den Senkkasten hatte ritzen wollen, angesichts seines bevorstehenden Todes.

B O D Y G

KAPITEL 7

Normandie und Paris
Kurz darauf
J-138

Claire fröstelte, als sie aus dem *Mulberry* hinaus auf die Straße trat. Der kleine Platz zwischen dem Bistro und dem Landungsmuseum hatte seine historische Anmut verloren, mehrere Polizeifahrzeuge standen auf dem Parkplatz, dazu zwei Rettungswagen und ein Kleinbus der Küstenwache.

Im Hafen dümpelte ein Polizeiboot, eine paar Männer luden Taucherflaschen und Flossen an Deck. Irgendjemand hatte die Frage geäußert, ob Roussel ganz sicher allein unterwegs gewesen sei. Daraufhin hatte die Leitstelle zumindest eine oberflächliche Suche im Hafenbecken angeordnet.

Was angesichts der Gezeiten vermutlich völlig sinnlos ist, dachte Claire. Falls überhaupt etwas oder jemand dort unten im Wasser gelegen hatte, jetzt war er entweder bereits durch den Ärmelkanal in die Nordsee gelangt oder er landete in diesem Augenblick aufgedunsen an der Küste von England.

»Scheiße, ist das plötzlich kalt«, fluchte Claire und holte ihr Handy hervor. Im *Mulberry* hatte sie kaum Empfang, und der Anruf, den sie machen musste, war wichtig.

Sie wählte eine Nummer aus ihrem Adressbuch und blickte hinaus aufs Meer, wo die schwarzen Kästen unerschütterlich im Wasser ruhten. Ein weiteres Mal hatten sie einen Sturm überdauert.

»*Salut,* Nicolas, hier ist Claire. Kannst du reden? … Ja, es ist wichtig.«

Ihr Anruf erreichte Nicolas im Jardin du Luxembourg in Paris, wo er auf ein kleines ferngesteuertes Segelboot blickte, das in dem großen Becken, an dem er stand, seine Kreise zog. Einige Meter neben ihm saß François Faure auf einer Parkbank, einen Espresso in der Hand und den Präsidenten des Senats neben sich.

Ein Arbeitsgespräch in aller Öffentlichkeit. Und eine klare Botschaft: Der künftige Staatspräsident führte seine Geschäfte mit der nötigen Lässigkeit und dem feinen Gespür dafür, mit wem er es sich nicht verderben durfte.

»Okay, Claire. Drei Minuten, mehr habe ich nicht, wir müssen hier gleich los.«

Auf der anderen Seite des Beckens stand Bertrand und pulte in einer Handvoll Pistazien. Carole Adams, die Dritte in ihrem heutigen Einsatzteam, stand weiter hinten im Schatten der Bäume und wachte, die gesamte Szenerie im Blick, von dort aus über die Sicherheit des Ministers.

Faure hatte seinen Espresso ausgetrunken, das Gespräch der beiden Männer würde bald beendet sein. Der Minister liebte es, seine Termine auf die Länge einer Tasse Espresso festzulegen. Es gab ihm die Kontrolle über Zeit und Ablauf.

»Es geht um Roussel«, erklärte Claire.

Nicolas runzelte die Stirn, er hatte lange nichts mehr vom neuen Leiter des *Commissariat* in Deauville gehört. Zuletzt hatten sie vor einigen Monaten am Ufer der Seine nebeneinandergestanden, auch Claire war damals mit von der Partie gewesen. Als vermeintliches Zimmermädchen.

Eine Partie, die sie nur knapp und in letzter Sekunde gewonnen hatten.

»Was ist mit Roussel?«, fragte Nicolas und blickte hinüber zu François Faure. Er selbst fröstelte leicht in seinem dünnen Anzug, überhaupt kam es Nicolas vor, als würde er ständig frieren. Frieren und warten.

»Jemand hat versucht, ihn umzubringen. Hier in Arromanches. Er ist schwer verletzt … ich … also, wir wissen nicht, ob er durchkommen wird.«

Nicolas lauschte den Worten, die aus der Normandie zu ihm drangen, zusammen mit einem kühlen Wind und einer dunklen Vorahnung.

Arromanches-les-Bains würde am 6. Juni Schauplatz der diesjährigen Feierlichkeiten sein, und jetzt hatte es genau hier einen Anschlag auf Luc Roussel gegeben.

»Was wollte Roussel in Arromanches?«, fragte Nicolas. Er überlegte kurz, ob er Claire von der Gefahr eines Anschlags erzählen sollte, entschied sich aber dagegen.

Er war Geheimnisträger, *Staatsgeheimnisträger*, ob er wollte oder nicht. Und bis Julie ihn kontaktierte – wenn sie ihn denn überhaupt kontaktierte –, blieb alles, wie es war. An den Planungen für den 6. Juni würde sich vorerst nichts ändern.

Er hörte Claires aufgeregte Stimme im scharfen Wind an der Küste, er konnte sie vor sich sehen, zitternd vor Kälte.

Claire erklärte ihm, wo Roussel gefunden worden war und dass er bereits im Krankenhaus in Caen auf der Intensivstation lag. Wenn man den ersten Informationen der Ärzte glauben durfte, sah es nicht gut aus.

»Habt ihr die Hotels abtelefoniert? Jemand muss doch wissen, was er in Arromanches wollte.«

Er hörte, wie Claire kalte Luft durch die Zähne sog.

»Wir sind nicht blöd, Nicolas. Natürlich haben wir rumgefragt, aber keiner weiß etwas. Das Einzige, was wir wissen, ist, dass er ausgerechnet den Beginn des Wortes *Bodyguard* in den Boden vor sich geritzt hat. Kannst du mir vielleicht sagen, was das soll? Immerhin wart ihr beide wahrlich kein Liebespaar, oder?«

Nicolas lächelte kurz. Wir haben uns immerhin angenähert, dachte er.

»Ich habe keine Ahnung, Claire.«

Kurz schwiegen beide.

»Aber er muss sich doch was dabei gedacht haben. Er muss

geglaubt haben, dass du uns hier helfen kannst. Dass du mehr weißt als wir«, setzte Claire nach. »Ist das so, Nicolas? Weißt du irgendwas?«

»Wie kommst du darauf?«

Jetzt war es Claire, die kurz auflachte.

»Weil ich dich kenne. Weil ich dich genau kenne, mein kleiner Nicolas.«

»Ich muss wirklich Schluss machen, Claire.«

Claire zog ihren Mantel fester um sich. Obwohl sie Roussel nie richtig hatte leiden können, umgab sie eine tiefe Traurigkeit. Jemand, den sie kannte, hatte Schreckliches erlebt, und nun lag er im Sterben, und sie war machtlos.

Über ihr klapperte ein Fensterladen. Der Wind wehte jetzt heftig über den offenen Platz vor dem Bistro. Sie fror und wollte zurück ins Warme.

Wütend riss sie die Tür des *Mulberry* auf und schleuderte ihre Jacke in eine Ecke. Ein Beamter, der sich im hinteren Teil des Lokals mit anderen Kollegen über einen Tisch beugte und eine Gezeitenkarte studierte, hob zuerst den Kopf und dann eine Augenbraue.

»Sachte, junge Kollegin! Hat dir jemand beim Spielen die Schaufel weggenommen?«

Claire überlegte, ob sie dem Mann einfach eine scheuern sollte, als Philippe ihr beruhigend eine Hand auf die Schulter legte und sie zu einem Tisch an einem der Fenster zog.

»Lass es gut sein, Claire, der Kollege meint es nicht so.«

»Doch, tut er«, zischte sie und beruhigte sich erst, als die Wirtin mit einem Lächeln und zwei Tellern mit dampfender Gemüsesuppe an ihren Tisch kam.

»Hier, auf den Schock. Das geht aufs Haus. Scheint Sie ja ganz schön mitzunehmen, die Sache.«

Um ihre Hüften hatte die Frau eine Küchenschürze geschlungen, die Haare hatte sie zu einem lockeren Dutt zusammengefasst. Ihr Gesicht war von Falten gezeichnet, Claire schätzte sie auf etwa siebzig. Ihre Augen blitzten freundlich.

»Essen Sie erst mal, mein Kind. Die Polizei wird schon rauskriegen, wer den Mann da draußen …«

»Ich *bin* die Polizei! Und der Mann heißt Luc Roussel, und ich kannte ihn. Und es gibt genau einen, der rauskriegen kann, wer ihn so zugerichtet hat, aber der hat keine Zeit, weil er so schrecklich wichtig ist, dieser Vollidiot.«

Philippe sah die Frau entschuldigend an. Bevor sie sich in die Küche zurückzog, ließ sie ihren Blick durch den vollbesetzten Gastraum schweifen.

»Sie haben nicht zufällig Lust zu kellnern, *Mademoiselle*? Ich finde nämlich keine vernünftige Aushilfe, und …«

Claire funkelte sie an.

»Ich habe schon auf Zimmermädchen gemacht. Auf Kellnerin macht gefälligst eine andere.«

»Claire …«, versuchte Philippe sie zu beruhigen und schob ihr einen Löffel über den Tisch.

Im Pariser Jardin du Luxembourg hatten François Faure und der Präsident des Senats ihr Gespräch beendet. Nicolas straffte sich, während er zu Bertrand hinüberblickte und ihm zunickte. Bertrand verstand sofort, warf seine Pistazienschalen ins Gebüsch und wischte sich die Hände ab.

Nicolas arbeitete bereits seit mehreren Jahren eng mit Bertrand zusammen, worüber er und der kräftige und überraschend flinke Personenschützer zu guten Freunden geworden waren. Über die Jahre hatte er in Bertrands Leben die Frauen kommen und gehen sehen, er hatte über seine Tollpatschigkeit und seine Lust am guten Essen gelacht und über seinen schlechten Musikgeschmack gefrotzelt. Aber eines war sicher, vielleicht mehr denn je: Bertrand würde für ihn sterben und er für Bertrand.

So einfach war das.

Nicolas gähnte kurz, Titos Geburtstagsfeier hatte doch länger gedauert, als gut für ihn gewesen war. Und für Tito auch, denn der war irgendwann einfach auf seinem Stuhl am Fenster eingeschlafen. Nicolas hatte sich von Leon und den anderen »Bauern« verabschiedet und war nach oben in seine Wohnung gegangen, wo Dunkelheit und Einsamkeit ihm Gesellschaft geleistet hatten, bis die ersten Lichtstrahlen über die Dächer von Paris gekrochen waren. Nicolas war auf dem Sofa aufgewacht, den Kopf nach hinten gekippt. Sein Nacken schmerzte noch immer.

Er hatte Kaffee gemacht, die üblichen 101 Liegestütze absolviert und war nach einer schnellen Dusche in ein Taxi zum Ministerium gesprungen.

Der Senatspräsident war mittlerweile aufgestanden, hatte dem kleinen Jungen, der das Segelboot lenkte, freundlich über den Kopf gestrichen und war an ihnen vorbei in Richtung Ausgang gegangen.

Überraschenderweise blieb Faure jedoch sitzen, obwohl Nicolas wusste, dass er noch mehrere Anschlusstermine hatte. Und sie waren ohnehin spät dran.

Nicht schon wieder irgendeine Frauengeschichte, hoffte er und blickte sich um, während er sich dem Minister näherte, dem die Kälte nichts auszumachen schien. Offensichtlich mit sich selbst im Reinen, hielt François Faure sein Gesicht in die Sonne, seine Augen waren geschlossen.

Es war keine Frau zu sehen, nur der Junge und sein Vater, der auf einer anderen Bank in der Sonne saß und Zeitung las. Bertrand hatte beide im Blick. Weiter hinten joggte ein junges Paar unter den Bäumen hindurch, ein älterer Mann sammelte mit einer langen Zange zurückgebliebene Becher und Verpackungen von den Wegen auf.

»Was machen wir?«, fragte Carole Adams leise durchs Mikro.

»Warten. Ich kläre das.«

Ihr eigentlicher Teamleiter, Gilles Jacombe, hatte heute frei, seine Tochter hatte Geburtstag. Bertrand hatte zwar das Kommando, war aber nicht sonderlich scharf drauf. Und Nicolas stand am nächsten zum Minister.

»*Monsieur*, wir müssten langsam aufbrechen«, sagte er, aber Faure schien es aus einem unerfindlichen Grund nicht eilig zu haben. Ein unerfindlicher Grund, der in diesem Augenblick durch ein Tor in den Jardin du Luxembourg getreten war und sich ihnen unter den Bäumen näherte. In Nicolas' Ohr knackte es.

»Wir kriegen Besuch.« Bertrands Stimme klang blechern, und Nicolas konnte sehen, wie er einige Schritte auf ihn und den Minister zukam.

Das Segelboot im Wasser drehte geruhsam seine Kreise.

»Ich warte noch auf jemanden«, sagte François Faure leise. »Entspannen Sie sich. Das haben Sie doch bei Balthasar Pesac ganz gut gelernt, nicht wahr?« Er lächelte Nicolas an.

»*Monsieur*, es wäre gut, so etwas vorher mit uns …«

»Ja, wäre es. Es dauert auch nicht lange. Wenn Sie mich jetzt entschuldigen würden.«

Nicolas entfernte sich ein paar Schritte von der Bank und blickte in Richtung des Mannes, der mit ruhigen Schritten auf sie zukam. Er war schlank und elegant gekleidet, seine blankpolierten schwarzen Schuhe glänzten in der Wintersonne. Sein Scheitel war perfekt gezogen, seine Augen funkelten, als er näher kam.

Und Nicolas spürte, wie sich etwas in seinem Inneren für einen kurzen Augenblick verdunkelte.

Kurz darauf sah er, wie Carole den Mann freundlich aufhielt und ihn in ein Gespräch verwickelte. Mit einem spöttischen Lächeln öffnete er seinen Mantel, so dass sie sich überzeugen konnte, dass er keine Waffe trug. François Faure hingegen runzelte die Stirn. Er war offensichtlich nicht begeistert, dass seine Verabredung abgetastet wurde.

Nicolas starrte durch seine dunkle Sonnenbrille den Mann an, der sich jetzt höflich bei Carole Adams bedankte und sichtbar entspannt über die frisch gekiesten Wege auf das Becken zuging, an dem François Faure auf seiner Bank saß.

In seinem Kopf hörte Nicolas die Stimme seines Vaters, leise und einprägsam. Warnende Worte, ausgesprochen in einer Küche am Square Montholon.

»Er wird diesen Anschlag ausführen, weil er eine Grenze überschritten hat, irgendwann, vor langer Zeit.«

Der Mann, der in diesem Augenblick auf den Minister zutrat und ihn mit einem breiten Lächeln begrüßte, war niemand anderes als Pierre Melville. Jüngster Abgeordneter der Nationalversammlung, Mitglied einer rechten Partei, die in den Umfragewerten der vergangenen Monate stark zugelegt hatte.

Der Mann, an dessen Seite Julie die letzten Jahre verbracht haben soll. Und der behauptete, einen Anschlag in der Normandie zu planen, während der großen Feierlichkeiten am 6. Juni. Und der sich in diesem Augenblick neben Faure auf der Parkbank entspannt zurücklehnte und die wärmenden Sonnenstrahlen des Wintertages genoss.

In einer ruhigen Bewegung legte Nicolas die Hand an seine Dienstwaffe.

In der vergangenen Nacht hatte er das Internet nach Informationen über Pierre Melville durchforstet und doch nur das Erwartbare gefunden.

Pierre Melville, ein Einzelkind, seine Eltern waren früh gestorben. Sein Großvater hatte ihn aufgezogen, vor wenigen Jahren war jedoch auch er verstorben. Melville war zu diesem Zeitpunkt bereits erfolgreicher Jungpolitiker gewesen. Er hatte es bei den letzten Parlamentswahlen überraschend geschafft, einen Sitz in der Nationalversammlung zu ergattern, wo er seitdem unter alteingesessenen Abgeordneten mit steilen Thesen und populistischen Forderungen für Aufruhr sorgte. Vor allem in der Flüchtlingsfrage galt er als Hardliner.

Seine Antworten waren einfach und scheinbar logisch – auch wenn es um höchst komplexe Zusammenhänge ging. Und nichts verstand er besser als die Verteidigung seiner eigenen Thesen. Er besaß die bäuerliche Derbheit seiner Heimatregion und den

Charme eines Pariser Intellektuellen, in beiden Welten war er zuhause.

Einen kurzen Moment überlegte Nicolas, ob er Melville, der mit ordentlich gekämmtem Scheitel und frisch polierten Schuhen nur wenige Meter vor ihm auf der Parkbank saß, nicht einfach packen sollte. Ihn sich greifen und alles aus ihm rausschütteln. Die vier Jahre mit Julie. Den geplanten Anschlag.

Vielleicht war das wirklich eine gute Idee.

»Wo ist sie?«, würde er ihn anbrüllen und ihn dann schütteln, und wenn das nichts half, dann …

»Bleiben Sie bitte stehen, *Monsieur* Guerlain. Genau dort, wo Sie jetzt sind.«

Die Stimme in seinem Ohr ließ ihn zusammenzucken. Nicht, weil sie besonders laut gewesen wäre. Sondern weil er die Stimme nicht kannte.

Nicolas blickte sich um. Bertrand war zusammengezuckt, er beobachtete misstrauisch die Umgebung. Carole Adams lehnte an einem Baum und blickte überrascht zu ihnen herüber. Keiner der beiden hatte gesprochen.

Das junge Läuferpaar hatte seine Runde beendet und näherte sich mit leichten Schritten.

Ich bin so blöd, dachte Nicolas und blickte sich langsam um.

»Suchen Sie uns nicht, *Monsieur* Guerlain. Wir sind einfach da.« Die Stimme klang ruhig und abgeklärt.

Überlegen.

Als die beiden Läufer näher herangekommen waren, sah Nicolas, dass Carole Adams ihnen entgegentreten wollte. Ihre Hand ging langsam zu ihrer Waffe.

»Alles in Ordnung, Carole«, sagte Nicolas. »Sie gehören … zu uns.« *Gewissermaßen,* setzte er in Gedanken nach.

Er konnte sehen, wie sie sich verwundert zu ihm umdrehte.

»Was meinst du damit, sie gehören zu uns?«, fragte sie leise.

»Wir haben offenbar Verstärkung bekommen«, sagte er. »Vom DGSI.«

»Dem Geheimdienst?«

Bertrand blickte zu ihm herüber.

»Bitte bleiben Sie alle drei entspannt«, erklang die Stimme in Nicolas' Ohr. »Sehen Sie uns einfach als ein weiteres Sicherheitsnetz. Es sind aufreibende Zeiten. Wir sind weg, sobald der Minister in seinem Wagen ist.«

»Was soll das heißen?«, hörte Nicolas Bertrands Stimme in seinem Ohr.

Er hätte es seinen Kollegen gerne erklärt, aber er wusste, dass dies ein Fehler gewesen wäre.

Sein Vater hatte ihn mehrfach ermahnt, die Gefahr eines Anschlages am 6. Juni und seine Zusammenarbeit mit dem Geheimdienst noch unter Verschluss zu halten. Das galt auch gegenüber seinem Team.

»Bertrand, Carole, wir bleiben auf Abstand. Ende«, sagte er.

»Vielen Dank«, erklang kurz darauf die Stimme des unbekannten Mannes, und Nicolas war sich sicher, dass diesmal nur er sie hören konnte.

Er hätte darauf kommen können, dass sein Vater Pierre Melville niemals unbewacht mit dem Minister sprechen lassen würde.

»Laut unseren Quellen geht es bei dem Treffen um mögliche Gemeinsamkeiten in naher Zukunft«, erklärte die Stimme, und Nicolas verstand sofort. Pierre Melville hatte innerhalb seiner Partei eine Führungsrolle übernommen. Es ging um die Zeit nach der Wahl. Es ging um Allianzen zwischen dem dann neu gewählten Staatspräsidenten und einer Partei, deren Positionen der amtierenden Regierungspartei, der auch Faure angehörte, bislang zu populistisch und zu hassgetrieben gewesen waren.

Faure jedoch hatte für derlei Spitzfindigkeiten nichts übrig. Er hatte Großes vor, und er würde sich nicht durch das Kleingedruckte von seinen Plänen abhalten lassen.

»Das sind Heißsporne, die habe ich im Griff«, pflegte er zu sagen.

Aber wenn die Worte seines Vaters Nicolas eines gelehrt hatten, dann, dass Pierre Melville mehr als nur ein Heißsporn war. Er war brandgefährlich.

Während er zu den beiden Männern auf der Parkbank sah, wunderte sich Nicolas kurz, mit welchen Kapriolen das Leben aufwarten konnte. Der Minister redete über Allianzen mit einem Mann, der eigentlich gar nicht mehr reden wollte.

Wenn Julie recht hatte, woran Nicolas nicht zweifelte, dann hatte Melville Pläne mit diesem Land, wie sie sich Faure in seinen schlimmsten Alpträumen nicht vorstellen konnte.

Aber noch war die Fassade heil, der 6. Juni in weiter Ferne.

Nach gut zehn Minuten reichten die beiden Männer sich die Hand zum Abschied.

»Sie sind fertig«, murmelte Nicolas in sein Mikro und sah, wie Bertrand langsam auf die beiden zuging. In wenigen Augenblicken würden sie François Faure zu seinem Wagen begleiten.

»Es hat mich gefreut, *Monsieur le Ministre*«, hörte er Melville sagen, als dieser sich von Faure verabschiedete.

»Wir werden sehen, was die Zukunft bringt«, antwortete dieser, machte aber keine Anstalten aufzustehen. »Ich weiß jedoch Ihr Angebot zu schätzen.«

»Das sollten Sie, *Monsieur le Ministre*. Das sollten Sie wirklich. Wir wissen nicht, welchen Kurs dieses Land nimmt.« Melville zeigte auf den kleinen Jungen und sein Boot, das noch immer seine Runden im Becken drehte.

»Immer im Kreis, das bringt doch nichts, nicht wahr? Vielleicht wird es Zeit, dass wir aus unserem Becken hinaussteuern. Oder es fluten, damit unser Schiff herauskann. Auf Wiedersehen, *Monsieur* Faure.«

Während der Minister auf der Bank sitzen blieb und nachdenklich seine Espressotasse in der rechten Hand drehte, schritt Pierre Melville mit schnellen Schritten über den Kies in Richtung Palais du Luxembourg, blieb jedoch stehen, als er an Nicolas vorbeikam. Er neigte den Kopf und blickte ihn mit einem wachen Blick an.

»Sind Sie nicht der Mann, der den alten Pesac vor den Bauern gerettet hat?«, fragte er, während er sein Handy hervorholte, das leise klingelte.

Nicolas blickte ihm in die Augen und nickte.

»Jetzt erinnere ich mich. Guerlain, nicht wahr? Nicolas Guerlain – so ist doch Ihr Name? Ich habe Sie in den Nachrichten gesehen. Das war kein schlechter Auftritt, der alte Pesac hat Glück gehabt mit Ihnen. Aber jetzt sind Sie ja mit François Faure unterwegs, wie ich sehe.«

»So ist es, *Monsieur.*«

Pierre Melville entschuldigte sich kurz, als er den Anruf entgegennahm. Zehn Sekunden hörte er schweigend zu, dann nickte er und legte wieder auf.

Sein Lächeln war breiter geworden.

»Passen Sie auf Faure auf, er wird noch wichtig werden für unser Land. Wir jedenfalls setzen sehr auf ihn.«

»Wir sind Tag und Nacht für seine Sicherheit da, *Monsieur*. Sie brauchen sich keine Sorgen zu machen.«

Einen Moment lang blickten sie sich an, aus den Augenwinkeln konnte Nicolas sehen, dass Bertrand und Carole Adams beim Minister angekommen waren, der im Begriff war zu gehen.

Melville steckte sein Handy weg.

»Oh, ich mache mir keine Sorgen, *Monsieur* Guerlain. Aber wie ist es mit Ihnen, machen Sie sich Sorgen?«

»Das ist mein Beruf.«

Melville lachte lauf auf.

»Das ist nicht schlecht, Sie gefallen mir. *Au Revoir.*«

Wenig später verschwand der junge Politiker im Palais du Luxembourg, und Nicolas atmete tief aus. In seinem Ohr knackte es leicht. Es war wieder die Stimme, die er nicht kannte.

»Kein angenehmer Zeitgenosse, nicht wahr?«

Nicolas nickte, während er seine Sonnenbrille zurechtrückte.

»Nein. Das ist er wirklich nicht.«

»Einen schönen Tag noch, *Monsieur* Guerlain. Ach, und ich soll sie von Ihrem Vater grüßen.«

»Das kann ich mir kaum vorstellen.«

Die Stimme in seinem Ohr lachte kurz auf.

»Sie haben recht, ich wollte sie nur etwas aufheitern. Lächeln Sie, *Monsieur* Guerlain, wir lassen Sie jetzt wieder alleine.«

Ein erneutes Knacken, und die Stimme verschwand aus seinem Ohr.

Kurz darauf begleiteten sie François Faure zu seinem Wagen, der in einer Seitenstraße direkt neben dem Ausgang geparkt war. Als Nicolas sich noch einmal zu dem Becken umblickte, zog das kleine Segelboot noch immer geruhsam seine Kreise. Der kleine Junge saß konzentriert mit der Fernbedienung am Rand.

Der Mann hingegen, der eben noch in der Sonne Zeitung gelesen hatte, war verschwunden. Was blieb, war das dumpfe Gefühl, verraten worden zu sein. Nicolas war sich nur nicht sicher, von wem.

Von seinem Vater? Von Melville? Von François Faure?

Doch einer Sache war er sich absolut sicher. Er hatte die Stimme aus Melvilles Handy erkannt. Es war die Stimme einer Frau, die ihn niemals verraten würde.

KAPITEL 8

Normandie
Neun Tage später
J-129

Hallo, Vater.«

Jean Prudhomme schloss behutsam die Tür hinter sich, ein leises Knarzen drang durch den Raum. Ein einzelner Sonnenstrahl hatte sich durch die halbgeschlossenen Vorhänge gestohlen, als würde das Leben dort draußen heimlich in den Raum hereinblicken.

Ich muss wirklich öfter lüften, dachte Jean und öffnete das Fenster.

»Das wird dir guttun, Vater. Glaub mir.«

Kühle Luft strömte herein, und unwillkürlich atmete Jean Prudhomme tief ein. So gerne er seinen Vater hier oben pflegte und umsorgte, sosehr genoss er doch auch das Leben dort draußen, wo auf der anderen Seite des kleinen Platzes das Museum stand. Stolz flatterten die Fahnen der Alliierten im Wind, hochmütig reckte sich das Kanonenrohr aus dem Zweiten Weltkrieg in Richtung Horizont. Jean Prudhomme hatte es vor zwei Tagen erst eigenhändig gesäubert, der Winter setzte dem alten Geschütz arg zu.

Es war acht Uhr, in einer Stunde würde das Museum öffnen. Er wollte später noch nach Caen fahren, aber bereits gegen Mittag zurück sein, um eine angemeldete Reisegruppe im neugestalteten Kinosaal zu begrüßen.

Jean Prudhomme war stolz darauf, etwa ein Dutzend Sprachen fließend zu sprechen. Mit den Jahren hatte er es sogar geschafft, sich seinen französischen Akzent abzutrainieren. Zugegeben, es waren nur einige Sätze, die er in jeder Sprache beherrschte, die aber eben fließend. Er kam gut über die Runden, sehr gut sogar.

»Ah, Sie kommen aus Dänemark, herzlich willkommen!«

»Sie sind aus Spanien, wie schön! Hier sind Ihre Kopfhörer, Kanal sieben, bitte.«

»Aus Polen, herzlich willkommen. Kanal neun, einen schönen Tag noch.«

Russisch, Englisch, Schwedisch, ja sogar Flämisch. Kein Problem.

Japaner, Italiener, Deutsche, Norweger. Herzlich willkommen.

Dieser Ort gehörte der ganzen Welt, dieser Auffassung war Jean Prudhomme schon immer gewesen. Und er wollte ein guter Gastgeber sein, also begrüßte er die Besucher in ihrer eigenen Sprache.

Hinter ihm wanderte der Schatten einer steil auffliegenden Möwe über die Wand.

»Ich mache das Fenster gleich wieder zu, in Ordnung?«

Jean Prudhomme trennte sich vom Anblick seiner geliebten Heimatstadt, die an diesem Tag noch etwas müde an der Felsküste kauerte. Der Strand wirkte wie reingewaschen, die ersten Spaziergänger liefen hinüber zu den großen dunklen Pontons, die träge im Schlick steckten. Kleine Rinnsale durchzogen den feuchten Sand, es war ein friedlicher Moment, und Jean Prudhomme wünschte sich, dass es für immer so blieb.

Vorsichtig stellte er ein Tablett auf dem kleinen Tisch neben dem Fenster ab, setzte sich zu seinem Vater auf die Bettkannte und lauschte dem regelmäßigen Atem des alten Mannes. Morgen war wieder die Rasur dran. In drei Tagen dann die Fingernägel und die Haare. Jean Prudhomme hatte stets einen alten Taschenkalender dabei, in dem er die kleinen und großen Gewohnheiten seines Pflegealltages notierte.

Er würde es sich nicht verzeihen, wenn sein Vater ungepflegt in seinem Bett lag und ungewaschen das Ende herbeisehnte.

Denn das genau tat er vermutlich.

»Der Frühling kommt dieses Jahr früher, glaube ich. Vielleicht bist du in einigen Wochen ja wieder etwas bei Kräften, dann könnten wir dich drüben auf den kleinen Balkon schieben, was meinst du?«

Sein Vater hörte ihn nicht. Jean Prudhomme glaubte, das Zucken seiner Augenlider zu erkennen. Er träumt, dachte er.

Und es waren gewiss keine guten Träume.

»Die Polizei ist übrigens wieder fort«, begann er leise zu erzählen, während er vorsichtig den noch zu warmen Haferbrei in dem Schälchen auf dem Tablett umrührte.

»Zuerst waren sie jeden Tag hier, aber sie haben nichts gefunden. Nicht im Wasser und nicht an Land.«

Warmer Dampf stieg an die Decke, als er in das Schälchen pustete.

»Sie haben nichts gefunden«, wiederholte er murmelnd. »Und es heißt, er sei quasi schon tot. Schlimm, so etwas. Oder, Vater?«

Er hörte, wie unten die Tür das Bistros aufgeschlossen wurde, seine Mutter war vom Bäcker zurückgekehrt, wie immer mit frischem Baguette und mehreren Tüten Mehl, das sie für ihre Quiche benötigte.

»Gleich hol ich dir noch ein bisschen Brot, Vater. Mutter ist wieder da, vielleicht kommt sie später auch noch mal hoch.«

Sie würde nicht kommen. Sie kam nie.

»Es war übrigens wirklich ein Polizist, der da draußen auf einem der Kästen lag«, fuhr er fort zu erzählen. »Wer hätte das ahnen können? Sein Name ist Luc Roussel, er ist aus Deauville. Aber sie haben noch nicht herausgefunden, warum er hier in Arromanches war. Eigentlich wissen sie gar nichts, wenn ich es mir recht überlege. Deswegen kommen sie auch jetzt nicht mehr jeden Tag her und befragen alle. Nur noch diese Kleine, die mit dem Ankertattoo, weißt du? Ich habe dir von ihr erzählt. Sie und ihr Kollege, die sind fast jeden Tag hier, aber ich glaube, das ist eher auf eigene Faust.«

Vorsichtig führte er den Holzlöffel an den Mund seines Vaters, der mittlerweile aufgewacht war und ihn aus müden Augen anblickte.

»So ist es gut. Warte, ich habe auch Wasser für dich.«

Unten im Bistro wurden Stühle gerückt, Tische verschoben und ein Radio eingeschaltet. Die Klänge eines alten Chansons schoben sich durch das kleine Treppenhaus zu ihnen herauf, seine Mutter hörte morgens stets Musik, wenn sie das *Mulberry* für den Tag bereitmachte. Jean Prudhomme sang das Lied von Marc Lavoine leise mit, während er seinem Vater mit einem warmen Waschlappen über das Gesicht fuhr.

»Elle a le regard qui tue, elle a tiré la première …«

Ein Blick, der tötete, eine Frau, die schneller zog als jeder Mann. Wehmütig dachte er an seine letzte Bekanntschaft, eine Busfahrerin aus Bayeux, die jedoch seinen Sinn für die Geschichte seines Heimatortes nicht geteilt hatte.

»Elle a les yeux revolver …«

Fast schien es ihm, als würde sein Vater lächeln.

Jean Prudhomme schloss das Fenster wieder und nahm das Tablett an sich. Er hatte bereits die Hand an der Klinke, als er sich noch einmal zu seinem Vater umdrehte, der aus dem Fenster blickte. Als läge dahinter die Erlösung.

Er stieg die steile Treppe hinab und balancierte dabei mit der linken Hand das Tablett. Er wollte gerade die letzten drei Stufen hinuntersteigen, da verlor er für einen kurzen Augenblick den Halt.

»*Merde!*«

Er schaffte es gerade noch, das Tablett an sich zu pressen, während er nach dem Geländer griff. Allerdings kam das Schälchen ins Rutschen, und bevor er es fassen konnte, fiel es mitsamt dem Holzlöffel und dem übriggebliebenen Haferbrei auf die steinernen Fliesen.

Die Schale brach in mehrere Teile, der Holzlöffel polterte über den Boden.

»Jean, verdammt, pass doch auf!«

»*Pardon, Maman,* ich wollte nur …«

»Das wischst du mir alles auf! Wir öffnen genauso pünktlich wie dein kleines Museum da drüben, und dann muss es hier sauber sein. Du denkst dir, weil du oben beim Alten bist …«

»Spricht nicht so von ihm!«, fuhr er sie an, bereute es aber sofort.

Der alte Enzo, der neben seiner Mutter an einem der Tische saß, blickte ihn mitfühlend an. Beide hatten eine Schale mit dampfendem Kaffee vor sich, Enzo spielte mit einer selbstgedrehten Zigarette, die er vermutlich anzünden würde, sobald er einen Fuß vor das *Mulberry* setzte. Jeans Mutter hatte ihm verboten, im Bistro zu rauchen. An die hundert Mal.

»Eh, Jean Petit, ganz schön laut unterwegs heute Morgen!«

»*Salut,* Enzo. Ich habe dich gar nicht reinkommen hören. Wie geht's denn so? Und nenn mich nicht immer Jean Petit!«

»Ach, komm, du weißt, der Name passt ganz hervorragend zu dir.«

Spöttisch blickte der alte Mann ihn an, sein Gesicht war wettergegerbt und von Lachfältchen durchzogen.

Jean Prudhomme suchte nach einem anderen Gesprächsthema.

»Was macht das Geschäft?«

Der alte Enzo zog seine dichten Augenbrauen zusammen und deutete aus dem Fenster.

»Man könnte fast meinen, der tote Polizist aus Deauville ist allen auf den Magen geschlagen. Echte Flaute derzeit, kaum jemand braucht einen neuen Tisch oder gar einen Schrank.«

»Tut mir leid, das zu hören. Ich kann ja mal den Chef fragen, ob wir drüben im Museum etwas brauchen.«

»Tu das, Jean Petit, tu das. Das wäre nett. Sonst muss ich irgendwann bei deiner Mutter anschreiben lassen.«

»Als ob du das nicht schon die ganze Zeit tun würdest«, lachte Jeans Mutter und warf ihrem Sohn einen Putzlappen zu.

»*Allez*, du musst ja gleich rüber. Komm, den Löffel bring ich weg.«

»Wie geht's deinem alten Herrn da oben?«, wollte Enzo wissen.

»Unverändert«, antwortete Jean Prudhomme, während er die Reste der Schale in einen Mülleimer hinter dem Tresen warf.

»Tut mir leid, das zu hören.«

»Ich hab gehört, dem Polizisten aus Deauville geht es auch unverändert.«

»Der wird es wohl nicht schaffen«, sagte seine Mutter, während sie ihre Schürze umband.

»So, Enzo, ab mit dir, ich muss kochen. Du kommst ja später sowieso noch mal rein.«

Wenig später standen die beiden Männer auf dem kleinen Platz vor dem *Mulberry* und stemmten sich gegen den aufkommenden Wind. Einige fröstelnde Touristen huschten an ihnen vorbei, auf der Suche nach einem Ort zum Aufwärmen.

Der alte Enzo zündete seine Zigarette hinter der vorgehaltenen Hand an und blickte hinaus aufs Meer. In einiger Entfernung lagen die schwarzen Senkkästen im Wasser wie ein dunkles Riff, an dessen scharfen Kanten womöglich das Leben eines Polizisten zerschellt war.

»Kein schöner Ort zum Sterben, oder?«, murmelte Enzo.

Jean Prudhomme setzte sich eine blaue Strickmütze auf und überlegte, wo er seinen alten, klapprigen Wagen abgestellt hatte. Er musste los.

Er wusste nicht, was er antworten sollte.

Dann blickte er hinauf zu dem kleinen Fenster, hinter dem sein Vater lag und versuchte, seinen Frieden mit dem Krieg zu machen.

»Weißt du, Enzo, gestorben wurde in Arromanches schon immer viel. Und schön war es dabei selten.«

KAPITEL 9

Normandie
Zwei Stunden später
J-129

Das Hauptgebäude des kleinen Flughafens von Caen-Carpiquet hatte die Form einer leicht geöffneten Muschel, und als Nicolas die letzten Meter auf dem Asphalt der Landepiste zurücklegte, fragte er sich, ob es nicht genau das war, was er wollte: verschluckt werden.

Sich auflösen in dieser Riesenauster, die ihn ansaugen würde, ihn in sich aufnehmen und ihn, dort, in der Finsternis in ihrem Innern, einfach verschwinden lassen konnte, mit einem lauten Schmatzen. Und einem höhnischen Lachen, in das sein Vater einstimmen würde, während er durch die Gläser seiner randlosen Brille auf ihn herabblickte.

Die Tasche in seiner Hand wog schwer, dabei hatte er nur das Nötigste eingepackt. Er schwitzte leicht, obwohl die Luft hier in der Normandie an diesem Morgen kühl war. Die Sonne schien, und an den Fahnenmasten vor dem Gebäude wehten die Flaggen der Region leise im Wind. Gilles Jacombe, der in diesem Augenblick neben ihm die Ankunftshalle betrat, war ganz offensichtlich gut gelaunt.

»Willkommen in der Normandie, *Monsieur* Guerlain. Ich nehme an, Sie waren schon einmal hier in der Gegend?«

»Sehr witzig, Gilles«, erwiderte Nicolas und setzte seine Sonnenbrille ab. Die Halle war menschenleer, im frischpolierten Boden spiegelte sich die Fensterfront gegenüber.

Caen-Carpiquet war alles andere als ein europäisches Drehkreuz, die nächste Maschine aus Lyon wurde erst in zwei Stunden erwartet. Der Hubschrauber, der sie aus Paris hergeflogen hatte, war auf keiner der Ankunftstafeln erwähnt.

Und doch wurden sie erwartet.

»Er sagte, er steht draußen bei den Taxis.«

Gilles Jacombe schulterte seine Tasche und ging ruhigen Schrittes durch die Halle. Dabei wanderte sein Blick in jede Ecke. Nicolas' Teamleiter prägte sich die Begebenheiten ein, schätzte Entfernungen ab und merkte sich die Notausgänge, die Lage der Rolltreppen und die Sichtverhältnisse, die in etwa vier Monaten die gleichen sein würden.

Anfang Juni, wenn sie erneut in Caen-Carpiquet landen würden, dann mit einer offiziellen Regierungsmaschine, die ebenfalls auf keiner Anzeigetafel stehen, aber durchaus erwartet werden würde.

So wie Dutzende weitere Maschinen auch.

»Haben wir schon eine Liste der Mitarbeiter hier am Flughafen bekommen?«, fragte er Nicolas.

»Ja, haben wir. Eine Kopie davon hat der Dienst an die Amerikaner und die Engländer geschickt. So wie immer.«

»Gut.«

Aber diesmal wird es nicht wie immer sein, dachte Nicolas. Das jährliche Treffen der Staatschefs an der Küste der Normandie zum Gedenken an die Landung der Alliierten 1944 fand diesmal unter anderen Vorzeichen statt. Nur dass von diesen Vorzeichen außer dem DGSI, dem Inlandsgeheimdienst, kaum jemand wusste.

Auch Gilles Jacombe nicht. Nicolas' Vater hatte ihm ausdrücklich untersagt, über die Gefahr eines Anschlages zu sprechen, auch gegenüber seinem Teamleiter. Eine Anweisung, die Nicolas schmerzte, weil er fürchtete, dass Gilles sie ihm irgendwann als Verrat auslegen würde.

»Wir wissen noch zu wenig über Melville. Wir können die zuständigen Stellen erst informieren, wenn wir Gewissheit haben«, hatte sein Vater bei ihrem letzten Telefonat gesagt.

»Dann beeilt euch«, hatte Nicolas erwidert und dem schweigenden Blick seines Vaters standgehalten.

»Wir machen unseren Job, Nicolas. Mach du deinen, wirf dich vor die Kugeln. Das wolltest du doch immer.«

»Das würde dir gefallen, nicht wahr?«

Stille, für einige Sekunden.

»Nein, würde es nicht.«

Und er hatte ihm geglaubt.

Sie waren übereingekommen, dass der DGSI sich um Pierre Melville kümmerte und um jegliche Verbindungen zu den Feierlichkeiten am 6. Juni. Nicolas hingegen würde das tun, was er schon immer am besten gekonnt hatte. Warten.

»Wir sagen die Feierlichkeiten ab, wenn die Gefahr zu groß wird«, hatte sein Vater erklärt. »Bis dahin bleiben wir im Hintergrund. Du wirst deinen Job erledigen, und wenn Julie sich meldet, erwarte ich, dass du mich sofort kontaktierst. Mich persönlich.«

Also würde Nicolas warten und dabei verschluckt werden von seiner Vergangenheit in Form einer leicht geöffneten Muschel, die ihn kurz darauf wieder ausspucken würde, weil er ungenießbar geworden war.

»Da drüben, das müsste er sein.«

Gilles Jacombe und Nicolas traten hinaus auf den kleinen Vorplatz vor dem Flughafengebäude. Eine kleine Schlange vergeblich wartender Taxis, ein Verkehrskreisel, Fahnenmasten, der Duft des nicht weit entfernten Meeres.

Und es lag noch etwas in der Luft, das aber nur Nicolas wahrnahm. Etwas Lauerndes.

Bruno Bogdanic begrüßte sie mit einem breiten Grinsen und einem kräftigen Händedruck.

»Schwarzer Anzug, Sonnenbrille, hochgewachsen – das nenne ich mal ein Klischee von einem Personenschützer, das Sie beide da abgeben.«

Gilles Jacombe lächelte und blickte den Leiter der *Police Nationale* von Caen an. Der dicke Bruno, so hatten sie im Vorfeld erfahren, war mit allen Wassern gewaschen, ein Polizist, der seinen Beruf auf der Straße gelernt hatte und der diese Straße nie abgelegt hatte, auch nicht, als er Leiter des *Commissariat* wurde, wo er mit herrischem Ton und jeder Menge Zigaretten ein hartes, aber gerechtes Regiment führte.

»Willkommen in Caen, meine Herren! Und damit eines schon mal klar ist, das mit den Herren habe ich zum letzten Mal gesagt. Ich bin Bruno, ihr könnt mich ruhig den dicken Bruno nennen, das macht hier sowieso jeder.«

Nicolas lächelte, der dicke Bruno gefiel ihm.

»Nicolas.«

»Und ich bin Gilles. Sehr erfreut.«

»Gut, dann haben wir das geklärt. Ich wollte es mir nicht nehmen lassen, euch persönlich alles zu zeigen. Schließlich kommt ja einiges auf uns alle zu, nicht wahr? Die ganze Bagage fällt hier wieder ein, und angeblich kommen diesmal wirklich alle. Aber damit kennt ihr euch ja aus, ihr harten Jungs aus der Hauptstadt.«

Nicolas warf seine kleine Reisetasche in den Kofferraum, in dem leere Pfandflaschen neben einem rostigen Warndreieck und einer Handvoll ausgelesener Sportzeitschriften lagen.

Auf dem Rücksitz des Zivilfahrzeuges sah es nicht viel besser aus.

»Ich müsste den Wagen mal reinigen lassen, ich komme einfach zu nichts.«

Nicolas setzte sich hinter Gilles, der durch die dunklen Gläser seiner Sonnenbrille die Umgebung betrachtete.

»Die Ausfahrt des Flughafens liegt günstig, die Straße ist leicht abzusperren.«

Der dicke Bruno lachte, während er mit quietschenden Reifen in den Kreisverkehr einbog.

»Das haben die damals mitbeachtet, bei der Planung. Eigentlich ist dieser Flughafen nur für den 6. Juni gebaut worden, ansonsten landen hier ja kaum Maschinen. Höchstens unser Fußballteam, aber die spielen mal wieder gegen den Abstieg.«

»Unseres nicht.«

Bogdanic schnaufte verächtlich.

»Paris Saint-Germain ist keine Fußballmannschaft. Das ist ein Spielzeugladen für die Scheichs, und ihr stellt euch auf die Tribüne und denkt, die dort unten würden wirklich für euch kämpfen. Lächerlich. Mit so einer Truppe gewinne sogar ich die Meisterschaft.«

Jetzt war es Gilles Jacombe, der lachte.

»Da hast du wahrscheinlich recht.«

Nicolas saß schweigend auf der Rückbank und betrachtete die Einfamilienhäuser, die an ihnen vorbeiflogen. Kleine, schmucklose, vom Wetter gezeichnete Bauten, eingenistet zwischen der Einfallstraße, die ins Zentrum führte, und den in Frankreich üblichen Betonburgen mit günstigen Mietwohnungen. Die Ampeln, an denen sie hielten, blinkten im Takt einer wehmütigen Melodie. Im Radio sang ein jüngst verstorbener Sänger von seinen Haaren, die in alle vier Winde standen.

Und im Innern der Muschel rief jemand nach ihm, Nicolas. Lächelte. Reichte ihm die Hand.

»Nicolas?«

Er verspürte einen Druck auf der Brust und lehnte den Kopf an die kühle Scheibe. Sie erreichten den Ring, der um die Stadt führte, und der dicke Bruno beschleunigte.

Bäume, Sträucher, Fabriken.

Ein Reisebus aus Österreich, unterwegs Richtung Küste, wo die Vergangenheit und die Zukunft die neuen Gäste erwarteten. Das, was war, und das, was kommen würde.

»Nicolas? Was hältst du davon?«

Er öffnete die Augen.

»Wird der Ring ebenfalls gesperrt?«, fragte er.

»Ja, wird er natürlich, die Amerikaner lassen alles absperren. Wie immer. Bruno meint, er könnte dich am Krankenhaus absetzen. Ich fahre mit ihm nach Arromanches, und du kommst mit einem seiner Kollegen nach.«

»Klingt gut.«

Bogdanic hupte genervt und schimpfte laut, als er einen Kleinwagen überholte.

»Das ist eine Autobahn, blöde Kuh!«

Kurz darauf erreichten sie die Ausfahrt Nr. 5, die hinab zur Perlmuttküste führte, und bogen auf die Rue Jacques Brel ab. Eine Minute später stoppte der dicke Bruno den Wagen auf dem Parkplatz des großen Universitätskrankenhauses. Die drei Männer blickten auf die gläserne Fassade und auf die Menschen, die zum Eingang strömten, als würden sie dort eine Wunderheilung erwarten.

»Schlimm, was dem Kollegen passiert ist«, sagte Bruno Bogdanic leise. »Es steht nicht gut um ihn. Er liegt noch immer im künstlichen Koma.«

Nicolas schnallte sich ab.

»Und ihr habt überhaupt nichts gefunden in Arromanches?«

Bogdanic zuckte mit den Schultern.

»Bislang nichts. Keinen Wagen, keine Hotelreservierung. Niemand hat ihn gesehen. Er lag da auf einem der Kästen, und wir wissen nicht, wie er da hingekommen ist. An den Winterabenden ist das Dorf fast verlassen.«

»Wenn das Ganze etwas mit den Feierlichkeiten zu tun hat, haben wir ein Problem«, meinte Gilles Jacombe.

»Ich sehe da bislang keinen Zusammenhang«, sagte Bogdanic. »Wir müssen vor allem rausfinden, was Roussel dort wollte. Ich meine, er scheint nicht der Typ zu sein, der in Arromanches Muscheln essen geht, das kann er bei sich in Deauville viel besser.«

Gilles Jacombe blickte auf die Autos auf dem Parkplatz.

»Und wir müssen herausfinden, warum er ausgerechnet das Wort *Bodyguard* in das Metall kratzen wollte. Doch wohl nur, weil er wollte, dass Nicolas informiert wird.«

Bogdanic nickte.

»Richtig, aber genau das haben wir ja getan. Und wenn ich mich nicht täusche, Nicolas, hast du keine Ahnung, was dahinterstecken könnte.«

»Nein.«

Doch, dachte er. Aber ich kann es euch nicht sagen.

Sein Vater würde ihn nach Mururoa versetzen lassen, auf die atomare Müllhalde dieser Republik, weit fort, in die Südsee.

Ohne zu zögern.

Vielleicht war Roussel wirklich auf etwas gestoßen, das mit dem geplanten Anschlag zu tun hatte. Ohne, dass er davon eine Ahnung gehabt hatte. Und jetzt war es zu spät, und dort oben, in einem Bett lag ein guter Polizist und wartete auf sein Ende.

Eine Frau kam aus dem Haupteingang und blickte zu ihnen herüber.

»Da ist Sandrine Poulaine«, sagte Nicolas und öffnete die Wagentür. »Wir sehen uns in Arromanches.«

»Ihr wohnt im *Hotel Overlord,* direkt am Landungsmuseum. Nicht zu verfehlen. Wir nehmen deine Tasche am besten mit.«

»In Ordnung. *Salut,* Gilles.«

»*Salut,* Nicolas.«

Sandrine Poulainc wirkte wie eine blasse Kopie ihrer selbst, wie sie dastand, eine Zigarette in der linken Hand und einen Plastikbecher mit heißem Kaffee in der rechten. Ihre Augen waren rot vor Müdigkeit, die Sorge hatte tiefe Furchen in das Gesicht der Polizistin gegraben.

Sie ist um Jahre gealtert, dachte Nicolas, als er sie umarmte. Ihr Körper war schlaff, nichts war mehr von der Energie und Kraft übrig, die er bei ihrer gemeinsamen Arbeit in Deauville gespürt hatte.

Der Gipfel in Deauville war ein knappes Jahr her, genau wie das Attentat auf François Faure, das sie in letzter Sekunde verhindert hatten.

Seitdem war zu viel passiert. Ihm. Und ihr. Und Roussel ohnehin.

»*Salut,* Sandrine. Es tut mir leid, ich konnte nicht früher kommen. Wir waren mit dem Minister in Brüssel, und dann …«

»Ist schon in Ordnung, Nicolas. Es hat sich ohnehin nichts geändert, seit er eingeliefert wurde.«

Ihre Stimme war brüchig. Ihr Zustand auch.

»Ich rauche noch schnell aus, ja?«, sagte sie.

»Keine Eile. Wie geht es dir … ich meine, abgesehen von Roussel.«

Sie lächelte kurz.

»Abgesehen von Roussel geht es mir gut. Aber das hilft nicht viel im Augenblick.«

»Natürlich nicht.«

Für einen Moment standen sie schweigend vor dem Eingang des Krankenhauses und sahen den Besuchern zu, die verängstigt hineingingen oder erfreut herauskamen.

Oder umgekehrt.

Sandrine drückte ihre Zigarette aus und wollte gerade hineingehen, als ein Mann durch die große Schiebetür trat und tief Luft holte.

»Was macht der denn hier?«, murmelte sie.

Nicolas musterte den Mann durch seine Sonnenbrille. Er war etwa Mitte vierzig, leicht untersetzt und hatte ein fliehendes Kinn. Sein Gesichtsausdruck hatte etwas Kindliches. Er blinzelte in die Sonne, ordnete mit beiden Händen seinen Seitenscheitel und zog den Reißverschluss seiner etwas in die Jahre gekommenen Stoffjacke zu.

Sandrine ging auf den Mann zu, der für einen kurzen Augenblick zu erschrecken schien, bevor er lächelte und den Kopf leicht zur Seite neigte.

»Ah, *bonjour*, wir kennen uns, *Madame* …«, sagte er mit einer Stimme, die Nicolas an das Kratzen einer Plattennadel erinnerte.

»Ja, Sie sind der Leiter des kleinen Museums in Arromanches, nicht wahr?«, fragte sie.

»Oh nein, nicht der Leiter. Nur ein Angestellter, ich mache dort die Führungen. Jean Prudhomme ist mein Name.«

»Richtig, ich erinnere mich. Sandrine Poulainc, ich arbeite

für die Polizei in Deauville, es ist ein Kollege, der da draußen bei Ihnen auf dem Meer gefunden wurde.«

Kollege und Geliebter, dachte Nicolas und blickte auf die Schuhe des Mannes. Er stand nicht still, er tippelte, als habe er eine Melodie im Kopf. Als wollten seine Füße tanzen, selbst hier, an diesem Ort.

»Das tut mir sehr leid, das mit Ihrem Kollegen. Bitte richten Sie ihm Grüße aus. Arromanches hat das Ganze sehr beschäftigt. Und tut es immer noch.«

»Das ist sehr nett. Ich werde es ausrichten. Leider ist er noch immer nicht aus dem Koma aufgewacht.«

»Ja, davon habe ich gehört. Es … sieht nicht so gut aus, nicht wahr?«

Sandrine schwieg für einen Augenblick.

»Entschuldigen Sie, das war unhöflich von mir«, stammelte Jean Prudhomme und blickte Nicolas an. »Ich nehme an, Sie sind beide hier, um ihn zu besuchen.«

»Und Sie?«, fragte Nicolas.

»Oh, ich war nur kurz hier. Ein Freund … also eher ein Kollege … also ein Bekannter, der hier in Caen für die Kriegsgräberstiftung arbeitet, hatte einen Unfall. Nichts Schlimmes, er kommt nächste Woche wieder raus. Ich wollte nur mal schnell vorbeischauen. Ich muss auch wieder los, meine Kollegen in Arromanches sind nicht immer sehr sorgfältig bei den Führungen …«

»Verstehe«, sagte Nicolas und blickte Sandrine an. »Wollen wir?«

Sie nickte.

»*Au Revoir, Monsieur* Prudhomme.«

»*Au revoir, Madame* Poulainc.«

»*Mademoiselle.*«

»Oh, *pardon*. Ich wünsche Ihnen alles Gute. Ihnen auch, *Monsieur …*«

»Guerlain. Nicolas Guerlain.«

Sie blickten Jean Prudhomme hinterher, der etwas tapsig zu einem alten Wagen lief und sich dabei eine blaue Strickmütze aufsetzte.

»Netter Kerl«, sagte Sandrine. »Angeblich weiß niemand mehr über die Landung in der Normandie als er.«

Die Schiebetür öffnete sich, sie betraten das Krankenhaus.

»Ja, netter Kerl«, sagte Nicolas. »Und schrecklich nervös.«

KAPITEL 10

Normandie
Am Nachmittag
J-129

Jetzt waren es schon vier.

Vier Blutstropfen auf einem Boden, der von Blut getränkt war.

Vier rote Kreuze. Und 9384 weiße.

Claire stand zwischen den langen Reihen, betrachtete die kleinen Fahnen, die Fotos und den Blumenschmuck, den Angehörige hier und da an ein Kreuz gehängt hatten, und fragte sich, wie sie hier ermitteln sollten. Jeder Quadratzentimeter war ein Stück Geschichte, jedes Kreuz ein Mahnmal und gleichzeitig eine in Stein gemeißelte Erinnerung an den Soldaten, der darunterlag.

Andächtig und voller Respekt hatte vor wenigen Augenblicken eine Besuchergruppe aus New Jersey den Rasen betreten. Mützen wurden abgesetzt, Handys ausgeschaltet, Gespräche verstummten. Dies war ein heiliger Ort, und es war Philippe, der das Offensichtliche zuerst aussprach.

»Jemand will diesen Ort entweihen.«

Neben ihnen standen der verantwortliche Wachoffizier sowie ein Vertreter des amerikanischen Konsulats in Rennes.

Die beiden Männer nickten.

»Ich finde, langsam ist es genug mit den Scherzen. Dies ist nicht irgendein Ort, an dem Schmierereien ungesühnt bleiben.«

Der Konsulatsmitarbeiter war jung und machte einen ehrgeizigen Eindruck. Einer von der aufstrebenden Sorte, hatte sich

Claire gedacht, als er sich ihr als Marc Dehaney vorstellte. Er hob jedes Mal die Augenbrauen, wenn sie ihn ansprach. Ich hasse Typen wie dich, hatte sie gedacht und beschlossen, gelassen zu bleiben. So gut es eben ging.

Der Wachoffizier deutete auf die betreffenden Kreuze.

»Wir sind Ihrer Bitte nachgekommen, die Kreuze nicht zu säubern, aber ich denke, jetzt müssen wir den Soldaten wieder unsere Ehre erweisen und die rote Farbe entfernen.«

»Dafür haben wir vollstes Verständnis«, erwiderte Philippe. »Allerdings wäre es nett, wenn Sie die Kreuze markieren könnten, mit einer Fahne vielleicht. Dann haben wir es später leichter, sie zu finden.«

»Natürlich.«

Claire stellte sich direkt vor das Kreuz, das als Erstes rot angestrichen worden war, Anfang des Jahres.

Private Charles Frederik Baker, 29. Infanterie-Division. Geboren in Illinois. Gestorben am 7. Juni 1944, einen Tag nach der Landung.

Sie blickte sich um. Der Eindruck, den sie bereits vor einigen Wochen gewonnen hatte, bestätigte sich. Das Kreuz stand ziemlich genau in der Mitte des Gräberfeldes. Ein roter Tropfen, mitten im weißen Herz von Colleville-sur-Mer.

»Und wieder ist auf den Aufnahmen Ihrer Kameras nichts drauf?«, fragte Philippe den Wachoffizier.

»Nein, es ist einfach zu dunkel. Wir haben zwar Patrouillen auf dem Gelände, aber wie Sie sehen, ist es so weitläufig, dass man nie alles im Blick haben kann.«

Claire schritt zu den beiden roten Kreuzen, die als Nächstes dazugekommen waren. Sie konnte kein Muster erkennen. Die Wahl genau dieser Kreuze schien keinen Sinn zu ergeben, als habe jemand willkürlich zwei weitere Kreuze herausgesucht. Zwei allerdings, die direkt hintereinanderstanden.

Private Manuel Espinoza aus Texas. 83. Infanterie-Division. Gestorben am 24. Juli 1944.

»Immerhin hat er fast zwei Monate Glück gehabt«, murmelte sie.

Staff Sergeant Craig McIntyre, 82. Airborne-Division. Ein Fallschirmspringer aus Massachusetts, gestorben am 25. Dezember 1944. Weihnachten.

»Schöne Bescherung«, meinte Philippe. »Das hier ergibt alles keinen Sinn.«

»Nein, tut es nicht«, sagte Claire und blickte zu dem Kreuz, das in der vergangenen Nacht als Letztes dazugekommen war. Der vierte Blutstropfen.

Das Kreuz leuchtete dunkelrot, es war sorgfältig angestrichen worden. Als hätte der Täter alle Zeit der Welt gehabt.

»Was unternimmt die Polizei denn nun?«, wollte der junge Konsulatsmitarbeiter wissen.

Nichts, dachte Claire. Wir haben anderes zu tun.

Ich habe anderes zu tun.

»Wir haben eine Gruppe zusammengestellt, die sich ausschließlich um die Aufklärung dieser Fälle von Vandalismus kümmern wird«, versicherte Philippe hastig. Er hatte sofort erkannt, dass Claire in einem unbedachten Moment die Wahrheit sagen würde. Dass die Polizei in Caen kein Interesse an dem Fall hatte.

»Wir können Ihnen versichern, die roten Kreuze genießen bei uns oberste Priorität.«

»Das ist gut zu hören.«

Claire hatte das vierte Kreuz erreicht, es stand etwa zwanzig Meter entfernt von den anderen, weiter südöstlich auf dem Gelände.

»Was habt ihr vier nur gemeinsam?«, fragte sie leise, während nicht weit von ihr ein kleiner Junge zwischen den Kreuzen spielte. Ein bunter Ball rollte über den grünen Rasen.

Captain Allison Briggs, gestorben zwei Tage nach der Landung an Omaha Beach. Hier, wo so vieles schiefgelaufen war. Bomber Group H, 384. Schwadron. Ein Pilot, der von den deutschen Abwehrgeschützen vom Himmel geschossen worden war. Weit weg von den grünen Hügeln Pennsylvanias.

Mit einem Ruck löste sich Claire von den dunklen Schatten der Vergangenheit, die über diesem Ort hingen, und blickte auf die Uhr.

Sie mussten los.

»Ich denke, wir haben alles«, sagte sie energisch und nickte Philippe zu. »Bitte melden Sie sich bei uns, wenn es was Neues gibt. Wir werden alles unternehmen, um den oder die Täter zu fassen.«

Die beiden Amerikaner blickten sich an, als würden sie ahnen, dass Frankreich in diesem Fall zwar wie immer treu an der Seite Amerikas stand, dabei aber eine gewisse Distanz behielt.

Der Konsulatsmitarbeiter lächelte Claire und Philippe an.

»Es gibt da etwas, was Ihre Ermittlungen vielleicht beschleunigen könnte.«

»Ach ja?«, fragte Philippe.

»Der 6. Juni.«

Claire runzelte die Stirn.

»Das sind noch fast vier Monate. Und die Feier wird in Arromanches stattfinden.«

»Richtig«, fuhr der junge Amerikaner fort, »aber wie seit gestern bekannt ist, wird in diesem Jahr das Programm anlässlich der Feierlichkeiten ausgedehnt. Die Staatschefs werden nicht nur in Arromanches sein.«

»Sondern …?«

»Sie werden auch hierherkommen«, fuhr er fort. »Der US-Präsident hat darum gebeten, den amerikanischen Friedhof von Colleville zu besuchen, gemeinsam mit Ihrem Staatspräsidenten und weiteren Gästen. Und ich würde stark davon ausgehen, dass er dabei keine roten Kreuze sehen will.«

Scheiße, dachte Claire. Sie blickte zu Philippe.

Ganz offensichtlich dachte er gerade genau dasselbe.

»Scheiße.«

Philippe fluchte, als er kurz darauf den Wagen auf dem Parkplatz des Friedhofes zurücksetzte und in die kleine Straße einbog, die durch die Hügel zur Autobahn bei Bayeux führte.

»Na komm, so schlimm ist es auch nicht«, versucht ihn Claire zu beruhigen. »Es ist noch lange hin bis zum 6. Juni, und vielleicht sind es ja tatsächlich nur irgendwelche Schmierereien, die nichts zu bedeuten haben.«

Sie merkte selbst, dass ihre Stimme sich hohl anhörte.

»Wir müssen den Chef informieren, das hier droht zu einem echten Problem zu werden«, erwiderte Philippe. »Bislang haben wir das Ganze vielleicht für einen Scherz gehalten oder eine Sache, die sich von selbst regelt. Aber vielleicht verhält es sich ganz anders.«

Claire musste ihrem Kollegen recht geben. Das Phänomen der roten Kreuze ließ sich nicht weiter auf die lange Bank schieben, die Polizei würde mehr investieren müssen. Und darauf hatte der dicke Bruno nun wahrlich keine Lust, bei alldem, was im Sommer mal wieder auf die Beamten in der gesamten Region zukommen würde.

Eine ganze Region im jährlichen Ausnahmezustand, die Perlmuttküste hatte in den vergangen Jahren vermutlich mehr Staatsgäste kommen und gehen sehen als Paris und Brüssel zusammen.

Sie blickte auf den kleinen aufgeschlagenen Notizblock auf ihrem Schoß, während draußen die Landschaft unbeachtet an ihr vorbeisegelte. Philippe lenkte das Auto um einen verlassenen Weiher herum und bog auf die nächste schmale Straße ab. Braungescheckte Kühe blickten ihnen nach, in ihrem Blick lag die Gewissheit, dass sie diesen Wagen nicht zum letzten Mal hier sehen würden.

Charles Frederik Baker. Illinois.
Manuel Espinoza. Texas.
Craig McIntyre. Massachusetts.
Allison Briggs. Pennsylvania.

Claire holte ihren Kugelschreiber aus der Dienstjacke und fügte einen weiteren Namen hinzu, ohne zu wissen, warum. Vielleicht nur, um zu sehen, wie er sich in der Liste machte. Es ergab keinen Sinn, aber etwas anderes fiel ihr in diesem Augenblick nicht ein.

Luc Roussel. Deauville.

In diesem Augenblick knackte das Funkgerät in ihrem Wagen. Philipp meldete sich mit der ihm eigenen Beflissenheit.

»Wir hören.«

»Eine Nachricht vom Chef. Ihr sollt nach Arromanches kommen. Er erwartet euch dort.«

Claire nahm das Gerät aus der Halterung, bevor Philippe sie daran hindern konnte.

»Hat er gesagt, warum? Gibt es etwas Neues?«

Für einen kurzen Augenblick war Stille.

»Nein. Gute Fahrt.«

Claire seufzte, die ausgeprägte Begabung ihrer Kollegen, sich jedem überflüssigen Wort zu verweigern, brachte sie schier zur Verzweiflung.

Für einen Augenblick fuhren sie schweigend durch die Hügel, begleitet von einer blasser werdenden Sonne, die sich bereitmachte für ihr abendliches Bad im kalten Wasser des Ärmelkanals.

Schließlich bog Philippe an einem der zahlreichen kleinen Kreisverkehre ab und lenkte den Wagen parallel zur Küste hinunter in Richtung Arromanches. Als zwischen den Ginsterbüschen das Meer durchblitzte, deutete er auf eine kleine Anhöhe.

»Hier oben haben sie gesessen, die Deutschen. In ihren Bunkern und neben ihren Geschützen. Und haben nichts geahnt.«

»Warum eigentlich nicht?«, fragte Claire, während sie immer noch auf ihren Notizblock blickte.

»Weil sie dachten, die Landung findet irgendwo weiter im Norden statt, bei Calais oder Dunkerque. Dort, wo der Ärmelkanal am engsten ist.«

»Aha«, murmelte sie und überlegte, was der dicke Bruno wohl

von ihnen wollte. Nicht, dass sie nicht froh wäre, nach Arromanches zu fahren, es war immer noch besser, als in Caen zu sitzen und nichts tun zu können, während dort draußen jemand frei rumlief, der Roussel auf dem Gewissen hatte.

Ich tue schon so, als wäre er bereits tot, dachte sie. Aber noch ist es nicht so weit, Roussel ist ein harter Knochen.

»Die Alliierten haben sogar kurz vor ihrer Landung ein Ablenkungsmanöver bei Calais gestartet. Mit Strohpuppen als Fallschirmspringer und alten Schiffen, die sie nicht mehr brauchten. Es war alles bis ins kleinste Detail geplant, jede Operation bekam einen Namen.«

Philippes Augen leuchteten, ganz offensichtlich begeisterte ihn die Geschichte dieser Region tatsächlich.

Er sieht eigentlich ganz süß aus, wenn er so klug daherredet, dachte Claire und lächelte.

»Und diese armen Strohpuppen, die sie aus dem Flugzeug geworfen haben, zur Ablenkung – welchen Namen hat diese Operation bekommen?«

Philippe musste nicht lange überlegen.

»Fortitude. Operation Fortitude.«

Claire blickte hinüber zu der Anhöhe und in Richtung Westen, wo sich vor so vielen Jahren die ersten Umrisse der Kriegsschiffe und Schnellboote abgezeichnet hatten. Der größte Flottenverband, den je eine Kriegspartei aufgestellt hatte.

Der längste Tag hatte damals dort hinten begonnen.

Das Ergebnis waren unter anderem 9384 weiße Kreuze auf dem amerikanischen Friedhof von Colleville-sur-Mer.

Und vier rote.

Zwanzig Minuten später erreichten sie Arromanches. Hinter einem Reisebus aus Italien ließ Philippe den Wagen die Hauptstraße hinunter ins Dorf rollen, während Claire die Fassaden der Häuser betrachtete.

Was hatte Roussel nur hier gewollt?

Als sie an einer kleinen Tischlerei vorbeikamen, fiel ihr etwas ein.

»Die Probe von der Farbe, die du an dem ersten Kreuz abgekratzt hast – hat das Labor da eigentlich etwas gefunden?«

Philippe lächelte gequält und schüttelte den Kopf.

»Die liegt noch in meiner Schublade in der Zentrale. Der Chef meinte, ich sollte das Labor damit nicht belästigen, die hätten genug zu tun. Aber du hast recht, vielleicht sollten wir jetzt noch mal einen Versuch unternehmen. Jetzt, wo klar ist, dass der 6. Juni in diesem Jahr eben auch auf dem Friedhof in Colleville stattfindet. Ich werde mich darum kümmern.«

»Da vorne steht sein Auto.«

Philippe parkte den Dienstwagen direkt neben dem Auto ihres Chefs und blickte durch die Windschutzscheibe hinaus auf das graue Meer, in dem die Senkkästen der Alliierten einer weiteren dunklen Nacht entgegenblickten.

Sie stiegen aus. Claire sog die frische Meeresluft ein und vergaß für einen Augenblick die Namen der toten Soldaten auf ihrem Block und den Anblick des schwer verletzten Roussels dort draußen vor der Küste. Bei ihr zuhause in Le Havre hatte sich immer der Geruch von Diesel und alten Schiffsmotoren in ihre Nase geschoben, während sie an den großen Hafenbecken stand und hinab in das brackige Wasser blickte. Hier hingegen schien alles rein und klar, das Wasser, die Luft, selbst das Gefieder der Möwen am Strand leuchtete makellos weiß.

Sie zog ihre Dienstjacke über und wollte gerade hinüber zum Eingang des *Mulberry* gehen, als sie ein Wohnmobil erblickte, das etwas weiter hinten mit der Schnauze zum Meer stand und aus dem in diesem Augenblick zwei erregte Stimmen zu hören waren.

»Claire, kommst du?«

Die Seitentür stand offen, ein kleines Metalltreppchen war heruntergeklappt, davor lag ein ordentlich ausgelegter grüner Teppich, auf dem jemand ein paar Wanderstiefel abgestellt hatte. Die Stimmen mussten zu einem älteren Ehepaar gehören, das ganz offensichtlich unterschiedlicher Meinung war.

Das Heck des Wohnmobils zierte ein Flamingo mit ausgebreiteten Flügeln, sein Federkleid glänzte rosa, sein Blick ging hinauf zu einer kleinen Satellitenschüssel, die oben auf dem Dach installiert war.

»Ich habe dir mindestens hundertmal beschrieben, wie es geht!«

»Hast du nicht! Woher soll ich wissen, dass ich diesen Knopf …«

»Da sind nur drei Knöpfe!«

»Schrei mich nicht an! Dieses dämliche Ding ist einfach fürchterlich umständlich, aber du wolltest es ja unbedingt haben.«

Claire zwinkerte dem Flamingo zu und folgte Philippe, der bereits das kleine Haus erreicht hatte, in dessen Erdgeschoss das *Mulberry* lag. Im Obergeschoss war ein Fenster leicht geöffnet, ein Vorhang bewegte sich, aber Claire konnte nicht sehen, ob es eine Hand war, die ihn zur Seite zog, oder nur der aufkommende Wind.

Sie klopften ihre Schuhe auf der Fußmatte vor der Tür ab und traten ein. Mittlerweile waren sie schon einige Male hier gewesen, und jedes Mal hatte Claire sich wohlgefühlt. Die Einrichtung war gemütlich, ohne spießig zu sein, es lag ein angenehmer Duft von Muscheln und trockenem Weißwein in der Luft. Die Fenster gingen allesamt auf den Hafen hinaus, das Rauschen der Wellen drang gelegentlich durch das dünne Glas. Kleine Holztische standen im Raum verteilt, eine große, aber keineswegs wuchtige Bar bildete den Übergang zur Küche, aus der immer wieder das Klappern von Töpfen und Pfannen zu hören war.

»Hast du Brot mitgebracht?«, erklang eine Frauenstimme aus der Küche, und Claire und Philippe blickten sich fragend an.

»Sollten wir?«, rief Claire schließlich zurück, und kurz darauf stand Janine Prudhomme, die Besitzerin des *Mulberry*, in der Küchentür und lachte.

»Entschuldigt, ich dachte, es wäre mein Sohn! Er hat jetzt gleich Pause, und ich habe ihn gebeten, drüben beim Bäcker noch ein paar Baguettes zu holen. Schön, dass Sie mal wieder hier sind, junge Frau. Das gilt natürlich auch für Sie, *Monsieur* …«

Sie zeigte in die hinterste Ecke des Bistros, wo zwei Männer vor einem breiteren Tisch standen und sich in eine Karte vertieft hatten.

»Sie werden erwartet, glaube ich«, sagte sie.

»Na dann«, antwortete Claire. »Könnte ich eine heiße Schokolade bekommen? Wenn wir schon mal in einem Bistro ermitteln, dann sollte man das doch ausnutzen, nicht wahr?«

»Natürlich«, lachte die Wirtin, »kommt sofort. Und für Sie, *Monsieur*?«

»Nichts erst mal, vielen Dank«, antwortete Philipp, der bereits in Richtung der beiden Männer unterwegs war.

Claire rollte mit den Augen und zwinkerte Janine Prudhomme zu.

»Er ist ein bisschen schüchtern, aber ganz nett«, flüsterte sie.

»Na dann, halten Sie ihn sich warm!«

Bruno Bogdanic drehte sich nicht um, als Philipp und Claire zu ihnen an den Tisch traten.

»Chef, Sie wollten uns sprechen«, sagte Philippe. »Wir kommen direkt vom Friedhof in Colleville, und darüber müssen wir dringend …«

»Ja, ja, machen wir später«, wiegelte Bogdanic ab und deutete auf den Mann neben sich. »Das ist Gilles Jacombe aus Paris. Er ist für die Sicherheit von François Faure zuständig und leitet den Personenschutz in dessen Ministerium.«

»Freut mich«, sagte Jacombe und begrüßte den sichtlich beeindruckten Philippe mit einem festen Händedruck. »Sie waren Jahrgangsbester an der Polizeischule vor zwei Jahren, nicht wahr? Glückwunsch dazu.«

Philippe blinzelte kurz.

»Woher wissen Sie …?«

Claire unterbrach ihn.

»Das ist sein Job, Philippe. *Monsieur* Jacombe will immer alles wissen, über jeden, den er trifft. Oder den sein Minister trifft.«

Nun war Philippe sichtlich irritiert und blickte Claire erstaunt an, die unbekümmert fortfuhr.

»*Monsieur* Jacombe ist hier, um sich die sogenannten Gegebenheiten anzusehen, die Sicht- und Lichtverhältnisse, die Stadt bei Tag und den Strand bei Nacht. Er wird heute noch mehrere Spaziergänge machen und außerdem das Museum besichtigen. Er bleibt aber nur bis morgen, dann muss er wieder zurück nach Paris. Ich nehme an, *Monsieur* Jacombe wohnt drüben im *Hotel Overlord*. Nicht, weil es das beste Hotel im Ort ist, sondern weil es am günstigsten liegt, nämlich direkt am Hafen, wo am 6. Juni die großen Feierlichkeiten stattfinden. Was mich wiederum zu zwei Fragen führt.«

»Nämlich?«, stotterte Philippe, während jetzt auch der dicke Bruno seine Polizeischülerin mit großen Augen anblickte. Der Schatten eines vorbeifahrenden Wagens wanderte über die rückwärtige Wand des Gastraums, kurz darauf war das Zuschlagen einer Autotür zu hören.

Claire blickte Gilles Jacombe mit einem durchdringenden Blick an.

»Erstens frage ich mich, wo Bertrand ist. Denn der begleitet ihn normalerweise auf diesen Touren. Oder ist die Neue diesmal dabei, wie heißt sie noch … Carole?«

Jacombe nickte.

»So heißt sie.«

»Und zweitens frage ich mich, warum *Monsieur* Jacombe, der mit mir schon jede Menge Rotwein in einer alten Villa am Strand von Trouville getrunken hat, mich noch nicht in den Arm genommen hat!«

Gilles Jacombe lachte laut auf, während Philippe und Bruno sie ungläubig anblickten.

Hinter ihnen öffnete sich die Tür, ein leichter Windstoß hob die kurzen Vorhänge an den Fenstern an.

»Hast du das Brot mitgebracht?«, erklang eine laute Stimme aus der Küche.

»Ich habe weder Bertrand noch Carole dabei«, sagte Gilles Jacombe zu Claire. »Wir haben einen Neuen im Team, dem wollte ich mal zeigen, wie man im Vorfeld die Sicherheit überprüft. Wobei, so neu ist er auch wieder nicht.«

»Hätte ich denn Brot mitbringen sollen?«, fragte der Neuankömmling, und Claire hörte, wie ein leichter Gegenstand auf der Bar abgelegt wurde. Eine Sonnenbrille, schätzte sie.

»Und was das Umarmen betrifft«, fuhr Jacombe mit einem Lächeln fort, »dachte ich, du würdest gerne zuerst jemand anderen begrüßen. Jemanden, der sich sehr freut, dich zu sehen. Auch wenn er das natürlich nie zugeben würde.«

»Natürlich nicht«, antwortete Claire. Dann drehte sie sich um, durchquerte den Raum mit einigen schnellen Schritten und stellte sich mit prüfendem Blick vor Nicolas.

»Du hättest anrufen können, mein Lieber.«

»Das hätte ich.«

»Hast du aber nicht.«

»Nein, habe ich nicht.« Nicolas lächelte sie an und musterte sie nun seinerseits.

»*Salut*, Claire. Ich hatte ein Zimmermädchen erwartet, und was sehe ich? Eine waschechte angehende Polizistin. Kommt es mir nur so vor, oder bist du ein Stückchen größer geworden?«

»Halt die Klappe, Nicolas.«

»Nein, im Ernst!«, sagte er. »Die Uniform steht dir ausgezeichnet, wirklich. Fast so gut wie …«

»Wehe!«

»… eine Küchenschürze.«

Claire seufzte und blickte über die Schulter zurück zu Nicolas' Teamleiter.

»Gilles, das war ein großer Fehler, diesen durchgeknallten Typen wieder in die Normandie zu schleppen. Ich fürchte, er bringt uns alle in Gefahr.«

Gilles Jacombe lächelte, und als Claire sich wieder zu Nicolas umdrehte, blickte sie in das Gesicht eines Mannes, der glücklich aussah.

Sie wusste, dass dieser Zustand nicht von Dauer sein würde. Deshalb umarmte sie ihn umso mehr.

KAPITEL 11

Arromanches-les-Bains
Am späten Nachmittag
J-129

Nicolas hatte mehr als zwei Stunden an Roussels Bett gesessen, im Universitätskrankenhaus von Caen. Er hatte gewartet, wie so oft in letzter Zeit.

Darauf, dass die Augenlider des Mannes zuckten, der vor ihm unter den weißen Bettlaken lag. Darauf, dass die durchsichtige Flüssigkeit, die den Mann am Leben hielt, durch die Schläuche tropfte.

Er hatte auf einem Display die bunten Kurven der Herzfrequenzen verfolgt, einen frischen Strauß Blumen in eine Vase gestellt und die gelben und weißen Blütenblätter gezählt. Er hatte drei verschiedene Krankenschwestern begrüßt, vier unterschiedliche Stühle ausprobiert und war insgesamt siebzehn Mal ans Fenster getreten, um die Küste vor Caen zu betrachten. Und das Meer. Wo für Roussel alles geendet hatte. Denn genau danach sah es aus: dass alles endete.

Der Arzt, der kurz bei ihnen im Zimmer gewesen war, war ohne viel Hoffnung gewesen. Zu schwer war die Schussverletzung, zu lange hatte Roussel im kalten Wasser gelegen, zu sehr hatte er sich angestrengt, um sich auf den großen schwarzen Kasten hinaufzuziehen.

Zweimal war Sandrine zu ihnen gekommen, sie hatten nicht viel gesprochen.

»Er hatte Urlaub, er wollte ein bisschen ausspannen. Nur drei Tage, danach wollte er seine Sachen packen und zu mir ziehen.«

Ihre Stimme war brüchig gewesen, ihre Lippen hatten gezittert. Und Nicolas hatte nicht gewusst, was er antworten sollte.

»Warum wollte er das nur ins Metall ritzen: Bodyguard?«, hatte sie verzweifelt gefragt.

»Ich weiß es nicht«, hatte er gemurmelt und war sich schäbig vorgekommen, weil er auch ihr nichts von der Gefahr eines Anschlages sagen durfte.

»Aber ich finde es heraus, versprochen.«

Dann hatte er wieder gewartet. Darauf, dass Roussels Lider zuckten. Und darauf, dass ihm eine Erkenntnis kam, was der Mann ihm hatte sagen wollen.

Irgendwann war er aufgestanden und hatte das Krankenzimmer verlassen.

»Ich komme wieder, Roussel. Warte auf mich«, hatte er gemurmelt und seine Sonnenbrille aufgesetzt, weil ihn ein Gefühl von Hilflosigkeit blendete.

Und nun saß er also in einem kleinen Bistro am Meer, und neben ihm saß Claire, die eine heiße Schokolade trank.

Sie pustete in ihre Tasse, warmer Dampf glitt über die ausgebreitete Karte vor ihnen auf dem Tisch. Auch Philippe, der junge Polizist, hatte sich einen Stuhl herangezogen, er schien den Schock darüber, dass seine junge Kollegin eine bewegte Vergangenheit mit den Personenschützern aus der Hauptstadt teilte, überwunden zu haben.

Nicolas' Blick ging durch die dünnen Vorhänge hinaus auf den Vorplatz, wo ein großes Wohnmobil stand, auf dessen Heck ein leuchtender Flamingo prangte. Ein Mann stieg aus und deutete in Richtung des *Mulberry*.

»Nicolas, hörst du zu?«

Gilles Jacombe und der dicke Bruno waren dabei, die sicherheitsrelevanten Punkte auf der Karte einzukreisen.

»Natürlich«, sagte Nicolas und merkte, dass ihm niemand am

Tisch glaubte. »Die Feierlichkeiten werden diesmal am Vormittag stattfinden, weil …«

»… weil die Staatschefs bei Ebbe an den Strand gehen wollen«, unterbrach ihn Jacombe etwas unwirsch. »Und die wird aller Voraussicht nach Anfang Juni eben am Vormittag und dann erst wieder am Abend sein. Und das wäre zu spät. Also der Vormittag.«

Bruno Bogdanic runzelte die Stirn.

»Was heißt, sie wollen an den Strand gehen? Ich dachte, die Feierlichkeiten finden hier auf dem Platz an der Strandpromenade statt?«

Gilles Jacombe schüttelte den Kopf.

»François Faure, der als zuständiger Minister die Planung innehat, möchte unbedingt gute Bilder haben. Und deshalb hat er vorgeschlagen, dass die gesamte Delegation runter zum Strand geht und die Reden direkt neben den Pontons gehalten werden. Die sind doch bei Ebbe gut erreichbar, oder?«

Philippe nickte.

»Zumindest die hier vorne, ja.«

Nicolas' Blick wanderte wieder durch die Fenster hinaus aufs offene Meer, wo er in einiger Entfernung die dunklen Umrisse der Senkkästen erkennen konnte. Wie schwarze Dominosteine lagen sie im Wasser, umgestoßen während eines tödlichen Spiels an den Stränden der Normandie vor mehr als siebzig Jahren.

Gilles Jacombe tippte nacheinander auf einige Punkte auf der Karte.

»Nicolas und ich werden uns heute noch hier und hier umsehen. Von den Klippen haben wir einen guten Überblick.«

Nicolas deutete auf einen Punkt auf der Karte.

»Was ist das hier?«, fragte er Philippe, der sich offenbar hier an der Küste am besten auskannte.

»Das ist einer der deutschen Abwehrbunker«, erklärte der junge Polizist. »Von dort oben hatten die Deutschen tatsächlich einen recht guten Überblick über diesen Teil der Küste. Vier Stück gibt es da oben, vor einigen stehen noch die alten

Abwehrgeschütze, die sind natürlich mittlerweile völlig verrostet. Im Sommer finden dort oben ab und zu Partys statt, die Jugendlichen hier aus der Gegend verkriechen sich dann in den Bunkern, rauchen und feiern.«

Die Tür des *Mulberry* wurde geöffnet. Ein älteres Ehepaar betrat den Gastraum und steuerte zielsicher auf einen sonnenbeschienenen Tisch an einem der Fenster zu.

Claire dreht ihren Kopf in Richtung Küche.

»Die haben auch kein Brot mitgebracht«, sagte sie laut, und sogar der dicke Bruno musste lächeln.

»Danke!«, erklang es von hinter der Bar. Kurz darauf kam die Wirtin aus der Küche und nahm die Bestellung der neuen Gäste auf.

»Pass auf, ich zeige es dir noch mal«, erklärte der Mann wenig später unüberhörbar seiner Frau und holte eine kleine Kamera hervor. Sie hatte die Form eines Quaders, und Nicolas erkannte darin eines jener kleinen Geräte, die Sportler vorne auf ihr Surfbrett oder die Skier klebten, um temporeiche Aufnahmen zu machen.

Diese Kamera hingegen klebte offenbar normalerweise an der Windschutzscheibe eines riesigen Wohnmobils, dessen Heck ein Flamingo zierte.

»Jede Minute ein Foto, dafür musst du hier ins Menü gehen, siehst du …«

Der dicke Bruno faltete die Karte zusammen und blickte auf die Uhr. Mittlerweile war es draußen dämmrig geworden, die Sonne warf einen goldenen Abschiedsgruß auf den harten Sand zwischen den Pontons.

»Dann solltet ihr euch beeilen, wenn ihr noch etwas sehen wollt. Es wird schnell dunkel hier am Meer«, sagte Bruno an Gilles Jacombe und Nicolas gerichtet.

Jacombe machte der Besitzerin ein Zeichen, dass sie zahlen wollten, aber die winkte ab.

»Sie kommen sicherlich noch ein paarmal her bis zum Sommer. Diesmal geht es aufs Haus.«

»Na dann. *Merci, Madame.*«

»Chef«, sagte Philippe, »wir müssten noch mal wegen dieser Kreuze auf dem amerikanischen Friedhof reden. Ich befürchte, das Ganze ist doch etwas komplizierter, als wir dachten.«

Bruno Bogdanic schaute ihn verärgert an.

»Die Schmierereien? Was soll daran kompliziert sein?«

»Das ist es ja eben. Es könnte sein, dass es gar keine Schmierereien sind, sondern eine ganz gezielte Aktion.«

»Wer sagt das?«

»Noch sagt das niemand«, schaltete Claire sich ein. »Aber es ist eine Möglichkeit. Und ich befürchte, unsere Kollegen aus Paris haben uns über den Ablauf am 6. Juni noch nicht alles gesagt.«

Bruno Bogdanic blickte Gilles Jacombe verwundert an.

»Da bin ich aber gespannt.«

Nicolas hörte nur bedingt zu, er blickte aus einem der Fenster, wo sich allmählich die Dunkelheit über den Platz legte. In seiner Tasche spürte er die beruhigende Anwesenheit einer kleinen Medikamentenpackung. Er brauchte sie kaum noch, aber dass sie da war, beruhigte ihn. Vor dem Museum gingen die Außenlampen an, in einer Stunde würden die letzten Touristen herauskommen. Dann würde für eine Nacht Stille herrschen.

»Wir wollten doch unbedingt einen Sonnenaufgang am Meer, und jetzt sagst du mir, du hast die Kamera falsch eingestellt, die ganze Zeit.«

Die Stimmen des Ehepaares drangen wieder zu ihm und mischten sich unter die seiner Kollegen.

»Die Amerikaner haben tatsächlich das Programm geändert«, erklärte sein Teamleiter in diesem Augenblick. »Sie werden auch nach Colleville fahren, zum amerikanischen Friedhof. Und übrigens auch nach La Cambe, erstmals. Dort liegt der deutsche Kriegsfriedhof.«

Nicolas schloss für einen kurzen Augenblick die Augen und begann, die Sätze, die er hörte, einzuordnen.

Da war etwas.

»Jede Minute ein Foto, dann hätte ich daraus einen tollen Zeitraffer machen können. Aber jetzt ist es natürlich zu spät, und das ärgert mich wirklich.«

»Ich hätte es dir schon noch gesagt, Bruno. Aber hier in Arromanches ändert sich nichts.«

»Seit zehn Tagen fahren wir durch die Normandie, und jetzt sind wir wieder hier, wo wir losgefahren sind. Und wie viel Sonnenaufgänge haben wir? Null!«

»Nein, am amerikanischen Friedhof sind wir nicht verantwortlich für die Sicherheit, das machen alles die Amerikaner.«

»Na ja, eine Nacht haben wir noch. Heute Nacht soll es bewölkt sein, aber vielleicht haben wir Glück.«

»Nicolas, wollen wir los?«

»Nein.«

Mit einem Ruck stand er auf.

»Ich bin sofort wieder da.«

»Wie bitte?«, fragte Gilles Jacombe verblüfft, aber Nicolas war bereits auf dem Weg zur Tür, die hinaus auf den Platz führte. Begleitet von den irritierten Blicken seiner Kollegen trat er nach draußen, wo er beinahe mit einem Mann zusammengestoßen wäre, der mehrere Baguettes quer vor seinem Bauch in den Armen hielt.

»Hey, passen Sie doch auf«, schimpfte der Mann.

»*Madame* Prudhomme, Ihr Brot kommt«, rief Claire in die Küche.

»Na endlich!«, kam prompt die Antwort.

Nicolas entschuldigte sich bei dem Mann und wollte gerade weitergehen, als er innehielt.

»Wir kennen uns doch, nicht wahr?«, fragte er. »Sie sind der Besitzer des Museums dort drüben.«

»Nicht der Besitzer, wie ich schon sagte, nur ein einfacher Angestellter. Wenn auch der, der am längsten dort arbeitet. Und Sie sind der Mann aus Paris, ich erinnere mich. Wir haben uns heute Vormittag am Krankenhaus gesehen.«

»Wie geht es Ihrem Kollegen?«, wollte Nicolas wissen, während sein Blick bereits nach vorne eilte.

»Äh, gut. Vielen Dank. Ich muss leider das Brot reinbringen, kommen sie doch mal im Museum vorbei, ich führe Sie gerne persönlich durch.«

»Das werde ich tun«, sagte Nicolas und blickt Jean Prudhomme kurz hinterher. Dann fuhr er herum und ging mit schnellen Schritten zu dem Wohnmobil, das noch immer am Rande des Platzes stand, im Schatten eines großen alten Geschützes. Nur hier durften genau drei Wohnmobile parken, notfalls die ganze Nacht.

Notfalls bis zum Sonnenaufgang.

Nicolas stellte sich vor das Fahrzeug und blickte Richtung Meer. Weit hinten balancierte ein Containerschiff auf der dünnen Linie zwischen Himmel und Wasser. Weiter vorne kehrten zwei Fischerboote zurück nach Cabourg oder Ouistreham. Links von ihm lagen die dunklen Felsen, von wo aus die Deutschen eine so gute Sicht gehabt hatten.

Eine Sicht, die doch nichts geändert hatte.

Das künstliche Riff der schwarzen Metallkästen, das leicht dümpelnde Wasser der Bucht davor. Der harte Sand zwischen den Pontons, die damals als Brückenköpfe dienten, für eine künstlich geschaffene Straße, auf der Panzer und Geländewagen ins Landesinnere vorstoßen konnten. Davor der Parkplatz, auf dem zwei Reisebusse, der Wagen von Philippe und Claire sowie der von Bogdanic standen.

Wer hier stand, hatte alles im Blick.

»Einen Versuch ist es wert«, murmelte Nicolas und ging mit

schnellen Schritten wieder zurück zum Bistro, hinter dessen Fenster seine Kollegen standen und sich wunderten.

»Was hat er jetzt wieder gesehen?«, murmelte Claire und blickte zu dem Ehepaar ein paar Tische weiter.

Janine Prudhomme brachte gerade die Rechnung, auf dem Tisch lag eine kleine Kamera.

Claire blickte hinüber zu dem Wohnmobil, und in dem Augenblick, als Nicolas wieder zurückkam und auf das Ehepaar zusteuerte, wusste sie Bescheid.

Aber war es nicht eher unwahrscheinlich, dass die beiden ausgerechnet in jener Nacht …

»Entschuldigen Sie bitte«, wandte sich Nicolas an das Ehepaar. »Darf ich Sie fragen, wo Sie normalerweise diese Kamera anbringen?«

Der Mann blickte ihn misstrauisch an. Er zögerte.

»Drinnen in unserem Wohnmobil. Warum wollen Sie das wissen?«

Die anderen waren mittlerweile auch herübergekommen, und das Ehepaar fühlte sich sichtlich unwohl.

Jean Prudhomme war nicht mehr im Gastraum, Claire hatte gesehen, wie er eine kleine Treppe neben der Bar hinaufgestiegen war, mit einer Tasse Tee auf einem Tablett.

»*Police Nationale*«, erklärte Bruno Bogdanic und hielt den beiden seinen Ausweis vor die Nase. »Ich weiß noch nicht, wofür es gut sein soll, aber antworten Sie bitte auf die Fragen meines Kollegen.«

Nicolas nickte ihm zu. »Können Sie uns sagen, wann sie zum ersten Mal hier in Arromanches waren? Ich habe vorhin am Rande mitbekommen, dass Sie hier …«

»Genau«, unterbrach ihn die Ehefrau schnell. »Vor zehn Tagen, glaube ich. Oder, Benoit?«

Ihr Mann nickte.

»Ja, vor zehn Tagen. Wir haben das Wohnmobil bis morgen gemietet, drüben bei einem Vermieter, der billiger ist als die ganzen anderen.«

»Dafür sind seine Wohnmobile auch hässlicher als die der anderen«, sagte seine Frau.

»Möchten Sie unsere Papiere sehen?«, fragte der Mann Nicolas. »Ich habe sie in meiner Tasche, Moment …«

»Nein, nein«, unterbrach ihn Nicolas. »Ich möchte nur eines wissen: Wann haben Sie begonnen, die Kamera für die Sonnenaufgänge einzusetzen?«

Das Gesicht des Mannes verdunkelte sich, als er auf den kleinen Kasten auf dem Tisch blickte.

»Schlechtes Thema«, murmelte seine Frau.

»In der Nacht, bevor wir hier losgefahren sind«, erklärte er missmutig. »Wir haben eine Nacht hier auf dem Platz verbracht, weil uns Arromanches so gut gefallen hat. Und da haben wir zum ersten Mal die Kamera benutzt. Wir wollten eigentlich jede Minute ein Bild machen, ab drei Uhr nachts bis acht Uhr am Morgen. Leider hat das Ganze nicht geklappt, in *der* Nacht nicht und in den folgenden Nächten auch nicht.«

»Und warum nicht?«, fragte Bruno Bogdanic, der immer noch nicht genau wusste, was dieser seltsame Personenschützer aus Paris nun von dem Ehepaar wollte.

»Ich habe den Apparat falsch programmiert«, räumte die Frau ein. »Das mit den Minuten hab ich irgendwie nicht hinbekommen. Die Kamera hat nur sechs Aufnahmen gemacht, jede Stunde eine.«

Mittlerweile war das *Mulberry* hell erleuchtet. Janine Prudhomme hatte alle Lichter angemacht.

»So ergibt das natürlich keinen Sinn«, zürnte ihr Mann. »Ich werde alles löschen und es heute Nacht noch mal probieren, auch wenn es bewölkt sein soll.«

Nicolas blickte Bogdanic an und zeigte auf die Kamera.

»Zehn Tage«, sagte er. »Purer Zufall. Macht aber nichts.«

»Die Nacht, in der Roussel dort draußen auf den Kästen lag«, ergänzte Claire.

Bogdanic fluchte.

»Heilige Scheiße, ihr habt recht. *Madame, Monsieur,* wir müssen einen Blick auf Ihre Bilder werfen.«

»Genau genommen nur auf sechs Stück«, sagte Nicolas. »Aus ihrer ersten Nacht hier in Arromanches.«

Draußen gingen die Straßenlaternen an, und als Nicolas kurz hinausblickte, musste er an kleine Glühwürmchen denken, die erst in der Dunkelheit sichtbar wurden.

Wenn es hell ist, übersieht man vieles, dachte er. Erst wenn die Dunkelheit uns überkommt, wird es sichtbar.

Erst dann hob sich der Vorhang der Nacht.

»Bitte schön. Hier geht es los, mit diesem Knopf klicken Sie vor. Aber es sind tatsächlich nur diese sechs aus jener Nacht. Wie gesagt, eigentlich hätte die Kamera ja jede Minute eine Aufnahme machen sollen, aber …«

»Sie haben es kapiert«, blaffte seine Frau ihn an.

Nicolas und Bogdanic steckten ihre Köpfe zusammen und blickten auf den winzigen Bildschirm auf der Rückseite der Kamera.

Claire konnte sehen, wie Philippe den Atem anhielt.

Sechs Fotos.

Die ersten beiden pechschwarz. Es war dunkle Nacht.

Das dritte etwas heller, das erste Licht des Tages beschien die Küste. Das Wasser, die Bucht, die Felsen. Den Parkplatz.

Den einzelnen Wagen, der dort parkte.

Es war ein weißer Mittelklassewagen, relativ neu, in den Felgen spiegelte sich das Licht einer Straßenlaterne, die nur wenige Meter entfernt stand. Der Wagen stand einsam und verlassen auf dem Parkplatz direkt am Ufer, als würde er auf jemanden warten. Auf jemanden, der nicht mehr kommen würde, weil er dort draußen auf dem Meer war und mit seinem Manschettenknopf etwas ins Metall ritzte.

»Das ist Roussels Wagen«, sagte Nicolas. Seine Stimme hallte in der Stille wider, die mittlerweile im Raum herrschte. Sie hörten, wie jemand im Obergeschoss ein Fenster öffnete.

Nicolas drückte auf einen der drei Knöpfe, das nächste Foto erschien im Display.

Fünf Uhr morgens.

Der Wagen war weg, der Platz vor dem Meer verlassen. Jemand musste ihn weggefahren haben. Jemand, der nicht Roussel hatte sein können.

Bogdanic pfiff durch die Zähne und blickte das Ehepaar an.

»Ist Ihnen dieses Auto am Abend aufgefallen?«

Beide schüttelten gleichzeitig den Kopf.

»Wir waren die Einzigen auf dem Platz«, erinnerte sich der Mann. »Wir haben wie immer gegen elf das Licht ausgemacht. Und da war kein Wagen, ganz sicher. Der muss erst später gekommen sein.«

Nicolas klickte die Anzeige zurück zum zweiten Bild, auf dem noch alles dunkel war, und betrachtete es genauer.

»Da steht er«, sagte er schließlich und deutete auf den schwachen Umriss des Wagens.

»Also wissen wir, dass Roussels Wagen zwischen vier und fünf Uhr am Morgen dort stand«, erklärte Bogdanic. »Irgendwann später muss ihn jemand weggefahren haben.«

»Roussel hatte keine Schlüssel mehr bei sich, als wir ihn gefunden haben«, sagte Claire.

Bogdanic blickte auf das Ehepaar hinab, das noch immer zwischen ihnen am Tisch saß.

»Tut mir leid, ich glaube, wir brauchen den Chip aus Ihrer Kamera. Und ich müsste Sie bitten, uns ins *Commissariat* in Caen zu begleiten, Sie sind womöglich wichtige Augenzeugen.«

Der Mann rollte mit den Augen.

»Also wieder kein Sonnenaufgang, na, prima. Hättest du die Kamera nicht falsch programmiert, hätten wir jetzt den ganzen Schlammassel nicht.«

Seine Frau blickte ihn verzweifelt an.

»Nein, es ist noch viel schlimmer. Hätte ich die Kamera richtig bedient, dann hätte die Polizei jetzt das, was sie sucht. Sie hätten auf den Aufnahmen alles gesehen.«

Claire legte der Frau beruhigend die Hand auf die Schulter.

»Dank Ihnen sind wir schon ein ganzes Stück weiter, *Madame*«, sagte sie. Aber als sie in die enttäuschten Gesichter ihrer Kollegen blickte, wusste sie, dass dies nicht die ganze Wahrheit war.

Sogar Nicolas konnte sich des Gefühls nicht erwehren, eine Chance verpasst zu haben.

»Wäre ja auch zu schön gewesen«, brummte Bogdanic wenig später missmutig und blickte sich dabei im Bistro um. Nicolas konnte sehen, wie der wache Blick des Polizisten von den Fenstern zu den einzelnen Tischen wanderte, wie er Entfernungen abmaß und Blickwinkel überprüfte.

»*Madame*, ist denn wirklich keinem der Gäste etwas aufgefallen?«, fragte er schließlich Janine Prudhomme.

Die schüttelte den Kopf.

»Wir hatten doch längst geschlossen zu so später Stunde«, erklärte sie. »Die letzten Gäste gehen meistens so gegen elf, und bis dahin ist uns hier nichts aufgefallen.«

Bogdanic zeigte auf die steile Holztreppe, die neben dem Tresen hinauf in den ersten Stock führte.

»Und von oben? Ich meine, aus dem ersten Stock hat man doch sicherlich eine gute Sicht über den Platz, da muss doch irgendjemand …«

Wieder schüttelte die Besitzerin den Kopf, während sie mit einem Geschirrtuch über den Tresen wischte.

»Wir waren doch alle längst im Bett. Und im Winter ist es hier draußen stockdunkel, die Laternen sind viel zu schwach, um den gesamten Platz auszuleuchten.«

»Wer wohnt denn dort oben?«, wollte Nicolas wissen.

Für einen kurzen Moment schien sie zu zögern, ihre Augen flackerten.

»Mein Sohn Jean«, sagte sie schließlich.

»Alleine?«

Sie nickte, aber Nicolas konnte sehen, wie sie mit den Fingern nervös an ihrer Küchenschürze nestelte.

»Ja. Und er schläft meist sehr früh, weil er nachts manchmal noch rüber ins Museum geht. Sie haben seit einiger Zeit den Wachdienst eingespart, also schaut er ab und zu nach dem Rechten. Er müsste das nicht, aber es ist ihm wichtig.«

Bogdanic musterte die Wirtin.

»Und war er in jener Nacht auch im Museum?«

»Nein«, antwortete sie rasch. »Ich habe ihn bereits gefragt, er ist sich sicher. Aber sie können ihn natürlich selbst fragen.«

»Das werden wir, *Madame* Prudhomme«, sagte Bogdanic und zog sich seine Jacke über. »Das werden wir ganz bestimmt.«

Als sie kurz darauf das *Mulberry* verließen, Claire und Philippe mit dem älteren Ehepaar voran, Nicolas, Gilles Jacombe und Bogdanic hinterher, zog über ihnen jemand leise ein Fenster zu, dahinter schloss sich ein schwerer Vorhang. Der Schatten eines Kreuzes verschwand von einer kahlen, bilderlosen Wand. Eine Tasse Tee stand auf einem Hocker, eine dünne weiße Decke wurde zurechtgezogen. Ein misstrauischer Blick fiel auf die Gruppe dort draußen, gefolgt von einem flüchtigen Kuss auf eine kühle Wange.

»Schlaf gut, Vater. Und mach dir keinen Sorgen. Es wird sich alles zum Guten wenden.«

KAPITEL 12

Paris
Zur gleichen Zeit
J-129

Während in der Normandie der Tag noch einen letzten Rest Licht übrig hatte, war weiter im Osten unter einem bewölkten Himmel bereits der Abend angebrochen, hektisch und müde zugleich.

Es war genau dieser Moment, den er ersehnt hatte: Die Flut sollte Paris erreichen, wenn die Menschen wehrlos waren.

Männer und Frauen eilten mit stumpfem Blick über Treppenstufen aus grauem Beton, vorbei an grellen Werbetafeln und Zeitungsverkäufern mit lauten Stimmen.

Die hängenden Schultern des Vordermannes in der Métro, das monotone Kaugummikauen auf dem Sitz nebenan. Durch die unterirdischen Gänge drang gedämpft das Hupen der Autos, die oben auf den verstopften Straßen nach einer Lücke suchten, die es nicht gab. Violinisten und Jongleure heischten nach Aufmerksamkeit und Geldmünzen, Fahrkartenautomaten warfen kleine Tickets aus, Vorstadtzüge wurden angekündigt, Türen schlossen sich mit leisem Zischen. Nur wenig später spuckte die Métro ihre Fracht wieder aus, Station für Station, Menschen, die hintereinander hertrotteten, der Dämmerung entgegen, die ihnen vorgaukelte, dass dieser Tag noch etwas für sie übrighatte.

Und dann ein weiterer Gang mit Neonbeleuchtung, weitere Reklametafeln und schließlich, im Schatten eines kleinen Imbissladens, ein einzelner leuchtender Fotoautomat.

Die Frau näherte sich mit schnellen Schritten dem Automaten, unter dem kurzen Vorhang sah sie abgewinkelte Männerbeine in einer dunklen Anzughose, an den Füßen ein Paar frisch polierte Lederschuhe.

Er war da.

Sie schloss die Augen und atmete tief durch, während sie noch immer im Strom der Passanten mitschwamm.

Sie schluckte schwer. Es war so weit, nichts konnte ihn jetzt mehr aufhalten.

Und sie würde ihn in genau diesem Glauben lassen.

Sie trug eine enge schwarze Hose und eine Lederjacke, ihr Haar war kurz geschnitten, ihr Make-up dezent.

Und sie war müde. So müde.

»Reiß dich zusammen«, murmelte sie. Dann holte sie noch einmal tief Luft, verließ den Strom und schob zwei Sekunden später den Vorhang des Fotoautomaten einen Spalt zurück. In einer geschmeidigen Bewegung schlüpfte sie hinein, setzte sich auf den Schoß des Mannes, der auf dem kleinen Hocker saß, zog ihre Beine an und stemmte ihre Füße gegen die Wand.

Von außen betrachtet saß der Mann noch immer allein in der Kabine.

»*Salut*«, flüsterte die Frau.

»*Salut*«, antwortete Pierre Melville, und sie konnte sehen, dass er nervös war. Siegessicher, konzentriert, Herr der Lage. Und nervös.

Sie beruhigte ihn mit einem Kuss, bevor sie ein paar Geldmünzen aus der Jackentasche holte, sie in den Automaten steckte und sich an ihn lehnte.

»Bitte lächeln. Ein letztes Foto aus der alten Welt.«

Kurz darauf blitzte es in der kleinen Kabine, gemeinsam warteten sie, dass die Fotos entwickelt wurden.

»Ich wollte, dass du dabei bist, wenn es losgeht«, flüsterte er ihr ins Ohr.

Draußen auf den Gängen stolperten die Menschen weiter nach oben. Getrieben, angeschoben, begleitet vom abgestandenen Geruch eines zu Ende gehenden Arbeitstages. Pierre Melville nahm die Abzüge aus dem Automaten und betrachtete sie einen Augenblick. Dann knickte er den Fotostreifen und trennte die beiden Bilder.

»Jeder behält eines«, sagte er.

Sie nickte.

»Wenn alles vorbei ist, fügen wir sie wieder zusammen.«

Dann holte er ein Prepaid-Handy aus seiner Jackentasche. Die Textnachricht, die er in diesem Augenblick verschickte, war kurz und vollkommen unauffällig. Und doch öffnete sie Schleusen, ließ ganze Talsperren zusammenfallen, Staudämme bersten.

»Die Flut kommt«, flüsterte er und blickte ihr tief in die Augen.

Er drückte auf »senden«.

Fangt an.

Sie ließ zu, dass er sie heftig küsste, weil es ihr egal war. In diesem Augenblick hatte das Spiel begonnen. Ein Spiel, an dessen Ende es keinen Gewinner geben würde.

Es ging allein darum, wer als Letzter verlor.

Drei Minuten später verließen der Mann und die Frau getrennt voneinander die Métrostation.

Die Frau trat ins Freie. Sie schloss den Reißverschluss ihrer Jacke, blickte sich kurz um und überquerte die Straße, nur um kurz darauf wieder in der Menge zu verschwinden, wie eine Untote in einem Meer voller Untoten.

Kaum zwei Stunden später betrat Alexandre Guerlain den kleinen Besprechungsraum im obersten Stock der *Direction générale de la Sécurité intérieure* in der Rue de Villiers, schloss die Tür leise hinter sich und setzte sich an seinen Platz an der Längsseite des Tisches. Er nickte einem jungen Mann zu, der daraufhin den Raum abdunkelte und auf seinem Laptop eine Datei öffnete. Das

Bild wurde von einem Beamer an die Wand an der Stirnseite des Raumes geworfen.

»Wir haben diese Videoaufnahmen zum Teil aus dem Internet, aber auch von einigen unserer Leute, die gerade in der Stadt unterwegs waren«, erklärte der Mann und deutete mit einem Laserpointer auf einen überdimensionalen Stadtplan, der jetzt ebenfalls auf der Wand zu sehen war.

»Die Aufnahmen stammen aus dem gesamten Stadtgebiet, und wir gehen davon aus, dass es noch an zahlreichen anderen Stellen Vorkommnisse gab. Die entsprechenden Polizeiberichte kommen gerade rein.«

Alexandre Guerlain faltete die Hände und kniff die Augen zusammen. Für den Mann vorne war dies ein klares Signal, dass er keine unnötigen Worte verlieren sollte.

»Wir schauen uns am besten die Videos an, zumindest einen Teil davon. Ich beginne mit einem, das wahrlich beeindruckend ist …«

Es war eine Amateuraufnahme, offenbar gefilmt von einem Touristen, der direkt unterhalb des bekanntesten Gebäudes Frankeichs stand.

Dem Eiffelturm.

Die Kamera zoomte auf eine Familie, die im Abendlicht posierte, anschließend auf einen Eiswagen und dann hinauf in das Innere der gewaltigen Stahlkonstruktion. Andere Touristen waren zu sehen, ein Sandwichverkäufer schob seinen Wagen durch die Menge, die das allerletzte Licht des Tages nutzte, um das berühmte Wahrzeichen von Paris zu bewundern.

Dann war der erste Schrei zu hören.

Ein zweiter.

Ein dritter.

Finger deuteten nach oben, die Kamera schwenkte ebenfalls nach oben, der Mann, der filmte, stieß einen lauten Schrei aus.

Die Flut war da.

Alexandre Guerlain dachte an Melvilles Worte bei ihrem

letzten Zusammentreffen in seinem Büro, vor so langer Zeit, als Melville ihm sein Spiel erklärte.

»Sie werden zusehen, wie ich all Ihre Verteidigungslinien durchbreche, und wenn ich fertig bin, haben Sie das Spiel verloren. Die Menschen werden einsehen, dass Sie und dieser Staat mit seiner ausufernden Bürokratie ihnen keine Hilfe mehr sind. Dann wird sich etwas ändern, und nur dann. Und keine Sorge, Sie werden es mitbekommen, wenn ich meinen ersten Zug mache.«

Die Wahlen standen bevor, und die Menschen sollten begreifen, wen sie unterstützen mussten, um in Sicherheit leben zu können.

Alexandre Guerlain blickte auf die Aufnahmen an der Wand und begriff endgültig, dass das, was er sah, nichts anderes war als Melvilles erster Zug in einem tödlichen Spiel.

Und Julie hatte sich noch immer nicht gemeldet.

Die Flut regnete hinab auf die zahlreichen Menschen, sie schien förmlich aus dem Himmel herabzustoßen, in flatternden Kurven und mit einem leichten Rauschen, verursacht durch Tausende von Blättern.

Die Flut war blutrot, und sie verteilte sich innerhalb von Sekunden rund um den Eiffelturm, sie bedeckte den Rasen und die gekiesten Wege, sie legte sich auf Kinderwagen und Ticketschalter, segelte hinab bis zur Seine, wo die Blätter vom Wasser davongetragen wurden.

Mittlerweile versuchten immer mehr Menschen, die Zettel, die wie aus dem Nichts aufgetaucht waren, noch im Flug zu fangen. Rufe waren zu hören, jemand lachte.

Der Schrecken wich der Überraschung. Und die Überraschung der Freude, als irgendjemand in der Menge zuerst bemerkte, dass an jedem Zettel etwas klebte.

Und aus Freude wurde Chaos.

Der Mann mit der Kamera bückte sich und hob einen der

Zettel auf. Er war so groß wie eine Buchseite, und in der Mitte klebte ein Geldschein.

»Ach, du Scheiße«, entfuhr es einem der Männer am Tisch, was ihm einen durchdringenden Blick von Alexandre Guerlain einbrachte.

Mittlerweile war aus der Menschenmenge eine wild um sich greifende Horde geworden, jeder kämpfte nur für sich. Zettel wurden Händen entrissen, Hände griffen erst ins Leere, dann zogen sie an Haaren und schnappten nach Geldscheinen. Aus dem überraschten Johlen wurden gehetzte Schreie, aus dem Miteinander ein Gegeneinander.

Innerhalb von nur einer Minute glich der Platz unterhalb des Eiffelturms einem Schlachtfeld, auf dem mit allen Mitteln gekämpft wurde. Kinderwagen kippten um, Babys schrien, ungehört von ihren Müttern, die für einen kurzen Augenblick die Gier über die Liebe siegen ließen.

»Es wurde Gott sei Dank niemand schwer verletzt, die Polizei war relativ schnell vor Ort und ist eingeschritten.«

Alexandre Guerlain schwieg noch immer.

Der Mann vorne am Tisch startete die nächste Aufnahme.

»Unterhalb der Tour Montparnasse. Gleiches Bild.«

Schrecken. Überraschung. Freude. Chaos. Die rote Flut entfaltete auch hier ihre Wirkung.

»Diesmal in einem Gebäude: die Galeries Lafayette. Die Zettel müssen aus dem obersten Stockwerk geworfen worden sein, unterhalb der großen Kuppel.«

»Wahnsinn. Und wieder mit Geldscheinen beklebt.«

»Jeder Zettel, ohne Ausnahme. Hier auch. Und hier.«

Der Vorplatz von Notre-Dame.

Die Treppen, die von Sacré-Cœur hinabführten.

»Außerdem wurden die gleichen Zettel in die Lüftungsschächte der Métro geworfen. Sie lagen an Bushaltestellen und an den Anlegestellen der Bateaux-Mouches.«

Der Projektor ging aus, und für einen Augenblick herrschte Stille. Alexandre Guerlain blickte in die Runde.

»Zeigen Sie uns die Zettel. Und das Geld«, sagte er schließlich mit leiser Stimme.

Der Mann drückte auf eine Taste, und an der Wand erschien das Foto einer zerknitterten Banknote.

»Es war nicht so einfach, eine zu ergattern, die Menschen sind schnell unterwegs, wenn es ums Geld geht.«

Die Runde blickte auf den Geldschein.

»Das ist ja ein alter Francs-Schein«, sagte schließlich eine Frau, die rechts neben Alexandre Guerlain saß.

»Es sind alles alte Francs-Scheine. Allerdings keine echten. Das ist schon auf den ersten Blick ersichtlich, selbst für einen Laien. Wir haben uns umgehört, an allen roten Zetteln hingen diese Scheine. Keine Euros, keine Dollarnoten. Nur falsche Francs. Aber es hat gereicht, um die Menschen auf den Straßen für einen Augenblick komplett durchdrehen zu lassen.«

»Und genau das war wohl auch die Absicht«, sagte einer der Männer.

»Ja, aber dahinter steckt ein ganz schöner Aufwand.«

»Allerdings.«

Alexandre Guerlain blickte auf die markierten Stellen auf dem Stadtplan und auf die Fotografie, die daneben auf der Wand flimmerte: Darauf waren unzähligen Zettel zu sehen, eine wahre Flut, die gerade vom Eiffelturm flatterten.

»Das sind mit Sicherheit einige hunderttausend alte Francs«, sagte er schließlich. »Wer auch immer das geplant hat, es bedurfte vieler Helfer. Was weiß die Polizei bislang?«

Die Frau neben ihm schlug eine Akte auf.

»Nach Angaben der Polizei wurde etwa ein Dutzend junger Männer und Frauen festgenommen. Die meisten von ihnen Studenten, zwei sind sogar noch Schüler. Alle geben an, sich an einem Kunstprojekt beteiligt zu haben. Über die Sozialen Netzwerke gab es einen Aufruf. Es ist schwer herauszufinden, von wem der ausging. Sie sollten nur zu einem bestimmten Zeitpunkt die roten Zettel an definierten Punkten deponieren – oder eben von dort hinunterwerfen.«

»Aber irgendwo müssen sie die Zettel doch herbekommen haben«, wand einer der Männer ein.

»Das haben sie auch«, antwortete die Frau. »In einer stillgelegten Halle im Norden der Stadt, direkt hinter der Porte de la Chapelle. Dort lagen Hunderte von Kartons mit den Zetteln und dem aufgeklebten Falschgeld.«

»War die Halle angemietet?«, fragte Alexandre Guerlain.

»Nach Informationen der Polizei nicht. Sie stand einfach leer.«

»Prüft das noch mal.«

Die Frau machte sich einen Vermerk in der Akte und fuhr weiter fort.

»Das Startsignal kam per SMS von einem Prepaid-Handy. Die Polizei hat das überprüft, unsere Leute sind da auch dran. *Fangt an*. Das war die Botschaft. Mehr nicht.«

Keiner der Mitarbeiter am Tisch sagte etwas, einige blickten zu Alexandre Guerlain, der die Aufnahmen auf der Wand fixierte.

Dann räusperte er sich.

»Lassen Sie uns die Karten auf den Tisch legen. Wir alle wissen, wer dahintersteckt. Wir haben seit längerem versucht, über eine Informantin mehr herauszukriegen, aber es ist uns offenbar nicht gelungen.«

Er konnte förmlich sehen, wie in den Köpfen seiner Mitarbeiter das Bild von Julie entstand. Sie alle, die hier saßen, kannten ihren Auftrag.

»Was als Erstes auffällt, ist die Art und Weise, in der die Aktion durchgeführt wurde.«

»Aus dem Untergrund«, erklärte einer seiner Männer, und Alexandre Guerlain nickte.

»Ganz genau. Pierre Melville, und von niemand anderem reden wir hier, will die Bevölkerung informieren, dass sein Spiel begonnen hat. Aber er tut dies nicht über die sozialen Netzwerke, so wie es heute üblich wäre. Sondern er nutzt ältere Mittel, Mittel, die bereits während des Zweiten Weltkrieges genutzt wurden, von den Alliierten, aber auch vom französischen Widerstand. Er verteilt Flugblätter.«

»Aber die Résistance und die Alliierten wollten Frankreich damals befreien«, fügte die einzige Frau am Tisch an, und Alexandre Guerlain gab ihr recht.

»So ist es. Aus unserer Sicht steht Melville natürlich nicht auf der richtigen Seite. Aber wer sagt denn, dass er selbst das nicht ganz anders sieht, dass er vielleicht der Überzeugung ist, Frankreich ebenso *befreien* zu müssen? Hier und jetzt.«

»Warum alte Francs-Scheine und keine Euros?«, fragte einer seiner Männer.

»Wieder eine Anlehnung an alte Zeiten vielleicht?«, fragte ein anderer, und Alexandre Guerlain nickte.

»Davon können wir ausgehen«, sagte er. »Die Aktion ist so etwas wie eine Warnung aus der Vergangenheit, aus der *guten alten Zeit*, wenn man so möchte, zumindest soll sie so aussehen.«

Der Mann vorne am Tisch räusperte sich und drückte erneut auf eine Taste an seinem Laptop.

Auf der Wand erschien einer der roten Zettel.

»Die Geldscheine haben tatsächlich Chaos ausgelöst, die Menschen auf der Straße haben sich völlig gehen lassen, manche wurden gewalttätig, um mehr Scheine abzukriegen. Aber das ist noch nicht alles.«

Wieder drückte er eine Taste.

»Die eigentliche Botschaft dieser Aktion steht auf der Rückseite. Und sie ist nicht nur an die Menschen von Paris gerichtet, sondern …«

»… sondern vor allem an uns«, übernahm Alexandre Guerlain die Ansprache. »Die Aktion ist direkt an uns gerichtet, machen wir uns nichts vor. Das Geld und das Chaos, das es anrichtet – das ist für die Menschen da draußen. Aber die Botschaft, die ist für uns, die wir hier sitzen. Die ganze Aktion ist nichts anderes als der erste entscheidende Zug in Melvilles grausamem Spiel. Wir können ihm nur nichts nachweisen, und genau das sollten wir langsam ändern. Bevor es zu spät ist.«

Alle Anwesenden im Raum blickten jetzt an die Wand, wo in schwarzen Druckbuchstaben ein kurzer Satz zu lesen war.

Der längste Tag hat längst begonnen.

Für einen Moment war es still.

Alexandre Guerlain schob seinen Stuhl zurück.

»Liebe Kollegen, machen Sie sich an die Arbeit. Ich will noch mehr über Pierre Melville wissen. Und über unsere Kollegin Julie. Ich weiß nicht mehr, ob wir ihr trauen können. Sie wäre nicht die erste Überläuferin. Verfolgen Sie außerdem die Spur der Flugblätter, befragen Sie die Studenten noch mal, liefern Sie endlich Ergebnisse. Und ich möchte wissen, was Pierre Melville heute gemacht hat. Beeilen Sie sich. Die Zeit wird knapp. Sie alle wissen, wann es zu spät sein wird. Am 6. Juni. Und der kommt schneller, als Sie glauben.«

Kurz darauf betrat Alexandre Guerlain sein Büro in der hintersten Ecke des Gebäudes, wo er sich in einem Sessel am Fenster niederließ und hinaus in die graue Pariser Luft blickte. Er fuhr sich mehrfach mit dem linken Daumen über die Lippen, eine Angewohnheit, die er sich aus einem unerfindlichen Grund aus einem alten Schwarz-Weiß-Film abgeguckt hatte.

Alexandre Guerlain wägte ab. Auf das Gramm genau.

Vor sich sah er das Gesicht der einzigen Person, die ihnen mehr erzählen konnte über Pierre Melville und über das, was die blutroten Flugblätter so effektvoll ankündigten.

Über die Flut, die vermutlich gar keine Flut war.

Sondern nur eine erste Welle.

Er blickte nachdenklich auf eine dünne Akte, die vor ihm auf dem Tisch lag. Eine Akte, von der nur sehr wenige wussten. Und so musste es auch bleiben.

Vielleicht aber war es an der Zeit, Nicolas die ganze Wahrheit über Julie zu erzählen. Eine Wahrheit, die ihm, Alexandre, einst ermöglicht hatte, die Spielregeln in Melvilles Spiel zu ändern.

Er fuhr sich müde über das Gesicht und legte die Akte nach einigem Zögern wieder zurück in eine Schublade, wo sie geschützt vor fremden Blicken ruhte.

Noch hatte sie ihren Wert.

KAPITEL 13

Arromanches-les-Bains
Kurz darauf
J-129

Nicolas blickte hinaus auf das graue Meer. Es muss damals genauso ausgesehen haben wie jetzt, dachte er. Der Horizont verschwand allmählich in tiefster Dunkelheit, aus den Schatten schälten sich die Umrisse einer Nachtfähre, die den Ärmelkanal nach Norden querte. Einige Wolkenfetzen hingen flach über dem Wasser, vereinzelte Lichter waren zu sehen, Fischerboote, die spät in ihre Häfen zurückkehrten.

Auch damals waren Schiffe aus der Dunkelheit aufgetaucht. Erst nur eine Handvoll. Dann Dutzende. Hunderte.

Schließlich unzählige.

Alles hatte hier begonnen. Und alles hatte hier geendet.

Vor seinem inneren Auge schälte sich eine Vorahnung aus dem feinen Nebel der Ungewissheit. Aber weil sie keine Form annahm, ging er zurück zu Claire und Gilles Jacombe, die neben einem kleinen Bunker stehen geblieben waren, wo der Wind weniger schneidend war.

»Lasst uns endlich zurückgehen, ich habe wirklich Hunger«, maulte Claire und machte ihre Dienstjacke zu. »Habt ihr endlich alles gesehen?«

»Haben wir«, bemerkte Nicolas und klappte seinen Notizblock zu.

»Wir werden ziemlich viel absperren müssen«, sagte er zu seinem Teamleiter. »Von hier oben hat man eine gute Sicht hinunter auf den Hafen, und der Abschnitt, wo sich die Staatsgäste aufhalten werden, ist gleich da drüben. Hier oben darf niemand hin.«

Jacombe nickte.

»Arromanches mag für Touristen ganz idyllisch liegen, für uns ist es eher ein Alptraum«, sagte er. »Ein echter Kessel, und unten am Boden des Kessels stehen unsere Schutzpersonen und geben prima Zielscheiben ab.«

Als sie wenig später den kleinen Platz zwischen Landungsmuseum und Hafen erreichten, stand Claires Dienstwagen verlassen da. Der dicke Bruno hatte Philippe mit nach Caen genommen. Und das ältere Ehepaar musste ihnen mitsamt dem Flamingo aufs Revier gefolgt sein, denn das Wohnmobil war ebenfalls fort.

Weder im *Mulberry* noch im Landungsmuseum brannte noch Licht.

Als sie das Restaurant im *Hotel Overlord* betraten, lächelte ein älterer Kellner ihnen zu und zeigte auf den einzigen noch gedeckten Tisch.

»Guten Abend, ich dachte mir schon, dass Sie noch etwas essen wollen, daher habe ich die Küche gebeten, etwas in den Ofen zu stellen.«

»Das ist aber nett«, freute sich Claire und klatschte in die Hände. »Sie sind ein echter Held für mich, wissen Sie das?«

»Es freut mich, das zu hören.«

Claire, Gilles Jacombe und Nicolas verbrachten die kommende Stunde damit, die Reste eines Risottos aufzuessen, das viel zu schade dafür gewesen wäre, weggeworfen zu werden, und diskutierten dabei Vergangenheit, Gegenwart und Zukunft der Anwesenden. Claire bemängelte, dass sie noch nach Caen zurückfahren musste und deshalb nichts trinken durfte.

Jacombe zwinkerte ihr zu.

»Nicolas rutscht in seinem Bett bestimmt ein bisschen zur Seite«, sagte er und lachte laut auf, als Nicolas errötete. »Okay, ich höre ja schon auf! *Monsieur le Bodyguard* müsste sonst emotional werden, das wollen wir nicht riskieren.«

Nun lachte auch Nicolas.

»Nein, das wollt ihr mit Sicherheit nicht«, sagte er. »Außerdem hat Claire schon ein Auge auf diesen Phillipe geworfen.«

»Was?«, rief sie entrüstet und trat ihn unter dem Tisch. »Als ob du so etwas erkennen würdest, Nicolas!«

Als der Kellner ihnen drei Förmchen mit Crème brûlée sowie Kaffee zum Nachtisch brachte, blickten sie hinaus in die Nacht, die den gesamten Küstenort in ein dunkles Tuch gehüllt hatte.

»Waren Sie schon drüben in unserem Museum?«, fragte der Kellner und deutete nach draußen. »Es ist wirklich einen Besuch wert.«

Nicolas schüttelte den Kopf.

»Vielleicht schaffen wir es noch, aber wir haben noch viel zu tun, bevor wir abreisen.«

Der Kellner blickte sie neugierig an.

»Sie sind wegen der Feierlichkeiten hier, nicht wahr? Wir alle hier sind mächtig stolz, dass diese ganzen wichtigen Leute kommen. Sogar der amerikanische Präsident, was sagt man dazu!«

Claire zwinkerte ihm zu.

»Na, am besten sagt man dazu: *Salut*, Mr. President, darf es noch etwas Wein sein?«

Der Kellner lachte und deutete erneut hinüber zum Museum.

»Unser Jean Petit ist vor allem wegen der ganzen Veteranen aufgeregt. Die sind doch in diesem Jahr auch alle eingeladen.«

»Heißt er nicht Jean Prudhomme?«, fragte Nicolas.

»Ja, aber alle hier nennen ihn Jean Petit. Jedenfalls, er wird den Staatsgästen und den Veteranen das neue Kino vorstellen, das dann hoffentlich fertig ist. Er ist deswegen schon ganz außer sich.«

Nicolas dachte an eine Einladung, die er auf einem Tresen in einem Café an der Place Sainte-Marthe hatte liegen sehen. Na, dann wird dem alten Tito ja einiges geboten werden, dachte er.

Der Kellner räumte ihre Teller ab und blickte auf die Uhr.

»Ich muss leider gleich dicht machen. Versuchen Sie wirklich, noch ins Museum zu gehen. Es gibt dort unzählige Exponate aus der Zeit, als hier gekämpft wurde. Ein richtiges Vermögen haben sie dort angehäuft. Vom Bajonett über den Fallschirm, bis hin zum Manschettenknopf der Offiziere ist dort alles zu sehen. Und natürlich wird alles ganz genau erklärt. Schade, dass es dem Museum so schlecht geht. Es heißt, die Region will dem Haus die Gelder kürzen, weil andere Museen an der Küste einfach viel moderner sind. Aber schauen Sie es sich an, buchen Sie eine Führung bei unserem Jean Petit, Sie werden es nicht bereuen. Er macht das voller Hingabe. Er verkörpert dieses Museum geradezu.«

»Mir hat mein Philippe schon gereicht«, stöhnte Claire.

»Ich dachte, der hätte dir noch lange nicht gereicht«, sagte Gilles Jacombe und erntete dafür einen Hieb auf die Schulter.

»*Allez,* lasst uns gehen. *Merci, Monsieur* für das spontane Essen zu so später Stunde.«

»Es war mir ein Vergnügen.«

»Kommst du, Nicolas? Morgen früh machen wir mit der Vorbesichtigung weiter«, sagte Claire.

Aber Nicolas blieb am Tisch sitzen und blickte nachdenklich nach draußen.

Nicht, weil er etwas sah. Sondern weil er etwas gehört hatte.

Ein Klicken, tief in seinem Kopf. Etwas rastete ein, fügte sich zusammen. Aber noch konnte er es nicht greifen.

Er sah Claire lange an.

»Also los, ich bring dich noch zum Wagen«, sagte er schließlich.

Eine halbe Stunde später schloss Nicolas müde die Tür zu seinem Zimmer im Dachgeschoss des *Hotel Overlord* auf und stellte seine kleine Reisetasche in eine Ecke. Gähnend öffnete er das Dachfenster, von dem aus er einen guten Blick über das Museum hinweg auf die Bucht von Arromanches hatte. Das künstliche Riff der großen Metallkästen konnte er nur erahnen, zu seiner Rechten schlängelte sich eine kleine Straße steil den Hügel hinauf. In dem Haus, in dem das *Mulberry* untergebracht war, brannte im ersten Stock ein schwaches Licht hinter einem der Fenster.

Ansonsten lag der kleine Ort friedlich schlummernd vor ihm, als hätte er keine bewegte Geschichte. Als wäre hier nie etwas anderes gewesen als Ruhe und Frieden, und als würde hier nie etwas anderes sein.

Es klopfte leise an seiner Tür.

»Verdammt, Gilles, wenigstens ein paar Stunden Schlaf könntest du mir gönnen«, murrte er und begann sein Hemd aufzuknöpfen. Sein Teamleiter durfte ruhig sehen, dass er gleich seinen Arbeitstag über den Stuhl hängen würde.

Zu allem Überfluss klingelte auch noch sein Handy, das er auf einem kleinen Tisch abgelegt hatte. Er griff danach und sog etwas Luft durch seine Vorderzähne, als er die Nummer sah.

Es war sein Vater.

Er blickte zur Tür, an der es erneut klopfte.

»Moment«, rief er. Noch immer wusste sein Teamleiter nichts von all dem, was sich anbahnte. Noch nicht jedenfalls. Lange konnte er ihn nicht mehr im Unklaren lassen, sonst würde er ihm das nie verzeihen.

»*Salut,* Vater«, sagte er in sein Handy und öffnete die Tür, um Gilles Jacombe hereinzulassen. Sollte er doch gleich das Gespräch mithören, das er mit seinem Vater führte.

Nicolas hatte keine Lust mehr auf Versteckspiele.

»*Salut,* Nicolas«, antwortete sein Vater am Telefon. Seine Stimme klang kühl.

So wie immer.

Dabei war nichts so wie immer.

Ab sofort war gar nichts mehr wie immer. Denn es war nicht sein Teamleiter, der vor ihm stand.

Nicolas stand an der Tür, mit offenem Hemd, das Handy am Ohr.

Er blickte auf die Person, die vor ihm stand, mit einem Lächeln, als wäre nie etwas gewesen.

Und als würde nie etwas sein.

»Nicolas, bist du noch dran?«
Ja.
Nein.
Er antwortete nicht.

Er hatte keine Lust mehr auf Versteckspiele.
Und die Person vor ihm auch nicht. Zumindest nicht in dieser Nacht.

»Es geht um Julie. Hast du endlich etwas von ihr gehört?«
Immer noch hielt Nicolas das Handy ans Ohr, immer noch blickte er dabei starr geradeaus.
Immer noch wusste er nicht, wann der Raum begonnen hatte, sich zu drehen.
»Nein«, sprach er mit heiserer Stimme.
»Wir kommen ohne sie nicht weiter, wenn sie nicht …«
Die Stimme seines Vaters wurde plötzlich dumpf, eine dicke Schicht aus längst verschollen geglaubten Empfindungen legte sich darüber.
Schrecken. Überraschung. Freude. Chaos.

Das Lächeln kam näher, es bewegte sich auf ihn zu.
Umschloss ihn.
Hielt ihn fest.
Ließ ihn fallen.
Der Raum kam zum Stehen.

»Nicolas, hörst du? Wir müssen wirklich dringend mit Julie sprechen! Wenn Sie sich bei dir meldet …«

Sein Handy rutschte ihm aus der Hand, glitt an seinem Hals hinab, prallte auf seine Hüfte und landete auf einem kleinen Sessel neben ihm.

Er bekam nichts davon mit.

Das Einzige, was er spürte, waren Julies warme Lippen auf seinem Mund. Ihre Hände, die seine Hände suchten. Ihre Finger, die seine Finger fanden.

Sein Herz, das schlug.

Ihr Herz, das schlug.

Das Einzige, was er hörte, war die Tür, die hinter Julie ins Schloss fiel.

Ihr Atem, der schnell ging.

Sein Atem, der schnell ging.

Mehr als vier Jahre waren vergangen. Und hier standen sie nun.

Als Julie ihm in die Augen blickte, setzte hinter dem geöffneten Dachfenster ein feiner, wispernder Regen ein.

»Ich habe doch gesagt, ich bin gleich wieder da.«

KAPITEL 14

Arromanches-les-Bains
Zur gleichen Zeit
J-129

Jean Prudhomme löste sich langsam aus dem Schatten des kleinen Hauses und trat hinaus in den Regen. Winzige Wassertropfen hüllten ihn ein, als er über den verlassenen Parkplatz lief und sich dabei mehrmals umblickte.

Aber da war niemand.

Die umliegenden Häuser waren dunkel, einzig aus einem Dachfenster im *Hotel Overlord* drang etwas Licht. Links von ihm lag der Strand, einige Steinstufen führten hinab auf den Sandstreifen, der jetzt hart und klamm war. Jean konnte in einiger Entfernung weiße Schaumkronen erkennen, durch die kühle Luft drang das schwache Geräusch der Brandung.

Ansonsten war es still, die Stadt war in einen tiefen Schlaf gefallen. Er zog sich die Kapuze seiner Regenjacke über und ging mit hastigen Schritten bis zum Museum, wo er den Haupteingang links liegen ließ und das Gebäude umrundete.

Jean Prudhomme mochte die Nacht.

Er mochte die Geborgenheit der dunklen Stunden, wenn alle anderen schliefen, während er noch wach war und seine Runde machte. Natürlich hätte das Museum auch einen Nachtwächter einstellen können, aber da er ohnehin gleich nebenan wohnte und sich mehr als jeder andere um die Ausstellungsstücke kümmerte, war es nur logisch gewesen, dass sie ihn gefragt hatten.

Ihren Jean Petit.

Er hatte nie dagegen aufbegehrt, dass sie ihn nicht extra dafür bezahlten. Nachts alleine im Museum, das war ihm Lohn genug.

Der Regen flüsterte ihm leise ins Ohr, als er seinen Schlüssel herausholte und eine kleine Stahltür an der Rückseite des Museums aufschloss. Sie öffnete sich mit einem leisen Knarzen, ein Geräusch, das Jean mit ein bisschen Öl leicht hätte beseitigen können. Aber er liebte dieses Knarzen. Wie ein metallener Willkommensgruß in der Nacht, ein rostiger Vorhang, der sich öffnete und den Blick freigab auf eine Welt, in der aus einfachen Männern Helden geworden waren. Einfache Männer, wie er selbst einer war.

Er ließ die Tür einen Spalt offen stehen, um etwas Luft hereinzulassen, und griff nach der schweren Taschenlampe, die ihren Platz in einer Nische gleich neben der Tür hatte. Der Lichtkegel wanderte über kahle Wände, als er einen kleinen Gang entlangging, der an einem schweren Vorhang endete.

Hier endete die Welt dort draußen.

Behutsam öffnete er den Vorhang und schob sich hindurch. Vor ihm lag der große Ausstellungsraum mit gut einem Dutzend Schaukästen mit persönlichen Gegenständen, Dokumenten und Handwaffen und den Karten an den Wänden, die einen Überblick über die Orte des Geschehens gaben. Über ihm hing eindrucksvoll ein Fallschirm von der Decke, der mit zahlreichen Einschusslöchern versehen war.

Das, was von einem längsten Tag übriggeblieben war. Jean Prudhomme schritt durch die Ausstellung, strich mit den Fingern über einen Glaskasten, in dem drei kleine Bibeln ausgestellt waren, auch sie durchsiebt von den Kugeln eines deutschen Maschinengewehres. Einen Moment blieb er stehen und betrachtete im Schein der Taschenlampe die Verdienstorden an der Wand neben dem Schaukasten. Aschfahles Licht fiel durch die große Panoramascheibe in seinem Rücken, vor der genau jener Küstenabschnitt lag, an dem sich so viele junge Männer diesen Orden verdient hätten. Wenn sie denn den Tag überlebt hätten, anstatt nur wenige Sekunden nach der Landung leblos in den nassen Sand zu sinken.

Jean Prudhomme überprüfte die Halterung eines Bajonetts und ärgerte sich über das Papier eines Schokoriegels, das von einem unachtsamen und vor allem respektlosen Touristen direkt vor der ausgestellten Waffe fallen gelassen worden war.

Als draußen für einen kurzen Moment die Wolkendecke aufriss, fiel etwas mehr Licht auf den breiten Schaukasten gleich links hinter der Kasse. Jean Prudhommes Blick wanderte über die Häuser und Straßen seiner Stadt, die vor ihm als Modell im Maßstab 1:300 ausgestellt war. Die Bucht, die Felsen, das künstliche Riff, hinter dem Dutzende von kleinen Schiffen auf den Plastikwellen thronten. Wie die Beine einer stählernen Spinne ragten Brückenkonstruktionen aus der blauen See, bis hin zum Strand, wo gerade ein Panzer an Land manövriert wurde.

Dies war er, der Hafen, den die Alliierten in einer unglaublichen Ingenieursleistung vor die Küste von Arromanches gebaut hatten. Ein Hafen mit einem Namen, der keinen Sinn ergab. Weil das Wort »Mulberry« in keinem Wörterbuch zu finden war.

An den Felsen klebten kleine Wattebäuschchen, die den Rauch darstellten, der über den Bunkern der Deutschen in den Himmel gestiegen war.

Tagsüber, wenn das Museum geöffnet hatte, blieben vor allem Kinder vor dem großen Kasten stehen und drückten auf die Tasten, die die kleinen Leuchten in dem Modell entzündeten: Einmal leuchteten die Schiffe, dann waren es die Häuser, dann wieder die Flammen an den Bunkern. Jean Prudhomme stand dann meistens daneben und hätte am liebsten mitgedrückt.

Nun aber hatte er anderes vor. Etwas, das ihm seinen Spitznamen eingebracht hatte. Jean Petit, der tanzt.

Er legte die Taschenlampe vorsichtig auf einen Schaukasten, ihr Schein fiel auf die Kommode daneben, die auf den ersten Blick irgendwie deplatziert wirkte. Jean Prudhomme öffnete die unterste Schublade und kramte darin, bis er gefunden hatte, was er suchte.

Eine alte Schallplatte, mit einem Klang, so wispernd wie der feine Regen draußen an der Küste. Er öffnete die oberste Schublade, in der sich der Plattenspieler befand, legte die Platte auf und drehte sich um.

Der Ausstellungsraum lag schweigend vor ihm.

»Nun, Soldaten? Wen darf ich bitten?«

Während die ersten Takte einer langsamen und altbekannten Melodie erklangen, durchschritt er die Reihen zwischen den Vitrinen, bis er an der gegenüberliegenden Wand vor einem Glaskasten stand, hinter dem ihn eine Frau anlächelte, als hätte sie nur auf ihn gewartet.

Auf ihrer Kampfmontur thronte ein Abzeichen der U.S. Navy, ein Rucksack voller Medikamente stand zu ihren Füßen.

»Hospital Corpsman Sally Hunter, Sie sehen heute ganz besonders hübsch aus. Darf ich Sie zu einem Tanz auffordern?«

Jean Prudhomme schloss den Kasten auf und hob die lebensechte Puppe vorsichtig aus ihrer Halterung. Ihr Haar war brünett, ihre Lippen hatten einen fast schon koketten Schwung, und die Narbe auf ihrer Stirn verlieh ihr etwas Heldenhaftes.

Sie war als Heldin gestorben. Die kampferprobte Sanitätssoldatin der U.S. Navy hatte die Landung weiter westlich auf Omaha Beach nur zwei Stunden lang miterlebt, dann war sie gefallen. Und ihre Heimatstadt St. Louis hatte eine tapfere Frau verloren.

»Aber als Tänzerin leben Sie weiter, Miss Hunter, das ist nicht zu unterschätzen«, raunte Jean ihr zu. »Und eines steht fest: Sie sind wahrlich die beste Tänzerin in diesem Raum, die Herren sind leider etwas hüftsteif. Wollen wir?«

Ein Mann und eine Frau inmitten von Erinnerungen an einen längsten Tag, ein Tanz zwischen den Toten und den Lebenden. Jean Prudhomme hob Sally Hunter in die Luft, wirbelte sie herum und zog sie kurz darauf zärtlich an sich. Fast hätte er sie auf die Wange geküsst, so sehr verlor er sich in diesem Augenblick, der nur ihm gehörte.

»Worauf warten wir, um glücklich zu sein«, tönte eine blecherne Stimme aus den Lautsprechern, die Musik hallte durch den Raum, schob sich zwischen den Vitrinen und den großen Kriegsexponaten vorbei, verlor sich im Vorraum des Museums, wo ein britischer Soldat in all seiner Pracht postiert war, das Meer und den Gegner fest im Blick.

Ihre Schatten flogen über die Wände, sein Atem ging jetzt schnell, er schwitzte leicht, und es machte ihn froh.

Jean Petit, qui danse.

Jean Petit, der tanzt.

Jean Petit, der später eine der drei Bibeln aus ihrem Kasten nehmen würde, weil er wusste, was sie wert war. Und was er damit hoffentlich erreichen konnte.

Arromanches schlief währenddessen einen tiefen und traumlosen Schlaf.

Es war kurz nach Mitternacht, die Stadt lag im Dunkeln. Nur im Dachgeschoss eines Hotels drang noch immer Licht aus einem der Fenster.

Zwei Schatten zeichneten sich ab.

Ein Mann und eine Frau.

Aber sie tanzten nicht. Sie wägten ab.

Und es ging dabei um jedes Gramm.

KAPITEL 15

Arromanches-les-Bains
Kurz nach Mitternacht
J-128

Schrecken. Überraschung. Freude. Chaos.

Und dann ein Schweigen, ein tiefer Abgrund, aus dem ein sanftes Licht zu ihnen drang, weit entfernt von der brüchigen Kante, an der sie standen. Jeder auf seiner Seite.

Julie blickte ihn an. Nicolas hatte den Kopf gesenkt.

Er musste sich nur fallen lassen, ins Dunkel, bis er den Grund erreichte. Wo alles leuchten und er die Antworten auf all seine Fragen finden würde.

Antworten. Für alles andere hatte er keine Kraft mehr.

Das Licht dort unten kam näher. Er fiel ihm entgegen.

Julie hingegen stand auf festem Boden. Und weil sie es gewohnt war, den Notwendigkeiten des Lebens ins Auge zu sehen, tat sie, was getan werden musste.

Sie schlug ihm mit der flachen Hand ins Gesicht.

Dann ging sie an ihm vorbei und schloss das Dachfenster, nicht ohne vorher in die dunkle Nacht hinauszulauschen. Ein altes Lied drang durch den Regen schwach zu ihnen herauf.

»Gute Frage«, murmelte sie. »Worauf warten wir eigentlich, um glücklich zu sein?«

Nicolas rieb sich die Wange und blinzelte.

Aber Julie verschwand nicht.

»Auf dich«, sagte er leise. »Ich warte auf dich.«

Julie lächelte und stellte zwei Stühle in die Mitte des Raumes.

»Setz dich, ich will nicht, dass du umkippst. Du siehst nämlich ziemlich blass aus, was ich durchaus verstehen kann.«

Nicolas nahm einen der Stühle und zog ihn zu sich heran. Sie setzten sich. Ihre Knie berührten sich, Julie trug eine enge dunkle Hose, dazu einen dunklen Pullover. Ihre Haare waren nicht mehr so lang wie früher, dafür waren sie jetzt von einer pechschwarzen Farbe. Auch ihre Augen hatte sie dunkel geschminkt.

Sie sieht aus wie jemand, der in der Dunkelheit einfach verschwinden kann, dachte er. Sie ist ihr eigener Schatten.

Und sie riecht gut. So gut.

Ihre wenigen Sommersprossen waren noch da, genau wie die Bewegung unverändert war, mit der sie eine Haarsträhne hinter das rechte Ohr steckte. Ihr Muttermal auf der linken Handinnenseite.

Er konnte sie noch auf seinen Lippen schmecken. Er fühlte sie noch an seinen Fingern. Er spürte sie noch an seiner Wange.

Da war sie. Da war er. Knie an Knie, und doch jeder auf seiner Seite des Abgrundes, den Julie selbst gegraben hatte, vor mehr als vier Jahren.

»Ich bin gleich wieder da.«

Das waren ihre letzten Worte gewesen.

Julie stand noch einmal auf und knipste das Licht aus, dann setzte sie sich wieder. Leise, geschmeidig, mit fließenden Bewegungen.

Sie war dünner geworden. Ihre Gesichtszüge waren härter, die Wangenknochen zeichneten sich im fahlen Schein des Mondlichts deutlich ab.

»Wir müssen leise sprechen«, flüsterte sie. »Dein Teamleiter liegt gleich nebenan, und die Wände sind dünn.«

Nicolas nickte und atmete langsam aus.

Dann war er so weit.

»Mein Vater hat dich angekündigt«, sagte er leise. »Du wolltest mit mir sprechen, nur mit mir.«

Er schluckte schwer.

Julie nickte langsam.

»Nur mit dir«, sagte sie, und ihre Stimme verlor sich in der Anspannung, die sie beide umgab.

»Warum?«, fragte er.

»Weil ich nicht mehr kann, Nicolas. Weil ich keine Kraft mehr habe. Weil du sie mir geben musst. Und weil du mir helfen musst.«

»Wie soll das gehen?«, fragte er behutsam.

Er spürte, wie er um sie herumschlich und sie um ihn, wie sie einander musterten, die Bewegungen des anderen erfassten, abwogen.

Es war eine so lange Zeit.

»Sei einfach nur da«, sagte Julie. »Hör mir nur zu, geht das? Ich habe so viel zu erzählen, ich werde es nicht alles schaffen, heute. Aber du musst zuhören, ja? Ich musste so lange schweigen, ich durfte nicht …«

Ihr Blick flackerte, für einen Moment schien sie auf ihrer Seite zu wanken.

»Was durftest du nicht?«, fragte er sie leise, aber sie hatte sich wieder gefangen und schüttelte energisch den Kopf.

Er spürte bereits jetzt, dass es einen dunklen Fleck in ihren Erklärungen geben würde, einen Fleck ohne Konturen, dafür voller Abgründe, die sie noch nicht auszuleuchten bereit war.

»Ich werde es dir erklären«, sagte sie. »Aber eines musst du vorher wissen. Und du darfst es nicht ändern wollen, auf keinen Fall. Verstehst du mich?«

Wieder nickte er.

Sie blickte ihn aus ihren dunklen Augen an.

»Ich werde wieder gehen. Noch heute Nacht. Ich werde wieder verschwinden. Und du musst mich gehen lassen. Aber keine Sorge, ich bin immer in der Nähe, und ich komme schon bald wieder. Wir können uns sehen, aber wir müssen vorsichtig sein.«

Sie deutete auf die Wand zum Nebenraum.

»Dein Team, es darf nichts von mir erfahren. Dein Dienst auch nicht, auch nicht das Ministerium. Es ist noch zu früh.«

Nicolas versuchte, das Gesagte einzuordnen.

»Und mein Vater? Der Geheimdienst? Ich muss ihn informieren.«

Für einen Augenblick schwieg sie.

»Nein. Auch er nicht. Ich vertraue niemandem. Nur uns, Nicolas. Uns vertraue ich.«

Nicolas konnte die Härte in ihrem Blick sehen, und all die Fragen, die er hatte, lösten sich auf in der Sorge um die Frau, die ihm gegenübersaß und die offenbar mehr zu erklären hatte, als sie vermochte.

»Du bist der Einzige, mit dem ich spreche, weil du der Einzige bist, dem ich vertraue. Hörst du, Nicolas? Der Einzige.«

Nicolas spürte ihre Knie an seinen, er sah ihre Hände, die sie in ihren Schoß gelegt hatte und die sich aneinander festzuhalten schienen.

Sie ist nervös, dachte er. Und sie hat Angst.

Und dann begann sie zu erzählen, mit ruhiger Stimme, ohne Unterbrechung und mit einer klaren Absicht.

Den Abgrund zwischen ihnen zu schließen, auch wenn er noch so tief und breit war.

»Ich habe dich kommen sehen, damals im Théâtre des Champs-Élysées«, begann sie. »Du bist den Seitengang heruntergekommen, du warst fast bei uns. Du hast dich umgesehen, hast nach mir gesucht. Das Licht war gerade ausgegangen, der Dirigent hatte die Bühne betreten. Und ich habe gezittert. Der Konzertsaal hat sich gedreht, die roten Sessel, die funkelnden Kronleuchter, die goldenen Verzierungen an den Logen, alles verschwamm vor meinen Augen. Dein Vater saß auf dem Platz neben mir, er hat mich gehalten, weil er wusste, dass ich kurz davor war, aufzustehen und alles zu beenden, bevor es richtig begonnen hatte. Eine ältere Dame neben ihm reichte mir ein Taschentuch, und du bist an uns vorbeigelaufen, weil du uns nicht sehen konntest.«

Nicolas dachte an die alte Dame, die er vor einigen Monaten

ausfindig gemacht und die ihn auf die Spur seines Vaters gebracht hatte. Weil sie sich an jenen Abend in der Pariser Avenue Montaigne hatte erinnern können.

Marion Venoit.

Bereits jetzt brannten ihm unzählige Fragen auf der Seele, sie nicht auszusprechen war ein Kraftakt.

»Als du den Saal verlassen hattest, bin ich aufgestanden und seitlich von der Bühne durch einen kleinen Ausgang ins Treppenhaus. Dort habe ich mich umgezogen.«

Nicolas blickte sie überrascht an. Julie knetete ihre Hände, ihr Blick flackerte.

»Für den Abend hatten sich einige Politiker angekündigt, sie hatten eine der großen Logen gemietet. Pierre Melville war einer von ihnen. Er war das Ziel.«

»Das ist doch absurd, warum hast du es mir nicht erzählt, warum bist du einfach verschwunden? Warum lässt du mich jahrelang an mir selbst zugrunde gehen?«

Seine Fragen kamen stoßweise aus seinem Inneren, wie Giftpfeile, die ihr Ziel nicht verfehlten.

Julie knetete ihre Hände.

»Es gibt Gründe dafür, Nicolas. Ich werde dir alles erklären. Nicht jetzt, erst wenn alles vorbei ist. Es ist nur …«

»Wenn was vorbei ist – mein Leben?«, fragte er, und seine Stimme klang härter, als er beabsichtigt hatte.

Julie blickte wieder zur Wand, die zum Nachbarzimmer ging.

»Ich verstehe, dass du wütend bist«, sagte sie mit gedämpfter Stimme. »Hab Geduld, bitte! Vertrau mir. Du musst mir zuhören.«

Nicolas atmete mehrmals tief ein und wieder aus, er versuchte sich zu sammeln, während Julie hastig und mit leiser Stimme weitersprach.

»Pierre Melville war der Mann, auf den dein Vater mich damals ansetzte, weil sie glaubten, dass er etwas Großes vorhabe. Anfangs dachte ich, da ist nichts. Dass alles nur ein Bluff war, etwas, mit dem Melville sich wichtigmachen wollte. Aber jetzt weiß ich, dass ich mich geirrt habe.«

Nicolas überlegte, ob er lachen oder weinen sollte. Beides wäre angemessen gewesen, fand er. Aber weder das eine noch das andere gelang ihm.

»Du hättest dich melden können, Julie«, sagte er, so ruhig er konnte. »Mich wissen lassen, wo du bist. Ich hätte es nicht verstanden, aber ich ...«

Seine Stimme brach ab. Julie blickte zu Boden.

»Ich konnte nicht. Ich durfte nicht. Sonst ...«

»Sonst was? Sonst was, Julie? Antworte, das schuldest du mir!«

Er sah, dass sie weinte, aber es berührte ihn nicht. Er war aufgewühlt, er fühlte sich wie ein loses Blatt in einem tobenden Sturm.

»Ja, das schulde ich dir, Nicolas«, murmelte sie. »Aber ich kann die Schuld noch nicht begleichen.«

Nicolas konnte sehen, wie etwas ins Rutschen geriet, wie Julies Gedanken in eine andere Richtung wanderten, wie sie ihn für einen Moment verließ.

Da ist etwas, dachte er. Etwas, das ich nicht weiß, vielleicht nicht wissen darf. Etwas, das sie damals dazu gebracht hat, zu gehen, den Auftrag seines Vaters anzunehmen.

Was immer es ist, es hat nicht unbedingt etwas mit Pierre Melville zu tun, dachte er.

Das Licht im Abgrund glomm wieder. Der Regen klopfte jetzt in dicken Tropfen an die Scheibe, als würde er freien Eintritt verlangen, um bei dieser Vorstellung um Schuld und Sühne dabei sein zu dürfen.

Aber dies war eine geschlossene Gesellschaft.

»Warum ausgerechnet du?«, fragte er leise, weil er sonst erstickt wäre an all den Fragen, die ihm diese Nacht unerbittlich in den Rachen stopfte.

Leider war es genau die Frage, die Julie nicht beantworten konnte. Oder wollte.

»Ich habe mich freiwillig gemeldet«, sagte sie leise, und Nicolas spürte, dass ein tonnenschweres Gewicht auf ihren schmalen Schultern lag. Ein Schatten schob sich hinter sie und blickte über ihre linke Schulter direkt in seine Augen.

Julies Hände verkeilten sich ineinander, kneteten, verharrten, lösten sich voneinander, fuhren durch die Luft, suchten nach Halt.

»Ich bin als Bedienung in die Loge gegangen, mit einem klaren Ziel: Ich sollte Pierre Melville kennenlernen, ihn verführen und versuchen, sein Vertrauen zu gewinnen.«

Es war, als würde Nicolas' Inneres brennen, lichterloh.

»Das ist doch Blödsinn!«, entfuhr es ihm.

»Ja, das ist es. Aber es hat funktioniert«, flüsterte sie und versuchte, ihn zu beruhigen. »Wir wussten, dass ich sein Typ bin, dunkle Haare, sportlich, selbstbewusst.«

Nicolas lehnte sich zurück und verschränkte die Arme vor der Brust.

Der Abgrund wurde breiter, sie hatten beide gewusst, dass dies passieren würde.

»Pierre Melville ist damals nach Brüssel gegangen«, sagte sie. »Und ich bin mit ihm mit, habe dort in seinem Büro gearbeitet und war seine Geliebte.« Sie blickte ihn an. Er schwieg. »Es ist die Wahrheit, Nicolas.«

Eine absurde, grausame Wahrheit.

»Ich habe dich in Brüssel also wirklich gesehen. Und in Cannes, bei den Festspielen«, sagte er leise, fast wie zu sich selbst.

Julie nickte.

»In Cannes habe ich nicht aufgepasst, nicht bedacht, dass du mit François Faure da sein könntest.«

»Ich habe dich für ein Hirngespinst gehalten, fast vier Jahre lang!« Seine Stimme wurde lauter und an den Rändern brüchiger.

Julie blickte aus dem Fenster, wo die Nacht dunkel war und der Regen dicht.

»Ich weiß«, sagte sie leise. »Und es tut mir leid. Wirklich.«

Sie hatte ihre Schuhe ausgezogen und lief barfuß durch das Zimmer. Ihr Haar wippte, als sie mit den Händen gestikulierte, ihre Schultern bebten, als sie sich verteidigte.

»Ich wollte mehrmals aussteigen, aber irgendwann begriff ich, dass da doch etwas war. Etwas Großes. Melville hatte es erst nach einigen Monaten angedeutet. Etwas, das Frankreich verändern würde, mehr als alles andere zuvor. Das waren seine Worte. Ich habe ihn lange bearbeitet, mir sein Vertrauen erschlichen, und ich wich nicht mehr von seiner Seite. Er ist schlau, Nicolas. Sehr schlau. Ich musste mir Zeit lassen. Und irgendwann hat er mich dann mitgenommen.«

Nicolas hielt den Atem an, ohne es zu merken, sein Rücken schmerzte von der harten Stuhllehne.

»Wohin mitgenommen?«, fragte er.

Julie zeigte nach draußen.

»Hierher. An die Küste. In den Bessin. Nach Bayeux und Caen. Nach Cabourg und Deauville. Nach Arromanches und Dieppe. In die Normandie, in seine Heimat.«

»In unsere Heimat«, entgegnete Nicolas. Julie lächelte kurz.

»Das wusste er natürlich nicht. Für ihn komme ich aus der Nähe von Limoges.«

»Aus der *France profonde*, der Provinz«, sagte Nicolas. Sie nickte.

»Melville ist völlig verblendet, fast wahnsinnig, wenn es darum geht, in Extremen zu denken, damit etwas zu verändern. Aber jetzt weiß ich endlich, was er plant. Die Operation hat heute begonnen, ich war dabei.«

Nicolas blickte sie an, ihre hastigen Bewegungen, mit denen sie ihre Erklärungen untermalte.

Sie ist härter geworden, kantiger, dachte er. Nicht nur äußerlich.

Julie war stehen geblieben.

»Er ist der Überzeugung, dass unser Staat an seine Grenzen gestoßen ist. Bedroht von außen und verfault von Innen, das sind seine Worte. Und weil das keiner verstehen will, will er es beweisen. Mit einem Anschlag an Frankreichs wichtigstem Tag, dem Tag der Befreiung. Es passt alles zusammen, für ihn jedenfalls.«

»Und das kündigt er selbst an? Dem Geheimdienst?«

»Pierre Melville ist ein Spieler. Er liebt es, anderen zu beweisen, dass er besser ist als sie, dass er sie schlagen kann, sogar auf ihrem eigenen Terrain. Er hat alles bis ins Detail geplant, jahrelang, und ich habe nichts davon bemerkt, obwohl ich so dicht an ihm dran war wie nur möglich. Erst als er begonnen hat, mich in seine Pläne einzuweihen, habe ich begriffen, was er vorhat.«

Nicolas schüttelte den Kopf.

»Und für diese absurde Idee ist er bereit, Menschenleben zu opfern? Das ist Wahnsinn«, sagte er.

Julie nickte.

»Natürlich ist es das. Aber Melville ist nicht dumm, er macht das, weil er sich etwas davon erhofft.«

»Und was soll das sein?«

»Macht, Nicolas. Seine Partei wird sich als Retter Frankeichs präsentierten, als Hüter und Wächter eines Staates, der in seinen Grundfesten erschüttert wurde. Die Sicherheitsorgane werden versagen, und er wird sie neu formieren. Wenn bewiesen ist, dass der Staat seine Bürger nicht mehr schützen kann, wird er das übernehmen. Es ist eine neue Ordnung, Nicolas, nachdem die Pfeiler der alten Ordnung in sich zusammenbrechen werden. Und das werden sie, wenn es nach ihm geht. Und zwar am 6. Juni.«

Für einen kurzen Moment schwiegen sie. Der Regen prasselte jetzt leise gegen das Dachfenster.

»Ich habe lange gebraucht, um seinen Wahnsinn zu erkennen«, sprach Julie leise weiter. »Er war immer schon besonders, da war immer dieser Hass. Aber nicht so stark. Das ist der Grund, warum ich ihn stoppen muss. Mit dir gemeinsam. Nur mit dir.«

»Und wie genau soll dieser Anschlag nun aussehen?«, fragte Nicolas. Auch ihm fiel es mittlerweile schwer, sitzen zu bleiben, unruhig stand er auf, machte ein paar Schritte, setzte sich wieder, stand wieder auf.

»Es wird am 6. Juni passieren. Während der Feierlichkeiten. Melville will einen Sprengsatz zünden, wo genau, weiß ich noch nicht.«

»Das ist doch Wahnsinn!«, flüsterte Nicolas.

»Ja, das ist es«, antwortete Julie.

Er hörte ihre Stimme, aber er begriff den Sinn ihrer Worte nicht. Und er wollte es auch nicht. Nicht mehr in dieser Nacht, die irgendwann zu Ende gehen würde, abgelöst von einem neuen Tag, den er erneut allein würde bestreiten müssen.

Weitere Untiefen, eine weitere Schlacht. Ein weiteres Spiel der Gezeiten, das er nicht gewinnen konnte.

Warum hast du nicht mit mir gesprochen, bevor du gegangen bist?

Es war diese eine Frage, die ihn zu ersticken drohte, die ihn quälte und die er dennoch nicht noch einmal zu stellen wagte. Aus Angst vor der Antwort. Und aus Angst vor der Wahrheit, die er nicht zu ertragen bereit war.

Die Wahrheit musste warten.

Mit zwei schnellen Schritten war er bei Julie, nahm ihre Hände, die sich nicht beruhigen wollten, nahm ihren Blick, der flatterte, nahm ihre Schultern, die bebten. Für einen kurzen Augenblick standen sie dort, unter dem Dachfenster, ihr heftiger Atem beschlug die Scheibe, der Regen schenkte ihnen einen letzten Trommelwirbel.

Ein Mann überquerte den kleinen Platz vor der Strandpromenade.

Eine längst verstorbene Sanitätssoldatin rieb sich die wundgetanzten Füße.

Die Brandung flüsterte ihr nächtliches Wiegenlied.

Und Nicolas zitterte, als Julie ihm langsam durch die Haare fuhr, über sein Gesicht und den Hals entlang. Ihre Finger brannten auf seiner Haut, seine Hände suchten nach ihr, fanden sie, umschlossen sie, zogen sie an sich. Er spürte ihr Herz schlagen, hart und schnell, als sie sich an ihn presste, als wollte sie eins sein mit ihm, mit dem sie immer eins gewesen war.

Eine Stehlampe kippte um, als er sie mit sich zog, er rang nach Atem, als sie über ihm war, spürte ihre Haare, ihren Mund, ihre Haut, als sie ihn auszog.

»Nicolas …«, flüsterte sie, aber er wollte nichts hören, wollte sie nur spüren, hier und jetzt, und so verstummte sie. Ein Kissen landete in einer Ecke, eine Decke rutschte zu Boden, ihre Körper folgten bereitwillig. Sie nahm sich, was ihr gehörte, er nahm sich, was ihm gehörte. Und die ganze Zeit waren Julies Augen weit geöffnet, und ihre Blicke drangen in ihn und ließen sein Innerstes explodieren.

Vier Jahre waren vergangen.

Es standen noch so viele Antworten aus.

Aber heute Nacht gab es keine Fragen mehr.

Einige Stunden später erwachte Nicolas neben einem zerwühlten Bett, geweckt von einem lauten Klopfen an der Tür.

Er war allein. Julie war fort, so wie sie es angekündigt hatte. Leise, ohne ein Geräusch zu machen.

Ohne Botschaft.

»Nicolas, kommst du? Lass uns ein kurzes Frühstück nehmen, dann müssen wir los.«

Es war Gilles Jacombe.

Blasses Sonnenlicht schien durch das Fenster, einige wenige Regentropfen hatten die Nacht auf der Scheibe unbeschadet überstanden. Als Nicolas sich im Zimmer umblickte, sah er, dass die beiden Stühle noch immer in der Mitte des Raumes standen.

Als würden sie immer noch dort sitzen und reden.

Als würden sie immer noch die Wahrheit meiden, jeder für sich, auf seiner Seite des Abgrundes.

Er würde sich entscheiden müssen, dessen war er sich bewusst. Zu viel stand auf dem Spiel. Julie hatte ihm gesagt, dass sie nicht sicher sei, ob Melville nicht doch noch einen Helfer an seiner Seite hatte, von dem sie nichts wusste. Und weil dieser Helfer jeder sein konnte, wollte sie niemandem vertrauen außer ihm. Julie würde weiter im Verborgenen bleiben, und keiner durfte wissen, dass sie bei ihm gewesen war. Auch nicht sein Vater. Julie hatte es ernst gemeint, als sie sagte, sie vertraue niemandem.

Natürlich konnte er dennoch seinen Vater anrufen und ihm alles erzählen. Es wäre der Lage deutlich angemessener.

Aber es würde auch bedeuten, Julie zu hintergehen.

Sein Handy klingelte, er fand es schließlich auf einem kleinen Sessel neben der Tür.

»Moment, Gilles, ich komme sofort«, rief er durch die geschlossene Tür.

Dann nahm er den Anruf entgegen.

Es war Sandrine Poulainc, die ihn aus dem Krankenhaus in Caen anrief, in dem Roussel lag.

»*Salut,* Nicolas«, sagte sie. Von draußen drangen die Geräusche des anbrechenden Tages zu ihm herein, ein erster Reisebus fuhr auf den Parkplatz.

Arromanches erwachte.

»Es ist … Roussel … Also …«

»Was ist mit ihm?«, fragte er leise, wohl wissend, dass auch dies eine Wahrheit sein mochte, die zu verkraften er nicht bereit war.

Aber diesmal meinte es die Wahrheit gut mit ihm.

»Kannst du kommen? Er ist aufgewacht. Kurz nur, aber er hat nach dir gefragt.«

Teil zwei

MULBERRY

KAPITEL 16

Normandie
Drei Monate später
J-36

»Wo ist der beschissene Bodyguard?«

Ein Wind war aufgekommen, scharf und schneidend, er trieb die Tage unbarmherzig vor sich her wie eine blökende Schafherde, die missmutig über kahle Weiden stolperte. Immer schneller rasten die tiefhängenden Wolken über die Küste, immer rascher formte die Sonne ihren täglichen Halbkreis über den mittlerweile sattgrünen Hügeln des Hinterlandes.

Der Winter ging, der Frühling kam, und die Flut spülte abgerissene Kalenderblätter an den Strand, immer mehr, bis der Sand vollständig bedeckt war. Auf dem Ziffernblatt der kleinen Kirche von Arromanches drehten sich die Zeiger in wahnwitzigem Tempo, Touristenbusse preschten durch die engen Gassen, Fremdenführer lotsten Besuchergruppen im Sekundentakt in das Landungsmuseum oder auf die Strände, wo nasser Tang an den dunklen Pontons klebte.

Der Zeit fehlte jeder Halt.

Roussel ging es nicht gut, auch wenn er selbst ganz anders darüber dachte.

»Ich brauche keinen Arzt. Ich brauche den Bodyguard, sofort!«

Seine wachen Momente wechselten sich ab mit langen Schlafphasen, und die Blässe in seinem Gesicht wich nicht der geringsten Nuance von Farbe. Die Kugel hatte ihm eine zu tiefe Verletzung zugefügt.

Der dicke Bruno hatte Nicolas erklärt, dass die Kugel offenbar aus nächster Nähe auf Roussel abgefeuert worden war – ein glatter Durchschuss –, und sie hatte immensen Schaden angerichtet. Sie hatte die Milz gestreift und war wenige Zentimeter neben der Lunge wieder ausgetreten, ein Umstand, dem Roussel sein Leben verdankte.

»Vermutlich ein Schuss aus einer 9 mm«, hatte Bogdanic gemeint, die Kugel selbst blieb unauffindbar.

Nur Roussel hätte sagen können, wo er tatsächlich niedergeschossen worden war – auf dem Senkkasten oder woanders. Aber alles, was er sah, war offenbar ein tiefes schwarzes Loch.

»Ihr Geist hat das Geschehen ausgeblendet«, erklärte ein Psychologe. »Jetzt müssen Sie warten. Und vielleicht warten Sie vergeblich.«

Als Nicolas das erste Mal bei ihm war, im Krankenhaus in Caen, war Roussel nicht ansprechbar gewesen. Das zweite Mal auch nicht.

»Was will er von mir?«, hatte Nicolas Sandrine Poulainc gefragt, aber die hatte keine Antwort gehabt.

»Er will dir etwas sagen, aber er weiß nicht, was. Und wenn er das merkt, schimpft er, er schreit rum, und das macht ihn nur noch schwächer.«

Und so ging es Tag für Tag.

Immer wieder wachte Roussel auf, immer wieder tauchte er ab in seine Untiefen. Wann immer es der Einsatzplan ermöglichte, reiste Nicolas nach Caen. Auch Claire setzte sich an das Krankenbett, tauschte die Blumen auf dem kleinen Beistelltisch aus und suchte nach tröstenden Worte für Sandrine, die sie jedoch nur selten fand.

Irgendwann legte Nicolas Roussel einen zerbeulten Manschettenknopf auf die Bettdecke.

»Den hattest du dabei«, sagte Claire. »Es ist keiner von deinen, wir haben das überprüft.«

»Habt ihr meine Sachen durchwühlt?«, knurrte Roussel leise.

»Ja«, antwortete Sandrine.

»Arschlöcher«, kam als Antwort.

»Halt die Klappe, Roussel. Kennst du den Manschettenknopf?«

Roussel schloss die Augen, und das erste Mal seit langer Zeit sah er aus wie ein Mann, der in Ruhe nachdachte.

»Da ist so viel Rot«, murmelte er. »Überall dieses Rot. Aber kein Manschettenknopf.«

»Warum wolltest du *Bodyguard* in das Metall ritzen, Roussel?«, fragte Nicolas.

Aber da war er schon wieder weggedämmert, und die Ärzte schickten sie fort. Erst draußen auf dem Parkplatz bemerkte Nicolas, dass Roussel ihn plötzlich duzte.

Es sollte ihm recht sein.

Roussel war wenig später auf eine andere Station verlegt worden und einige Wochen darauf in eine Rehaklinik, wo er von seinem Zimmer aus auf die Frühlingsblumen draußen im Park blicken konnte und sein blasses Spiegelbild im Fenster verfluchte.

»Zeig mir den Manschettenknopf noch mal, Bodyguard«, hatte er irgendwann geblafft, als Nicolas bei ihm war. Draußen war es frisch gewesen, der Frühling war ein zaudernder Besucher in diesem Jahr.

»Der ist alt«, hatte er immer wieder gemurmelt. »Vielleicht aus dem Krieg?«

Nicolas hatte ihm gesagt, dass sie dieser Spur bereits nachgegangen waren, aber im Museum von Arromanches fehlte kein Manschettenknopf.

Die Zeit stolperte weiter voran über die harten Äcker der Normandie, die der Winter nicht so recht loslassen wollte, und die Ermittlungen im Fall Roussel stockten. Die Polizei in Caen kam nicht weiter.

Noch immer wusste niemand, was genau Roussel in Arromanches gesucht hatte, niemandem im Ort war der Wagen aufgefallen, der erst spät in der Nacht auf dem Parkplatz erschienen und kurz darauf wieder verschwunden war. Die wenigen Aufnahmen aus der kleinen Bordkamera des älteren Ehepaars mit dem Wohnmobil hatten ihnen letztlich auch nicht weitergeholfen. Keine Person war darauf zu sehen, die Aufnahmen lieferten keinen weiteren Hinweis, was in jener Nacht tatsächlich passiert war.

Und auch auf dem amerikanischen Friedhof war Ruhe eingekehrt. Alles blieb weiß, kein Blutstropfen schändete mehr den Boden, die vier roten Kreuze waren kaum mehr als eine vorübergehende Erscheinung, die weitergezogen war, vielleicht zu anderen Friedhöfen, zu anderen Gedenkstätten.

Schmierereien, ein Frevel an diesem Ort. Mehr aber nicht.

Claire wiederum hatte versucht, neben ihrer eher ereignisarmen Arbeit bei der Polizei in Caen und dem theoretischen Unterricht an der Polizeischule ein Muster zu erkennen, das die vier rot angemalten Kreuze ergaben. Aus ihrer Sicht sogar ergeben mussten.

Irgendwann hatte sie es aufgegeben, weil keiner ihrer Kollegen sie mehr unterstützt hatte bei ihren Gedankenspielen, dass da doch mehr sein könnte.

Private Charles Fredrik Baker. Private Manuel Espinoza. Staff Sergeant Craig McIntyre. Captain Allison Briggs.

Illinois. Texas. Massachusetts. Pennsylvania.

Vier Tote. Vier Kreuze. Kein Muster. Oder eines, das sie nicht sah.

Anfang April schließlich hatte ein Spaziergänger einen flachen Stein über das Wasser eines kleinen Weihers in den Hügeln des Bessin hüpfen lassen und sich gewundert, als er ein metallenes Geräusch hörte. Er warf einen zweiten Stein und wunderte sich ein zweites Mal. Eine Stunde später zog ein Abschleppfahrzeug Roussels Wagen aus dem Wasser. Bruno Bogdanic war eigens aus

Caen herbeigeeilt und hatte gleich ein Dutzend Mitarbeiter der kriminaltechnischen Untersuchung mitgebracht.

Sie fanden jedoch nichts. Nichts außer einigen feuchten Zigarettenpackungen der Marke, die Roussel rauchte. Einem Paar Gummistiefel, einer Zeitung vom Januar und einer plattgedrückten Coladose, einer Stabtaschenlampe, die nicht mehr funktionierte, und einem Magazin über Pferderennen und Pferdewetten.

Roussels Handy, seine Waffe, seine Marke – all das blieb genauso unauffindbar wie der Grund für seinen Ausflug nach Arromanches.

Eine weitere tote Spur, eine weitere Sackgasse.

Nicolas erlebte den Frühling vor allem in Flugzeugen, Limousinen und Wahlkampfbussen. François Faure durchquerte das Land in immer schnellerem Tempo, eilte von einer Kabinettssitzung zur nächsten, ordnete in seinem Ministerium Besprechungen und Sitzungen im Stundentakt an. Kaum waren sie von einer Reise zurück in Paris, wurde der nächste kleine Koffer gepackt, die nächste Reisetasche in den Kofferraum eines Begleitfahrzeuges geworfen. Brüssel, London, Lyon an einem Tag. Rom, Straßburg, Berlin am nächsten.

Es war die Zeit europaweiter Krisen, die Staatschefs und ihre Minister trafen sich wöchentlich, ihre Beratungen dauerten ganze Nächte lang. Nicolas funktionierte, aber er lebte nicht. Er spürte, wie überreizt seine Sinne waren, wie sein Blick immer schärfer wurde und zugleich immer mehr flackerte. Autotüren und Hintereingänge, Flughafenterminals und Überholspuren, Vorzimmer und Hotellobbys. Sein Alltag riss ihn mit und überholte ihn, und über allem schwebte das gewinnende und siegessichere Lächeln von François Faure, der als wichtigster Minister im Kabinett und aussichtsreicher Präsidentschaftskandidat ganz in seinem Element war und auf alles und jeden Einfluss nahm.

Immer seltener betrat Nicolas seine kleine Dachwohnung an der Place Sainte-Marthe, immer seltener wechselte er ein paar

Worte mit seinem alten Nachbarn Tito. Kaum noch saß er auf seiner Terrasse, einen Zipfel des Eiffelturms im Blick und die Erinnerung an ruhigere Tage im Kopf.

Meist war es ein Anruf seines Teamleiters, der ihn morgens weckte.

»Planänderung. Wir fliegen in zwei Stunden nach Brüssel.«

»Ist gut, ich komme.«

Manchmal winkte er noch Tito zu, der zu früher Stunde unten auf dem Platz mit Rachmaninoff seine Runden drehte, beide vereint in ihrem Hang zum Frühaufstehen. Ab und an hatte er das Gefühl, dass der alte Mann ihm etwas sagen wollte, aber diese Empfindung wurde schnell fortgewischt von der Ankunft eines Taxis, von der nächsten müden Fahrt durch Paris, die Stadt, die gerade aufwachte.

Nicolas' Vater meldete sich kaum, nur ab und an wechselten sie ein paar Worte, wenn sich ihre Wege bei einem Empfang kreuzten.

»Gibt es etwas Neues?«, fragte sein Vater dann, meist mit gereiztem Unterton.

»Nein«, antwortete Nicolas, und dabei spürte er den misstrauischen Blick seines Vaters. Alexandre Guerlain war wahrlich nicht auf den Kopf gefallen.

»Spiel nicht mit mir, Nicolas«, zischte er einmal. »Dieses Spiel würdest du verlieren.«

Bei ihrem letzten kurzen Zusammentreffen nahm sein Vater ihn zur Seite.

»Ich habe dir schon gesagt, wir wissen nicht, ob wir ihr wirklich noch vertrauen können. Sie ist zu lange an Melville dran.«

»Dann sag den 6. Juni ab«, antwortete Nicolas.

»Das würde ich«, zischte sein Vater. »Ich fürchte nur, unser zukünftiger Präsident macht da nicht mit. Er wird alles dafür tun, dass die Feierlichkeiten stattfinden. Und solange ich nicht mehr gegen Melville in der Hand habe, kann ich nichts tun.«

Und so waren die Tage verstrichen, die Wochen hatten sich in eine Reihe gestellt und waren losmarschiert, bis der Frühling allmählich in den Frühsommer überging.

Es war Anfang Mai, noch sechsunddreißig Tage bis zum 6. Juni, und mit einem Mal setzte draußen auf dem Meer eine Flut ein, die alles veränderte.

Sie war von blutroter Farbe, und sie brachte den Tod zurück in die Normandie.

KAPITEL 17

Colleville-sur-Mer, Normandie
Der Amerikanische Friedhof
J-36

Es waren die Tränen von Mitch Walker jr., die an jenem Tag im Mai die lange Zeit der Ungewissheit beendeten. Etwas kam aus der Tiefe herauf, und der pensionierte Lehrer aus Middletown, New Jersey, erblickte es zuerst. Was er sah, machte ihm Angst. Aber nicht so sehr, wie es anderen Angst machen würde, in einer Zeit, die noch kommen sollte.

Die Sonne stand noch nicht sehr hoch, und doch war es überraschend warm an diesem Morgen. Tausende weiße Kreuze warfen ihre langen Schatten auf das frisch gemähte Gras, eine kleine US-Flagge steckte regungslos im Boden. Mitch Walker jr. stand etwas verloren in einer der langen Reihen und blickte sich um, auf der Suche nach einer Bank, auf der er sich kurz ausruhen könnte. Er versuchte seit einigen Minuten, ein Stofftaschentuch aus der Innentasche seiner Jacke zu ziehen, aber es gelang ihm nicht.

Er hätte nicht gedacht, dass er weinen würde.

Er hatte damit gerechnet, gerührt zu sein oder einen tiefen inneren Frieden zu verspüren. Vielleicht auch nur eine große Leere, die ihn und seine zu hoch gesteckten Erwartungen an diesen Augenblick verschlingen würde.

Seine Tränen hatten ihn überrascht, ihn überwältigt. Aber er schämte sich ihrer nicht.

Mit weichen Knien durchschritt er die langen Reihen der

Kreuze. Er sah die Namen der Gefallenen, ihren militärischen Rang und den Heimatstaat, der in den weißen Stein graviert war. Viele der einfachen Soldaten, die damals hier an der Küste gefallen waren, kamen aus New Jersey, Chicago oder auch aus Philadelphia. Staaten und Städte mit hohen Arbeitslosenquoten, damals wie heute. Orte, an denen »Uncle Sam« neue Soldaten angeworben hatte für den großen Krieg fernab der Heimat. Junge Männer ohne Job und Perspektive, die in der Armee eine Zukunft sahen. Und die sich dann plötzlich an einem weit entfernten Strand in der Normandie wiederfanden, mit einem sterbenden Kameraden zu ihren Füßen oder einem Granatsplitter in der eigenen Bauchdecke.

Junge Männer, wie sein Vater einer gewesen war, der voller Stolz zum Militär gegangen war, weil er seinem Land etwas hatte zurückgeben wollen. Seine Frau und seine drei Kinder hatte er zurückgelassen, und er war nie zurückgekehrt.

Mitch Walker jr. schnäuzte sich kräftig, er hatte sein Taschentuch endlich zu fassen bekommen. Als er sich die Tränen aus den Augen wischte, entdeckte er eine kleine Bank, die etwas weiter vorne an der Böschung unter einem Baum stand. Er blickte sich um und sah seine Frau und ihre Enkelkinder zwischen den Kreuzen, Hand in Hand schritten sie durch die Reihen. Die Kinder hatten versprochen, artig zu sein, und er, der Großvater, war stolz auf sie. Wie still sie waren, wie wohlerzogen. Sein Vater hätte seine Urenkel sehr gemocht.

»Ich weiß, du bist jetzt bei uns, Dad«, flüsterte er und ging langsam hinüber zu dem Baum, unter dem er sich kurz ausruhen wollte.

Es war sein erster Besuch, seine erste Reise an den Ort, an dem sein Vater gestorben war. Immer wieder hatte er es sich vorgenommen und dafür sogar gespart. Und jetzt, da er nicht mehr arbeitete, ein Mann von Mitte sechzig, stand er hier und weinte um seinen Vater, an den er sich kaum noch erinnerte, weil er zu früh fortgegangen war, um als Held zu sterben.

Genau das hatte seine Mutter ihm immer gesagt.

»Dein Vater ist ein Held, das darfst du nie vergessen.«

Er selbst war nie ein Held gewesen, nur ein einfacher Lehrer aus Middletown, New Jersey, der sich jetzt mit einer großen Müdigkeit auf eine Bank setzte und hinaus aufs Meer blickte.

Es war windstill, die Sonne wärmte seinen Rücken. Sie würden drei Wochen durch Frankreich reisen, seine Frau wollte die Provence sehen, die Côte d'Azur.

Er hatte zuerst das weiße Kreuz seines Vaters sehen wollen.

Private Mitch Walker, 83. Infanterie-Division, New Jersey. Erschossen von einem deutschen Heckenschützen östlich von Bayeux, zwei Wochen nach der Landung. Als das Schlimmste fast vorbei war, zumindest in diesem Teil des Landes.

Sein Blick fiel auf den Strand am Fuße des kleinen Hügels, auf dem der amerikanische Friedhof von Colleville errichtet worden war. Das sicherlich noch kalte Wasser lag still und unbewegt vor ihm, nur das heisere Krächzen einer Möwe drang zu ihm herauf. Omaha Beach war an diesem Morgen ein unberührter Ort.

Es ist ein schöner Ort, dachte er und spürte dabei, wie seine Trauer sich allmählich auflöste, wie sein Atem sich beruhigte. Er drehte sich um und winkte seiner Frau zu, damit sie sah, dass er okay war. Sie neigte den Kopf leicht zur Seite und lächelte, eine Geste, die er liebte, seit er sie als Jugendlicher kennengelernt hatte.

Und dann, als er gerade wieder aufstehen wollte, um seinen Enkelkindern das verdiente Eis anzukündigen, da sah er es.

Und seine Hände begannen zu zittern.

Langsam stand er auf und ging etwas näher an die Böschung heran.

Nein, er hatte sich nicht geirrt. Ganz im Gegenteil.

Das Wasser änderte seine Farbe.

»*Holy shit*«, murmelte er leise.

Etwas stieg aus den Untiefen empor.

Etwas wollte ans Licht.

Etwas, das zu lange dort unten gelegen hatte, so schien es ihm.

Zuerst war es nur ein Fleck.

Dann ein zweiter, der mit dem ersten verlief. Sich ausbreitete.

Ein dritter Fleck, ein vierter.

Das Wasser lag wie ein Spiegel vor ihm. Ein Spiegel mit einem blutroten Fleck, der immer größer wurde, der sich ausbreitete, etwa zehn Meter vom Ufer entfernt.

Mitch Walker jr. kniff die Augen zusammen, er musste sich am Stamm eines jungen Baumes festhalten. Was er sah, ließ sich nicht verarbeiten.

Nicht an diesem Strand, an dem sich vor so vielen Jahren das Wasser rot verfärbt hatte, vom Blut der vielen jungen Männer, die das Ufer nie erreicht hatten.

Und genau das geschah jetzt wieder, das Wasser färbte sich blutrot, und es ließ ihn schaudern. Es machte ihm Angst.

Immer größer wurde die Lache, die ersten rot gefärbten Wellen trafen auf den Strand, wo sich in Sekundenschnelle ein roter Saum auf dem Sand bildete. Immer mehr Rot durchmischte das Wasser, dort wo es zuerst aufgetaucht war, war die Farbe am dunkelsten. Es war ein grausames Schauspiel. Als würde das Meer sich erinnern, als hätte es noch Blut zurückgehalten. Als wäre es nun an der Zeit, es loszuwerden.

»Martha«, rief Mitch Walker jr., aber seine Frau hörte sein leises Rufen nicht. Hinter sich hörte er das fröhliche Plappern seiner Enkelkinder.

Vor sich sah er, wie die Hölle sich öffnete, genau dort, wo das Blut am dunkelsten war.

Etwas kam an die Oberfläche.

Die Hand des alten Mannes glitt am Stamm des kleinen Baumes ab, er keuchte.

Und dann besann er sich und suchte fieberhaft nach dem kleinen Fernglas, das er eigens mitgebracht hatte, weil er den Kindern die Möwen am Strand zeigen wollte.

Er hatte es um den Hals gebunden.

»Ich werde alt«, dachte er und hielt das Fernglas vor die Augen. Für einen kurzen Moment war alles unscharf, der beigefarbene Sand verschwamm vor seinen Augen, ging in das Grau des Meeres über. Dann hatte er die richtige Schärfe gefunden, sein Blick wanderte über die Böschung, den Strand, das Wasser.

Die rote Farbe schwamm wie ein riesiger Teppich auf der Oberfläche, nur wenige Meter vom Strand entfernt. Er war mittlerweile mehr als dreißig Meter breit, schätzte er.

Und in der Mitte schwamm etwas.

Ein Körper, dachte er zuerst.

Ein Arm. Ein Bein.

Er wischte sich den Schweiß von der Stirn und schaute noch einmal genauer hin.

Stellte scharf.

Suchte das Wasser ab.

Bis er begriff, dass das, was dort getrieben hatte, gerade von einer kleineren Welle auf den Sand geworfen worden war, wo es lag wie ein blutrotes Mahnmal aus einer Zeit, die nur auf den ersten Blick längst Geschichte war.

Es war kein Körper. Es war ein Kreuz.

Ähnlich denen, die hinter ihm in perfekter Formation auf dem grünen Rasen standen.

Als der alte Mann das Fernglas absetzte, wusste er, was dort unten vor sich ging.

Es gab keine andere Erklärung.

Der Krieg kehrte zurück in die Normandie.

In den nächsten Stunden verwandelte sich der verlassene Strand unterhalb des amerikanischen Soldatenfriedhofs in einen Ort rastloser Unruhe. Ein Strandabschnitt von mehreren hundert Metern wurde abgesperrt, neugierige Spaziergänger und Besucher der Gedenkstätte standen an den rot-weißen Absperrbändern, die im Wind flatterten, und blickten ungläubig auf das Spektakel, das sich ihnen bot. Dort, wo das kalte Wasser des Ärmelkanals auf den Sand traf, bildete sich ein zäher roter Saum, der nach und nach von der Flut weiter an Land geschoben wurde.

Die zuständige Polizeidienststelle in Caen hatte zuerst einige Kriminaltechniker in weißen Schutzanzügen an den Strand geschickt, die jedoch bald Entwarnung gegeben hatten.

»Das ist bloß Farbe«, hatte einer gerufen, und nach und nach hatten andere Menschen mit anderen Aufgaben den Strand bevölkert, darunter ein Dutzend Beamte aus Caen sowie der für den Friedhof zuständige Sicherheitsdienst. Später folgten drei Mitarbeiter des amerikanischen Konsulats in Rennes, eine Handvoll Reporter sowie die Mitarbeiter einer Firma, die auf die Reinigung verschmutzter Strände spezialisiert war.

Und zwischen all den wichtigen und unwichtigen Personen stand Claire und blickte nachdenklich auf das rote Kreuz.

»Was willst du uns bloß sagen?«, murmelte sie, und als das Kreuz nicht antwortete, setzte sie sich im Schneidersitz auf den warmen Sand und wartete.

»Ich geh hier nicht weg, bis du redest«, sagte sie.

»Aber ohne mich«, erklang hinter ihr eine gewissenhafte Stimme, die sie in den vergangenen Monaten immer öfter und immer lieber gehört hatte, auch wenn sie das niemals zugegeben hätte.

»Wir fahren zurück nach Caen, Claire«, verkündete Philippe und blickte zu ihr hinunter. »Hier ist so weit alles geklärt, die Taucher waren erfolgreich.«

Claire blickte zu ihm auf, die mittlerweile hoch am Himmel stehende Sonne blendete sie.

»Was haben sie gefunden?«

Philippe zeigte zum Wasser, wo in diesem Augenblick drei Froschmänner ihre Sauerstoffflaschen absetzten. Einer von ihnen hatte offensichtlich bereits einen ersten Lagebericht abgegeben.

»Es sind acht große Fässer, die dort unten am Boden liegen«, erklärte Philippe und setzte sich neben sie, näher, als er es noch vor einiger Zeit getan hätte. Ihre Knie berührten sich fast, Claire vergrub ihre rechte Hand im warmen Sand.

»Sie liegen nur ein paar Meter vom Strand entfernt. Und es ist tatsächlich nur rote Farbe drin, kein Blut«, ergänzte er.

»Das wäre auch zu grausig gewesen«, sagte sie, und er nickte nachdenklich.

»Aber so muss es gewirkt haben. Der alte Mann, der das ganze entdeckt hat, hat den Schock seines Lebens bekommen.«

Claire blickte hinaus aufs Meer.

»Das muss doch irgendwer gesehen haben. Acht Fässer, die bringt man nicht hierher, ohne aufzufallen.«

Philippe zuckte mit den Schultern.

»Nachts ist es hier sehr einsam. Und gestern war es bewölkt, es muss verdammt dunkel gewesen sein.«

»Und wie haben die das angestellt? Ich meine, dass die Farbe und das Kreuz am Morgen gemeinsam auftauchen.«

Philippe holte einen kleinen Block hervor und schlug eine Seite auf.

Er ist wirklich gewissenhaft, dachte Claire und warf etwas Sand auf seine Schuhe.

»Offenbar haben sie die Fässer an jeweils einer kleinen Stelle mit einer speziellen wasserlöslichen Substanz verschlossen. Diese Substanz hat sich dann nach und nach im Wasser aufgelöst. Bis die Farbe herausquoll.«

»Und die Farbe. Warum hat sie sich nicht mit dem Wasser vermischt? Ölfarbe?«

Philippe nickte.

»So etwas in der Art. Das ist Spezialfarbe, mit einer sehr dicken Konsistenz. Statt sich mit dem Wasser zu vermischen, schwimmt sie sofort als Teppich obenauf.«

»Und das da?«

Claire zeigte auf das Kreuz, das inzwischen vollständig getrocknet vor ihr im warmen Sand lag, als wäre es schon immer hier gewesen.

Als wäre es nie den Untiefen entsprungen.

»Gleiches Prinzip«, erklärte Philippe und deutete auf das Seil, das um das untere Ende des Kreuzes gebunden war.

»Sie haben es mit derselben Substanz befestigt. Beides hat sich zugleich gelöst: der Pfropf auf den Fässern und die Masse, die das Kreuz mit dem Seil unten gehalten hat. Sehr effektvoll. Unser pensionierter Lehrer aus New Jersey konnte das alles beobachten.«

Hinter ihnen stapfte Bruno Bogdanic durch den Sand auf sie zu.

»Sehr gut, wir haben hier eine echt beschissene Lage, und meine Leute machen Picknick. Claire, kann ich Ihnen noch eine Decke bringen oder vielleicht einen Kaffee?«

Hastig sprang Philippe auf und klopfte sich den Sand von der Hose.

»Chef, wir haben nur …«

»Ja ja, schon gut«, brummte Bogdanic und blickte auf das Kreuz. »Und, gab es beim Picknicken irgendeine Erkenntnis? Wir könnten nämlich dringend eine gebrauchen, die Amerikaner machen mir die Hölle heiß. Dieser Jungspund vom Konsulat nervt ohne Ende, erzählt mir was von seinem Präsidenten und von der Freundschaft unserer schönen Länder.«

Claire war ebenfalls aufgestanden.

Das Kreuz hatte nicht mit ihr gesprochen, und doch war ihr ein Gedanke gekommen. Sie blickte hinüber zum Hügel oberhalb des Strandes, direkt hinter der Böschung begann der amerikanische Kriegsfriedhof. Und dann zurück auf das Wasser.

»Das Kreuz gehört nicht auf den Strand«, sagte sie.

Bogdanic blickte sie verärgert an.

»Ach was! Für diese Erkenntnis brauche ich kein Picknick! Das ist …«

»Nein, ich meine etwas anderes«, unterbrach Claire ihn. »Ich wette, der Name auf dem Kreuz gehört zu einem Soldaten der direkt da oben, auf dem ersten Feld liegt. Dort, wo die anderen vier Kreuze angemalt wurden.«

Mit lauter Stimme las sie den Namen vor, der in das Holz geritzt war.

»Sergeant Rick Cobaney, 741. Tank Batallion, Oregon.«

»Lesen kann ich auch«, sagte Bogdanic unwirsch. Dann winkte er einen der Mitarbeiter des Sicherheitspersonals heran.

»Können Sie uns sagen, wo dieses Kreuz hingehört? Ich meine natürlich die echte Variante, ohne rote Farbe und aus Stein. Wo finden wir das Kreuz auf dem Friedhof?«

»Einen Augenblick, *Sir*.«

Der amerikanische Wachsoldat sprach ein paar kurze Sätze in ein Funkgerät und wartete einen Augenblick. Die Antwort seines Kollegen kam nach zwanzig Sekunden.

»*Sir*, Sergeant Rick Cobaney liegt auf dem ersten Feld. Direkt dort oben.« Er zeigte die Böschung hinauf.

Bogdanic blickte Claire an.

»Und was sagt uns das jetzt?«

Claire zuckte mit den Schultern.

»Das heißt, dass wir dort hinaufgehen sollten. Unser Kreuz hier gehört zu den vier anderen, die vor mehr als drei Monaten angestrichen wurden. Allerdings trauen sich der oder die Täter nicht mehr nachts auf den Friedhof, weil die Security verstärkt wurde. Also haben sie ein Kreuz angestrichen und es relativ spektakulär aus dem Meer auftauchen lassen. Aber eigentlich geht es um das richtige Kreuz dort oben. Das von Rick Cobaney aus Oregon.«

Philippe nickte und blickte seinen Chef an.

»Ich glaube, Claire hat recht. Und das würde bedeuten …«

»… dass diese blöden Schmierereien doch einen tieferen Sinn hatten. Und zwar keinen guten«, unterbrach ihn Bogdanic.

»Aber wir haben keinen Zusammenhang zwischen den einzelnen Namen gefunden. Es würde mich wundern, wenn das bei diesem Cobaney anders wäre.«

Bogdanic dachte nach. Dann blickte er Claire und Philippe an.

»Gut, wir besprechen das morgen früh in der Sitzung. Sie beide fahren zurück nach Caen und stellen alles zusammen, was wir dafür brauchen, die Namen der Gefallenen, Beweisfotos, einfach alles. Ich will, dass diese verfluchten Kreuze endlich weiß bleiben. Und dass hier keiner mit roter Farbe den Zweiten Weltkrieg nachspielt. In gut einem Monat stehen da oben ein paar wichtige Leute, und bis dahin sollten wir den Fall geklärt haben.«

Philippe nickte Claire zu.

»Dann mal los. Mir ist sowieso noch etwas eingefallen, was ich im Büro erledigen muss.«

Claire hatte für einen Moment das Gefühl, dass ihr Kollege aussah, als sei ihm siedend heiß etwas eingefallen. Aber in der Unruhe des Augenblicks vergaß sie, sich darüber Gedanken zu machen.

Als sie kurz darauf Omaha Beach verließen, war die rote Farbe fast vollständig aus dem Meer verschwunden, auch der Strand war mittlerweile gesäubert. Zwei Beamte trugen das Holzkreuz zu einem Kleinbus und luden es ein. Es würde im Labor in Caen untersucht werden, ebenso wie die acht Fässer, die die Taucher geborgen hatten.

Eine Stunde später war der Strandabschnitt wieder leer. Das Meer lag ruhig da, die Sonne beschien die glatte Oberfläche und schickte etwas fahles Licht hinunter in das dunkle Wasser. Die Flut hatte ihren Höhepunkt erreicht, die Gezeiten drehten sich, und die Ebbe begann an den kleinen Steinen, den Muscheln und den Krabben zu zerren, die sich vergeblich wegzuducken versuchten.

Einige hundert Meter weiter Richtung Westen löste sich am Meeresgrund ein Seil. Es trieb für einen Augenblick im dunklen Wasser und schwebte dann nach oben, dem Licht entgegen. Etwas hob sich, wurde nach oben getragen.

Und es war nicht allein.

Die Gezeiten waren noch nicht fertig mit diesem Tag.

Drei weitere Kreuze schälten sich aus der Dunkelheit des Ärmelkanals, gehalten von einem Seil, das sich jetzt erst gelöst hatte. Das sich freigekämpft hatte, weil auch diese Kreuze nach oben mussten, ans Licht.

Weil ihre blutrote Farbe so schön in der Sonne glänzte.

KAPITEL 18

Paris
Am nächsten Tag
J-35

Französischer Regisseur mit sechs Buchstaben?«
»Woher soll ich das wissen?«
»Du bist doch kultiviert.«
»Ist das so?«
»Offenbar nicht.«
»Also, wie heißt er?«
»Wer?«
»Dein Regisseur. Du wirst alt, Tito.«
»Halt die Klappe.«

Die Place Sainte-Marthe im 10. Arrondissement von Paris bot nicht viele Sitzgelegenheiten. Nur unter einem der Bäume, die über den Platz verstreut waren, stand eine kleine Bank, ansonsten gab es einen einzelnen auf wundersame Weise wie aus dem Nichts aufgetauchten Stuhl aus kaputtem Bast, der an einer Hauswand lehnte. Die Stufen, die ins *Le Vannier* führten, zählten bloß bedingt, nämlich nur dann, wenn das Café geschlossen hatte. Der Besitzer legte keinen Wert auf Gäste, die keinerlei Umsatz brachten.

Die Bank unter dem Baum war Titos Reich, und er hatte sich nur zähneknirschend damit abgefunden, dass Nicolas sich für einige Minuten zu ihm setzte und ihn bei seinem Kreuzworträtsel störte.

»Na gut«, knurrte der alte Mann. »Hier, ich gebe dir einen Tipp. Schau mich an.«

Tito drehte sein zerfurchtes Gesicht zu Nicolas und fuhr sich mit dem rechten Daumen über die spröden Lippen.

Nicolas blickte ihn an.

»Und das soll ein Tipp sein? Wenn du dir den Mund abwischst?«

Tito schnaufte verächtlich.

»*Mademoiselle* Julie hat das einzig Richtige gemacht, als sie abgehauen ist. Was anderes bleibt einem bei dir Banausen ja auch nicht übrig.«

Nicolas schwieg und spürte, wie sich sein Magen kurz zusammenkrampfte.

»Das ist nicht lustig, Tito.«

»Das hat auch keiner gesagt. Aber vielleicht ist es lustig besser zu ertragen.«

»Ich werde darüber nachdenken. Also, was ist nun der Tipp?«

Julie hatte sich seit ihrer gemeinsamen Nacht in Arromanches nicht mehr gemeldet. Nicht bei ihm und auch nicht bei seinem Vater, der immer noch nicht wusste, dass es diese Nacht überhaupt gegeben hatte.

Und nun waren mehr als drei Monate vergangen, und er wartete auf ein Zeichen, auf einen Anruf oder auf den Augenblick, da sie wieder ganz plötzlich vor seiner Tür stand und diesen Alptraum endlich für beendet erklärte.

Mit einem einzigen Lächeln.

Neben ihm tätschelte Tito Rachmaninoff den Kopf. Der Hund lag zwischen ihnen auf der Bank und beobachtete aufmerksam eine kleine Meise, die zwischen den Bäumen nach Brotkrumen suchte.

»Selbst der Hund hat mehr Ahnung von Kultur als du«, brummte Tito und brachte Nicolas damit zurück auf die Place Sainte-Marthe.

»Sagt dir wenigstes der Name Michel Poiccard etwas?«, fragte der alte Mann, die Antwort ahnend.

»Hm.«

»Ich fasse es nicht. Poiccard ist ein kleiner Ganove, ein Filou, wie er im Buche steht. Er hat einen Polizisten erschossen, aber anstatt zu fliehen, versucht er Jean Seberg rumzukriegen.«

»Wer will es ihm verübeln?«

»Ich jedenfalls nicht. Und ich glaube, du verarschst mich, Nicolas. Kann das sein?«

Nicolas lachte laut auf.

»Sechs Buchstaben. Godard, Jean-Luc Godard. ›Außer Atem‹, mit Jean-Paul Belmondo, der sich im Film stets mit dem rechten Daumen über die Lippen fährt. Du hast mich erwischt.«

Tito warf die Zeitung nach ihm, der Hund schreckte hoch und sprang von der Bank.

»Schäm dich, einen alten Mann so zu erschrecken. Ich dachte wirklich, du hättest noch nie von diesem Film gehört, es war Godards bester!«

»Das ist Ansichtssache.«

Nicolas hätte gerne noch weiter mit Tito über den französischen Film gesprochen, aber in diesem Augenblick bog eine schwarze Limousine aus einer Seitenstraße auf die Place Sainte-Marthe und hielt vor dem *Le Vannier*.

Nicolas stand auf und strich sich den Anzug glatt.

»Kann ich jetzt wieder in Ruhe hier sitzen, ja?«, fragte Tito und blickte an ihm vorbei zu dem Wagen.

»Gleich«, entgegnete Nicolas und sah auf die Uhr.

»Versteh ich nicht«, sagte Tito mürrisch. »Dein Besuch ist doch da, na los, geh hin und spiel Räuber und Gendarm.«

Nicolas lächelte.

»Es fehlt noch jemand. Und der kommt, genau … jetzt.«

Tatsächlich bog in diesem Augenblick ein weiterer Wagen auf den Platz, wendete und parkte ebenfalls direkt vor dem Café.

Es war exakt zehn Uhr.

»Wie immer auf die Sekunde genau«, sagte Nicolas.

»Sympathisch ist das nicht«, erwiderte Tito und blickte neugierig zu den Autos.

»Nein, aber Genauigkeit ging in gewissen Kreisen schon immer vor Sympathie. *Salut*, Tito.«

»*Salut*, Nicolas. Verdammt, ist das nicht ...«
»Ja, ist er.«

François Faure beendete soeben ein Gespräch am Handy und stieg mit einem breiten Lächeln aus dem Wagen, das er aber sofort wieder ausknipste, als er sah, dass nur ein alter und etwas verwahrloster Mann sich in Sichtweite befand, daneben ein noch älterer Hund und eine nach Brotkrumen suchende Meise.

»Ah, Nicolas«, sagte er dann. »Dann zeigen Sie uns mal das Café, in dem man angeblich ungestört reden kann. Wir haben nicht viel Zeit, in zwanzig Minuten beginnt eine Sitzung in der Handelskammer. Ist Ihr Vater schon da? Er hat uns ja schließlich hierher bestellt.«

Nicolas öffnete dem Minister die Tür, durch die einige Sekunden zuvor Bertrand und Carole Adams als Vorhut gegangen waren. Drinnen stand der Besitzer hinter seiner Bar und blickte mürrisch auf die kleine Gesellschaft, für die er das *Le Vannier* kurzfristig hatte schließen müssen.

Ein Tisch für vier Personen im hinteren Teil des Cafés war gedeckt.

Alexandre Guerlain saß bereits mit dem Rücken zur Wand auf einem der Stühle und blickte mit ausdruckslosem Gesicht aus dem Fenster.

Wie ein Geist, der kommt und geht, dachte Nicolas. Sein Vater hatte ihm nur zugenickt, als er aus dem anderen Wagen gestiegen war und das *Le Vannier* kurz vor ihnen betreten hatte. Nicolas versuchte, keine Miene zu verziehen, er hatte sich dieses Treffen wahrlich nicht gewünscht, aber nun war es nicht mehr zu ändern.

Der Geheimdienst hatte beschlossen, auch ohne weitere Informationen von Julie in Aktion zu treten und die zuständigen Stellen zu informieren.

Und Nicolas musste das Spiel mitspielen und so tun, als wüsste auch er nicht mehr.

»Alexandre!«, begrüßte Faure den Geheimdienstchef und reichte ihm die Hand, bevor er sich ebenfalls an den Tisch setzte.

Alexandre Guerlain machte dem Besitzer des *Le Vannier* ein Zeichen. Auch für ihn war es jetzt an der Zeit, sein eigenes Café zu verlassen. Er verzog missmutig das Gesicht.

»Also, was gibt es so Dringendes, dass wir uns sofort treffen mussten? Und dann noch hier, in diesem etwas ... unscheinbaren Café?«, fragte Faure.

Alexandre Guerlain bedeutete den Anwesenden, sich ebenfalls zu setzen. Nicolas und Gilles Jacombe setzten sich links und rechts des Ministers, während Nicolas' Vater einige Fotos aus einer Aktentasche holte und umgedreht auf den Tisch legte.

Bertrand und Carole Adams hatten sich am Eingang und an der Tür zu den Toiletten aufgestellt.

»François, ich will, dass du genau zuhörst«, begann Alexandre Guerlain mit ruhiger Stimme, die keinen Widerspruch duldete, auch nicht von dem Mann, der als künftiger Staatspräsident hoch gehandelt wurde. »Dein Termin beginnt in achtzehn Minuten, länger werden wir nicht brauchen. Ich werde dir alles erklären. Also, hör genau zu!«

François Faure blickte ihn erstaunt an, seine Züge verrieten eine gewisse Verärgerung. Er war es nicht gewohnt, dass jemand so mit ihm sprach, normalerweise machte er selbst die Ansagen. Aber mit Alexandre Guerlain war nicht zu spaßen, heute weniger denn je.

Auch Gilles Jacombe blickte jetzt verwundert auf die umgedrehten Fotos auf dem Tisch.

Nicolas kam sich vor wie ein Verräter. Weil er sein Team hinterging.

Alexandre Guerlain deckte das erste Foto auf.

Es war eine Aufnahme von den roten Flugblättern, die vor drei Monaten auf Paris niedergeregnet waren, in diesem Fall vor der Gare de l'Est. Die Medien hatten den Vorfall als »Die rote Flut von Paris« bezeichnet, und vor allem in den sozialen Netzwerken waren unzählige Verschwörungstheorien aufgekommen. Letztendlich hatten die Behörden das Ganze als missratenes Kunstprojekt abgetan, gestützt auf die Aussagen der Studenten, die an der Aktion teilgenommen hatten.

Der Inlandsgeheimdienst hatte nie an diese Theorie geglaubt.

Faure blickte auf das Bild.

»Die rote Flut«, sagte er. »Was soll damit sein?«

Alexandre Guerlain drehte ein weiteres Foto um. Es war ein vergrößerter Ausschnitt derselben Aufnahme.

Der längste Tag hat längst begonnen.

»Ich kenne den Text«, sagte Faure und blickte etwas genervt auf seine teure Armbanduhr. »Treffen wir uns hier aufgrund einer dämlichen Kunstaktion von vor einigen Monaten?«

»Nein, das tun wir nicht«, sagte Alexandre Guerlain leise. »Wir treffen uns, weil es jemanden gibt, der einen Anschlag plant. Einen großen, gewaltigen Anschlag auf unser Land, auf unseren Staat, auf unser System.«

»Wie bitte? Dann verhindert das gefälligst!«

Alexandre Guerlain drehte ein weiteres Foto um, ein Porträt in Großaufnahme.

»Das ist Pierre Melville!«, sagte Faure laut und blickte verwundert in die Runde. »Was hat der damit zu tun? Der ist doch …«

»… Mitglied der PFP und jüngster Abgeordneter der Nationalversammlung«, unterbrach ihn Alexandre Guerlain. »Was hältst du von der PFP, François?«

Der Minister holte tief Luft.

»Nun, das ist nicht so einfach«, begann er. »Sie sind derzeit sehr erfolgreich. Ihre Thesen mögen etwas zu … sagen wir … nationalistisch sein, vielleicht teilweise sogar radikal. Aber die PFP hat einen Nerv getroffen, die Leute auf dem Land laufen ihren Wortgebern fast schon in Scharen hinterher. Daher ist es schwierig …«

Alexandre Guerlain unterbrach ihn.

»Wir haben verstanden, François. Ihr braucht Mehrheiten im Parlament, genau wie im Senat. Daher ist eine Kooperation mit der PFP nicht nur möglich, sondern womöglich auch bald nötig. Du willst Präsident werden, ich verstehe das.«

François Faure war das Thema sichtlich unangenehm.

»Meine Partei hat sich noch nicht entschieden, wie wir mit der PFP umgehen werden«, antwortete er nach einigem Zögern. Dann deutete er auf das Bild. »Aber Melville ist ein integrer Mann, ein kluger Kopf. Ich verstehe nicht ganz ...«

Alexandre Guerlain zeigte auf das Foto.

»Wir gehen mit einiger Sicherheit davon aus, dass Pierre Melville nur zur Tarnung in der PFP ist. In Wahrheit steckt er hinter einem gewaltigen Anschlagsplan, der in etwa einem Monat in die Tat umgesetzt werden soll.«

»Wie bitte!?« François Faure blickte den Geheimdienstchef mit weit aufgerissenen Augen an. Auch Gilles Jacombe war sichtlich schockiert.

»Wir haben keine Zeit für lange Erklärungen, François«, erklärte Alexandre Guerlain. »Glaub mir, die Pläne sind ernst. Und sie sollen jetzt in die Tat umgesetzt werden. Unsere Quelle irrt sich nicht.«

Nicolas beobachtet seinen Vater genau.

Kein Wort darüber, dass es Pierre Melville selbst gewesen war, der den Geheimdienst zu einem tödlichen Tanz gebeten hatte. Kein Wort darüber, dass er das Büro des Geheimdienstchefs aufgesucht hatte, dass ebendieser Chef seit langer Zeit wusste, was auf sie zukam.

Natürlich nicht, dachte Nicolas. Mehr als vier Jahre ohne Ergebnisse, ein Spiel, in dem Alexandre Guerlain nie in Front gelegen hatte. Eine Tatsache, die ihn den Kopf kosten würde, wenn Melvilles Plan aufging.

»Vor einiger Zeit haben wir einen Hinweis erhalten, dass Pierre Melville radikale Pläne haben könnte«, erklärte sein Vater stattdessen. »Wir haben es damals geschafft, jemanden in die Gruppe um ihn einzuschleusen, um sein Vertrauen zu gewinnen. Das hat natürlich seine Zeit gedauert, aber es hat funktioniert. Und seit kurzem wissen wir, was sein Ziel ist. Und deshalb sind wir heute hier.«

Ein leises Quietschen ertönte, als hinter Bertrand die Tür zum *Le Vannier* aufging und Tito seinen Kopf hereinsteckte. Die Männer verstummten sofort und blickten zu dem alten Mann, der sie entschuldigend anlächelte.

»*Pardon, Messieurs,* aber es ist kurz nach zehn, und da trinke ich hier drüben am Tisch immer meinen Kaffee.« Er deutete zu einem kleinen Tisch am Fenster.

Deinen Pastis, korrigierte Nicolas ihn in Gedanken und nickte Tito zu.

»Später, Tito. In fünfzehn Minuten, ja?« Der alte Mann blickte verwundert, dann schien er zu verstehen, dass hier gerade wichtige Dinge vor sich gingen. Er zuckte mit den Schultern.

»Na gut.«

Er schloss die Tür leise hinter sich, und Nicolas konnte sehen, wie er sich draußen wieder auf seine Bank setzte. Sein Vater runzelte die Stirn und holte dann weitere Aufnahmen aus seiner Tasche.

Gilles Jacombe und François Faure beugten sich augenblicklich darüber.

Die Bilder zeigten den Hafen von Arromanches.

»Unserer Quelle zufolge soll der Anschlag am 6. Juni erfolgen. Bei den jährlichen Feierlichkeiten anlässlich der Landung der Alliierten. Und die finden in diesem Jahr in Arromanches-les-Bains statt.«

Gilles Jacombe runzelte die Stirn.

»Du meinst, Melville will …«

»Wir glauben, Melville plant einen Anschlag während der Feierlichkeiten. Während Staatsgäste aus aller Welt hier sind.«

»Ihr glaubt oder ihr wisst es?«, unterbrach ihn der Minister, aber Alexandre Guerlain ließ sich nicht aus der Ruhe bringen.

»Die große Feier wird direkt auf dem Strand von Arromanches stattfinden, in unmittelbarer Nähe zu den großen Brückenköpfen.« Er deutete auf die dunklen Kästen, die auf der Aufnahme gut zu erkennen waren. Und dann auf das Landungsmuseum von Arromanches.

»Das Landungsmuseum von Arromanches. Die wichtigsten Staatsgäste, aber auch Kriegsveteranen oder deren Angehörige aus Frankreich, den USA, England und Deutschland werden es besuchen. Das Museum wurde eigens dafür umgebaut und mit einem neuen Kinosaal versehen.«

Nicolas blickte hinaus, wo Tito noch immer über sein Kreuzworträtsel gebeugt war. Der Wirt hatte sich neben ihn gesetzt. Mürrisch blickte er immer wieder zu seinem Café. Nicolas würde Tito verbieten müssen, nach Arromanches zu fahren, obwohl er eine Einladung erhalten hatte. Es war einfach zu riskant.

»Leider wissen wir nicht, wo genau Melville am 6. Juni zuschlagen wird. Noch nicht«, erklärte Alexandre Guerlain abschließend.

»Wir müssen die Feierlichkeiten absagen«, sagte Gilles Jacombe.

»Unmöglich!«, entfuhr es François Faure. »Das ist einer der wichtigsten Tage im Jahr, da geht es um die transatlantische Freundschaft mit Amerika, um unsere Beziehung zu den Briten, um die Russen, die Deutschen … um einfach alles! Das abzusagen wäre der komplette Wahnsinn! Außerdem, wenn ich es richtig verstehe, wissen wir nichts Konkretes, richtig? Ich meine, du sagtest, ihr *glaubt*, dass es einen Anschlag geben wird. Aber ihr wisst es nicht, oder, Alexandre? So ist es doch!«

Der Minister war aufgestanden und lief aufgeregt im Café hin und her.

»Bei allem Respekt, *Monsieur le Ministre*«, entgegnete Gilles Jacombe. »Für die Sicherheit der Regierung und ihrer Gäste ist mein Dienst verantwortlich. Und nicht der Inlandsgeheimdienst.

Und wenn wir es für richtig halten, dann werden wir alle nötigen Vorkehrungen …«

»Nein!« Faure blickte den Leiter seines Sicherheitsteams scharf an. »Sie haben keine Ahnung, was Sie da reden, Jacombe. Den Jahrestag anlässlich der Alliiertenlandung abzusagen wäre eine Katastrophe. Die Welt würde sich über uns lustig machen, und hier würde es heißen, in Frankreich wäre man nicht mehr sicher. Alexandre, du gibst mir doch recht, oder?«

Einen Augenblick lang saß Alexandre Guerlain schweigend auf seinem Platz. Als er leise zu sprechen begann, fuhr er sich mit dem rechten Daumen über die Lippen.

Französischer Regisseur mit sechs Buchstaben, dachte Nicolas.

»François, *Monsieur* Jacombe hat recht.«

»Wie bitte?«

Faure setzte sich wieder, er war sichtlich erschüttert.

»Seid ihr denn alle wahnsinnig geworden? Hier wird gar nichts …«

Alexandre Guerlain hob die Hand.

»Hör mir zu, die Zeit wird knapp«, unterbrach er den Minister. »Wir werden den 6. Juni absagen, wenn die Sicherheit der Regierung und der Staatsgäste gefährdet ist. So weit ist es jedoch noch nicht, noch haben wir alle Möglichkeiten, die Anschläge im Vorfeld zu verhindern.«

Gilles Jacombe schüttelte den Kopf, Nicolas konnte ihn gut verstehen.

Alexandre Guerlain legte erneut ein Foto auf den Tisch. Es zeigte ein rotes Kreuz zwischen unzähligen weißen. Dann ein weiteres Bild, auf dem das künstliche Riff von Arromanches zu sehen war. Und – herangezoomt – der reglose Körper von Luc Roussel auf einem der großen Kästen.

»Wir haben noch fünfunddreißig Tage«, fuhr Alexandre Guerlain fort. »Genug Zeit, um herauszufinden, wo die Verbindung zwischen all diesen Vorfällen liegt. Ein Polizist in Arromanches wird angeschossen und ins Meer geworfen, wo er sich auf einen der Senkkästen hievt und eine Botschaft für uns ins Metall ritzt. Er überlebt, verliert aber die Erinnerung und wird damit für unsere Ermittlungen nutzlos. Und wir haben rote Kreuze, die plötzlich auf dem amerikanischen Friedhof auftauchen. Zuerst inmitten des Gräberfeldes, dann unten am Strand, wo sie gestern aus blutrotem Wasser gefischt wurden. Und Sie alle wissen, dass dies nicht die erste rote Flut ist, die uns vor dem 6. Juni warnt.«

Die anderen am Tisch nickten.

»Melville spielt sein Spiel, und er setzt seine Steine«, fuhr Alexandre Guerlain fort. »Zuerst einige vereinzelte Kreuze auf dem Friedhof von Colleville. Dann die Flugblätter in Paris, die zusammen mit den alten Francs-Scheinen ein wahres Chaos auf den Straßen anrichteten. Und jetzt der Vorfall am Strand von Omaha Beach. Es zeigt alles in die gleiche Richtung, nämlich auf den 6. Juni. Das Spiel ist gut durchdacht, und vor allem ist es voller Verachtung. Denn Melville ist es völlig egal, ob wir ihn verdächtigen. Wir haben nichts gegen ihn in der Hand.«

»Nehmt ihn doch einfach aus dem Spiel«, zischte François Faure, und alle am Tisch wussten, was er damit sagen wollte.

»Das werden wir«, antwortete Alexandre Guerlain leise. »Aber noch versuchen wir, ihn zu überführen.«

Ein weiteres Foto landete auf dem Tisch, es zeigte die blutrote Brandung von Omaha Beach.

»Heilige Scheiße«, entfuhr es François Faure, Gilles Jacombe runzelte die Stirn.

»Auf den Kreuzen stehen die Namen amerikanischer Gefallener, die oben auf dem Friedhof beerdigt sind«, erklärte Alexandre Guerlain. »Wir prüfen gerade mögliche Zusammenhänge, sprechen sogar mit den Angehörigen der betreffenden Soldaten.«

»Woher wissen wir, dass es etwas mit den Flugblättern in Paris zu tun hat?«, wollte Gilles Jacombe wissen.

Alexandre Guerlain holte ein weiteres Bild hervor, es war eine vergrößerte Aufnahme.

Die drei Männer beugten sich darüber.

»Auf einem der letzten vier Kreuze stand kein Name. Sondern das hier.«

Der längste Tag hat längst begonnen.

Nicolas überlegte, wie der Film geendet hatte, den Jean-Luc Godard gedreht hatte, der Regisseur mit den sechs Buchstaben. Belmondo und Seberg, es hatte kein Happy End gegeben.

Ein trister Schluss, jetzt fiel es ihm ein. Michel Poiccard, der Gauner und Filou, war mit einem berühmten Satz auf den Lippen gestorben.

Du bist wirklich zum Kotzen.

Alexandre Guerlain holte ein letztes Foto heraus und legte es umgedreht auf den Tisch. Er legte seine Hand darüber, als wollte er es noch für einen Augenblick vor den gierigen Blicken der anderen schützen.

»Der Grund, warum wir die Feier am 6. Juni nicht sofort absagen, ist hier auf diesem Bild«, sagte er mit leiser Stimme. »Wir sind Melville immer einen Schritt voraus, wir erfahren, was er vorhat, und können es so verhindern.«

Eine glatte Lüge, dachte Nicolas. Aber sie kam seinem Vater ohne Mühe über die Lippen.

»Wenn wir alles zusammenhaben, alle Informationen, alle Namen, dann schlagen wir zu. Wir nehmen Melville hoch, wenn es sein muss unmittelbar vor dem 6. Juni. Und die Feierlichkeiten können wie geplant stattfinden.«

François Faure und Gilles Jacombe blickten einander an.

»Das ist zu riskant«, sagte Jacombe schließlich und lehnte sich zurück.

»Diese Entscheidung liegt nicht bei Ihnen, *Monsieur* Jacombe«, entgegnete Alexandre Guerlain leise. »Sondern einzig und allein bei ihrem Dienstherrn, der als zuständiger Minister für die Feierlichkeiten verantwortlich ist.«

Drei Augenpaare richteten sich auf François Faure.

»Also, offen gesagt, mir fällt es immer noch schwer zu glauben, was du da erzählst, Alexandre. Pierre Melville ist ein kluger Geist, er würde doch nicht einen solchen Anschlag planen. Ich halte das für sehr abwegig, bei allem Respekt. Natürlich, er hat mitunter extreme Ansichten, aber in Gesprächen hat er immer gezeigt, dass er vor allem das Wohl Frankeichs im Sinn hat.«

Alexandre Guerlain lächelte kurz.

»Das hat er tatsächlich, François. Allerdings geht es ihm um das Wohl, so wie er es versteht.«

»Aber ein Anschlag ausgerechnet am 6. Juni?«

»Gerade, weil es der 6. Juni ist, ergibt es Sinn. Zumindest für Melville. Du darfst nicht vergessen, dass er selbst im Bessin aufgewachsen ist, also inmitten der damals so hart umkämpften Landungszone zwischen dem Meer und dem Inland bei Bayeux.«

Der Minister runzelte die Stirn, aber Alexandre Guerlain fuhr unbeeindruckt fort.

»Pierre Melvilles Eltern sind früh gestorben, er wurde von seinem Großvater aufgezogen, einem Handwerker, der im Hinterland des Bessin eine kleine Werkstatt hatte. Er ist vor einigen Jahren ebenfalls gestorben. Aber wir haben uns umgehört: Er war es, der den kleinen Pierre streng erzogen hat, sehr konservativ, und der ihm später seine nationalistische Überzeugung mit auf den Weg gegeben hat.«

»Eine Überzeugung, die Melville später weitergelebt hat«, mutmaßte Nicolas.

»So ist es«, antwortete sein Vater.

»Wer ist denn nun auf diesem Foto?«, fragte Faure ungeduldig und blickte auf die Uhr. »Wer ist euer Mann?«

Nicolas spürte, wie sich sein Magen zusammenkrampfte. Sein Vater lächelte milde.

»Es ist eine Frau. Und sie ist der Grund, warum Nicolas heute mit am Tisch sitzt.«

Alexandre Guerlain drehte das Foto um. Nicolas sah, wie nicht nur sein Teamleiter nach Luft schnappte.

»Das kann nicht wahr sein«, entfuhr es Gilles Jacombe, und Nicolas pflichtete ihm im Stillen bei. Das konnte nicht wahr sein. Aber genau das war es leider.

Auf dem Bild lächelte Julie in die Kamera, ein Bild, das auf einer internen Feier seines Dienstes entstanden war. In ihrem Blick lag eine abgründige Schwermut, die Nicolas längst vergessen hatte.

Vielleicht hatte er sie auch nie wirklich bemerkt.

Alexandre Guerlain räusperte sich.

»Es sind noch fünfunddreißig Tage bis zum 6. Juni. Wenn wir Melville und seine Handlanger in exakt dreißig Tagen nicht aufgespürt und dingfest gemacht haben, sagen wir die Feierlichkeiten ab. Mit allen Konsequenzen. Und selbstverständlich, François, werde ich dir kurz darauf meinen Rücktritt anbieten, und du wirst ihn annehmen.«

François Faure hatte sich zurückgelehnt, er lächelte gequält.

»Dann hätte ich jetzt gerne einen Pastis.«

Kurz darauf saß Nicolas auf der Rückbank einer Limousine des Inlandsgeheimdiensts, die durch den dichten Verkehr der Hauptstadt gelenkt wurde. Durchs Fenster sah er die Lichter der Geschäfte, die Werbetafeln und die Tauben auf den Mauervorsprüngen der Hausfassaden. Alles war wie immer, alles nahm seinen Lauf, zumindest dort draußen. Ein Motorroller preschte an ihnen vorbei, immer auf der Suche nach der nächsten Lücke im Verkehr. Eine Ampel sprang auf Grün, der Wind zerrte leicht an den Markisen eines Bistros.

»Wir haben einfach zu viele Unbekannte in diesem Spiel«, murmelte er.

»Falsch, Nicolas«, sagte sein Vater, der neben ihm saß. »Wir haben nur eine Unbekannte. Und wenn die sich nicht langsam meldet, bei dir oder bei wem auch immer, dann werde ich sie finden und aus dem Verkehr ziehen. Und die Folgen willst du dir nicht ausmalen, das kann ich dir garantieren.«

Nicolas hielt dem Blick seines Vaters stand.

»Warum hat sie den Auftrag angenommen?«, fragte er. »Niemals hätte sie …«

Sein Vater unterbrach ihn unwirsch.

»Sieh zu, dass sie sich meldet«, zischte er. »Wichtig ist nur, dass wir das Spiel gewinnen. Den Rest erfährst du, wenn ich es für richtig halte.«

Dann beugte er sich nach vorn zu seinem Fahrer und deutete auf eine Bushaltestelle.

»Mein Sohn steigt hier aus.«

Zehn Sekunden später schlug Nicolas die Wagentür zu. Er spürte den Blick seines Vaters im Rücken.

KAPITEL 19

Normandie
Zwei Tage später
J-33

Zwei Männer blickten hinaus in den Regen. Verzweifelt der eine, beschämt der andere. Beide entsetzt über das, was sie gerade erfahren hatten.

Sie wussten nichts voneinander, sie saßen an verschiedenen Orten, hinter verschiedenen Fenstern. Nur der Regen dort draußen, der das Fensterglas in ein tanzendes Mosaik verwandelte, als wollte er der Enttäuschung etwas entgegensetzen, der war der gleiche. Sie blickten durch ihn hindurch, in die verschwommene Dunkelheit und in die Leere, die sie ertragen mussten, jeder für sich allein.

Philippe konnte es kaum aushalten. Denn unter all den Dingen, die er als junger Polizist zu ertragen hatte, wog die Enttäuschung über das eigene Tun besonders schwer. Noch schwerer wog nur die Enttäuschung über das eigene Nichtstun. Und in diesem Fall würde sein Nichtstun womöglich gravierende Folgen haben.

Diese Erkenntnis war es, die ihn den Kopf gegen das kühle Glas des Fensters im *Commissariat* lehnen ließ.

»Du bist so blöd«, murmelte er leise und atmete heftig aus. Dort, wo die Scheibe beschlug, malte er mit dem rechten Zeigefinger ein Fragezeichen.

Er war beschämt.

Jean Prudhomme hingegen schaffte es, seine Verzweiflung in etwas Kraftvolles umzuwandeln. In Trotz.

Und in Wut.

»Was für eine verfluchte Scheiße!«, entfuhr es ihm, ein Ausbruch verbaler Verrohung, der ihm unter normalen Umständen völlig fremd war. Aber das, was da vor ihm auf dem Tisch seines kleinen selbstgezimmerten Verschlages im Landungsmuseum von Arromanches lag, hatte jede Verrohung verdient. Und so hieb er mehrfach mit der Faust auf die Tischplatte, voll auf den Brief, der ihn hämisch anzugrinsen schien und angesichts der Schläge nur gleichgültig zuckte. Ein Brief von der Stadtverwaltung, dem andere vorausgeeilt waren, der erste vor einem Jahr. Alle mit dem gleichen Inhalt, nur der Tonfall hatte sich im Verlauf der Zeit verändert.

Es ging um das Museum, um sein Museum. Und um die finanziellen Mittel, die die Stadt nicht mehr bereitstellen wollte.

Der Brief, der nun vor ihm lag, der Umschlag daneben, fein säuberlich mit einem kleinen Messer geöffnet, hatte etwas Endgültiges. Und genau das machte Jean Prudhomme so wütend.

Der Regen trommelte gegen die Fensterscheibe. Dahinter lauerte die See, boshaft und heimtückisch, voller schwarzer Ungeheuer, die seit vielen Jahrzehnten die Geschichte dieser Küste immer wieder aus den Tiefen hervorholten.

Vor Philippe klebte ein kleiner Zettel auf der Tischplatte. Die Botschaft eines befreundeten Kollegen aus dem Labor, der ihm noch etwas geschuldet hatte. Er hatte gehofft, dass der kleine gelbe Zettel die Beschämung über sein Nichtstun in Luft auslösen würde.

Aber auf dem Zettel stand etwas völlig Unerwartetes. Etwas, das aus einem Versäumnis einen fürchterlichen Fehler machte. Und aus einem beflissenen Polizisten womöglich bald einen nichtsnutzigen Streifenbeamten an einer kaum befahrenen Kreuzung in Le Havre.

Philippe wusste nicht, warum die kleine Tüte, die seit Ewigkeiten in der untersten Schublade seines Schreibtisches lag, ihm ausgerechnet am Strand von Colleville wieder eingefallen war. Ein rotes Kreuz, das vor ihnen im Sand lag, Claires Knie, das seines berührte, die Reste eines blutroten Farbteppichs auf dem Wasser.

Und plötzlich war ihm diese kleine Tüte eingefallen, in der sich die abgekratzten Farbsplitter eines roten Kreuzes befanden. Und die beiden anderen Tüten, die ebenfalls in seiner Schublade lagen, er hatte von zwei weiteren Kreuzen Farbproben genommen.

»Hören Sie auf damit, das Labor hat Besseres zu tun«, hatte der dicke Bruno ihn damals angepflaumt. Und Philippe hatte die Tüten weggepackt und sie vergessen. Und dafür schämte er sich, weil ihm das nie hätte passieren dürfen.

Sein Versäumnis stand nun auf diesem kleinen Zettel, der zusammen mit dem kurzen Anruf, den er gerade bekommen hatte, ein Fallbeil formte, das jederzeit auf ihn herabsausen konnte.

»Was für eine verfluchte Scheiße«, sagte er endlich, seine Stimme verlor sich in dem weiträumigen Büro, in dem alle Lichter ausgeschaltet waren. Durch eine Glastür sah er, wie eine Putzfrau ihren Staubsauger in Stellung brachte.

Auch ich muss mich in Stellung bringen, dachte er plötzlich. Meine Geschütze aufstellen.

Er musste zurückschießen. Seinen eigenen Versäumnissen etwas entgegensetzen.

Ansonsten würde Bruno Bogdanic morgen in der Besprechung das Fallbeil lösen und Philippes leblosen Körper später auf einer kaum befahrene Kreuzung in Le Havre zurücklassen.

Er musste noch mal nach Arromanches. Jetzt sofort.

Im Landungsmuseum hatte Jean Prudhomme ebenfalls eine Schublade aufgezogen, allerdings lag darin keine kleine Tüte mit Farbsplittern, sondern eine recht ansehnliche Sammlung alter Schallplatten, die er von seinem Vater hatte, der drüben in seinem Zimmer lag und sie nicht mehr brauchte.

Sorgsam zog er eine der Vinylplatten aus ihrer Hülle, wischte vorsichtig mit einem kleinen Stofflappen darüber und legte sie auf den Plattenspieler. Kurz darauf erklang das Kratzen einer Nadel, das Rauschen einer alten Platte, die einsetzenden Klänge eines ebenso alten Liedes.

Es war immer dasselbe Lied, das er hörte, wenn er eine wichtige Entscheidung zu treffen hatte. Langsam schritt er zwischen den Vitrinen umher, blickte durch Glasscheiben, musterte Orden, alte Taschenuhren und rostige Gewehre. Dabei lauschte er der Stimme des alten Mannes und summte die Melodie mit. Seine Hand strich über Uniformen und Soldatenmäntel, berührte zärtlich Abzeichen und Manschettenknöpfe.

Dann entschied er sich.

KAPITEL 20

Paris
Am nächsten Morgen
J-32

Der Himmel hatte sich selbst gereinigt, als exakt um 8.05 Uhr zwei schwarze Limousinen über den Pont de la Concorde fuhren und sich in die freie Spur einfädelten, die ein vorausfahrendes Polizeimotorrad für sie schuf. Einige Autofahrer blickten verärgert, als sie rechts ranfahren mussten, damit der künftige Staatspräsident dieses Landes – so zumindest sagten es die Umfragewerte vorher – zügig die Seine überqueren konnte, auf dem Weg zu einer weiteren Dringlichkeitssitzung des Parlaments. Die Flüchtlingskrise, die Entwicklungen im Nahen Osten, dazu der wachsende Populismus, der Frankreich, genau wie auch andere Staaten, fest im Griff zu haben schien – all dies erforderte Entscheidungen im Minutentakt.

Nicolas saß hinter dem Fahrer auf der Rückbank und blickte auf die ersten Ausflugsboote, die ihre Seile vom Ufer lösten und sich auf den Weg machten, zum Eiffelturm, zum Trocadéro oder in die andere Richtung zur Île Saint-Louis und weiter hinaus zur Nationalbibliothek. Er war müde, sie waren gestern Abend spät aus London zurückgekommen und würden heute den ganzen Tag im Palais Bourbon verbringen, das sich direkt vor ihnen aus dem morgendlichen Dunst erhob.

Nicolas hasste die Tage in der französischen Nationalversammlung, sie waren eintönig, mit ihrer aufgeregten Grundstimmung dennoch alles andere als ein ruhiger Job. Die Gefahr eines Anschlags auf den Minister war hier gering, und doch hatte Gilles Jacombe darauf bestanden, dass das gesamte Team mitkam. Der Hinweis auf Pierre Melvilles Pläne hatte ihn in eine andauernde Alarmbereitschaft versetzt, unter der das gesamte Team litt.

»Ich halte die Strategie deines Vaters für einen großen Fehler«, hatte er Nicolas mehrfach wissen lassen. »Der 6. Juni sollte sofort abgesagt werden, mir ist völlig egal, welchen Schaden das Image des Landes davonträgt.«

Der Wagen verließ den Quai d'Orsay und hielt kurz darauf direkt neben dem imposanten Palais Bourbon, vor dem bereits die ersten Kamerateams der Morgennachrichten warteten.

Auf dem Beifahrersitz holte Gilles Jacombe tief Luft und sprach dann leise in ein Mikro, das an seinem Handgelenk angebracht war, so dass alle Teammitglieder ihn hören konnten. Auch Bertrand und Carole Adams, die im zweiten Wagen saßen.

»Achtung, wir gehen raus. Wir machen es wie immer, Faure auf die zweite Stufe, Bertrand und ich davor. Nicolas oben, Carole hinten. Türen auf in drei, zwei, eins, und los!«

Vier Wagentüren gingen gleichzeitig auf, gefolgt von einer fünften, die von außen geöffnet wurde: Der Minister stieg aus und wurde sogleich vom Blitzlichtgewitter der Fotografen begrüßt, mehrere Kamerateams hatten sich bereits vor den Stufen aufgestellt, die hinauf zum Eingang der Nationalversammlung führten.

»Guten Morgen!«, rief Faure und lächelte das Lächeln eines mächtigen Mannes, der sich nicht von der Aufgeregtheit dieser Stunde mitreißen ließ. Gelassen nahm er die Unterlagen von seinem Referenten entgegen, schritt die breite Treppe zum Eingang hinauf und drehte sich dann noch einmal zu den Journalisten um, die nun ein paar Köpfe kleiner waren als er.

Es war ein vielfach einstudiertes Szenario. Hinter ihm das Palais Bourbon, das wuchtige Herz der französischen Demokratie. Vor ihm die Kameras und Objektive der Hauptstadtpresse, die in diesem Augenblick Bilder von ihm auf die Fernseher und Computerbildschirme der Menschen schickten, die ihn in Kürze zum neuen Staatspräsidenten wählen würden.

Es war ein Moment, den er genoss. Normalerweise.

Heute aber konnte zumindest sein Sicherheitsteam sehen, dass er nicht bei der Sache war, dass ihn etwas ablenkte. Etwas, das langsam hinter dem Horizont emporkroch und sich mit langen Krallen an der scharfkantigen Linie zwischen Himmel und Erde festhielt.

Die Gefahr eines Anschlages lässt ihn nicht kalt, dachte Nicolas, während er die Reporter um sich herum in Augenschein nahm. Er kannte die meisten zumindest vom Sehen, einigen der regelmäßigen Parlamentsberichterstatter nickte er zu.

»*Monsieur le Ministre,* es heißt, dass Sie im Fall eines Wahlsieges mit der populistischen PFP kooperieren wollen? Ist das mit Ihrem Parteivorsitzenden abgesprochen?«

Einer der erfahrenen Reporter hatte die erste Frage auf den Minister abgeschossen. Sie traf ihn nicht unvorbereitet, dennoch schien es, als müsste François Faure sich zunächst sammeln.

»Ich bitte Sie, wir haben noch ein bisschen Zeit bis zu den Wahlen. Ich bin voller Respekt vor diesem Amt und möchte den derzeitigen Staatspräsidenten nicht mit Spekulationen über die Tage nach seiner Amtszeit langweilen.«

Er ist nervös, dachte Nicolas, während er – den Minister und die Journalisten fest im Blick – rückwärts und in abgezählten Schritten die breite Treppe hinaufschritt. Hinter ihm standen zwei Sicherheitskräfte des Palais Bourbon, die er gut kannte. Er gab ihnen kurz die Hand, als er oben ankam. Dies war seine Position, jetzt war er das Auge des Teams.

»*Monsieur le Ministre,* dementieren Sie, dass Sie sich mit der PFP zu Gesprächen getroffen haben? Man hört, das sei auf Widerstand bei Ihren Parteifreunden gestoßen …«

»Ich bin heute im Parlament, weil wichtige Entscheidungen für unser Land anstehen. Die PFP hat mit diesen Entscheidungen nichts zu tun. Sicher ist, dass Frankreich einen schweren Weg vor sich hat, und …«

»Werden Sie diesen Weg mit der PFP gemeinsam gehen? Sie hätten so alle Mehrheiten, die Sie brauchen. Sie könnten sogar die Regierung neu zusammensetzen.«

François Faure knetete seine Hände, die Kameras surrten, einige Fotografen verschafften sich mit ihren Ellenbogen Platz.

»Die Wahl ist nicht heute, sie ist auch nicht morgen«, antwortete er. »Heute geht es in der Nationalversammlung um drängende Fragen.«

»Die PFP ist vielen zu rechtspopulistisch, manchen sogar zu rechtsextrem. Wie steht es mit Ihnen, *Monsieur le Ministre*?«

Nicolas konnte sehen, dass Faure im Nacken schwitzte. Er schien leicht verärgert und antwortete in einem schärferen Ton.

»Soweit ich weiß, genießt die PFP hohes Ansehen bei den Wählern. Das sollten wir nicht einfach wegdiskutieren. Alles Weitere wird sich zeigen. Und jetzt entschuldigen Sie mich, ich muss in die Sitzung.«

Von seiner Position aus sah Nicolas, wie der Referent des Ministers, Thomas Bolden, das Gesicht verzog. François Faure hatte sich doch noch zu einer Stellungnahme hinreißen lassen.

Knapp drei Stunden später setzte sich Nicolas in eine der Sitzecken, die in einem Seitentrakt des Plenarsaals für die Securityteams reserviert waren. Seine Füße schmerzten vom vielen Stehen, Gilles Jacombe hatte sie in den vergangenen Stunden durch das gesamte Gebäude geschickt.

»Gilles, hier ist überall Personal, hier kommt keiner rein«, hatte Bertrand gestöhnt, aber ihr Teamleiter hatte kein Erbarmen gehabt.

Und er hat recht, dachte Nicolas. Es war viel zu riskant, den Minister bei einer solchen Bedrohungslage auch nur einen Augenblick unbeobachtet zu lassen, selbst im Palais Bourbon mit seinen Livekameras, die stets auf die Abgeordneten gerichtet waren. Er holte sein Handy aus der Innentasche seines Anzuges, eine Bewegung, die er in den zurückliegenden Monaten so oft gemacht hatte, dass er sie gar nicht mehr bewusst wahrnahm.

Er hoffte stets auf eine Nachricht von Julie, aber die blieb in ihrer Deckung. Allerdings war es nicht sosehr die Stille der vergangenen Wochen, die ihn zermürbte. Es war vielmehr ein Keim, ein kleiner Spross, der in ihm zu wachsen begonnen hatte, gehegt von einer vagen Angst.

Eine Tür öffnete sich, er hörte Stimmengemurmel.

Julie war einfach wieder in den Schatten verschwunden, und ihr Treffen hatte einen bitteren Nachgeschmack hinterlassen, weil alle Fragen offen geblieben waren.

Nicolas schlief kaum noch, immer wieder wachte er nachts auf, saß auf dem Bett in seiner kleinen Dienstwohnung oder in einem Hotelzimmer irgendwo zwischen London, Brüssel und Berlin. Er blickte aus immer gleichen Fenstern auf nächtliche Plätze, in dunkle Parkanlagen, auf das stille Wasser eines breiten Flusses.

Die Saat ging auf, er spürte es, und er konnte nichts dagegen machen.

Warum hast du nicht mit mir gesprochen?

Warum bist du gegangen?

Es waren Fragen ohne Antworten, und sie schürten Misstrauen, dort, wo er es niemals erwartet hatte. Bei sich selbst.

Er merkte, wie er begann, Julie zu misstrauen.

»Darf ich mich zu Ihnen setzen?«

Nicolas schreckte hoch. Er hatte für einen Augenblick nicht aufgepasst, hatte aus dem Fenster geschaut und überlegt, ob er sein Misstrauen nicht einfach in die Seine werfen konnte, auf dass es dort rasch versank.

Aber zu den Eigenschaften des Misstrauens gehörte eine gewisse Widerstandsfähigkeit, und nun stand ausgerechnet jener Mann vor ihm, der für all das Chaos verantwortlich war.

Pierre Melville hielt sein Handy ans Ohr, blickte auf Nicolas hinunter und bedankte sich mit einem Kopfnicken, als dieser ihm einen Sessel anbot. Für einen Augenblick lauschte Melville seinem Gesprächspartner, er war ganz offensichtlich verärgert. Nicolas blickte wieder aus dem Fenster und versuchte dabei etwas von dem Gespräch mitzubekommen. Aber der junge Abgeordnete war offensichtlich zu schlau dafür, wichtige Gespräche im Beisein fremder Personen zu führen. Nach wenigen Augenblicken beendete er das Gespräch.

»Wie auch immer, ich melde mich dann.«

Mit einem Seufzen lehnte sich der Politiker in seinem Sessel zurück und schloss kurz die Augen. Als er sie wieder öffnete, hob er entschuldigend die Hände.

»*Pardon*, diese Ecke hier ist nicht für uns Abgeordnete, ich weiß. Ist es trotzdem okay, wenn ich mich kurz hier ausruhe?«

Nicolas erwiderte das Lächeln.

»Wo ist Julie?«, wollte er fragen. Und tat es doch nicht.

»Selbstverständlich, *Monsieur* Melville«, sagte er stattdessen und deutete auf eine Flasche Wasser auf einem kleinen Tisch. »Möchten Sie etwas trinken?«

»Danke, gerne.«

Nachdem sie beide einen Schluck aus ihren Gläsern genommen hatten, schwiegen sie für einen Augenblick.

Nicolas überlegte, ob er seine Waffe ziehen sollte. Ein gezielter Schuss in die Kniescheibe, gefolgt von einem Schlag gegen den Kehlkopf. Melville würde nur noch röcheln, und zwischen einigen schmerzvollen Atemzügen würde er ihm sagen, wo Julie war und was er in den vergangenen Jahren mit ihr gemacht hatte, in der Nacht, in seinem Bett.

Er könnte so vielleicht auch die Details des geplanten Anschlags aus ihm herausprügeln, bevor Bertrand und Carole Adams ihn von ihm wegzerren würden.

»Sie sind aus dem Team von François Faure, nicht wahr? Wo haben wir uns zuletzt gesehen?«

»Im Jardin du Luxembourg. Sie haben sich mit ihm zu einem kurzen Gespräch im Park getroffen, vor einigen Wochen.«

Jedes von Nicolas' Worten triefte vor Hass. Aber er schluckte ihn hinunter, er spürte einen bitteren Nachgeschmack auf der Zunge.

Melville nickte.

»Natürlich! Guerlain, nicht wahr? Nicolas Guerlain. Darf ich Sie etwas fragen?«

»Natürlich, *Monsieur*.«

»Kennen Sie eigentlich jeden von uns Abgeordneten hier im Parlament?«

Nicolas lächelte und schüttelte den Kopf.

»Nein, das wären wahrlich zu viele. Aber die wichtigsten davon.«

»Mich haben Sie aber gleich wiedererkannt. Dabei bin ich gar nicht so wichtig.«

»Das kann ich nicht beurteilen, *Monsieur*«, antwortete Nicolas. Er spürte, wie seine rechte Hand unter sein Jackett glitt, wie sie seine Dienstwaffe suchte, wie sein Daumen sich auf die Sicherung legte.

»Wo ist die Julie? Warum hat sie mich für Sie verlassen? Ein falsches Wort, und ich schieße Sie über den Haufen, Melville.« Wörter und Handlungen, die in seinem Kopf verschwammen, unausgesprochen und unausgeführt.

Ich bin ein Feigling, dachte er.

»Ach, kommen Sie«, sagte Melville und beugte sich vor. »Sie kriegen doch alles mit, Sie kommen weit rum, sie treffen alle wichtigen Staatschefs.«

Nicolas schüttelte den Kopf.

»Verzeihen Sie, *Monsieur*. Aber es ist der Minister, der die Persönlichkeiten trifft. Ich bin für seine Sicherheit zuständig, mehr nicht.«

Melville sah ihn mit prüfendem Blick an.

»Mehr nicht, sagen Sie? Ich finde, die Sicherheit kann eine Menge sein, oder nicht? Im Zweifelsfall ein ganzes Leben. Und immerhin reden wir hier von unserem künftigen Staatspräsidenten. Glauben Sie, dass er es schafft?«

»*Monsieur*, das vermag ich nicht zu sagen.«

Melville lachte laut auf, und Nicolas spürte, welche Berechnung hinter diesem Lachen lag, wie sehr Melville versuchte, ihn für sich einzunehmen.

Mich fängst du nicht, dachte er.

»Natürlich nicht, ich hätte es mir denken können.« Melville stand auf, blickte auf sein Handy und dann zurück zu der Tür, die zum Plenarsaal führte.

»Darf ich Sie noch etwas fragen, *Monsieur* Guerlain?« Er wendete sich noch einmal Nicolas zu. »Ich meine, da drinnen wird ein ganzes Land gelenkt, geformt, gebändigt. Dort hinter den Türen ist Frankreich doch ganz bei sich, oder etwa nicht?«

Nicolas zögerte mit einer Antwort.

»Die Nationalversammlung ist mit Sicherheit …«

Aber Melville winkte bereits ab.

»Hören Sie auf, ich werde Ihnen sagen, was die Nationalversammlung ist! Sie ist öde und langweilig! Sie ist fad, abgestanden und voll alter Männer, die froh sind, dass sie für ein paar Stunden in Ruhe schlafen können! Wissen Sie, wie viele von denen dort drinnen wirklich zuhören, wenn einer der Abgeordneten spricht? Eine Handvoll, höchstens! Und auch das nur, um die Stelle mitzukriegen, an der sie wie vereinbart klatschen sollen. Wenn das das Herz unseres Landes ist, dann sollte jemand schleunigst einen Rettungswagen holen. Mein Gott, und ich muss da jetzt wieder rein, es ist eine Schande.«

Nicolas beobachtete, wie Melville sich in Rage redete. Seine Finger lagen noch immer auf seiner Dienstwaffe, er ließ sein Gegenüber keine Sekunde aus den Augen. Immer noch spielte ein Teil von ihm mit dem Gedanken, dieses Gespräch einfach mit mehreren Schüssen zu beenden.

»Verstehen Sie nicht?«, fuhr der Politiker fort. »Es ist ein langsamer, schleichender Prozess. Und wenn wir nicht aufpassen, dann ist es zu spät. Unser ureigener Kern, all das, was uns ausmacht, als Land, als Nation, das geht verloren. Weil keiner genau hinsieht, weil niemand hinsehen will. Und ehe man sich's versieht, ist der Staat zu einer bloßen hübschen Hülle verkommen, hinter der es aber in Wahrheit nach Verwesung stinkt. Weil niemand die stickige Luft hinauslässt, weil niemand einfach mal ein Fenster öffnet, aus Angst, jemand könnte sich erkälten! Und was machen wir stattdessen? Wir warten darauf, dass Gesetzesentwurf Nr. 36, Absatz 3, Paragraph 5 in die nächste Überarbeitung geht, weil ein Formfehler bemängelt wird, dabei hat sich der Vorsitzende des zuständigen Rechtsausschusses die vergangenen drei Sitzungen vertreten lassen, weil er die Zeit lieber nutzt, um eine junge Büroleiterin zu ficken, die ihm ein Kollege empfohlen hat!«

Pierre Melville fuhr sich übers Gesicht und hob entschuldigend die Hände.

»*Pardon*, das war jetzt ein bisschen vulgär, ich weiß. Aber wir leben schließlich in vulgären Zeiten, was meinen Sie?«

Nicolas schwieg. Melleville schob sich mit der rechten Hand eine Strähne aus der Stirn. Ganz offensichtlich hatte er für einen kurzen Moment die Fassung verloren und Nicolas einen tiefen Einblick gewährt.

»Ich wollte Sie nicht belästigen«, sagte der Abgeordnete. »Aber Sie sind womöglich demnächst an der Seite des mächtigsten Mannes im Staat, da sollten Sie wissen, was auf Sie zukommt.«

»Sie belästigen mich nicht«, antwortete Nicolas.

»Sagen Sie, eines würde ich gerne noch wissen, *Monsieur* Guerlain. Zu Ihrem Beruf.«

»Was Sie wollen.«

»Nun, als Personenschützer haben Sie diese Frage bestimmt schon oft gehört, aber sie ist nun mal die entscheidende.«

Pierre Melleville setzte sich wieder in den Sessel, und Nicolas streifte der Gedanke, dass die ganze Hasstirade von eben nur ein Vorspiel gewesen sein könnte. Dass sein Gegenüber nur gekommen war, um diese eine Frage zu stellen.

»Würden Sie wirklich für François Faure sterben?«

Eine Tür öffnete sich, gedämpft drangen Stimmen zu ihnen. Und doch schien es Nicolas, als würden sie plötzlich in einer Blase sitzen. Nur Melville und er. Ein populistischer Jungpolitiker und ein Personenschützer, der langsam und unbemerkt den Sicherungshebel seiner Waffe löste.

Was wäre, wenn die Saat des Misstrauens nicht nur aufgegangen war, sondern auch Früchte trug? Früchte, die sein Gegenüber nur noch ernten musste.

Was wäre, wenn Julie Melville alles erzählt hätte? Über sie und ihn, über die gemeinsamen Jahre vor ihrem Verschwinden. Was, wenn Melville wusste, wer er wirklich war? Dann wäre dieses kleine Gespräch nichts anderes als ein vorsichtiges Abtasten.

Das Aufstellen der Geschütze in einem tödlichen Spiel.

»Natürlich würde ich das«, sagte Nicolas und blickte Melville fest in die Augen. »Ich beschütze ihn bis zuletzt, und ja, mit meinem Leben, wenn es nötig ist.«

Es war still im Raum, die Tür hatte sich wieder geschlossen. Pierre Melville spielte mit dem Wasserglas in seiner Hand.

»Das ist eine ehrenvolle Absicht«, sagte er mit ruhiger Stimme, die nicht mehr so lärmend und aufbrausend war wie eben noch, als er über das Wesen der Demokratie hergezogen hatte.

»Nein, *Monsieur*«, antwortete Nicolas im gleichen Tonfall, ohne den Blick abzuwenden. »Das ist eine Warnung. An jene, die glauben, dass sie an uns vorbeikommen. Sie liegen falsch, sie werden an uns nicht vorbeikommen.«

»Wer könnte das sein, der an Ihnen vorbeiwollte?«

Du, dachte Nicolas.

»Jemand, der dumm genug ist, es zu versuchen.«

Melville stellte das Glas auf dem Tisch ab und lächelte schwach. In seinem Blick lag plötzlich etwas Abfälliges.

»Vielen Dank für Ihre offene Antwort. Es hat mich sehr gefreut, *Monsieur* Guerlain.«

Beide Männer standen auf und gaben sich die Hand. Ihr Händedruck war fest, genau wie ihr Blick.

Als ein kurzer Signalton zu hören war, blickte der Abgeordnete auf sein Handy. Er lächelte, als er die Nachricht las, dann steckte er das Handy weg und blickte Nicolas an.

»Sagen Sie, *Monsieur* Guerlain … Dass Sie ihr eigenes Leben für François Faure einsetzen würden, das kann ich auf gewisse Weise verstehen. Es ist immerhin Ihr Beruf. Aber wie steht es mit dem Leben anderer?«

Nicolas blickte ihn an und verzog keine Miene. Es war, wie er vermutet hatte.

Die Saat war aufgegangen.

»Ich fürchte, ich verstehe nicht ganz, *Monsieur*«, antwortete er.

»Doch, das tun Sie«, erwiderte sein Gegenüber, die Hand bereits an der Klinke. Hinter der Tür war Stimmengemurmel zu hören.

»Die Frage, die ich Ihnen stelle, ist eine ganz einfache: Sind Sie bereit, das Leben einer anderen Person für François Faure zu opfern? Sagen wir, einer Person, die Ihnen sehr nahesteht. Die Sie lieben. Und die Sie liebt. Sind Sie dazu bereit, *Monsieur* Guerlain? Denn es könnte der Tag kommen, an dem Sie sich genau dafür entscheiden müssen. Oder dagegen.«

Nicolas hörte vor dem Fenster den Verkehr auf dem Quai d'Orsay rauschen, das Hupen eines Lastwagens auf der Brücke.

Seine rechte Hand zog langsam die Waffe aus dem Schulterholster, noch verdeckt von seinem Jackett.

»Überlegen Sie es sich, *Monsieur* Guerlain. Überlegen Sie es sich gut.«

Pierre Melville nickte ihm mit einem kalten Lächeln zu, öffnete die Tür und verschwand in dem Gang, der ihn zurück zum Plenarsaal brachte.

Mit zitternder Hand richtete Nicolas seine Waffe auf die Tür, er schwitzte, seine Augen waren glasig. Er machte zwei Schritte nach vorn, er wollte Melville durch die Tür folgen.

Erst jetzt bemerkte er, dass sein Handy klingelte. Das Klingeln schien immer lauter zu werden.

Er machte noch einen Schritt auf die Tür zu, er schwankte leicht.

Das Klingeln lenkte ihn ab.

Es war Julies Stimme, die ihn endgültig zurückholte aus seinen eigenen Schatten, zurück in das Palais Bourbon. Und es war seine eigene Stimme, die vor Sorge zitterte, als er antwortete und ihr von seinem Gespräch mit Melville erzählte, das er soeben geführt hatte.

Melvilles kaltes Lächeln brannte noch immer auf seinem Gesicht.

»Kann es sein, dass er dich längst durchschaut hat?«, fragte er sie, und er sah sie vor sich, wie sie dort stand, im Hintergrund das Geräusch einer nicht weit entfernten Brandung, und wie sie nachdachte, während sie ihr Haar hinters linke Ohr steckte und in die Ferne blickte.

»Ich glaube nicht«, sagte sie schließlich, und Nicolas wünschte sich, er hätte das Zögern in ihrer Stimme nicht bemerkt.

»Nein, ich bin ganz sicher«, fuhr Julie schließlich fort. »Er vertraut mir, ich spüre es.« Und nach einer kurzen Pause: »Ich weiß jetzt endlich, wie wir ihn kriegen, Nicolas. Hörst du? Ich habe endlich einen Weg gefunden. Aber du musst mir genau zuhören.«

Und genau das tat er.

KAPITEL 21

Normandie
Zur gleichen Zeit
J-32

Claire hatte sich schnell den Ruf einer Nervensäge erarbeitet. Völlig zu Recht, wie sie selbst befand, allerdings war sie der Meinung, dass Fragen stellen, und seien es unbequeme, ebenso zu ihrem zukünftigen Beruf gehörte wie das stumpfe Auswendiglernen von Verkehrsregeln. Von daher war es weder für sie selbst noch für ihren Chef eine sonderliche Überraschung, als sie an diesem Vormittag zum dritten Mal an der Tür zu dessen Büro erschien, um ihrem Ruf mal wieder alle Ehre zu machen.

Ich nerve wirklich, dachte sie. Aber genau das war ihre Absicht. Denn ansonsten würde das Gefühl, das sie seit den frühen Morgenstunden wachgehalten hatte, nicht mehr verschwinden, im Gegenteil.

»Chef? Ich bin es wieder, ich weiß, ich störe, aber das ist mir egal. Da stimmt was nicht.«

Bruno Bogdanic blickte sie müde an, die nahenden Feierlichkeiten hatten ihm dunkle Ringe unter die Augen gemalt, auf seinem Schreibtisch sammelten sich leere Kaffeetassen und zerknüllte Zigarettenpackungen.

»Claire, bitte. Ich sage es jetzt zum letzten Mal, es ist alles gut. Was soll ich tun, ein mobiles Einsatzkommando beordern, nur weil einer meiner Mitarbeiter nicht pünktlich zur Arbeit erschienen ist?«

»Er ist gar nicht erschienen«, erwiderte Claire. »Sie kennen

Philippe besser als ich, Chef, wie oft hat er unangekündigt gefehlt? Hat er überhaupt mal gefehlt?«

Bruno Bogdanic musste nicht lange überlegen.

»Nein, hat er nicht. Sie wissen ja, immer beflissen, immer im Dienst. Ein guter Junge, der jetzt aber zuhause krank im Bett liegt und nicht ans Telefon geht, so einfach ist das. Sie werden sehen.«

Claire hätte am liebsten mit dem Fuß auf den verklebten Linoleumboden gestampft.

»Chef, ich war bei ihm, er öffnet auch nicht die Tür. Und sein Wagen steht nicht vor dem Haus. Und die Fensterläden stehen offen, da kann doch kein Mensch schlafen.«

Bogdanic lächelte sie an.

»Claire, mir scheint, Sie haben ein sehr großes Interesse an unserem jungen Kollegen. Dagegen habe ich auch nichts. Aber was meinen Sie, wie es derzeit in meinem Postfach aussieht oder auf meiner Mailbox? Richtig, es sieht düster aus. Und deshalb bitte ich Sie, zurück an die Arbeit zu gehen, ja? Ich informiere Sie, sobald wir etwas von Philippe gehört haben.«

Claire schlurfte missmutig zurück in das Großraumbüro, in dem in einer Ecke ihr Schreibtisch stand, und setzte sich auf ihren Stuhl. Ihre Miene war wolkenverhangen, ihre Laune schlecht. Und ihr Gefühl verließ sie nicht, es wurde stärker, je öfter sie hinüber zu Philippes Tisch blickte, der wenige Meter von ihrem entfernt stand.

»Von wegen krank«, murmelte sie. »Er hat mich versetzt, der Arsch. Und dafür muss es einen Grund geben.«

Philippe und sie waren gestern Abend eigentlich verabredet gewesen. Zum ersten Mal außerhalb des *Commissariat* und ihres Dienstfahrzeuges. Sie hatte ihn einfach gefragt, und er war errötet und hatte sich gefreut.

Sie hatten sich beide gefreut.

Und dann war er nicht erschienen, um sie abzuholen, und er hatte auch auf ihre Anrufe nicht reagiert.

Philippe war einfach verschwunden.

Sie stieß sich an der Tischkante ab und rollte mit ihrem Stuhl quer über den Gang bis zu seiner Ecke. Einige Kollegen lächelten, sie waren an die jugendlichen Allüren der Polizeianwärterin längst gewöhnt.

Claire blickte auf die leere Arbeitsfläche, auf die sorgsam abgewischte Tastatur des Computers. Die Telefonschnur war ordentlich zusammengelegt, die Schubladen abgeschlossen. Sie überlegte, ob sie sie heimlich aufbrechen sollte, beschloss dann aber, damit bis zum Abend zu warten, sollte Philippe bis dahin immer noch nicht aufgetaucht sein.

»Wo bist du, du Idiot?«, murmelte sie und drehte sich auf ihrem Bürostuhl mehrmals im Kreis, während sie überlegte.

An einer Pinnwand hing eine Karte der Region, mit kleinen Fähnchen hatte Philippe seine bisherigen Einsatzorte gekennzeichnet.

»Du bist noch nicht weit herumgekommen, mein Lieber«, sagte sie halblaut.

Neben dem Computer standen drei Bücher. Ermittlungstaktiken. Juristische Orientierungshilfen im Einsatz. Ein Bildband über die Operation Overlord. Claire blätterte lustlos darin, betrachtete die Schwarz-Weiß-Aufnahmen gefallener Soldaten am Strand und stellte es dann wieder zurück. Sie wollte gerade wieder an ihren Platz rollen und sich übellaunig ihrer Arbeit widmen, als ihr Blick auf den kleinen Papierkorb unter Philippes Tisch fiel.

Er war leer.

Bis auf einen kleinen Zettel, der ordentlich zusammengefaltet darinlag. Die Putzfrau hatte ihn gestern Abend vermutlich übersehen. Als sie das Papier auseinanderfaltete und die drei Wörter las, die daraufstanden, wusste sie, dass ihr Gefühl sie nicht getrogen hatte.

»Verdammt«, murmelte sie. Dann blickte sie auf die Uhr, es zwar kurz vor zwölf.

Sie ließ ihren Stuhl einfach stehen und rannte los, vorbei an den verdutzten Kollegen, die gleich aufbrechen würden in Richtung

Kantine, so wie sie es jeden Tag taten, immer genau um die gleiche Zeit. Sie riss die Tür zum Treppenhaus auf und hastete nach unten, immer zwei Stufen auf einmal nehmend. An der kleinen Glastür, die hinaus auf den Hof führte, hätte sie beinahe zwei Streifenbeamte umgerannt.

»He, Claire, was ist denn mit dir los?«

»Keine Zeit.«

Mit schnellen Schritten lief sie an den Einsatzfahrzeugen vorbei und riss kurz darauf die Tür zu einem kleinen rötlichen Klinkerbau auf, der sich unscheinbar im hinteren Teil des Geländes versteckte. Als wollten diejenigen, die hier arbeiteten, nicht gestört werden.

Aber genau das tat sie jetzt.

Eine weitere Glastür, dann stand sie in einem großen Raum, der vollgestopft war mit Mikroskopen, Ampullen, weißen Laborkitteln und Rollcontainern, in denen kleine Schalen mit Hautpartikeln, Kleiderresten oder anderem DNA-Material aufbewahrt wurden.

Claire hatte das Labor des *Commissariat* noch nie gemocht, es roch nach Selbstzufriedenheit und der Gewissheit seiner Mitarbeiter, dass ohne sie kaum eine Ermittlung zu einem guten Abschluss fand. Was leider der Wahrheit entsprach, denn aus Kostengründen konnte sich kaum ein anderes *Commissariat* in der Normandie ein eigenes Labor leisten, so dass Caen für die umliegenden Polizeistationen ein wichtiger Bezugspunkt war, ohne den nichts lief.

Leider arbeitete dieser Bezugspunkt aber nicht immer sehr schnell.

»Alle mal herhören!«

Sie hielt den Zettel hoch in die Luft.

»Ich störe auch nur ganz kurz, aber das hier ist wirklich wichtig. Wer von Ihnen hat diesen Zettel geschrieben?«

Die Mitarbeiter des Labors blickten sich gegenseitig verwundert an, zwei von ihnen waren immerhin so nett, näher zu kommen und sich die Schrift auf dem Zettel anzuschauen.

»Der ist nicht von mir.«

»Nee, den hab ich auch nicht geschrieben ...«

»Hören Sie, *Mademoiselle*, wir haben hier wirklich viel zu tun, und ...«

Claire verlor die Geduld schneller, als sie gedacht hatte.

»Das ist mir alles vollkommen egal, ich brauche nur diese eine Information: Wer hat diesen Zettel geschrieben? Und wenn es keiner von Ihnen war, wessen Handschrift könnte es sein?«

Tatsächlich standen jetzt alle um sie herum und blickten auf den Zettel in ihrer Hand. Aber keiner konnte ihr weiterhelfen.

Das kann doch nicht sein, dachte Claire.

»Aber der muss doch hier aus dem Labor kommen, oder nicht?«

Einige zuckten mit den Schultern, andere kehrten zurück an ihre Mikroskope und Rollcontainer.

Bis eine junge Frau in den hinteren Teil des Raumes zeigte.

»Vielleicht war es Benoit, frag den. Er sitzt dort hinten in der Ecke.«

»Und warum interessiert ihn das hier alles nicht?«, fragte Claire verärgert.

»Weil er dich nicht hört«, sagte die Frau mit einem Lächeln.

Tatsächlich fand Claire besagten Benoit hinter einem hohen Regal in einer Ecke, wo er mit dem Rücken zum Raum vor einem Bildschirm saß, über den Zahlenkolonnen ratterten. Er hatte einen überdimensionierten Kopfhörer über eine Baseballkappe aufgesetzt und schien in seine eigene Welt abgetaucht zu sein.

Aber auch dafür hatte Claire keine Zeit.

Sie klopfte von oben auf den Kopfhörer, so dass der junge Mann vor Schreck zusammenzuckte. Er hörte auf, die Tastatur zu bearbeiten, und blickte zu ihr hoch.

»Was!?«, schrie er deutlich lauter als notwendig.

Claire bedeutete ihm, die Kopfhörer abzusetzen, was er widerwillig tat.

»Du musst nicht schreien, im Gegensatz zu dir selbst verstehe ich dich ganz gut.«

»Alles klar«, antwortete er mit einem Lächeln, zog die Baseballkappe ab und fuhr sich durch das verstrubbelte Haar. »Ich hab mich nur erschrocken. Bist du nicht die nervige Polizeischülerin? Helene? Manon? Warte, ich komme drauf … na, ist ja auch egal, wollen wir zusammen in die Kantine gehen? Ich habe echt Hunger, was meinst du?«

Um Gottes willen, dachte Claire, der ist ja noch nerviger als ich. Dann hielt sie ihm den kleinen Zettel vor die Nase.

»Ich habe leider nicht so viel Zeit«, sagte sie. »Hast du das geschrieben?«

Benoit blickte auf den Zettel, dann zu ihr, mit einem breiten Lächeln.

»Klar ist der von mir, hat Philippe den Zettel verloren? Den Inhalt sollte er sich merken können, sind ja nur drei Wörter. Gehst du jetzt mit mir essen? Heute gibt es Fisch, magst du Fisch? Ich ja nur, wenn er nicht nach Fisch schmeckt, das klingt komisch, aber …«

Claire schnipste mehrfach mit den Fingern vor seinem Gesicht, bis er irritiert aufhörte zu reden, eine Taktik, die sie von ihrem Vater gelernt hatte. Der hatte ihr selbst sehr oft ins Gesicht geschnipst.

»Beantworte einfach meine Fragen, Benoit. Ich habe keine Zeit zu verlieren. Hast du Philippe den Zettel auf den Tisch gelegt?«

»Ja, hab ich.« Er zuckte mit den Schultern.

»Und wann?«

»Na, gestern. Gestern Nachmittag.«

»Und was ist dann passiert?«

»Na, nichts. Also erst mal, Philippe war ja unterwegs. Sag mal, warst du diejenige, mit der er gestern Abend ausgehen wollte? Wie war's? Ging da was zwischen euch, ich meine …«

»Benoit!«

»Ja, ist ja gut, 'tschuldigung. Also, jedenfalls hat Philippe mich gegen 19 Uhr angerufen, er hat Glück gehabt, ich war wegen der Sache hier noch am Rechner, und …«

»Was wollte er?«

Benoit überlegte kurz, dann klickte er zweimal auf seine Computermaus, und ein Mailprogramm öffnete sich. Drei Klicks später war er fündig geworden.

»Er hatte eine Frage, ich habe kurz nachgeschaut, und dann habe ich ihm alles gemailt. Wie gewünscht. Hat er es denn bei euch niemandem erzählt?«

»Was ist das genau?«, fragte Claire und beugte sich über den Bildschirm, auf dem ein Dokument abgebildet war.

Benoit rollte mit den Augen.

»Ein Bluttest natürlich, du hast ja wirklich überhaupt keine Ahnung.«

Claire überflog die Zeilen, bis sie im vorletzten Absatz stockte.

»Das kann nicht sein …«, flüsterte sie. »Das ist unmöglich …«

Benoit lächelte.

»Ja, krass, nicht wahr? Da hat unser kleiner Philippe echt was rausgefunden. Also, natürlich habe eigentlich ich es rausgefunden. Und weißt du was: Als Dank darfst du mit mir essen gehen, was meinst du?«

Claire wollte sich setzen, aber da war kein Stuhl.

Sie wollte begreifen, aber da war nichts zu begreifen.

»Druck mir das aus«, sagte sie zu Benoit. »Und dann kommst du mit!«

»Wohin?«, fragte er verwundert.

»In die Kantine.«

Drei Minuten später stürmte Claire aus dem Klinkerbau zurück über den Hof, in der linken Hand einen kleinen Zettel und einen Computerausdruck. Mit der rechten Hand zerrte sie Benoit hinter sich her.

»Ist ja gut, ich komme ja schon«, jammerte der und griff nach seiner Kappe, die ihm vom Kopf rutschte.

»Du bist zu langsam«, sagte sie und rannte über den Hof, hinüber zum Hauptgebäude.

Kurz darauf schlug ihnen der Geruch von zu fettig paniertem Fisch entgegen, als sie die Glastür zur großen Polizeikantine aufstieß und gemeinsam mit einem immer stiller werdenden Benoit durch die Reihen hastete.

Einige Kollegen schüttelten den Kopf, die Gespräche verstummten, als sie Benoit weiter hinter sich herzog.

»Mahlzeit!«, rief sie in die Runde. »Einfach weiteressen!« Was dazu führte, dass ihr noch mehr Kollegen hinterherblickten. Als sie den großen Tisch am Fenster erreichten, war Bruno Bogdanic bereits aufgestanden, er legte seine Serviette auf den Tisch und fauchte sie an.

»Claire, es reicht jetzt wirklich. Nur weil Sie ...«

»Chef, hinsetzen! Und hören Sie mir einfach zu!« Claire sprach in einem Tonfall, der keine Widerrede duldete. »Wir haben wirklich keine Zeit zu verlieren. Auch wenn es offensichtlich das ist, was dieser Laden am besten kann, Zeit verlieren!«

»Claire ...«, warnte Bruno Bogdanic sie. Aber immerhin, er setzte sich.

»Claire ...«, wimmerte Benoit. Sie ließ ihn los und drückte ihn auf einen Stuhl.

»Hinsetzen, Klappe halten. Und ihr anderen esst einfach weiter, ist das so schwer?«

Dann blickte sie Bogdanic grimmig an und knallte den kleinen Zettel auf den Tisch.

»Lesen.«

»Claire, bitte, was soll denn ...«

»Chef, lesen Sie einfach! Der Zettel klebte gestern auf Philippes Schreibtisch, dieser Idiot hier hat ihn dorthin geklebt.«

Benoit wand sich.

»Es war ein Freundschaftsdienst, nichts Offizielles, Philippe wollte Ihnen doch alles ...«

»Halten Sie die Klappe«, zischte jetzt auch Bogdanic den jungen Kollegen aus dem Labor an. Er starrte auf die drei Wörter, die dort auf dem Zettel standen, in krakeliger und kaum lesbarer Schrift.

Blut in Farbe.

»Es geht um eines der roten Kreuze auf dem amerikanischen Soldatenfriedhof. Genau genommen um das Kreuz von Private Manuel Espinoza aus Texas. 83. Infanterie-Division, falls Sie das interessiert.« Claires Augen funkelten.

Bogdanic blickte sie erstaunt an.

»Philippe hat einen Fehler gemacht, aber eigentlich sind Sie schuld, Chef. Sie haben ihm untersagt, die Farbe am Kreuz untersuchen zu lassen. Das war Anfang des Jahres, das Labor war überlastet.«

»Total richtig!«, bestätigte Benoit und erntete dafür einen vernichtenden Blick von allen Kollegen am Tisch.

»Scheiße«, murmelte Bogdanic.

»Philippe hat die Probe wahrscheinlich vergessen, und offensichtlich ist sie ihm erst jetzt, Monate später, wieder eingefallen. Und er hat sie dieser Knalltüte gegeben, um sie untersuchen zu lassen.«

»Er hat sich geschämt, weil er es vergessen hat«, erklärte Benoit. »Ich sollte nur mal nachschauen. Es sei wahrscheinlich sowieso nichts mit der Farbe.«

Für einen kurzen Moment herrschte Stille am Tisch. Bogdanic blickte erneut auf den Zettel.

»Haben Sie das Blut untersucht?«, fragte er Benoit mit leiser Stimme.

Der junge Mann war sichtlich eingeschüchtert. Er nickte zögerlich.

»Also, deshalb hat Philippe mich ja noch mal angerufen, gestern kurz vor Feierabend. Ich habe die Geräte dann wieder angeschmissen, ich schuldete ihm noch was, wegen so einer Sache, na ja, nichts Schlimmes, jedenfalls …«

Claire schnipste mit Daumen und Zeigefinger vor seinem Gesicht.

»Komm zum Punkt!«

»Ja, also jedenfalls kamen mir die Blutwerte irgendwie … bekannt vor.«

Bogdanic kniff die Augen zusammen und legte Gabel und Messer behutsam auf seinen leeren Teller. Er wischte sich den Mund mit einer Serviette ab.

»Claire, sagen Sie mir endlich, was los ist. Der Typ hier nervt.«

Claire legte den Computerausdruck auf den Tisch.

»Ich habe es mir bereits durchgelesen, das Wichtigste steht hier unten«, sagte sie leise.

Bogdanic brauchte keine fünf Sekunden. Dann blickte er sie aus müden Augen an.

»Das kann nicht sein.«

»Ich habe es zweimal geprüft«, erklärte Benoit.

»Chef, was steht da?«, wollte einer von Bogdanics Männern wissen. Der Dienststellenleiter blickte in die Runde und dann auf die Uhr an der Wand.

Es kam Claire vor, als würde sie lauter ticken als jemals zuvor.

»Wir können das Blut offensichtlich einer bestimmten Person zuordnen«, sagte er.

Die Kollegen am Tisch blickten einander verwundert an. Nur Claire starrte noch immer zu der laut tickenden Uhr und dachte an Philippe, mit dem sie gestern Abend hatte ausgehen wollen, zum ersten Mal. Und der jetzt mit Sicherheit nicht krank zuhause im Bett lag, auch wenn sie es sich noch sosehr wünschte.

Bogdanic rückte mit seinem Stuhl vom Tisch weg.

»Dem Labor zufolge ist es Luc Roussels Blut.«

Seine Mitarbeiter blickten den dicken Bruno ungläubig an, während er langsam aufstand.

»So langsam geht mir diese ganze Geschichte gewaltig auf die Eier. Wir fahren in fünfzehn Minuten los. Wir werden Arromanches umgraben, wenn es sein muss, wir werden diesen verdammten Ort von innen nach außen stülpen. Und wer auch immer Luc Roussel Anfang des Jahres angeschossen hat, er sollte zu seinem Gott beten, dass unser Philippe wohlauf ist.«

KAPITEL 22

Paris und Normandie
Eine Stunde später
J-32

Nicolas stand an einem offenen Fenster im vierten Stock des Ministeriums und blickte hinaus in den Innenhof. Der Nachmittag war hell und klar, gedämpft drangen die Geräusche einer weit entfernten Welt zu ihm herauf. Hupen, Bremsen, erneutes Hupen, das Geräusch eines anfahrenden Linienbusses.

François Faure war noch immer in der Nationalversammlung, gemeinsam mit dem übrigen Team. Gilles Jacombe hatte für ihn, Nicolas, einen Ersatz angefordert, der innerhalb von dreißig Minuten aus der Rue Miromesnil gekommen war, als Beifahrer auf einem Motorrad, das wiederum Nicolas auf dem schnellstmöglichen Weg zurück ins Ministerium brachte.

Fehlt nur noch, dass er Croissants dabeihat und mich zu meiner Geliebten fährt, dachte Nicolas und hielt sich an der wendigen Maschine fest, während der Fahrer die Champs-*Élysées* kreuzte. Er setzte ihn an der Place Beauvau ab, als aus der anderen Richtung die Limousine seines Vaters heranfuhr. Alexandre Guerlain war in Begleitung zweier Mitarbeiter und seines eigenen Personenschützers, der seit mehr als zehn Jahren an seiner Seite war.

Ganz anders als Nicolas selbst.

»*Salut*, Nicolas. Lass uns reingehen. Ich muss in einer Stunde wieder im Élysée-Palast sein, der Präsident wartet nicht gerne.«

Nicolas konnte buchstäblich spüren, wie angespannt sein Vater war.

»Ich weiß, wie wir es machen«, hatte Julie am Telefon gesagt, als er vor einer knappen Stunde ihren Anruf im Parlament entgegennahm, unmittelbar nach seinem Gespräch mit Pierre Melville. Im Hintergrund hatte er das Rauschen einer Brandung gehört, Möwen, die krächzend durch die kalte Luft flogen.

»Wo bist du?«, hatte er sie gefragt.

»In der Normandie. Er bereitet den nächsten Schritt vor, und wir müssen uns beeilen. Ich glaube, wir haben nur diese eine Chance, ihn zu kriegen, bevor alles so richtig losgeht.«

Dann fing Julie an zu reden, in hastigen, schnellen Sätzen, und er hörte ihr zu, ohne sie zu unterbrechen. Sie bat ihn, seinen Vater zu unterrichten, und Nicolas war darüber erleichtert.

»Ich wollte sichergehen, dass niemand im Geheimdienst auf Melvilles Seite spielt. Aber der Geheimdienst scheint sauber zu sein. Dein Vater sollte umgehend eingeweiht werden.«

Der Vorhang hob sich langsam. Nur das Bühnenbild, das dahinterlag, blieb noch im Schatten.

»Julie, warte«, sagte er, als sie gerade auflegen wollte.

»Nicolas, ich kann nicht, ich muss …« Sie schien zu ahnen, was er wollte. Und sie lag richtig.

Es brannte zu sehr auf seiner Seele.

»Warum bist du gegangen, Julie?«, hatte er endlich die eine, die einzige Frage gestellt, mit leiser Stimme und mit Blick auf die trüben Wasser der Seine.

Es war eine einfache Frage. Die Antwort darauf war es offenbar nicht.

Sie hatte geschwiegen. Und etwas hinuntergeschluckt.

Die Wahrheit, vielleicht.

Dann hatte sie aufgelegt.

Kalte Luft drang von draußen in das Besprechungszimmer, er schloss das Fenster und drehte sich zu seinem Vater um, der ihn erwartungsvoll anblickte, genau wie Thomas Bolden, der persönliche Referent des Ministers.

»Nicolas, wir haben keine Zeit für deine Spielchen«, zischte sein Vater. »Wir warten.«

Nicolas holte tief Luft und setzte den ersten Stein.

»Julie hat sich endlich bei mir gemeldet. Vorhin, als ich in der Nationalversammlung war. Deshalb sind wir hier. Unsere Vermutungen sind richtig, seine Planung für den 6. Juni ist fast abgeschlossen.«

»Hat sie Details genannt?«, fragte sein Vater mit ungeduldiger Stimme. »Nicolas, wir müssen wissen, wo und wie genau der Anschlag ausgeführt werden soll. Wenn wir das nicht …«

Es klopfte an der Tür, eine Mitarbeiterin des Ministeriums trat ein und legte einige Unterlagen auf den großen Tisch in der Mitte des Raumes. Mit einem schüchternen Lächeln verabschiedete sie sich wieder und nickte dem Referenten des Ministers kurz zu.

Nicolas zog eine Landkarte aus den Unterlagen und breitete sie auf dem Tisch aus. Sein Vater und Thomas Bolden beugten sich darüber.

»Hier ist Arromanches«, sagte Nicolas und zeigte auf einen Punkt an der Küste. »Hier werden die Feierlichkeiten abgehalten.«

»Direkt am Strand«, ergänzte sein Vater.

Nicolas fuhr mit dem rechten Zeigefinger die Küste entlang Richtung Westen, überquerte eine weite Ebene, übersprang einige kleinere Dörfer und hielt dann über einem kleinen Waldstück inne, das direkt an der steilen Küste lag. Er merkte, wie neben ihm Thomas Bolden die Luft anhielt.

»Das ist nicht dein Ernst«, sagte dieser leise, während er auf die Stelle blickte, auf die Nicolas' Zeigefinger jetzt tippte.

»Nein, das ist nicht mein Ernst. Aber es ist der Ernst von Pierre Melville«, antwortete Nicolas.

»Wenn wir Julie glauben können«, sagte sein Vater und blickte ihn misstrauisch an. »Das ist nicht irgendein Ziel, auf das du da zeigst. Das ist …«

»… der amerikanische Soldatenfriedhof in Colleville-*sur-*

Mer«, fiel Nicolas seinem Vater ins Wort. »Es ist ein perfektes Ziel, ein symbolisches Ziel. Die Staatsgäste werden in diesem Jahr den Friedhof besuchen, allen voran der französische und der amerikanische Präsident.«

»Das ist doch Wahnsinn, der Friedhof wird am 6. Juni der sicherste Ort der Welt sein«, entfuhr es Thomas Bolden. Der Referent war sichtlich erregt. Die Aussicht auf einen nicht nur längsten, sondern auch tödlichen Tag schockierte ihn.

»Wir sagen sofort alles ab«, sagte er und griff nach seinem Handy.

»Warten Sie, verdammt«, knurrte Alexandre Guerlain und blickte dann seinen Sohn an. »Die roten Kreuze haben also tatsächlich eine Bedeutung«, sagte er. »Aber wir haben das gesamte Gräberfeld abgesucht, da ist nichts. Was hat Julie noch erzählt?«

Nicolas hob entschuldigend die Hände.

»Sie hatte nicht viel Zeit, aber sie hat keinen Zweifel daran gelassen, dass der amerikanische Friedhof das Ziel ist.« Sein Vater musterte ihn aus kalten Augen. Dann löste er sich vom Besprechungstisch.

»Dann bleibt uns nichts anderes übrig, als zu handeln«, sagte er leise. »Wir werden Melville aus seinem verdammten Spiel nehmen. Wir prügeln alles aus ihm raus, wenn es sein muss *buchstäblich*. Ich habe dafür meine …«

»So weit muss es nicht kommen, Vater«, sagte Nicolas. Erneut beugte er sich über die Karte und zeigte auf eine kleine Anhöhe in den Hügeln oberhalb von Arromanches. Von einer Landstraße zweigte ein schmaler Feldweg ab, er schien im Nirgendwo zu enden.

»Genau hier«, murmelte Nicolas und holte eine Satellitenaufnahme aus dem Stapel an Unterlagen hervor. Er lächelte zufrieden, als er darauf das fand, was er erwartet hatte.

»Hier finden wir ihn«, sagte er. »Hier finden wir Pierre Melville, und wir finden hier auch die Pläne. Laut Julie wird er sie an genau diesem Ort seinen Leuten präsentieren.«

Sein Vater und Thomas Bolden blickten ihn erstaunt an. Dann

erkannten sie auf der Satellitenaufnahme den Umriss eines unscheinbaren Landhauses.

»Was ist das?«, fragte Bolden.

»Das, lieber Thomas, ist Melvilles Gästehaus in der Normandie.«

»Meine Leute beobachten ihn seit Wochen«, entfuhr es Alexandre Guerlain. »Wie jedes Jahr vor dem 6. Juni. Warum wissen wir nichts von dem Haus?«

»Weil er schon lange nicht mehr da war«, erklärte Nicolas. »Julie hat mir erzählt, dass er das Haus seit mehr als vier Jahren nicht mehr genutzt hat, sie selbst kannte es auch nicht. Möglicherweise hat er es aber eigens für diesen Zweck gekauft: um sein Spiel zu Ende zu bringen.«

Nicolas hörte Julies schnellen Atem noch in seinem Ohr, ihre Stimme hatte am Telefon gehetzt geklungen, voller Sorge.

»Glaubst du, er hat dich durchschaut?«, hatte er sie gefragt.

»Nein«, hatte sie geantwortet. »Er ist so wie immer, er hat sich nicht geändert mir gegenüber. Er ist härter geworden, besessen von seinem Spiel, mehr denn je. Aber ich glaube nicht, dass er etwas ahnt.«

Und ich hoffe es nicht, hatte er gedacht und dabei ein Ziehen in der Brust verspürt.

»Melville hat zwar alles alleine geplant, aber durchführen kann er seine Pläne nicht ohne Hilfe«, sagte Nicolas und blickte seinen Vater eindringlich an.

»Wir haben keine Verbindungen zu irgendjemandem gefunden«, erklärte dieser. »Wenn es Hintermänner gäbe, dann wüssten wir davon.«

Nicolas schüttelte den Kopf.

»Es gibt sie, aber in den vergangenen Jahren musste er nicht mit ihnen kommunizieren. Weil alles schon sehr viel länger geplant ist. Deswegen kennt auch Julie die Männer nicht.«

»Welche Männer?«, fragte Bolden.

»Julie weiß weder, wie viele es sind, noch kennt sie Namen«, erklärte Nicolas. »Aber sie weiß, wo und wann Melville sie treffen wird. Nämlich genau hier.« Er legte seinen Finger wieder auf die Anhöhe oberhalb von Arromanches. »Er wird seine Leute hier wenige Tage vor den Feierlichkeiten treffen. Es ist die einzige Gelegenheit, sie alle gemeinsam anzutreffen. Und Julie zufolge wird Melville ihnen die letzten Instruktionen geben, mitsamt Plänen und Karten. Dann hätten wir alles, was wir brauchen. Und der Gipfel könnte ganz normal stattfinden.«

»Und Julies Einsatz hätte sich nach all der Zeit doch noch gelohnt«, sagte sein Vater.

Nicolas sah eine Gelegenheit, die sich plötzlich bot, die ihm zulächelte.

Er griff nach ihr, ohne Rücksicht auf die falsche Frage am falschen Ort.

»Warum hast du ausgerechnet Julie ausgesucht?«, presste er heraus.

Er atmete schwer aus. Es war, als wäre eine Last von ihm abgefallen.

Sein Vater lächelte kurz und hob den Kopf.

»Ich habe dir doch gesagt, sie hat sich freiwillig gemeldet. Mehr musst du nicht wissen.«

»Das glaube ich dir nicht, Vater. Ich werde es dir nie glauben.«

Für einen Moment starrten sie einander an, dann senkte Alexandre den Kopf und deutete auf das Satellitenfoto, auf dem die Umrisse des Landhauses zu erkennen waren.

»Wann genau ist das Treffen?«

Nicolas schluckte, sein Speichel schmeckte bitter und abgestanden. Nach Feigheit. Immer noch zermarterte er sich das Hirn, suchte nach Antworten, Tag und Nacht, in jeder Sekunde. Irgendetwas gab es, das Julie daran gehindert hatte, sich ihm zu öffnen, das sie hatte fliehen lassen, für einen fremden Auftraggeber, für einen fremden Mann.

Je mehr er darüber nachdachte, desto stärker wurde die Gewissheit, dass er es hätte verhindern können. Dass er nicht genau hingesehen hatte, damals. Und schon gar nicht richtig hingehört. Und jetzt saß er hier, und es kam ihm vor wie die Ebbe vor der Flut.

»Heute in einer Woche soll das Treffen stattfinden«, antwortete Nicolas seinem Vater schließlich. »Am Abend. Mehr wissen wir noch nicht. Julie selbst wird an dem Treffen nicht teilnehmen, Melville hat es ihr geradezu verboten. Offenbar will er sie schützen.«

Sein Vater schnaubte, und Nicolas konnte nur ahnen, warum.

Dann fuhr Alexandre Guerlain sich mit dem rechten Daumen über die Lippen. Nicolas war diese Geste vertraut aus einer Zeit, als sein Vater noch ab und an nach Hause gekommen war, um seine Frau und seinen Sohn zu sehen. Bevor sie seine Exfrau und er sein Exsohn wurden.

Alle drei blickten für einen Augenblick auf das Satellitenbild. Ein Anwesen oberhalb der Küste, in den grünen Hügeln des Bessin. Mit Blick auf das Meer, in dessen Untiefen etwas lauerte. Mit Blick auf die Nebelbänke und die Kriegsflotte, die daraus auftauchen würde, bereit, die Küste zu erobern.

Bereit mitzuspielen, in diesem Spiel mit ungewissem Ausgang.

Das Landhaus in den grünen Hügeln des Bessin war tatsächlich nur über einen schmalen Feldweg zu erreichen, der etwas versteckt hinter einem verfallenen Bauernhaus von der Landstraße abbog. In leicht ansteigenden Kurven wand er sich zwischen Apfelbäumen hindurch, begrenzt von einem verwitterten Holzzaun. Hinter einem kleinen Hügel machte der Weg eine scharfe Linkskurve, führte noch einige hundert Meter leicht einen Hang hinauf und endete schließlich vor dem flachen Landhaus, das hinter ein paar hohen Bäumen beinahe verschwand.

Links am Haus führte ein Pfad vorbei, er verlief entlang einer kleinen Hecke, hinter der Rosen und Glyzinien blühten, fädelte sich durch ein kleines Tor, das leicht quietschend in den Angeln hing, ließ das befestigte Grundstück hinter sich und wand sich in sanften Kurven in Richtung Meer. Das Gras links und rechts war von sattem Grün, die Halme bogen sich leicht im Wind. In der Ferne war das Rollen der Wellen zu hören, eine einzelne Möwe flog einen halsbrecherischen Looping und stieß jenseits der Klippen hinab zum Wasser. Die Sonne stand hoch am Himmel, der Horizont zeichnete sich scharf in der Ferne ab.

Die Sicht war klar.

Der Pfad endete an einem krumm gewachsenen Baum, unter dem eine Holzbank stand.

Die Frau, die dort saß, atmete ruhig, ihre Augen waren geschlossen.

Julie saß seit mehr als zwei Stunden auf der Bank, seitdem sie Nicolas angerufen hatte. Aber sie blickte nicht aufs Meer hinaus, sie richtete ihren Blick nach innen.

Sie machte sich Sorgen.

Dass alles noch schiefgehen könnte.

Aber das durfte es nicht. Und das würde es auch nicht.

»Bleibe stark«, flüsterte sie.

Sie hatte die Beine angezogen und hielt sie mit den Armen umschlungen, ihr Kopf lag auf ihren Knien, sie lauschte ihrem eigenen Atem.

Sie war ganz klar, so klar wie niemals zuvor.

Sie fröstelte leicht auf ihrer Bank, hoch über dem Meer, und zog die Beine noch näher an sich heran.

Als sie für einen kurzen Augenblick die Augen öffnete, konnte sie weiße Schaumkronen erkennen. Das Wasser wirkte grau und abweisend, obwohl die Sonne ihr Bestes gab. Aber dies war nun mal kein heller Ort, es würde nie einer sein. Und genau deshalb war es an der Zeit, dass es endete.

Er konnte sie nicht durchschaut haben, sie war sich völlig sicher, keinen Fehler gemacht zu haben.

»Julie!«

Der Wind trug die Stimme des Mannes zu ihr herab, und sie spürte, wie sie sich augenblicklich verwandelte.

Sie verbarg ihr Innerstes unter einem unsichtbaren Mantel, der undurchdringlich war und voller Täuschung. Dann stand sie auf und winkte Pierre Melville zu.

Die Zeit des Nachdenkens war vorüber.

Kurz darauf stand er vor ihr, die goldenen Knöpfe an seinem Tweetjackett glänzten in der Sonne, er sah erschöpft aus von dem langen Tag im Parlament.

»Ich habe dich gesucht! Und hier bist du. Bereit? Wir haben die Zeichen gesetzt. Ab heute Abend werden wir getrennt sein, so schade es ist.«

Sie nickte.

»Du wirst eine gute Kellnerin abgeben. Und von dort aus hast du alles im Blick.«

Und alle mich, dachte sie, während Melville sie in den Arm nahm und ihr Haar küsste.

»Du riechst nach der wilden See«, murmelte er.

Julie schloss die Augen.

»Halt mich fest«, sagte sie leise, und kurz darauf hörte sie nur noch den Wind, der sie beide umschloss.

In Paris stiegen Nicolas und sein Vater die breite Treppe im Ministerium hinab, als Nicolas' Handy klingelte.

»Entschuldige bitte«, sagte er kurz und blieb in einer Nische stehen, während sein Vater weiter die Stufen hinunterschritt.

»Hier spricht Nicolas Guerlain.«

In seinem Ohr brach ein Sturm los.

»Nicolas, Scheiße, ihr müsst sofort kommen! Hier ist wirklich die Kacke am Dampfen! Es ist unglaublich, das ist … unbegreiflich! Ich begreife das nicht, die sind überall, wie aus dem Nichts! Ihr müsst sofort kommen, ja? Oder schick ein Sonderkommando, mir egal!«

»Claire, beruhige dich!«

»Ich bin ruhig!«

Ihre Stimme überschlug sich. Alexandre Guerlain war jetzt mitten auf der Treppe stehen geblieben und blickte seinen Sohn verwundert an. Nicolas stellte den Lautsprecher des Handys an.

»Nicolas, hörst du! Wir sind gerade angekommen, und hier sind überall … also oben und auch entlang der Straße und … ich begreif das nicht! Nicolas, ich hab Angst.«

»Claire, bitte, du musst dich beruhigen«, sagte Nicolas beschwichtigend. »Hol erst mal Luft, atme ein und wieder aus. Und dann erzähl mir …«

»Claire, geben Sie das Telefon her. Geben Sie es her! Das ist ein Befehl!«

Nicolas und Alexandre hörten ein Rascheln, als jemand offensichtlich Claire das Handy abnahm. Kurz darauf meldete sich eine dunkle Stimme.

»Nicolas? Hier ist Bruno Bogdanic. Ich glaube, wir haben ein Problem. Ein echt beschissenes Problem.«

»Hier spricht Alexandre Guerlain. Was meinen Sie damit?«

Es folgte ein kurzes Schweigen, offenbar musste der dicke Bruno sich kurz sammeln. Seine Stimme klang erschöpft, als er weitersprach.

»Nun, hier sind Kreuze. Rote Kreuze. Und sie sind überall.«

KAPITEL 23

Arromanches-les-Bains
Zur gleichen Zeit
J-32

Es war nichts anderes als eine blutrote Spur.

Sie führte die Straße nach Arromanches hinab bis zu den ersten Häusern, wo sie abrupt endete, als habe jemand sie gestoppt, kurz vor ihrem Ziel. Denn genau das war Arromanches, die kleine Stadt, die so unscheinbar an der Küste des Meeres klebte: eine große Zielscheibe.

Ein Ort, der in zweiunddreißig Tagen Schauplatz der alljährlichen Feierlichkeiten sein würde, der seinen Platz in der Geschichte dieses Landes längst gefunden zu haben schien. Und der jetzt miterlebte, wie alles anders kam, als es die Geschichte hatte vermuten lassen.

Claires Atem ging noch immer schnell. Sie blickte die Straße hinab und zählte die Kreuze, deren blutrote Farbe von einer blassen Sonne beschienen wurde. Hinter sich hörte sie das Gemurmel der Kollegen, das Kläffen der Polizeihunde in ihren Käfigen und vor allem das nervösen Ziehen an einer zu hastig gerauchten Zigarette.

Der dicke Bruno rauchte in diesen Tagen Kette.

»Was für eine verdammte Scheiße ist das hier?«, fragte er und blickte abwechselnd Claire und die Kreuze an.

Aber sie hatte keine Antwort. Nur ein Gefühl, und es war kein gutes. Das hier war womöglich größer und dunkler, als sie alle gedacht hatten.

»Wie viele sind es?«, ertönte hinter ihnen die Stimme eines

Kollegen. Ihre Wagenkolonne bestand aus sieben Fahrzeugen. Die Polizisten hatten auf freiem Feld gestoppt, ungläubig aus dem Fenster geblickt und waren schließlich ausgestiegen. Zögerlich.

Und ängstlich.

»Es sind genau zweiunddreißig«, antwortete Claire, der Wind in den Hügeln ließ sie frösteln. »Für jeden Tag bis zum 6. Juni eines.«

Bogdanic seufzte.

»Ich bekomme allmählich das Gefühl, dass unsere Freunde aus Paris uns nicht die ganze Geschichte erzählen, die hier gespielt wird.«

»Das wäre nichts Neues«, murmelte Claire.

Sie musste ihrem Chef recht geben. Auch sie hatte seit einiger Zeit das Gefühl, dass Nicolas mehr wusste, als er preisgab. Wieder einmal.

Der dicke Bruno drehte sich zu seiner Mannschaft um und erteilte knappe Befehle. Die Spurensicherung musste sofort kommen, dazu ein Fotograf, der den genauen Standort der Kreuze festhielt. Sie waren aus Holz wie jene, die aus dem Meer aufgetaucht waren, aber weniger aufwendig gearbeitet.

»Wer auch immer das getan hat, er hatte es eilig«, sagte Claire.

»Wer?«, fragte Bogdanic, aber sie zuckte nur mit den Schultern.

»Na ja, mal eben zweiunddreißig Kreuze am helllichten Tag hier aufstellen, da braucht es schon jemanden, der schnell ist und sich hier gut auskennt.«

Tatsächlich schienen die Kreuze nicht tief in den Boden gerammt worden zu sein, einige von ihnen hatten sich bereits zur Seite geneigt. Etwa alle fünfzig Meter stand eines am Straßenrand, in Kurven und vor Böschungen, manche einfach nur angelehnt an ein Verkehrsschild oder einen Baum. Eine blutrote Spur, bis kurz vor den Ortseingang von Arromanches.

Claire hatte sich nach dem Telefonat mit Nicolas etwas beruhigt, dennoch spürte sie immer noch ein Ziehen in der Magengegend. Sie hatte immer noch große Angst um Philippe.

Als sie sich dem Kreuz näherte, vor dem sie und Bogdanic gehalten hatten, sah sie, dass kein Name daraufstand, kein Herkunftsort, keine Division. Sie runzelte die Stirn. Nur zwei Bretter, zusammengenagelt und hastig angestrichen. Bogdanic trat neben sie, er wirkte ebenso verloren wie sie selbst.

»Kommen Sie, Claire, wir fahren weiter. Ich lasse ein paar Männer hier oben, damit die Kreuze nicht wegkommen. Wer auch immer sie hier aufgestellt hat, die Botschaft ist angekommen.«

»Und was ist die Botschaft?«, fragte sie leise.

»Angst. Jemand will Angst verbreiten. Aber wir haben keine Angst, Claire. Wir nicht. Wir fahren jetzt da runter und finden Philippe, und wenn wir dieses ganze Scheißnest umgraben müssen.«

Kurz darauf rollten sie die Landstraße hinunter, gefolgt von einigen weiteren Polizeifahrzeugen, vorbei an den anderen Kreuzen, die wie stumme Beobachter ihre Ankunft bezeugten. Als sie die ersten Häuser passierten, schien es Claire, als würden sie in einen Tunnel eintauchen, dessen Ende nicht abzusehen war. Ein Gefühl der Enge überkam sie und machte ihr das Atmen schwer.

Sie bogen ab in Richtung Hafen und stellten kurz darauf ihren Wagen auf dem Parkplatz am Hafenbecken ab, neben Reisebussen aus Spanien und Mietwagen aus Deauville und Saint-Malo. Rund um das Landungsmuseum standen Touristengruppen und machten Fotos von sich und den Stränden, von den Geschützen und den Klippen im Hintergrund.

Und am Rande des großen Platzes, eingekeilt zwischen einem mobilen Crêpes-Stand und einer Straßenlaterne, Philippes Wagen.

Claire sah ihn zuerst, sie öffnete die Beifahrertür und lief los, bevor Bogdanic sie daran hindern konnte.

»Claire, warten Sie!«, rief er ihr hinterher, nur um sich gleich darauf eines Besseren zu belehren. »Ach, was soll's. Ich habe auch keine Lust mehr auf Versteckspiele.«

Er stieg aus und hob die Hand. Sein gellender Pfiff schnitt durch die kühle Luft, die Türen der übrigen Polizeifahrzeuge öffneten sich.

Hunde kläfften.

Die Polizei von Caen eroberte den Ort und nahm ihn im Handstreich ein.

Im *Commissariat* in Caen hatten sie die beiden wichtigsten Einsatzziele besprochen. Sie mussten Philippe finden. Ohne ihn würden sie Arromanches nicht verlassen, das hatte Bogdanic seinen Truppen mit auf den Weg gegeben. Und sie mussten finden, wonach Philippe in der vergangenen Nacht gesucht hatte. Die rote Farbe, in der sie das Blut von Luc Roussel gefunden hatten. Es war die gleiche Farbe, mit denen die Kreuze angestrichen waren, dessen war sich Bogdanic sicher.

Claire kam mit hastigen Schritten zu ihm zurückgelaufen. Ihr Gesicht war blass, in der Hand hielt sie ein Stück Papier, das Bogdanic sofort erkannte.

Es war ein Strafzettel.

»Hier, Chef«, japste Claire. »Der ist von heute Morgen. Und glauben Sie mir, Philippe hätte …«

»… nie seinen Wagen falsch geparkt«, unterbrach Bogdanic sie.

»Er wollte nicht die ganze Nacht bleiben, er hätte ja sonst einen Strafzettel riskiert, und jetzt ist er da, der Zettel, also hier in meiner Hand, und er selbst, also Philippe, ist weg, und das kann ja eigentlich nur bedeuten …«

Das Geräusch eines Polizeihubschraubers unterbrach ihren Redeschwall, Wasser wurde aufgewirbelt, als er tief über das Hafenbecken flog.

Bogdanic legte die Hände auf Claires Schultern.

»Beruhigen Sie sich. Wir finden ihn, Claire.«

»Aber ich weiß wirklich nicht …«

»Claire. Ich bitte Sie, wir machen das schon. Ich schlage vor, Sie sprechen mal drüben im *Mulberry* mit den Leuten, ob die was gesehen haben, und wir machen den Rest. Keine Widerrede, ab mit Ihnen!«

Energisch schob er sie in Richtung des kleinen Bistros, zündete sich eine Zigarette an und bellte seiner Mannschaft Befehle zu.

»Der Platz wird komplett geräumt, ich will hier niemanden mehr sehen! Wenn es Probleme gibt, verweist an mich. Als Erstes müssen die Busse weg. Leitet sie auf den großen Parkplatz am Ortseingang. Passt auf, dass nichts passiert, ich will nicht noch mehr Unruhe. Der Bürgermeister wird ohnehin gleich kommen und sich beschweren.«

»Geht klar, Chef.«

Ein Dutzend Beamte, dazu drei Motorradpolizisten schwärmten aus, scheuchten verärgerte Busfahrer von ihren Bänken, baten Japaner, Amerikaner und Schweizer freundlich, aber bestimmt darum, ihre Crêpes und ihr Eis woanders zu essen.

»Der Wagen von Philippe wird gesichert. Keiner rührt ihn an außer den Jungs vom Labor, wo sind die überhaupt schon wieder! Ah, da ist ja immerhin einer! Du hast zwanzig Minuten, danach will ich erste Ergebnisse, sonst kannst du gleich da drüben ins Meer springen. Und ich rate dir, schwimm schnell und weit.«

»He, was ist denn hier los? Das können Sie doch nicht machen!« Eine Mitarbeiterin des Museums war nach draußen gekommen, sie fuchtelte wild mit den Armen und deutete auf die Busse, die gerade zurücksetzten und Richtung Ortsausgang davonfuhren.

»Wer hat Ihnen das erlaubt? Sie können doch nicht einfach alle Touristen hier wegschicken!«

Bogdanic unterbrach sie ungehalten.

»Sie haben zehn Minuten, um Ihr Museum räumen zu lassen, haben Sie verstanden? Ich will keine Diskussionen, meine Kollegen werden Sie dabei unterstützen. Dies ist eine polizeiliche Untersuchung, ich bin derjenige, der hier die Ansagen macht, und wenn ich will, sperre ich den gesamten Strand. Haben Sie mich verstanden?«

Selbst Claire, die müde in Richtung *Mulberry* lief, zuckte bei Bogdanics kurzer Ansprache zusammen. Seine Laune war auf dem Tiefpunkt, und er würde keine weiteren Verzögerungen mehr dulden. Er wollte Ergebnisse. Er hatte ganz offensichtlich die Schnauze voll davon, dass an seiner Küste etwas im Gange war, das ihn ratlos zurückließ.

»Ich werde den Bürgermeister anrufen, das ist ein Skandal!«, zeterte die Frau weiter. »Wir haben ohnehin immer weniger Besucher, Sie machen uns das Geschäft kaputt!«

Bogdanic ließ sie einfach stehen und dirigierte seine Truppen. Claire konnte sehen, wie eine Handvoll Polizisten das Museum betrat und die Besucher freundlich, aber bestimmt nach draußen bat. Die Kriminaltechniker hatten mittlerweile Philippes Wagen geöffnet und untersuchten vorsichtig das Wageninnere.

Da liegt kein Krümel und kein Papier am Boden, dachte Claire. Sie würden dort nichts finden.

In der Tür zum *Mulberry* stand ein alter Mann, er rauchte eine selbstgedrehte Zigarette, seine Füße steckten in klobigen Stiefeln. Er blickte mit zusammengekniffenen Augen über den Platz, und Claire überlegte, ob sie ihn bei einem ihrer früheren Besuche schon einmal gesehen hatte.

Als er sie kommen sah und sie freundlich anlächelte, fiel es ihr ein.

»Guten Tag, Sie sind Enzo, nicht wahr? Ich bin Claire, ich arbeite für die Polizei in Caen. Wir kennen uns, mein Kollege und ich, wir waren ein paarmal hier im Bistro.«

Der alte Mann nickte langsam und zog an seiner Zigarette. Eine weitere selbstgedrehte steckte hinter seinem Ohr. Sein Lächeln war freundlich und warm.

»Natürlich, Sie und diese Bodyguards aus Paris, ich erinnere mich. Willkommen zurück, *Mademoiselle* … Claire, nicht wahr?«

Claire nickte zustimmend.

Er zeigte auf die vielen Polizisten, die sich mittlerweile rund um das Museum und die kleine Fußgängerzone verteilt hatten. Die Suche nach Philippe war in vollem Gange.

»Also, hier ist sonst ja auch immer viel los«, sagte er, seine Stimme war etwas knarzig. Claire mochte den alten Mann gut leiden. »Aber so viel Polizei haben wir selten. Was ist denn los? Ist ein Tourist ins Meer gefallen? Das hatten wir schon mal, vor einigen Jahren, der ist ertrunken, weil er beim Fotografieren auf dem Wellenbrecher ausgerutscht ist. Hat sich den Schädel aufgeschlagen, der Idiot.«

Claire lächelte. Dann holte sie ihr Handy raus und zeigte dem alten Mann eine Aufnahme von Philippe.

»Hübsches Bild«, sagte der alte Mann und legte den Kopf zur Seite.

Das ist es wirklich, dachte Claire. Sie hatte das Foto während einer Fahrt durch die Hügel oberhalb der Küste gemacht, die Sonne hatte geschienen, sie hatten Radio gehört und beide mitgesummt. Der alte Mann betrachtete das Bild eingehend.

»Das ist doch Ihr Kollege, nicht wahr?«, sagte er.

»Haben Sie ihn vielleicht gestern hier gesehen, gegen Abend?«

»Nein«, sagte der alte Enzo erstaunt. »Was ist mit ihm?«

»Das wissen wir noch nicht.«

Für einen Augenblick schauten sie beide schweigend über den Platz hinweg, die Schatten der angrenzenden Häuser waren länger geworden, der Nachmittag neigte sich dem Ende zu. Neben der Panzerhaubitze diskutierte die Museumsmitarbeiterin noch immer erregt mit zwei Polizisten.

»Die arme Amandine«, sagte der alte Mann mit einem verschmitzten Lächeln. »Sie macht Ihren Kollegen klar, dass gerade noch eine Filmvorführung im Kinosaal läuft. Und dass sie die auf keinen Fall unterbrechen kann, hehe! Das gibt sonst Ärger mit unserem Jean Petit!«

»Und wie lange geht die Filmvorführung normalerweise?«, fragte Claire.

Der alte Enzo blickte auf die Uhr.

»Na ja, knapp zehn Minuten. Der Kinosaal wurde frisch renoviert, es passen jetzt mehr Besucher rein. Am 6. Juni wird er offiziell eingeweiht, im Rahmen der Feierlichkeiten. Jean Petit ist ganz stolz darauf. Ich persönlich könnte ja etwas weniger Touristen hier gebrauchen, aber die bringen eben Geld.«

»Warum nennen Sie ihn eigentlich Jean Petit?«, fragte Claire. Der alte Mann lachte kurz auf.

»Alle hier nennen ihn so. Kommen Sie mal wieder her, wenn das Museum geschlossen ist und unser Jean seine Runde im Ausstellungsraum dreht, spätabends. Die Musik ist manchmal bis nach draußen zu hören, hehe.«

Claire fiel plötzlich ein altes Kinderlied ein, das ihre Mutter oft in der Küche gesummt hatte.

Jean Petit qui danse.

»Er tanzt? Im Museum?«, fragte sie erstaunt, und der alte Enzo nickte mit einem vergnügten Blitzen in den Augen.

»Sogar richtig gut. Aber jetzt muss ich rein, mein Platz an der Bar wird sonst kalt, und Janine hat ihre Muschelsuppe gemacht, die sollten Sie probieren.«

Claire bedankte sich bei ihm, als ihr noch etwas einfiel.

»Sie sagten, der Kinosaal ist renoviert worden …«

»Ja, der ist mittlerweile fertig. Nur der neue Film, der wird noch geliefert, den macht irgend so eine Produktionsfirma, keine Ahnung …«

»Ist der Saal auch neu gestrichen worden?«

Der alte Enzo runzelte die Stirn.

»Äh … ich glaube, ja. Warum fragen Sie?«

Claire zuckte mit den Schultern.

»Nur so eine Idee, keine Ahnung. Sie wissen nicht zufällig, in welcher Farbe er gestrichen wurde?«

»Doch, klar weiß ich das. In Rot.«

Als der alte Mann sich umdrehte und die Tür zum *Mulberry* öffnete, war Claire bereits losgelaufen.

Sie fand Bruno Bogdanic direkt an der Strandpromenade, er blickte hinaus aufs Wasser. Er wirkte müde und angespannt.

Aus der Ferne hatte sie gesehen, wie er sein Handy weggesteckt hatte, und sie tippte auf ein unangenehmes Gespräch mit dem Polizeipräsidenten. Immerhin waren ihre Suchaktion und die Räumung der Innenstadt mit niemandem abgesprochen.

Der dicke Bruno musste Ergebnisse liefern. Und zwar schnell.

»Chef, ich habe was! Also, vielleicht jedenfalls.«

»Claire, Sie schon wieder. Sie geben aber auch nie Ruhe.«

»Chef, kommen Sie bitte einfach mit. Ich erkläre es Ihnen gleich.«

»Was ist denn jetzt schon wieder?«, fragte er gereizt, folgte ihr dann aber.

Mittlerweile schien er begriffen zu haben, dass Claire, auch wenn sie eine noch so große Nervensäge war, doch stets einen guten Blick hatte. Nicht immer für das Wesentliche. Aber für das Unwesentliche. Und das konnte eben manchmal den Lauf der Dinge entscheiden.

Sie gingen zum Landungsmuseum, dann vorbei an der Mitarbeiterin, die jetzt wieder an ihrer Kasse stand, und den beiden Kollegen, die immer noch beruhigend auf sie einredeten. Im Eingangsbereich erblickte Claire eine schmale Treppe, die auf eine kleine Empore führte. Ein Pfeil mit der Aufschrift »Kinosaal« wies nach oben.

Von der Empore ging eine rote Flügeltür ab, hinter der dumpfe Geräusche zu hören waren. Das Rollen eines Panzers. Das Abfeuern eines Geschützes. Das Peitschen eines Sturms auf hoher See.

Und über allem lag eine angenehme Sprecherstimme, die lauter wurde, als Claire vorsichtig die Tür öffnete und Bogdanic ein Zeichen machte, still zu sein und ihr zu folgen.

»Es ist der 6. Juni 1944. Vor wenigen Augenblicken haben die alliierten Streitkräfte die größte Schiffsflotte aller Zeiten in

Bewegung gesetzt. Mehr als 6000 Schiffe machen sich auf den Weg über den Ärmelkanal. Und die Deutschen ahnen nichts …«

Claire und Bogdanic setzten sich auf zwei freie Plätze im hinteren Teil des Kinos. Der Raum war nur zur Hälfte besetzt, viele der Besucher hatten Kopfhörer auf.

»Da vorne, da sitzt er«, flüsterte Claire.

»Wer?«, fragte Bogdanic.

»Jean Petit«, sagte sie und lächelte, als ihr Chef sie überrascht von der Seite anblickte.

»Der kleine Ort Arromanches gehört zu dem Küstenabschnitt, den die Alliierten Gold Beach *getauft haben. Er wurde ausgewählt, den entscheidenden Brückenkopf zu bilden. Von hier aus werden in den nächsten Tagen und Wochen Tausende und Abertausende von Panzern, Jeeps und Nachschubfahrzeugen ins Hinterland der Normandie gebracht.«*

Auf der großen Leinwand waren Originalaufnahmen in Schwarz-Weiß zu sehen. Landungsklappen gingen auf, die See tobte, Soldaten fielen tot in den Sand, bevor sie überhaupt einen Fuß auf französischen Boden gesetzt hatten.

Claire erkannte im Licht des Scheinwerfers das Gesicht von Jean Prudhomme. Er blickte gebannt auf die Leinwand, in seinen Augen spiegelte sich das Mündungsfeuer der deutschen Abwehrgeschütze.

Er muss diesen Film unzählige Male gesehen haben, dachte Claire, während Jean Prudhomme stumm auf einem kleinen Stuhl an der Wand saß und lächelte.

»In Arromanches war der deutsche Widerstand nicht ganz so erbittert wie in Omaha Beach, wo Tausende Amerikaner bereits in den ersten Stunden fielen. Die Briten, die den künstlichen Hafen erbauen würden, hatten Arromanches am Abend des 6. Juni endgültig unter ihrer Kontrolle.«

Claire deutete auf die Wände des Kinos und beugte sich zu Bogdanic.

»Ich habe vorhin erfahren, dass der Saal komplett renoviert wurde. Er riecht sogar noch ganz frisch. Und jetzt schauen Sie sich die Farbe an.«

»Grau«, sagte Bogdanic und zuckte mit den Schultern.

Claire lächelte.

»Warten Sie ab, bis das Licht angeht. Dann wissen Sie, warum wir hier sind.«

Drei Minuten später war der Film zu Ende. Die Besucher klatschten, und Jean Prudhomme erklärte ihnen den Weg zum Ausgang des Museums. Die Kopfhörer der fremdsprachigen Gäste sammelte er ein, begleitet von ein paar freundlichen Worten in der jeweiligen Landessprache.

Dann machte Jean Prudhomme, den hier alle Jean Petit nannten, das Licht in dem frisch renovierten Saal wieder an. Und Bogdanic pfiff anerkennend durch die Zähne.

»Nicht schlecht, *Mademoiselle* Cantalle. Nicht schlecht.«

Die Wände des Kinos erstrahlten vor ihren Augen in einem intensiven dunklen Rot. Ein Rot, wie sie es beide nicht zum ersten Mal sahen.

Als Jean Prudhomme gerade hinausgehen wollte, blickte er sich überrascht zu ihnen um. Sie saßen noch immer in der letzten Reihe und lächelten ihn an.

»*Pardon*, die Vorstellung ist vorbei«, sagte er freundlich.

»Allerdings«, antwortete Bruno Bogdanic düster. »Das ist sie. Das ist sie tatsächlich.«

KAPITEL 24

Arromanches-les-Bains
Wenig später
J-32

Sie hatten Philippe noch nicht gefunden. Dafür einen kleinen Abstellraum im hinteren Teil des Landungsmuseums, zu dem Jean Prudhomme sie geführt hatte, mit erstauntem Gesichtsausdruck und leicht zitternder Stimme.

Er hatte Angst, Claire sah es ihm sofort an.

Drei volle und ein halbleerer Farbeimer standen im Halbdunkel des kleinen Raumes. Und es hatte weitere gegeben, die hier gestanden hatten, die kreisförmigen Abdrücke auf dem Boden waren gut zu erkennen.

Genug für all die Kreuze, dachte Claire. Neben ihr stand Bogdanic und rief nach einem seiner Männer.

»Die Spurensicherung soll sofort kommen! Ich will, dass ihr die Farbe ins Labor schickt, jeden verdammten Eimer. Und ich will nicht morgen ein Resultat, auch nicht heute Abend, sondern jetzt sofort!«

Jean Prudhomme hatte mit herabhängenden Schultern danebengestanden.

»*Monsieur*, ich weiß wirklich nicht …«

»Sie warten! Claire, ist das Museum geräumt?«

»Ja, Chef.«

»Gut, dann kommen Sie mal mit, *Monsieur* Prudhomme. Oder soll ich *Monsieur Petit* zu Ihnen sagen?«

Jean Prudhomme blickte ihn verärgert an.

»Das verbitte ich mir!«

»Kommen Sie einfach mit«, unterbrach ihn Bogdanic, brachte ihn in den großen Ausstellungsraum und stellte zwei Stühle in die Raummitte. Dann winkte er seine Leute hinaus und schloss die Tür. Claire durfte bleiben, sie lehnte sich an eine Kommode an einer der Wände.

»Setzen Sie sich.« Bogdanics Stimme klang ungeduldig.

»Gerne.« Ganz offensichtlich versuchte Jean Prudhomme ruhig zu bleiben, aber es gelang ihm nicht, seine Finger waren ineinander verknotet, auf seiner Stirn glänzten Schweißtropfen. Es war warm im Museum, die Sonne schien durch die großen Panoramafenster.

»Bitte, ich verstehe immer noch nicht …«

»Kennen Sie diesen Mann?« Bogdanic hatte sich ihm gegenübergesetzt und ein Foto von Philippe aus seiner Jackentasche geholt.

Jean Prudhomme beugte sich vor, er blinzelte.

»Ja. Doch, ja, natürlich. Das ist Ihr Kollege, nicht wahr? Wie war sein Name noch mal?«

»Pasquale. Philippe Pasquale. Er ist gestern am späten Abend hierhergekommen, sein Auto steht draußen vor der Tür. Wir suchen ihn. Und wir suchen denjenigen, der seit Anfang des Jahres rote Kreuze in die Landschaft setzt, auf Friedhöfe, Strände und Straßen. Wir wüssten nämlich gerne, was derjenige damit bezweckt, verstehen Sie?«

Jean Prudhomme nickte, als wollte er sein Gegenüber besänftigen.

»Das verstehe ich natürlich. Aber ich weiß nicht, was ich und das Museum damit zu tun haben.«

Claire blickte aus dem großen Fenster, vor dem das Wasser sich langsam zurückzog und grüner Schlick auf feuchtem Sand zurückblieb. Rillen gruben sich sanft in den Boden, kleine Rinnsale bildeten sich, Wasser umspielte die schweren Kästen, die das Meer nun nach und nach freigab.

Mit der linken Hand öffnete sie vorsichtig die oberste Schublade der Kommode, vor der sie stand. Sie knarzte leicht.

»Bitte lassen Sie das!«, rief Jean Prudhomme ihr zu. »Die Kommode ist wertvoll.«

Claire lächelte ihn an.

»Natürlich«, sagte sie. Aber sie war zu neugierig, um dem Wunsch in Gänze zu folgen. Sie blickte in den Spalt, der sich gebildet hatte, während die beiden Männer weitersprachen. In der Schublade war ein alter Plattenspieler.

»Wir haben eines der Kreuze untersucht. Genauer gesagt die Farbe, die übrigens exakt die gleiche ist wie die in Ihren Farbeimern.«

»Das sind nicht meine Farbeimer, die hat das Museum bestellt. Ich wollte gar kein Rot, ich wollte Beige, aber die Stadtverwaltung hat es bezahlt, und …«

»Wie auch immer«, würgte ihn Bogdanic erneut ab. »In der Farbe auf einem der Kreuze wurden Blutspuren gefunden. Eigentlich dürfte ich Ihnen das alles gar nicht erzählen, aber ich habe keine Lust mehr auf Spiele. Ich will meinen Kollegen zurück. Und ich will diese beschissenen Kreuze loswerden, an denen ganz offenbar Blut klebt!«

Jean Prudhomme hob die Hände.

»*Monsieur*, verzeihen Sie mir, aber ich bin mir immer noch nicht sicher … Von wem soll das Blut denn stammen?«

Claire hatte sich von der Kommode gelöst und schritt langsam durch die Ausstellung.

»Kennen Sie diesen Mann?«

Bogdanic hatte ein Foto von Roussel hervorgeholt. Draußen über dem Meer begann die Sonne allmählich ihr helles Haupt zu senken. Wieder beugte sich Jean Prudhomme über ein Bild, wieder runzelte er die Stirn, bevor er sich zurücklehnte.

Sein Gesicht war eine Spur blasser geworden.

»Ist das von ihm? Ich meine das Blut? Das ist doch der Polizist, der draußen auf dem Senkkasten lag …«

»Sind Sie nervös, *Monsieur* Prudhomme?«

Bogdanic rückte seinen Stuhl etwas weiter nach vorn, seine Knie berührten jetzt fast die Knie von Jean Prudhomme.

»Nein … es ist nur … das ist ja schrecklich!«

Claire war vor einer Vitrine stehen geblieben und betrachtete die darin ausgestellte Uniform. Auf einem kleinen Schild las sie, dass es sich um eine amerikanische Offiziersuniform handelte, die Knöpfe schimmerten, und für einen Moment stellte sie sich vor, wie der Mann in der Uniform an Deck eines amerikanischen Kreuzers stand und mit einem Fernglas die Kämpfe am Strand beobachtete.

Das Sterben seiner Landsleute, die Explosionen an den Felsen.

Bis eine verirrte Kugel ihn traf und er ins kalte Wasser fiel, wo er blutend unterging, langsam und unaufhaltsam, während oben …

Claire stutzte.

Sie hatte sich gerade wieder wegdrehen wollen, als ihr Blick auf das linke Handgelenk der Offizierspuppe fiel. Dann auf das rechte.

Die beiden Manschettenknöpfe waren eckig und in einem eleganten Beige gehalten. In der Mitte prangte ein goldenes Kreuz.

Sie hatte so einen Manschettenknopf bereits woanders gesehen. Bei einem anderen Mann, der nicht in den kalten Fluten des Meeres ertrunken war, weil er sich auf einen stählernen Senkkasten gerettet hatte.

Und als sie genauer hinsah, erkannte sie es. Am linken Ärmel fehlte ein Knopf, es war vor ihr niemandem aufgefallen, weil der Stoff leicht verrutscht war und die Stelle von einer Falte bedeckt wurde. Claire blickte auf den anderen Ärmel – mit einem ähnlichen Ergebnis. Es war auf den ersten Blick kaum zu sehen, aber die jeweils oberen beiden Manschettenknöpfe waren weniger blankpoliert, sahen etwas billiger aus. Und ganz offenbar waren sie es auch, wie Claire bei genauerer Betrachtung bemerkte.

Jemand musste sie ausgetauscht haben.

Vorsichtig öffnete sie die Vitrine. Kurz darauf ging sie mit einem Lächeln zurück zu der Kommode, von der aus sie das Gespräch der beiden Männer anfangs verfolgt hatte.

»Wollen wir tanzen, Jean Petit?« Behutsam setzte sie die Nadel des Plattenspielers, den sie in der Kommode entdeckt hatte, auf die erste Rille einer alten Schallplatte. Die ersten Töne eines Liedes von Georges Brassens eroberten den Raum.

»Unterstehen Sie sich, mich so zu nennen! Und ich möchte wirklich, dass Sie sofort diese Musik ausmachen, sonst …«

»… sonst was?«, unterbrach Claire ihn. »Werfen Sie mich sonst ins Meer, so wie sie es mit unserem Kollegen aus Deauville gemacht haben, Anfang des Jahres?«

Bevor er wutentbrannt antworten konnte, streckte sie die Hand aus und sah mit einiger Freude, wie er ungläubig auf das blickte, was sie darin hielt.

Einen Manschettenknopf, glänzend und in einem eleganten Beige gehalten.

Die Musik erklang noch immer, aber Jean Prudhomme schien sie nicht mehr zu hören. Er stand zwischen Claire und Bogdanic und hielt sich an einem Glaskasten fest, unter dem das Modell des künstlichen Hafens ausgestellt war.

Mulberry, ein Wort, das nichts bedeutete, weil es sich in keinem Wörterbuch fand.

Und dort stand er jetzt, Jean Prudhomme, der nichts bedeutete, weil er sich in keinem Geschichtsbuch wiederfand.

Er wischte sich noch mehr Schweiß von der Stirn und schloss für einen kurzen Augenblick die Augen.

»Verzeih mir, Vater«, murmelte er leise.

Seine Füße begannen sich langsam zu bewegen, im Takt der schwermütigen Musik.

»*Monsieur* Prudhomme, Sie sind vorläufig festgenommen«,

sagte Bogdanic. »Wegen des dringenden Verdachtes, Luc Roussel niedergeschossen zu haben. Und ich möchte Sie dringend bitten, uns zu sagen, wo wir unseren jungen Kollegen Philippe Pasquale finden.«

Jean Prudhomme öffnete die Augen und lächelte Claire an.

»Sie möchten tanzen? Nun, *Mademoiselle*, lassen Sie uns tanzen.«

Eine Stunde später landete ein Polizeihubschrauber auf dem nassen Strand vor dem Museum, unmittelbar neben den schwarzen Pontons, an denen der grüne Tang klebte wie das Unheil an diesem Ort.

Der Pilot stoppte den Motor, die Rotorblätter kamen langsam zur Ruhe.

Bogdanic stand am Ufer und blickte hinaus aufs Meer. Sein Kopf war schwer, seine Gedanken bleiern. Und das Schwerste stand ihm noch bevor.

Die beiden Piloten öffneten die Türen, sprangen aus dem Hubschrauber und nahmen ihre Helme ab. Dann kamen sie über den harten Sand zu ihm herüber, einer von ihnen hatte einen kleinen Laptop in der Hand.

Ihre Blicke waren ernst, sie nickten ihm zu, als sie ihn erreichten. Der Copilot schaltete den Bildschirm an und reichte ihm den Laptop.

Bogdanic stellte das Gerät auf die kleine Brüstungsmauer neben sich und holte tief Luft. Hinter sich hörte er die Schritte einer jungen Frau, die nicht hier sein sollte.

»Claire …«, sagte er leise, gab es aber sofort auf, als er ihr Gesicht sah.

Es war aschfahl, starr und voller dunkler Vorahnungen.

Sie ist zu jung für all das, dachte er.

Gemeinsam blickten sie auf die Aufnahme der Wärmekamera des Hubschraubers. Das kalte Blau des Meeres, das etwas wärmere Grün des Strandes, das dunkle Orange der Polizeibeamten, die eben noch am Strand gewesen waren.

Ein Moment im Leben dieser Stadt, festgehalten in Farben und Temperaturen.

Und draußen auf dem Meer, hinter einem der großen Senkkästen, lag ein blasser Umriss im Wasser. Der Körper eines jungen Polizisten, in leichtem Grün gehalten, weil die Restwärme seines Körpers fast schon verschwunden war.

Bogdanic spürte, dass Claire wankte, und er hielt sie fest. Ihre Hand war kalt. Sie sagte kein Wort.

Auch nicht, als der Copilot den Bildausschnitt vergrößerte und auf den Hohlraum zeigte, in dem Philippe lag, dort draußen, in einem der Senkkästen, die vor so vielen Jahren ein künstliches Riff gebildet hatten.

Neben ihm trieb ein Kreuz im Wasser.

Auf dem Bildschirm war es nur schwach zu erkennen. Aber Claire und Bogdanic brauchten nicht viel Fantasie, um sich auszumalen, in welcher Farbe es gestrichen war.

KAPITEL 25

Arromanches-les-Bains
Am Abend
J-32

Der alte Enzo saß im *Mulberry* an der Bar und betrachtete die bernsteinfarbene Flüssigkeit, die vor seinen Augen immer neue Farbnuancen annahm. Die Farbe wechselte, als er sein Glas schwenkte, das Licht hinter dem Tresen brach sich in seinem Whisky. Ocker, gold, braun.

Es war sein zweiter an diesem frühen Abend. Die Polizei hatte die Stadt durchkämmt, das Museum durchforstet und immerhin etwas bewirkt, das er sich seit langem wünschte: Die Touristen hatten für den Rest des Tages die Stadt verlassen, in ihren Reisebussen und Campingwagen waren sie hinausgeleitet worden. Plötzlich war es still geworden in Arromanches. Für diesen einen Tag hatten die Dorfbewohner ihre Küste zurückgewonnen.

Gerade fischte Enzo eine Zigarette hinter seinem rechten Ohr hervor, als Janine aus der Küche kam.

»Vergiss es«, sagte die Wirtin laut, und er fügte sich mit hörbarem Bedauern.

»Wenigstens heute könntest du es mir gestatten«, schimpfte er und nahm einen kräftigen Schluck aus seinem Glas.

»Gerade heute nicht«, antwortete sie.

Enzo konnte sehen, dass sie blass war, fahrig wischte sie mit einem Lappen über den Tresen.

Außer ihm waren an diesem Abend keine Gäste hier.

»Es wird sich alles richten«, sagte er leise. Es war bereits das dritte Mal, dass er das sagte. »Du wirst sehen. Sie werden deinen Jean wieder laufen lassen, er hat doch nichts getan!«

»Natürlich nicht!«, sagte sie lauter als nötig.

Er lächelte sie an und nickte ihr ermutigend zu.

»Bleib ruhig, du wirst sehen, er ist bald wieder da.«

»Ich muss hoch.«

Der alte Enzo blickte sie verwundert an.

»Aber …«

»Ich habe es Jean versprochen!«, sagte sie und füllte warme Suppe in eine kleine Schale. »Es war ihm so wichtig, also habe ich es ihm versprochen. Und hinüber ins Museum gehe ich auch noch, einmal nach dem Rechten sehen.«

Der alte Enzo leerte sein Glas und klopfte auf den Tresen.

»Dann lass ich dich mal. Morgen ist ein neuer Tag. Und vermutlich werden die Touristen alle wieder da sein«, grummelte er, während er sich seine Jacke anzog.

»Na, ich hoffe doch«, antwortete sie und stieg die Treppe hoch. »Zieh die Tür einfach hinter dir zu. Ich schließe nachher ab.«

Als der alte Mann nur wenige Augenblicke später genau das tat, wunderte er sich, wie still es draußen war. Die Restaurants hatten früher geschlossen als sonst, auf der Brüstung saßen keine Touristen, die der Sonne dabei zusahen, wie sie im Meer versank.

»Dass ich das noch mal erleben darf«, brummte er und wollte gerade gehen, als ein weißer Motorroller auf den Platz einbog und direkt vor dem *Mulberry* hielt. Die junge Fahrerin setzte ihren Helm ab, öffnete ihre schwarze Lederjacke und lächelte ihm zu, während sie sich durch ihr dunkles Haar fuhr.

»Die haben schon geschlossen«, sagte er und betrachtete die Frau eingehend, was ihr nicht verborgen blieb. Es war ihm egal.

Sie war schlank, hatte lange Beine und eine sportliche Figur. Etwas zu dürr für seinen Geschmack. Aber sie hatte ein freundliches Gesicht, einige wenige Sommersprossen hatten sich auf der linken Gesichtshälfte verloren.

Nur auf der linken, bemerkte er.

Ihre Nase, die sie jetzt rümpfte, war spitz, und als sie ihre Jacke auszog, sah er, dass ihre Arme muskulös waren. Hübsches Ding, dachte er. Aber er bemerkte auch, dass ihr Blick flackerte. Sie war nervös.

»Fertig geguckt?«, fragte sie, schien aber keineswegs verärgert zu sein.

»Ja«, antwortete er knapp.

»Und?«

»Sie sind zu jung für mich.«

Ihr Lachen war hell und klar, und es lüftete für einen kurzen Augenblick den dunklen Vorhang, der über der Stadt lag.

»Gute Nacht, *Mademoiselle*«, sagte er und machte sich auf den Heimweg.

»Gute Nacht, *Monsieur*. Hat mich gefreut.«

Aber da war er schon weg, verschluckt von der Dunkelheit.

»Mein Gott, haben Sie mich erschreckt!«, rief Janine Prudhomme laut, als sie die steile Treppe herunterkam und plötzlich die fremde junge Frau vor sich sah. Vor lauter Schreck fiel ihr fast das Tablett aus der Hand.

»Entschuldigen Sie bitte, das wollte ich natürlich nicht«, antwortete die Frau. »Warten Sie, ich nehme das Tablett.«

»Wir haben bereits geschlossen«, sagte die Wirtin. »Morgen ist vielleicht ein besserer Tag.«

»Aber wir waren für heute Abend verabredet«, entgegnete die junge Frau und legte ihre Lederjacke auf einen der Barhocker. »Ich bin Ihre neue Kellnerin. Wir haben vor einer Woche telefoniert.«

Janine schlug sich gegen die Stirn.

»Natürlich, was bin ich blöd! Bitte entschuldigen Sie, heute ist wirklich ein verrückter Tag.«

»Ist er das? Warum? Ich bin gerade erst angereist und habe nichts mitbekommen …«

Die Wirtin deutete auf einen Hocker an der Bar.

»Na, dann setzen Sie sich erst mal. Ich hole Ihnen einen Teller Suppe, heute gibt es sowieso nichts mehr zu tun, ich habe die Küche bereits aufgeräumt. Morgen fangen Sie dann an. Haben Sie schon ein Zimmer?«

»Ja, habe ich. Das passt schon.«

»Prima, ich freue mich sehr. Ich bin übrigens Janine, mein Sohn ist leider gerade verhindert, er arbeitet drüben im Museum. Jetzt gerade ist er … na ja, das tut jetzt nichts zu Sache. Und wie war Ihr Name noch mal, Kind?«

»Anna. Nennen Sie mich Anna. Und ich freu mich wirklich, hier zu sein.«

KAPITEL 26

Arromanches-les-Bains
Zwei Tage später
J-30

Nicolas suchte einen Ort zum Nachdenken.

Er hatte sich von seinem Team verabschiedet und war einfach losgelaufen. Vorbei an den letzten Häusern im Ort und an den Bunkern, die von den Deutschen so dicht am Ufer ins Erdreich gesetzt worden waren.

Ein kleiner Pfad führte hinauf über die Klippen, dichtbewachsene Büsche versperrten den Blick auf die Bucht und den kleinen Hafen von Arromanches. Als Nicolas etwas weiter hinausblickte, sah er die dunklen Senkkästen im Wasser liegen, die Sonne schien nur schwach, es war windig, und die Wellen klatschten hart gegen die Stahlwände. Alles schien grau zu sein an diesem Tag, selbst der Strand und die Dächer der Häuser lagen farblos unter ihm, während seine Füße ihn weiter bergan trugen.

Er wusste nicht, wohin er wollte, aber das machte ihm nichts aus.

Hatte es noch nie.

Zu seiner Linken lagen grüne Felder, gesäumt von weißen Holzzäunen und bewachsen von einzelnen Apfelbäumen und losen Ansammlungen von Büschen. In einiger Entfernung graste eine Handvoll Kühe. Die Sonne stand hoch am Himmel, es war angenehm warm, trotz des Windes.

Als er etwa zwanzig Minuten gelaufen war, erreichte er eine Bank.

Er war müde, schon so lange.

»Du siehst beschissen aus«, hatte Tito ihm erst heute Morgen zugerufen, als er hinaus auf die Place Sainte-Marthe trat. Aber er hatte nur die Hand zum Gruß gehoben und war ins Taxi zum Flughafen gestiegen. Die nachdenklichen Blicke, die sein alter Nachbar ihm hinterhergeschickt hatte, hatte er nicht bemerkt. Stattdessen hatte er eine Tablette aus einer kleinen Medikamentenpackung gedrückt und sie hastig und ohne Wasser hinuntergeschluckt. Und jetzt war er in der Normandie, nur einige Stunden später, und blickte auf ein Meer, in dessen Untiefen etwas lauerte, das er nicht fassen konnte.

Es schien ihm, als habe jeder seine Spielsteine in Stellung gebracht, als würden sich die Spieler auf jeder Seite des Brettes belauern, auf den nächsten Zug warten. Es ging um Zentimeter, um kleinste Vorsprünge und Vorteile, wer diese nutzen wollte, musste zugreifen, schnell und unbarmherzig.

Es war das Spiel der Gezeiten, an einer Küste, die keine Gewinner kannte. Nur Verlierer, die geschlagen auf dem Spielfeld zurückblieben, irgendwo zwischen Ebbe und Flut. Oder in einem der Senkkästen, umspült von kaltem Wasser, wie ein toter Fisch, der der Mühe nicht wert war, an Land gebracht zu werden.

Sie hatten Philippe einfach ins Meer geworfen, zwischen die verrosteten Streben eines gigantischen Senkkastens. Zusammen mit einem roten Kreuz. Weil sie wollten, dass ihre Botschaft nicht unterging vor den anderen Spielern am Tisch.

Der längste Tag hat längst begonnen.

Es war ein Spiel ohne Regeln.

Und Philippe, der junge Polizist, den Claire so sehr gemocht hatte, war einfach vom Spielfeld genommen worden.

Immerhin, sie hatten einen leichten Vorsprung, dank Julie, die begonnen hatte, im *Mulberry* zu arbeiten, weil Pierre Melville es ihr so aufgetragen hatte.

»Er will, dass ich mittendrin bin, nichts soll dem Zufall überlassen werden, gar nichts«, hatte sie Nicolas in einem weiteren hastigen und erneut viel zu schnell beendeten Telefonat erklärt. Sie hatte ihn im Auto erreicht, neben Nicolas hatte François Faure gesessen, der in seine Akten vertieft gewesen war und der nichts ahnen durfte. Es war ein seltsam distanziertes Gespräch gewesen, dabei hatte Nicolas ihr so viel zu sagen.

Etwa, dass er keine Antworten mehr wollte. Sondern nur sie.

Um jeden Preis.

Stattdessen hatte er ihr zugehört und sich die Informationen eingeprägt, die sie ihm genannt hatte.

»Melvilles Hintermänner, mit denen er sich besprechen will, kommen in einer Woche in sein Landhaus, abends um acht. Und denkt dran, keiner von ihnen darf entkommen. Sonst wird der Anschlag am 6. Juni durchgeführt.«

Das war vorgestern gewesen.

Also blieben noch fünf Tage bis zum Abend im Landhaus, bis womöglich alles beendet sein würde.

Eine Möwe flog dicht über Nicolas' Kopf, als er aufstand und sich streckte. Er musste zurück, das Treffen im Rathaus von Arromanches würde bald zu Ende gehen. François Faure und sein Team waren nur für eine kurze Visite an der Küste, der Minister wollte sich über den Stand der Vorbereitungen informieren.

Es soll sein großer Tag werden, dachte Nicolas. Die Weltöffentlichkeit würde am 6. Juni in die Normandie blicken, und es war der zukünftige Staatspräsident, der am hellsten strahlen wollte.

Während er langsam zurücklief, holte Nicolas sein Handy hervor, aber das Display war leer. Keine Nachricht von Julie.

Er verließ den kleinen Pfad, vor sich sah er jetzt die ersten Häuser von Arromanches. Plötzlich hörte er das Klicken eines Feuerzeuges, dann ein trockenes Husten.

Bruno Bogdanic lehnte an der Rückseite eines kleinen Bunkers und hielt sein Gesicht in die Sonne.

»Du hörst dich wirklich kerngesund an«, begrüßte Nicolas ihn, als er den Bunker umrundet hatte.

»Im Gegensatz zu dir«, antwortete der dicke Bruno, während er mit zusammengekniffenen Augen an seiner Zigarette zog. »Du hörst dich an wie ein Personenschützer aus der Hauptstadt, und das ist doch alles andere als kerngesund, was meinst du?«

Nicolas lachte.

»Da hast du natürlich recht. Kurze Pause von der Sitzung?«

Der Leiter des *Commissariat* nahm ebenfalls an dem Treffen beim Bürgermeister teil, schließlich wollte Faure wissen, ob die Sicherheit durch die Polizei gewährleistet war. Natürlich war nicht die Polizei von Caen allein zuständig, aber sie war ein wichtiger Baustein des Sicherheitskonzeptes rund um diesen Tag.

Bogdanic sah alt aus, sein Gesicht war eingefallen, seine Finger fischten eine weitere Zigarette aus einer halbleeren Packung.

»Das mit deinem jungen Mitarbeiter Philippe tut mir sehr leid«, sagte Nicolas. Der dicke Bruno nickte kurz, sein Blick ging zu Boden.

»Schöne Scheiße«, murmelte er. »Er war ein guter Mann, sehr ehrgeizig. Ein bisschen beflissen, etwas zu eifrig. Aber sehr zuverlässig. Und er hatte einen guten Einfluss auf Claire Cantalle, wenn du weißt, was ich meine.«

Nicolas lächelte.

»Allerdings weiß ich das«, sagte er. »Aber glaub mir, Claire wird einmal eine verdammt gute Polizistin sein. Sie ist neugierig, das ist wichtig.«

»Und sie ist nervig. Aber du hast recht, ich mag sie durchaus. Nicht jeden Tag, aber wenigstens ab und zu. Und sie hat uns schließlich zu Jean Prudhomme geführt. Das war alleine Claires Verdienst.«

Nicolas blickte auf seine Armbanduhr. Er würde sich beeilen müssen.

»Aber er hat noch nicht gestanden, nicht wahr?«

Bogdanic hustete heiser und zündete sich die neue Zigarette an.

»Wir wissen jetzt immerhin, was Luc Roussel in Arromanches wollte.«

Nicolas blickte ihn überrascht an, während hinter ihnen die Wellen des Ärmelkanals unablässig gegen die kleine Kaimauer von Arromanches prallten. Der Wind nahm zu, der Himmel kam in Bewegung, verdunkelte sich.

»Das wird ihn selbst am meisten interessieren, er sitzt nämlich immer noch in seiner Rehaklinik und zermartert sich das Hirn.«

Der dicke Bruno lächelte kurz.

»Kann es sein, dass er ein Faible für Manschettenknöpfe hat?«, fragte er.

»Allerdings, und für maßgeschneiderte Hemden. Ich habe anfangs vermutet, dass er im Casino spielt, um sie sich leisten zu können. Aber er sagte mir irgendwann, dass er geerbt hätte.«

Bogdanic nickte und zog an seiner Zigarette.

»Jedenfalls hat Jean Prudhomme mittlerweile gestanden, ihm Manschettenknöpfe verkauft zu haben. Er hat sie im Internet angeboten.«

»Die Manschettenknöpfe von einer alten US-Uniform«, ergänzte Nicolas, und der dicke Bruno knurrte grimmig.

»Dieser Jean Prudhomme hat seit einem Jahr immer wieder Gegenstände aus dem Museum verkauft, heimlich. Unter dem Ladentisch oder im Internet. Neulich hat er sogar eine Bibel versetzt, die ein britischer Soldat dabeihatte, als sie hier an Omaha Beach gelandet sind. Stell dir vor, da war ein Einschussloch drin, die Kugel steckte noch im Buch. Ein Sammler hat dafür tatsächlich 40 000 Euro geboten, kannst du dir das vorstellen? Und Roussel wird eins und eins zusammengezählt haben. Er hat Prudhommes kleines Geheimnis entdeckt.«

Nicolas blickte hinüber nach Arromanches.

»Aber warum hat Prudhomme das getan? Ich meine, er lebt doch für das Museum, er ist voller Stolz auf die Geschichte dieser Küste. Warum sollte er so etwas tun?«

Bogdanic zertrat die hastig gerauchte Zigarette im feuchten Sand.

»Wir müssen los, lass uns gemeinsam rübergehen.«

Gemeinsam liefen sie in den Ort hinein. Vor den kleinen Läden in der Fußgängerzone drehten sich langsam die Postkartenhalter, marinefarbene Pullover und rot-weiß gestreifte Halstücher hingen an einer Kleiderstange, eine Familie aus Deutschland beriet vor dem Eingang eines Restaurants über das Tagesangebot.

Arromanches war zurückgekehrt in seinen geschichtsträchtigen Alltag.

»Das Museum ist pleite«, erklärte Bogdanic, als sie nach rechts in Richtung Rathaus abbogen. »Sie wollen es Ende des Jahres schließen, wenn nicht bald Geld reinkommt. Und genau deshalb hat Jean Prudhomme die Gegenstände verkauft, er hat mittlerweile 150000 Euro zusammenbekommen. Das hat er in kleinen Tranchen anonym gespendet, für den Erhalt des Museums. Allerdings wird das wohl trotzdem nicht reichen.«

»Und Philippe Pasquale, euer Kollege?«, fragte Nicolas.

Bogdanic blieb vor einem Tabakladen stehen und kramte etwas Kleingeld aus seiner Hosentasche.

»Ich vermute, der ist ihm eher zufällig auf die Schliche gekommen, als er spätabends alleine nach Arromanches gekommen ist. Ich nehme an, er wollte eine weitere Farbprobe holen. Claire meint, Philippe sei die rote Farbe im Kino womöglich bei einem ersten Besuch aufgefallen. Vielleicht hat Jean Prudhomme ihn überrascht. Ihn niedergeschlagen und dann ins Meer geworfen, wo er jämmerlich ersoffen ist, weil er eben nicht so ein Bulle von Mann ist wie Luc Roussel. Derzeit gehen wir jedenfalls von dieser Möglichkeit aus. Moment, ich bin gleich wieder da.«

Als Bogdanic kurz darauf mit zwei neuen Packungen Zigaretten zurückkahm, fielen die ersten Regentropfen.

»Er hat aber leider nur den Verkauf der Gegenstände aus dem Museum gestanden. Den Angriff auf Roussel und den Mord an Philippe leugnet er. Aber das kriegen wir auch noch aus ihm raus.«

Als sie das Rathaus erreichten, blickte Nicolas Bogdanic an.

»Du bist nicht zum Rauchen nach draußen an den Bunker gekommen. Was wolltest du von mir?«

Der dicke Bruno lächelte.

»Dir entgeht aber auch nichts.« Dann jedoch wurde sein Blick ernst. »Mich beschäftigen zwei Fragen, abgesehen von dem Mord an unserem jungen Kollegen.«

Nicolas nickte seiner Teamkollegin Carole Adams zu, die den Eingang des Rathauses sicherte.

»Welche beiden Fragen?«

Bogdanic riss eine neue Packung Zigaretten auf.

»Der 6. Juni. Ich glaube, ihr Typen aus Paris verschweigt uns etwas. Und ich bin es leid, im Nebel herumzustochern, während einer meiner Männer wie eine ungenießbare Makrele ins Wasser geworfen wird. Also: Warum hat Luc Roussel versucht, das Wort *Bodyguard* ins Metall zu ritzen? Und wer um Himmels willen malt irgendwelche Kreuze rot an? Das hängt doch alles zusammen.«

Nicolas überlegte, bevor er antwortete. So gerne er dem dicken Bruno auch die Wahrheit erzählt hätte: Er durfte es nicht.

»Ich kann nur mutmaßen«, sagte er schließlich. »Roussel wollte mir etwas mitteilen, allerdings …«

»Hör auf mit der Scheiße!«, raunzte ihn Bogdanic an. »Du weißt verdammt genau, was ich meine! Da drinnen reden die Herrschaften gerade darüber, ob es am 6. Juni Muscheln oder Garnelen geben soll, ob sie das Gruppenfoto mit Blitz oder ohne machen werden – und hier draußen rennt jemand rum und stellt blutrote Botschaften in den Wind. Und ich kann dir versichern, Jean Prudhomme steckt nicht alleine hinter all dem, wenn er überhaupt unser Mann ist.«

»Es ist nicht …«

»Pass auf, was du sagst! Denn so langsam verliere ich die Lust auf dich und deine Kollegen! Zweiunddreißig Kreuze, genau zweiunddreißig Tage vor dem 6. Juni, ich bin doch nicht blöd!«

»Das sagt auch keiner«, versuchte Nicolas ihn zu beruhigen.

Aber er drang nicht mehr zu Bogdanic durch, der gerade eine abgeknickte Zigarette in die Bordsteinrinne schnippte.

»Ihr habt genau eine Woche, sag das deinem Minister! Danach werde ich die Redaktion von *Ouest-France* anrufen und denen stecken, dass es Pläne für einen Anschlag gibt. Und dass das zuständige Ministerium alles vertuscht!«

Nicolas musste zugeben, dass dieser Spielzug von Bogdanic kein schlechter war. Aber sie durften auf keinen Fall Pierre Melville aufschrecken.

»Hör mir zu …«, begann er, aber da war der dicke Bruno bereits die Treppen zum Rathaus hochgelaufen.

»Eine Woche«, zischte er über seine Schulter. »Dann beende ich dieses Spiel.«

Nicolas blickte auf die Uhr, dann zu Carole Adams, die noch immer den Eingang sicherte.

»Sind sie bald fertig?«, fragte er, Carole schüttelte den Kopf.

»Verzögert sich alles. Gilles sagt, wir sollen auf unseren Positionen bleiben.«

»Sag ihm, ich bin sofort wieder da.«

Carole blickte ihn skeptisch an, aber da war Nicolas bereits losgelaufen, hinunter zum Strand. Zu der Stelle, die er von den Klippen aus gesehen hatte, als er zurück nach Arromanches gelaufen war.

Auf dem Weg zum Hafen rief er in der Rehaklinik an, in der Roussel untergebracht war. Er hatte Glück und erwischte ihn kurz vor einer weiteren Sitzung mit einem weiteren Physiotherapeuten.

Zu den Folgen der schweren Schussverletzung kam noch ein komplizierter Bruch seines Hüftknochens, die Ärzte gingen davon aus, dass er hart auf einen Stein aufgeschlagen war. Roussel hing folglich wie ein nasser Sack an einer Gehhilfe, er fluchte ständig, was ihn nur zusätzlich Kraft kostete. Zudem war er immer noch stark geschwächt, er hatte Probleme beim Atmen und immer wieder rasende Kopfschmerzen. Die langen Stunden, die er bewusstlos und unterkühlt auf dem Senkkasten vor der Küste gelegen hatte, hatten ihre Spuren hinterlassen.

Er hatte den Kampf gegen den Tod nur knapp gewonnen, in jener Nacht. Der Kampf zurück ins Leben war noch in vollem Gange.

»Was gibt es, Bodyguard?«, begrüßte er Nicolas, nachdem eine Schwester ihm sein Handy gebracht hatte.

»*Salut*, Roussel. Ich habe Neuigkeiten.«

»Hm.«

»Der Manschettenknopf. Er stammt doch aus dem Landungsmuseum von Arromanches. Claire hat es herausgefunden.«

»Gutes Mädchen. Muss sie aber nicht wissen, dass ich das gesagt habe.«

»Natürlich nicht. Aber ich habe noch etwas. Es geht um das viele Rot, an das du dich erinnerst.«

»Seit wann duzen wir uns, Bodyguard?«, fragte Roussel argwöhnisch.

»Seit du wieder aufgewacht bist«, antwortete Nicolas. »Du hast damit angefangen.«

»Ich war nicht ganz bei mir. Aber gut, meinetwegen, soll mir recht sein.«

»Mir auch«, antwortete Nicolas mit einem Lächeln.

»Roussel, dieses Rot: Könnte das Farbe sein? Ich meine, Eimer voller …«

»Ja! Ja! Ja! Nicolas! Ich meine: Scheiße!! Das ist es! Da waren Eimer. Das ist es! Ha!«

Nicolas konnte hören, wie Roussel mit seinem Rollstuhl mit voller Wucht gegen etwas Hartes prallte, einen Bettpfosten vielleicht. Mehrfach.

»*Monsieur*, bitte passen Sie auf, das Bett ist …«

»Klappe, Schwester Marguerite! *Pardon*, aber ich bin … Scheiße! Nicolas, sind Sie … Bist du noch da!?«

Nicolas blickte in den grauen Himmel über sich, als er auf den kleinen Platz vor der Strandpromenade einbog.

»Ich bin da, Roussel.«

»Eimer! Jetzt kommen wir der Sache doch näher, ja, da waren wirklich Eimer … und … Nicolas?«

»Ja, Roussel?«

Nicolas konnte förmlich hören, wie es in Roussels Hirn arbeitete, wie es jeden Winkel seiner Erinnerung auszuleuchten versuchte.

Da war ganz offensichtlich noch mehr.

»Ich … da ist … Moment.«

»Nur mit der Ruhe, Roussel«, beruhigte Nicolas ihn. »Setz dich nicht unter Druck, und …«

»Halt mal kurz die Klappe, ja?«, grollte der Mann am anderen Ende der Leitung.

Nicolas blieb stehen, und während er wartete, spürte er den kalten Seewind in seinem Gesicht. Die Luft war kristallklar.

»Da ist eine Stimme«, sagte Roussel plötzlich. Offenbar war sein Hirn nun bereit, die ersten Geheimnisse freizugeben. Die Information über die Eimer war wie das Öffnen eines Fensters in einem staubigen Raum.

Aber Roussel war noch immer geschwächt und sein Kopf war es auch.

»Nicolas, ich melde mich. Ich … da ist diese Stimme … aber ich kann sie nicht mehr hören.« Roussels Gedankengänge wurden von einer Pflegerin unterbrochen, und wenig später verabschiedete sich Nicolas von ihm. Sie mussten sich gedulden, bis sein Gehirn wieder Einlass gewährte.

Nicolas hatte den Platz am Hafen inzwischen erreicht. Er steckte sein Handy weg und blickte sich für einen Moment um.

Dann sah er sie.

Claire stand etwa fünfzig Meter jenseits des Platzes auf dem nassen Sandstreifen, den die Ebbe freigelegt hatte. Um sie herum lagen hunderte von kleinen Steinen, die sie offensichtlich am Rande des Wellenbrechers aufgelesen hatte. Immer wieder sortierte sie die Steine neu, sprang zwischen ihnen hin und her, nahm einen Stein, legte ihn an eine andere Stelle, nahm einen anderen Stein. Ihre Bewegungen wurden immer hastiger, ihre Beine zitterten, ihr Haar war nass vom einsetzenden Regen.

Als Nicolas sie erreichte, beachtete sie ihn nicht, sie rannte zwischen den Steinen hindurch, verschob sie mit den nackten Füßen. Feuchter Sand klebte ihr an den Wangen.

Sie weinte.

Ihr Atem ging stoßweise, ihre Augen waren gerötet und weit aufgerissen.

»Claire«, sagte Nicolas leise, aber sie hörte ihn nicht.

Keuchend tauschte sie erneut mehrere Steine aus, legte sie in eine lange Reihe, schritt sie ab, nahm Maß, überlegte, hob andere Steine auf, warf sie fort, holte neue. Ihr Schluchzen drang zu den wenigen Touristen an den kleineren Pontons, die zu ihnen herübersahen, bevor sie weitere Fotos machten von sich und den rostigen Hinterlassenschaften des Krieges.

Als Claire stolperte und hinfiel, machte Nicolas dem Ganzen ein Ende. Mit zwei schnellen Schritten war er bei ihr, Matsch beschmutzte seine Hose, seine Schuhe waren voller Schlamm.

Mit beiden Armen umschlang er sie, zog sie hoch und drückte sie fest an sich.

»Nein!«, rief sie, sie strampelte und versuchte sich freizumachen.

»Ruhig, Claire!«, flüsterte er.

»Lass mich los! Ich muss doch …«

»Sei ruhig. Sag nichts. Es ist gut.«

»Du sollst mich loslassen!« Ihre Füße wühlten den Sand auf, sie trat um sich, und als er sich nicht anders zu helfen wusste, ließ sich Nicolas langsam zu Boden gleiten, wo er sie weiter festhielt.

Ihr Gesicht grub sich in den Sand, ihre Hände krallten sich in seine Jacke.

»Claire. Es ist vorbei!«

»Aber, ich muss … Nicolas!« Ihr Schluchzen drang durch den Regen, der stärker geworden war und der sie beide immer mehr durchnässte. Nicolas spürte nassen Sand unter seinem Hemd, sein dunkler Anzug war verdreckt.

Aber all das war egal.

Denn hier lag er mit Claire, die ihre Trauer an den Strand getragen hatte und nicht wusste, was sie mit ihr machen sollte.

Sie im Sand vergraben. Oder im Meer ertränken.

»Ich bin da«, flüsterte er. »Ich bin da, Claire, ich geh nicht weg.«

Ihr Atem wurde ruhiger, ihr Zittern schwächer.

»Es ist alles gut.«

»Halt mich, Nicolas. Lass mich nicht los.«

Der Regen prasselte auf sie ein, die Touristen, die eben noch verwundert zu ihnen herübergeblickt hatten, flüchteten unter das Vordach des Landungsmuseums. Neben Nicolas und Claire bildeten sich kleine Rinnsale, das Wasser suchte sich seinen Weg über den Sand, hinunter zum Meer, wo die salzigen Fluten des Ärmelkanals es aufnahmen. Eine einzelne Möwe näherte sich ihnen vorsichtig mit Tippelschritten, erstaunt über das seltsame Paar, das dort am Boden lag.

Nicolas rollte sich erschöpft auf den Rücken, er schmeckte den Regen auf seinen Lippen. Neben ihm weinte Claire leise, behutsam berührte er ihre Schulter.

»Lass uns gehen, Claire. Es ist vorbei.«

»Nein.«

Sie drehte sich zu ihm. Er strich ihr eine nasse Strähne aus dem Gesicht, und sie lächelte einen kurzen Augenblick.

»Es ist nicht vorbei, Nicolas«, sagte sie. »Im Gegenteil, es geht jetzt erst los.«

»Was meinst du damit?«

»Ich zeig es dir.«

Mühsam standen sie beide auf, Nicolas klopfte sich so gut es ging den Schlamm vom Anzug. Er würde später irgendwo duschen müssen.

Auch Claire war über und über mit Sand und Schlick bedeckt, der Regen zog schmutzige Schlieren über ihr Gesicht. Sie deutete auf die Steine, die um sie herum lagen.

»Was ist das?«, fragte Nicolas.

»Das hier ist etwas, das niemand sieht. Niemand, hörst du, Nicolas? Nur du. Du musst es sehen. Denn ich weiß nicht weiter. Aber du achtest auf Dinge, die nicht da sind, nicht an der Oberfläche.«

Nicolas runzelte die Stirn und wischte sich etwas Sand aus dem Gesicht. Dann blickte er auf die Steine.

Es waren lange Reihen, die Claire gelegt hatte. Es mussten hunderte Steine sein, die diagonal zur Strandpromenade angeordnet waren. Sie bildeten ein großes Rechteck, so wie man es bei einem …

»Das ist ein Friedhof«, sagte er plötzlich. »Das sind Gräber. Viele Gräber.«

Claire nickte traurig.

»Du stehst auf dem amerikanischen Friedhof von Colleville-sur-Mer, Nicolas. Mitten auf dem ersten Gräberfeld, gleich rechts vom Eingang.«

Nicolas machte einen Schritt zur Seite. Jeder Stein ein Kreuz. Hunderte, wenn nicht mehr. Er zeigte auf einen der Steine, der ziemlich genau in der Mitte lag.

»Er ist größer als die anderen.«

Wieder nickte Claire. Ihre Stimme klang matt, als sie anfing zu sprechen.

»Das ist Charles Frederik Baker, geboren in Illinois. Gestorben am 7. Juni im Einsatz für die 29. Infanterie-Division.«

»Und der hier?« Nicolas zeigte auf einen weiteren großen Stein, der etwas entfernt lag.

»Private Manuel Espinoza, Texas. Gestorben am 24. Juli 1944. Der Stein daneben: Sergeant Craig McIntyre von der 82. Airborne Division. Er war aus Massachusetts.«

Sie berührte einen weiteren Stein, der weiter oben im Gräberfeld lag.

»Und schließlich Captain Allison Briggs. Bomber Group H., 384. Schwadron. Aus Pennsylvania. Und da und dort hinten liegen noch mal vier größere Steine.«

»Und was haben sie zu bedeuten, all diese Steine?«, fragte er Claire.

Sie zuckte mit den Schultern.

»Alles. Oder auch nichts. Ich weiß es nicht. Ich weiß nur, dass Philippe womöglich deswegen gestorben ist und dass es weh tut. Hörst du, Nicolas? Es tut so weh!«

Nicolas machte ein paar Schritte durch die Steine, trat aus dem Rechteck heraus, schaute auf den Stein von Captain Allison Briggs aus Pennsylvania.

Massachusetts. Texas. Illinois.

Claire hatte mittlerweile einen Plan des amerikanischen Friedhofes hervorgeholt, er faltete ihn auseinander und blickte auf das Gräberfeld, auf dem sie mit rotem Stift die angestrichenen Kreuze markiert hatte. Dazu die Position der Kreuze, die an Omaha Beach an Land gespült worden waren.

Nicolas blickte kurz in den Regen.

Ein Satz fiel ihm ein.

Der längste Tag hat längst begonnen.

»Der längste Tag …«, murmelte er. Dann blickte er Claire an. »Ich brauche mehr Steine«, sagte er. »Große Steine.«

Claire runzelte die Stirn. Es regnete mittlerweile in Strömen.

»Dahinten am Wellenbrecher sind welche!«, sagte sie. »Wie viele brauchst du?«

Er blickte sie an, seine Haare klebten ihm mittlerweile im Gesicht wie der grüne Tang an den dunklen Pontons.

»Zweiunddreißig«, sagte er. »Ich brauche zweiunddreißig große Steine.«

Zwanzig Minuten später standen sie nebeneinander im Regen und blickten auf das große Rechteck, in dem hunderte von Steinen diagonal angeordnet waren. Und auf das, was sich ihnen offenbarte.

»Es sind nicht die Namen, die wichtig sind«, flüsterte Claire.

»Es geht um die Position auf dem Gräberfeld«, ergänzte Nicolas. »Du konntest es nicht wissen. Niemand konnte es wissen. Aber mit den zweiunddreißig Steinen und deinen acht ergibt es einen Sinn. Es war nur ein Versuch, aber es ist tatsächlich so: Die Kreuze bilden eine Botschaft.«

Claire blickte ihn an.

»Und was bedeutet das jetzt?«

Nicolas schwieg einen Augenblick.

»Das, liebe Claire, bedeutet, dass ich dir etwas erzählen muss. Obwohl ich es nicht darf. Aber das machen wir, wenn wir im Trockenen sind.«

Kurz darauf verließen sie den Strand und klopften sich den Sand von der Kleidung.

»Wir sehen grausam aus«, lachte Claire.

»Allerdings. Komm, wir gehen ins *Mulberry*, vielleicht haben die eine Dusche. Und dann kann ich dir gleich jemanden vorstellen. Allerdings darfst du sie nicht verraten.«

»Ich versteh kein Wort.«

»Das wirst du schon noch, Claire. Keine Sorge.«

Der Regen ließ nicht nach. Der Strand verwandelte sich immer mehr in ein schlammiges Schlachtfeld, in dessen Mitte ein steinernes Gräberfeld lag. Das Wasser rann über die Steine, wusch den Dreck ab und verschwand schließlich in den kleinen Rillen, die hinunter zum Meer führten.

Zurück blieb eine Botschaft. Ein Zeichen, das lange keiner erkannt hatte. Vierzig blutrote Flecken auf einem schneeweißen Gräberfeld, vereint zu einem einzigen Buchstaben.

Hier, im Regen von Arromanches.

Ein Buchstabe, der einem Tag galt.

Einem längsten Tag, der längst begonnen hatte.

J

KAPITEL 27

Arromanches-les-Bains
Kurz darauf
J-30

Na, jetzt seht ihr wieder einigermaßen hergestellt aus. Was kann ich euch denn bringen?«

»Also, für mich eine heiße Schokolade. Und ich könnte was zu essen gebrauchen. Du auch, Nicolas?«

»Für mich nur ein Wasser, danke.«

»Sehr gerne. Ich bringe es euch gleich und schaue mal, was Janine heute in der Küche so zu bieten hat. Eine warme Suppe auf jeden Fall.«

»Klingt gut, die würde ich nehmen.«

»Dacht ich mir! Also, bis gleich, ich bin hinter dem Tresen, wenn ihr noch was braucht.«

»Nicolas?«

»Hm?«

»Hat dir die Kellnerin eben zugezwinkert?«

»Hm.«

»Nicolas! Hörst du mir zu? Die hat dir doch zugezwinkert!«

»Eifersüchtig, Claire?«

»Quatsch, bilde dir bloß nichts ein. Weißt du, was mich aber noch mehr wundert?«

»Hm?«

»Du hast gelächelt. Ganz leicht nur, aber ich habe es eindeutig gesehen! Und glaub mir, ich kenne dich, du lächelst sehr selten.«

»Claire, die Frau dort, das ist Julie.«

»Ich meine, ab und zu, ja, wenn ich mal einen Witz mache, oder Bertrand. Aber ansonsten lächelst du eigentlich nie. Was eigentlich schade ist, dein Lächeln ist ja ganz hübsch … Was hast du gerade gesagt?«

»Die Kellnerin. Das ist Julie.«

»Wie meinst du das, sie ist Julie? Ich verstehe nicht, sie sagte, sie heißt Anna, und …«

»Da gibt es nichts zu verstehen. Es ist Julie. Warte, da kommt sie mit den Getränken.«

»Willst du mich verarschen, Nicolas? Ich dachte, Julie ist …«

»Sie war, Claire. Sie war.«

»Du musst Claire sein, nicht wahr? Nicolas hat mir von dir erzählt. Entschuldigung, dass ich flüstere, Nicolas wird es dir erklären. Hier ist deine heiße Schokolade.«

»Julie, wir müssen reden. Über den amerikanischen Friedhof.«

»Später.«

»Es ist dringend.«

»Ich mache nachher Pause. In einer halben Stunde.«

»Gut. Claire, Mund zu. Du fällst auf.«

»Entschuldigung, ich … also, ich … weiß nicht, was ich sagen soll.«

»Das ist ein hübsches Anker-Tattoo, das du da am Hals hast, Claire. Wirklich! Also, bis später, ja. Die Suppe kommt gleich.«

Der Regen klopfte noch immer gegen die Fensterscheiben des *Mulberry*, Nicolas konnte die Touristen unter dem Vordach des Museums sehen. Es hatte geöffnet, obwohl der wichtigste Mitarbeiter vorläufig festgenommen worden war. Einige Reisebusse standen auf dem Parkplatz, in den umliegenden Restaurants waren die Lichter angegangen.

Er überlegte, ob es richtig war, Claire ins Vertrauen zu ziehen. Es war eine spontane Idee gewesen, vielleicht auch, weil es ihr so schlecht ging, weil er sie ablenken wollte. Und weil er wollte, dass sie sich nicht mehr so hilflos fühlte. Aber ebenso verspürte er ganz einfach das Bedürfnis, etwas zu teilen. Es gab ohnehin schon zu viele Dinge, die er mit sich selbst ausfechten musste.

Sein Handy brummte kurz. Es war eine Nachricht von Gilles Jacombe.

»Scheiße«, murmelte er, als er die Nachricht las, und blickte an sich hinunter, auf die zu weite Hose und den ausgeleierten Pullover, die er von Janine Prudhomme bekommen hatte.

»Ihr wollt mich verarschen, oder?«, flüsterte Claire jetzt. »Ich meine … also ganz im Ernst … also, wenn ich es mir so überlege … die sieht ja super aus! Was will die mit so einem Typen wie dir, ich meine, du lächelst ja noch nicht mal, gut, bei ihr schon, aber ansonsten, also … Nicolas, ist das wirklich Julie? Scheiße, ich brauch einen Schnaps.«

»Geht nicht.«

»Warum nicht?«

»Weil dein Chef in einer Minute hier reinkommt. Das Treffen im Rathaus ist zu Ende, und der Minister hat vorgeschlagen, ausgerechnet hier etwas zu essen. Also, hör mir zu …«

Es musste jetzt sein, er musste Claire jetzt alles erzählen.

»Warte, Nicolas, ich sitze hier in einer Jogginghose und einem Sweatshirt, auf dem ›*I love Normandy*‹ draufsteht! Und du sagst mir, dass gleich der dicke Bruno und der Minister … Scheiße, Nicolas!«

»Bleib ruhig«, sagte er und legte ihr die Hand auf den Arm.

»Du hörst mir jetzt genau zu, Claire. Es ist kompliziert, aber da musst du jetzt durch.«

»Was soll das heißen, kompliziert?«

»Es geht um den 6. Juni, um die Feierlichkeiten. Der Inlandsgeheimdienst hat Hinweise auf einen Anschlag, aber wir können ihn im Vorfeld verhindern.«

Claire starrte ihn an.

»Du verarschst mich, Nicolas.«

»Nein, tue ich nicht.«

»Was für ein Anschlag?« Claire flüsterte noch immer, ihre Stimme klang heiser. »Wo soll er denn …«

»In Colleville, auf dem amerikanischen Friedhof. Du hattest recht, Claire.«

»Die Kreuze«, flüsterte sie leise. »Die Kreuze waren von Anfang an …«

Nicolas nickte.

»Ja, aber dass dort tatsächlich ein Anschlag geschehen soll, wissen wir erst seit kurzem. Wir wissen es von Julie. Sie hat Kontakt zum Drahtzieher.«

Nicolas konnte Claire ansehen, dass es zu viele Informationen auf einmal für sie waren.

»Ich werde dir alles erklären, aber ich fürchte, dafür ist jetzt keine Zeit. Wichtig ist: Julie ist Anna. Und Anna ist Kellnerin hier im *Mulberry*, und sie muss es bleiben.«

»Nicolas, ich verstehe nicht …«

»Claire, jetzt nicht. Jetzt musst du lächeln. Du bist Polizistin und lächelst. Also ich meine: Polizeianwärterin.«

»Arschloch.«

»Und zieh deine Jogginghose hoch, sie rutscht etwas, und man sieht …«

»Nicolas!«

Die Tür zum *Mulberry* öffnete sich, mehrere Regenschirme wurden geschlossen, ein Dutzend Menschen schob sich in das kleine Bistro.

»Janine!«, rief ein kleiner, rundlicher Mann. Es war der Bürgermeister von Arromanches, dem ganz offensichtlich gerade einfiel, dass er vielleicht besser hätte anrufen sollen, um seinen Besuch anzukündigen.

»Janine, ich bringe ein paar Gäste mit. Nun ja, es sind nicht irgendwelche Gäste, vielmehr …«

»Ist mir völlig egal«, rief eine laute Stimme aus der Küche. »Wir haben nur noch Muschelsuppe, frisches Brot und ein bisschen Fisch. Wollen alle Weißwein dazu? Sonst gibt es nur Wasser.«

»Das klingt hervorragend«, sagte François Faure, der in diesem Augenblick durch die Tür trat und sich im Gastraum umsah.

»Das ist perfekt«, murmelte er und wandte sich an seinen Referenten.

»Hier machen wir es. Ganz unkonventionell, kleine Karte, nichts Besonderes. Die werden es lieben, sage ich Ihnen. Immer nur große Empfänge, Dreisterneköche, das hier ist doch viel ehrlicher, nicht wahr?«

»*Monsieur le Ministre,* wir können hier nicht alle Staatsgäste …«, setzte Thomas Bolden an.

»Nicht alle, Thomas, nicht alle! Nur das Kabinett, wenn alles vorbei ist.«

Die Gäste verteilten sich auf mehrere Tische, und Nicolas hoffte, im allgemeinen Durcheinander hinausschlüpfen zu können.

»Ah, Nicolas! Sie sind ja schon hier … aber wie sehen Sie denn aus?«

Faure hatte ihn bereits erspäht. Gilles Jacombe, sein Teamleiter, leider auch.

»Das hat ein Nachspiel«, zischte er Nicolas zu und musterte ihn.

»Kleinen Sondereinsatz gehabt?«, rief Faure durch den Raum und zwinkerte ihm zu.

Auch Claire schaffte es nicht mehr, sich unauffällig zu verdrücken. Geräuschvoll stieß sie ein Wasserglas um.

»Claire, Sie auch hier, wie schön«, flüsterte Bogdanic ihr mit einiger Schärfe zu.

»Chef, es ist nicht so, wie es aussieht, wir …«

»Wie sieht es denn aus?«

»Na ja, man könnte meinen, dass wir … also … haben wir aber nicht! Also Chef, ich habe … also genauer gesagt hat Nicolas … also wir lagen da und … ach, Scheiße!«

Janine Prudhomme kam aus der Küche und betrachtete ihre Gäste. Als sie François Faure sah, kniff sie kurz die Augen zusammen und wischte sich die Hände an einem Küchentuch ab.

»So, jetzt hat sich meine Kellnerin gerade abgemeldet, ihr

ist schlecht. Keine Sorge, es liegt nicht an den Muscheln, die sind hervorragend, wer etwas anderes sagt, fliegt raus. Sie auch, *Monsieur le Ministre*, da machen wir keine Ausnahme!«

»Tolle Frau«, flüsterte Faure seinem Referenten zu. »Sie regeln das, am 6. Juni essen wir hier.«

»Muschelsuppe für alle? Junge Frau, binden Sie sich eine Schürze um, dann können Sie mir in der Küche helfen. Claire war Ihr Name, oder? Keine Widerrede.«

Claire war froh, aus dem Blickfeld ihres Chefs zu verschwinden, und folgte Janine. Wenige Augenblicke später wurde es ruhig im *Mulberry*, nur noch das leise Schlürfen der Gäste war zu hören.

»Ich übernehme hinten«, sagte Nicolas zu Gilles Jacombe.

»Das will ich dir auch raten«, erwiderte sein Teamleiter. »Und wenn du glaubst, du kriegst einen Regenschirm …«

»Ja, ja, ich habe verstanden. Ich erkläre es dir später.«

»Davon gehe ich aus.«

Kurz darauf trat Nicolas durch den Hinterausgang und blieb unter dem kleinen Vordach stehen, um sich vor dem immer noch kräftigen Regen zu schützen. Über dem Meer hatten sich dunkle Wolken versammelt. Kein guter Tag, dachte er.

Er hörte leise Schritte durch den Regen. Kurz darauf schlüpfte Julie zu ihm unter das Vordach, ihre Haare waren durchnässt, sie zitterte leicht.

»Julie …«

»Pst.« Sie legte sich einen Finger auf den Mund und blickte sich um. Leise schloss sie die Tür zum *Mulberry*.

»Bist du verkabelt?«, fragte sie ihn kaum hörbar und deutete auf sein Handgelenk.

Nicolas blickte an sich herab.

»In *den* Klamotten? Eher nicht.«

»Na ja, wenn du dich auch mit fremden Frauen im Sand wälzt …«

Julies Lächeln wärmte ihn, es schickte ihn weit fort von hier, es erinnerte ihn an Zeiten, die einfacher gewesen waren, oder zumindest weniger verwirrend.

»Vielleicht ist Claire mir weniger fremd als die Frau, die gerade vor mir steht«, sagte er leise.

»Das kann ich mir kaum vorstellen«, antwortete sie, und als sie sich küssten, schien es ihm, als würde der Regen für ein paar Sekunden stärker werden, um sie einzuhüllen in einen Schleier, hinter dem niemand sie sehen konnte.

»Wolltest du mich deswegen sehen?«, flüsterte sie ihm ins Ohr, während sie sich an ihn schmiegte. Sie zitterte, und gleichzeitig hatte er das Gefühl, sie sei bereit, alles fallen zu lassen.

Nur ihn nicht.

»Auch«, sagte er. »Aber es gibt etwas, das wir bereden müssen.«

Sie schloss kurz die Augen, drückte ihn an sich und blickte dann auf die Uhr.

»Beeil dich. Ich muss gleich Melville anrufen.«

»Warum?«

»Nicolas, nicht jetzt. Weil ich muss. Ich melde mich regelmäßig und berichte ihm.«

»Ich wollte mit dir über Roussel reden, Julie«, sagte er hastig.

Julie blickte ihn besorgt an.

»Geht es ihm schlechter, ist er …«

Er schüttelte den Kopf.

»Nein, im Gegenteil, er erholt sich langsam. Nur seine Erinnerung hinkt noch etwas hinterher. Aber an zwei Dinge kann er sich inzwischen erinnern. An eine Stimme. Und an die roten Farbeimer im Museum. Julie, welche Rolle spielt das Museum bei Melvilles Plänen?«

Sie blickte ihn überrascht an.

»Gar keine. Davon hätte er mir erzählt.«

»An den roten Kreuzen wurde Roussels Blut gefunden. Die Farbe kommt aus dem Museum, und mittlerweile gehen wir davon aus, dass Roussel dort niedergeschlagen wurde. Und dass er dann ins Wasser geworfen wurde. Zur Sicherheit hat man noch mal auf ihn geschossen.«

Julie schwieg für einen Moment.

»Nein ...«

»Julie, da muss es etwas geben! Hat Melville dir gegenüber den Namen Jean Prudhomme erwähnt?«

Julie lachte kurz auf.

»Du meinst Jean Petit? Was soll mit ihm sein?«

»Er wurde festgenommen. Aber wir können ihm nichts nachweisen.«

Julie blickte auf ihre Uhr und dann misstrauisch durch die Küchentür nach drinnen. Sie überlegte kurz.

»Melville kennt Jean Prudhomme, natürlich kennt er ihn. Aber ich wüsste nicht ...«

»Frag ihn, wir müssen sicher sein. Ihr müsst doch mal über den Angriff auf Roussel gesprochen haben, du und dein Pierre!«

»Das ist nicht mein Pierre!«, blaffte sie ihn an, und er merkte, dass er sich im Ton vergriffen hatte.

Sie schwieg kurz und lehnte müde den Kopf an seine Schulter.

»Melville hat sich geärgert, dass ausgerechnet in Arromanches ein Polizist niedergeschossen wurde. Es passte nicht in seine Pläne. Mehr weiß ich auch nicht.«

»Das ist nicht viel«, sagte Nicolas, und seine Antwort klang kälter, als er beabsichtigt hatte.

Für zehn Sekunden standen sie da, ohne zu reden.

Als der Regen für einen Moment schwächer wurde, löste sie sich von ihm und lief davon, ohne sich noch einmal umzusehen.

KAPITEL 28

Normandie und Paris
Vier Tage später
J-26

Der Tag, an dem die Dinge ihren Lauf nahmen, begann mit einer Verspätung von fünfzehn Minuten. Die Sonne stand noch nicht sehr hoch am Himmel, als Jean Prudhomme auf seine Schuhe blickte, die in den vergangenen Tagen zu oft hatten stillstehen müssen. Sie sahen grau und schmutzig aus. Er sah dem Streifenwagen hinterher, der ihn wie gewünscht am Busbahnhof von Caen abgesetzt hatte. Er war der einzige Fahrgast, der auf den Bus in Richtung Perlmuttküste wartete, an diesem frühen Sonntagmorgen waren noch nicht viele Menschen unterwegs.

Jean Prudhomme trug seine graue Jacke in der linken Hand, in der rechten hielt er den Zettel, der ihm eine kostenlose Rückfahrt nach Arromanches ermöglichte. Er überlegte, ob er für die Fahrt nicht besser selbst aufkommen sollte, dann müsste er das Schreiben des *Commissariat* nicht vorzeigen. Dann fiel ihm ein, dass er kein Geld bei sich hatte. Nur seinen Hausschlüssel, der in seiner grauen Jacke steckte.

Noch immer begriff er nicht, warum die Polizei ihn plötzlich hatte gehen lassen. Mitten im Verhör – gefühlt war es das hundertste gewesen – war ein Mann im eleganten Anzug erschienen und hatte ihm freundlich mitgeteilt, dass er gehen könne, weil die Polizei nichts gegen ihn in der Hand habe. Der Verkauf von Ausstellungsstücken aus dem Museumsbestand sei selbstverständlich strafbar, aber kein Grund, ihn festzuhalten. Er würde sich zu einem späteren Zeitpunkt dafür verantworten müssen, hatte der Mann ihm erklärt, dessen Namen er bereits vergessen hatte.

Es war ganz offensichtlich ein Anwalt gewesen, aber Jean war zu müde, sich darüber Gedanken zu machen, wer ihn geschickt und vor allem, wer ihn bezahlt hatte. Der Mann hatte gelächelt und ihm versichert, dass alles seine Richtigkeit habe. Also hatte Jean erschöpft gebeten, die Polizei möge ihn doch nur zum Busbahnhof bringen, er würde von dort schon zurechtkommen.

Und jetzt hatte der Bus mit der Nummer 76 hinunter nach Port-en-Bessin-Huppain Verspätung, fünfzehn Minuten, und er wartete auf all das, was da kommen würde.

Zur selben Zeit verließ Nicolas seine Wohnung an der Place Sainte-Marthe in Paris, schloss die Tür zweimal ab und überprüfte den Sitz seiner Waffe unter dem Jackett. Er würde später noch eine Schutzweste anlegen, aber bis zum Einsatz hatte er noch einen langen Tag vor sich. Er hatte versucht, Roussel in der Rehaklinik anzurufen, aber der war in irgendeiner Therapie gewesen und nicht zu sprechen.

Uns fehlen noch Puzzleteile, dachte Nicolas, als er die Haustür öffnete. Er trat auf den Platz hinaus und erblickte Tito, der unter den Bäumen saß und auf seinem Zeichenblock etwas skizzierte, das es so nicht gab: die Idylle eines ruhig gelegenen Platzes in Paris, beschattet von grünen Bäumen und bewacht von einem Hund, der auf den Namen Rachmaninoff hörte. Die Place Sainte-Marthe aber war nicht ruhig, das Hupen der Autos in den umliegenden Straßen hallte bis hierher. Und die Bäume waren auch nicht grün, sondern von einem schmutzigen Braun. Der Hund schließlich hieß zwar Rachmaninoff, aber er hörte nicht auf diesen Namen, genauso wenig, wie er wachsam war. Er hörte auf gar nichts, außer auf seine innere Stimme, die ihm in diesem Moment sagte, dass es nie verkehrt war, einfach auf dem warmen Asphalt zu liegen und zu schlafen.

»*Salut*, Tito.«

Nicolas blickte auf die Uhr, sein Taxi hatte Verspätung.

Der alte Mann grummelte etwas in sein unrasiertes Kinn, aber Nicolas verstand ihn nicht.

»Hast du dir mittlerweile überlegt, ob du wirklich in die Normandie reisen willst?«

Tito blickte ihn mit ernster Miene an.

»Bitte nicht schon wieder, Bodyguard. Ich habe gesagt, natürlich fahre ich zu den Feierlichkeiten am 6. Juni, warum sollte ich auch nicht?«

Nicolas schüttelte missmutig den Kopf, er hatte in den vergangenen Wochen mehrfach versucht, Tito von der Reise abzubringen. Aber der alte Bock war störrisch.

»Die haben mich eingeladen, weil mein Vater nicht mehr kommen kann, der ist seit vierzig Jahren tot. Also, warum sollte ich nicht dort hinfahren, ist doch nett, so eine Einladung! Und angeblich kommen viele interessante Leute, da darf ich nicht fehlen, nicht wahr.«

»Ist schon gut, Tito. Da kommt endlich mein Taxi.«

Der Wagen hielt vor dem *Le Vannier*. Nicolas warf seine kleine Reisetasche in den Kofferraum.

»Wohin geht es diesmal?«, fragte Tito, während sein Kohlestift über das Papier huschte.

»Kann ich dir nicht sagen«, antwortete Nicolas.

»Natürlich kannst du das, du Angeber. Einfach nur den Mund aufmachen und losplappern, ist ganz einfach. *Mademoiselle* Julie konnte das besser als du, bei ihr hättest du dir was abschauen können. Hört ihr wenigstens gute Musik, da wo ihr hinfahrt, du und dein Team?«

»Ich fahre diesmal alleine. Und wer weiß, vielleicht gibt es dort, wo ich hinfahre, auch gute Musik.«

Als das Taxi anfuhr, schreckte Rachmaninoff kurz aus dem Schlaf hoch.

Pierre Melville begann den Tag ebenfalls mit einiger Verspätung, allerdings war hierfür kein Bus oder Taxi verantwortlich, sondern nur er selbst. Er hatte seine morgendliche Laufrunde entlang der Klippen verlängert, war etwas weiter hinausgelaufen, bis der Kopf frei wurde und die Gedanken begannen, sich zu beruhigen.

Es war nun fast so weit. Und diese Tatsache hatte ihn unruhig schlafen lassen, was ihn überraschte. So lange hatte er auf diesen Tag gewartet, hatte geplant und vorbereitet, hatte sich in den Schatten bewegt, um mehr Licht auf dieses Land zu werfen. Alles war vorbereitet, es gab keinen Grund, sich Sorgen zu machen.

Die rote Flut, wie er sie genannt hatte, war ein voller Erfolg gewesen. Zuerst die Flugblätter. Für einen Moment war Paris im Chaos versunken, seine Botschaft war angekommen. Die bemalten Kreuze auf dem Friedhof, die Fässer mit Farbe im Meer und schließlich die Kreuze entlang der Straße nach Arromanches. Alles hatte auf die Minute genau funktioniert.

Selbst als das Problem mit dem jungen Polizisten aufgetreten war, war er ruhig geblieben. Ja, der Beamte hatte eine Verbindung gesehen, die er nicht hätte sehen dürfen – aber er hatte ihn so schnell wie möglich aus dem Spiel genommen.

Auf die Idee, ihn gemeinsam mit einem roten Kreuz in einen der Senkkästen zu werfen, war er stolz. So hatte er aus einem Problem ein weiteres Ausrufezeichen gemacht, seine Botschaft noch tiefer in die Köpfe der Menschen eingraviert.

Nur dieser Roussel störte. Ein ärgerlicher Zufall, ein Mann zur falschen Zeit am falschen Ort. Dass er überlebt hatte, glich einem Wunder. Aber was wusste er schon. Was konnte er schon gegen ihn ausrichten. Ein frustrierter Bulle ohne Erinnerung, der in irgendeiner Rehaklinik vor sich hin dämmerte.

Melville blickte auf seine Pulsuhr, während er sich dem Landhaus näherte. Seine Werte waren gut, wie immer, wenn er in der Normandie war. Zufrieden trocknete er sich mit dem Handtuch ab, das er vor seinem Lauf über den Zaun des Anwesens gehängt hatte. Dann legte er es sich in den Nacken und drehte sich der See zu. Vor ihm lag der Ärmelkanal. Die Wolken spiegelten sich im glatten Wasser. Alles war ruhig, ganz so, als würde die Perlmuttküste sich noch einmal ausruhen, bevor der Sturm losbrach.

Und das würde bereits heute Abend geschehen.

»Ich verändere alles, ihr werdet sehen«, murmelte er.

Während er sich im Haus die Laufschuhe auszog und seine Sportsachen in die Wäschetonne schmiss, begann er eine alte Melodie zu summen, die dazugehörigen Textzeilen entstammten einem Gedicht. Für ihn war es immer das schönste aller Gedichte gewesen.

Den Herbst durchzieht das Sehnsuchtslied der Geigen …

Alles würde gutgehen. Jetzt hatte er auch Jean Prudhomme wieder zurück aufs Spielfeld gebracht, ihn mithilfe eines befreundeten Anwaltes da rausgeholt. Weil er ihn brauchte.

… und zwingt mein Herz …

Die Zeilen hatten damals den Ärmelkanal überwunden, waren vom britischen Radio herüber nach Frankeich gebracht worden, wo sie von Soldaten gehört wurden, die sich daraufhin von ihren Liebsten verabschiedeten. Weil der Sturm begonnen hatte.

So wie heute.

Melville blickte auf das geöffnete große Fenster in seinem Schlafzimmer, die Gardinen bewegten sich leise im Wind, die Sonne fiel auf das zerwühlte Bett. Er lächelte, als er an Julie dachte.

Es war lange her, seitdem sie im Théâtre des Champs-Élysées seine Loge betreten hatte, aber es kam ihm vor wie ein Wimpernschlag. Er hatte sofort gemerkt, dass sie keine normale Bedienung war, keine Aushilfskellnerin in einem Konzertsaal.

… in bangem Schmerz zu schweigen.

Zuerst hatte er sie einfach nur haben wollen, noch an diesem Abend. Sie hatte sich ihm entzogen, es hatte ihn nur noch wahnsinniger gemacht. Sie hatte etwas Geheimnisvolles an sich, es hatte ihn angezogen, und er hatte schließlich nicht mehr von ihr lassen können. Ihre Abgründigkeit, ihre dunkle Traurigkeit, die sie vor ihm nicht verbergen konnte, all das hatte sie in seinen Augen nur noch attraktiver gemacht.

Als er sich im Badezimmer im Spiegel betrachtete, fiel ihm jener Moment ein, als er begriff, wer die Frau hinter der traurigen Fassade tatsächlich war.

Es war in einem Restaurant gewesen, am Nebentisch hatte sich ein Ehepaar, vermutlich Algerier, gestritten.

Julie hatte sich mit einem Lächeln zu ihnen hinübergebeugt und vorgeschlagen, sie sollten doch beide einfach verschwinden, dorthin, wo sie herkamen. Nach Afrika. Und während die beiden zornig gegangen waren, hatte sie unter dem Tisch nach seiner Hand gegriffen. Eine Woche später hatte er sie in seinen Plan eingeweiht.

Und jetzt würden sie es zu Ende bringen.

Während Pierre Melville in seinem Badezimmer vor dem Spiegel stand, saß Claire bereits seit zwei Stunden im Schneidersitz auf dem Teppichboden ihres kleinen Zimmers und studierte den Faltplan des amerikanischen Friedhofs von Colleville. In der linken Hand hielt sie eine Tasse Tee, die mittlerweile kalt geworden war.

Ihr Atem ging ruhig, ihre Augen wanderten ohne Hast zwischen den Punkten auf dem Plan hin und her, in Gedanken schritt sie Wege ab, durchquerte Gräberfelder, stieg hinab an den Strand und wieder zurück, zu der ersten Baumreihe oberhalb des Hangs.

Sie sprach kein Wort, sie murmelte nichts, sie summte auch nicht die Melodie eines alten Liedes.

Sie schwieg. Und ab und zu dachte sie, dass sie noch nie so lange am Stück nichts gesagt hatte. Es gefiel ihr, auch wenn ihre Beine langsam zu zappeln begannen.

Aber noch war sie nicht so weit.

Das kann nicht alles gewesen sein, dachte sie. Sie wusste nicht, warum, aber sie hatte das Gefühl, dass ihr die Kreuze noch etwas sagen wollten. Dass da noch mehr war.

Nicolas hatte ihr mitgeteilt, dass die Amerikaner mittlerweile alle Gräberfelder auf dem Friedhof nach Sprengsätzen abgesucht, aber nichts gefunden hatten. Aber was bedeutete das schon. Wenn der Anschlag am 6. Juni selbst stattfinden würde, hatte Melville noch genug Zeit, Sprengsätze oder sonst was zu legen, auf dem Friedhof oder wo auch immer.

Vielleicht hatten sie aber auch ganz grundsätzlich etwas übersehen. Und genau dieser Gedanke ließ ihr keine Ruhe.

Nicolas hatte sie vor einigen Tagen im *Commissariat* in Caen besucht und ihr vertraulich alle Details erzählt, von Julies Verschwinden über die Rolle seines eigenen Vaters, bis hin zu den Anschlagplänen eines gewissen Pierre Melville. Unmittelbar danach hatte der dicke Bruno einen abhörsicheren Anruf vom Inlandsgeheimdienst erhalten, in dem er über einen Einsatz informiert worden war, der heute Abend stattfinden sollte. Und doch blieb es dabei: Die roten Kreuze gingen ihr nicht aus dem Sinn, sie brannten ihr auf der Seele.

Also war sie heute früh aufgestanden, hatte geduscht, sich einen Tee gemacht und dann den Faltplan aufgeklappt. Und jetzt saß sie hier und blickte auf das große *J*, das die vierzig roten Kreuze auf dem ersten Gräberfeld bildeten, so wie sie es mit Nicolas am Strand nachgebaut hatte.

»Ach, Scheiße, ich muss wieder reden«, sagte sie plötzlich laut in die Stille ihres Zimmers hinein und stand stöhnend vom Boden auf.

»Ich gehe jetzt raus, vielleicht fällt mir da irgendetwas ein«, rief sie laut, als wäre jemand da, der ihr zuhörte. Aber da war niemand. Der einzige Mensch, der ihr immer zugehört hatte, war im kalten Wasser gestorben, neben einem roten Kreuz.

Als sie kurz darauf die Zimmertür hinter sich schloss, lag der Faltplan des amerikanischen Friedhofes immer noch auf dem Boden vor ihrem Bett. Und er barg das, was sie alle übersahen.

Der Vormittag schleppte sich langsam hin, die Zeiger auf der Wanduhr im *Mulberry* drehten mühsam ihre Runden, als Julie aus der Küche kam und ein Tablett mit Cidre durch das kleine Bistro trug. An einem der Tische am Fenster saßen Touristen aus Belgien, weiter vorne hatte eine Gruppe Biker Platz genommen. Nach dem Fund von Philippes leblosem Körper vor einigen Tagen war das *Mulberry* nun wieder gut besucht, die Touristen hatten Arromanches wieder geflutet, als wäre nie etwas gewesen.

Julie war nervös.

»Janine, ich gehe ganz kurz eine rauchen«, rief sie in die Küche, als sie sah, dass alle Gäste versorgt waren.

»Ist gut«, tönte die Stimme der Wirtin.

Julie nahm die Küchenschürze ab und trat durch die Tür hinaus auf den kleinen Platz an der Strandpromenade. Sie stellte sich an eine Häuserecke und holte ein Feuerzeug heraus. Stöhnend blies sie den Rauch aus. Sie beobachtete, wie etwa dreißig Meter vor ihr eine einzelne Möwe sich auf den langen Lauf der Panzerhaubitze vor dem Landungsmuseum setzte. Einige Touristen nutzten den Augenblick als Fotomotiv.

Mit einigem Ächzen hielt ein alter Bus mit der Nummer 76 direkt vor der Strandpromenade. Quietschend öffnete sich die hintere Tür. Julie sah zuerst die Schuhe, dann die Beine und schließlich die Hände und die graue Jacke eines Mannes, der benommen in die hoch stehende Sonne blinzelte.

»Sieh mal an, wer da kommt«, murmelte sie und drückte ihre Zigarette am Boden aus.

Jean Prudhomme drehte sich einmal um sich selbst und betrachtete die Menschen und die Gebäude um ihn herum. Erst schien er zum Museum hinüberlaufen zu wollen, dann jedoch änderte er seine Meinung und kam auf das *Mulberry* zu. Er sah müde und abgekämpft aus, aber als Julie auf seine Schuhe blickte, musste sie lächeln.

Sie bewegten sich leichtfüßig, beinahe tänzerisch über den rissigen Asphalt. Jean Prudhomme kehrte nach Hause zurück.

»*Mademoiselle* Anna!«, rief er erfreut, als er sie neben der

Eingangstür stehen sah. »Wie schön, Sie sind die Erste, die ich bei meiner Rückkehr antreffe. Ich freue mich, Sie kennenzulernen!«

Etwas linkisch wischte er sich die Hände an der Hose ab und streckte ihr die rechte entgegen.

Julie lachte und umarmte ihn.

»Wie schön, Sie zu sehen, Jean! Und bitte, lassen Sie doch das *Mademoiselle*, ja? Wie geht es Ihnen?«

»Nun ja, ehrlich gesagt bin ich etwas müde. Es war ja nicht … wirklich angenehm. Also bei der Polizei, meine ich.«

Julie schob ihn sanft ins *Mulberry* hinein.

»Das glaube ich. Kommen Sie, Ihre Mutter wird sich freuen! Und Sie müssen hungrig sein, also kommen Sie schon!«

Wenig später saß Jean Prudhomme an einem kleinen Tisch neben der Bar, tunkte ein Stück Brot in seine Suppe und lächelte seine Mutter an, die ihm immer wieder über den Kopf strich.

»Ich habe mich ums Museum gekümmert, weißt du?«, sagte sie, und ihr Sohn nickte.

»Und Vater? Wie geht es ihm?«

»Ganz gut. Du willst bestimmt gleich hoch zu ihm. Aber es geht ihm gut.«

Julie konnte sehen, wie Jeans Augen leicht glänzten, er blinzelte.

»Merci, Maman.«

Janine blickte zu Julie und schlug sich plötzlich mit der flachen Hand gegen die Stirn.

»Mein Gott, Anna, fast hätte ich es vergessen! Pierre Melville hat angerufen, du kennst ihn bestimmt nicht, das ist ein Abgeordneter, der hier in der Nähe ein Landhaus hat.«

Julie wurde plötzlich eiskalt. Sie versuchte sich nichts anmerken zu lassen, aber ihre Stimme zitterte merklich, als sie fragte: »Und was wollte dieser Melville?«

Der Anruf war nicht abgesprochen. Irgendetwas lief anders als geplant.

Janine holte einen Zettel aus ihrer Schürze.

»Eine Aushilfe. Er gibt heute Abend einen kleinen Empfang

in seinem Landhaus. Wir liefern dafür die Muschelsuppe, weißt du. Und seine Haushälterin hat ihm abgesagt, deshalb hat er mich gefragt, ob er jemanden von mir haben könnte. Ich habe ihm natürlich sofort zugesagt, er zahlt auch gut. Du sollst um sieben da sein, meinte *Monsieur* Melville, das schaffst du doch, Anna, oder?«

Warum will er mich jetzt doch dabeihaben, fragte sie sich. Sie merkte, dass sie schwitzte. Melville änderte den Plan.

Und das gefiel ihr nicht. Aber sie hatte keine Wahl.

»Ja, das schaffe ich. Natürlich.«

Einige Stunden später landete Nicolas mit einem Privatflugzeug seines Dienstes in Caen und stieg in einen schwarzen SUV, der bereits auf ihn wartete. Sein Vater, der auf der Rückbank saß, nickte ihm zur Begrüßung zu.

Exakt achtundzwanzig Minuten später erreichten sie eine kleine, verlassene Schäferhütte, die auf einer Anhöhe oberhalb von Pierre Melvilles Landhaus lag.

Nicolas stieg aus dem Wagen und blickte hinaus aufs dunkle Meer. Die Sonne war wenige Minuten zuvor untergegangen, als wollte sie sich in Deckung bringen angesichts der Gefahr, die sich anbahnte.

Mit der Ruhe war es endgültig vorbei.

Ein Sturm zog auf.

Nicolas pfiff anerkennend, als er die Hütte nach seinem Vater betrat. Im Inneren befand sich eine improvisierte Kommandozentrale, auf mehreren Bildschirmen waren Außenaufnahmen des Landhauses zu sehen, inklusive einem präzisen Satellitenbild. Nicolas konnte einen Wagen erkennen, der auf dem gekiesten Vorplatz des Hauses parkte. Das Haus war hell erleuchtet, aus den Fenstern fiel Licht auf den umliegenden Rasen und einige Büsche, bevor die Umgebung sich hinunter zu den Klippen im Dunkeln verlor.

»Julie müsste jeden Moment ankommen«, sagte sein Vater.

Nicolas nickte nachdenklich. Julies Stimme hatte leicht gezittert, als sie ihn anrief, sie hatte sich Melvilles Planänderung nicht erklären können.

»Alles wird gutgehen«, hatte er versucht, sie zu beruhigen, und hatte dabei gemerkt, dass er selbst es war, den er beruhigen musste.

Melville hatte das Spiel plötzlich geändert, eine Figur verschoben. Aber in einem Spiel ohne Regeln war alles erlaubt.

Julie hatte versprochen, ihre Waffe bei sich zu tragen, die ganze Zeit.

Nicolas verspürte einen bitteren Geschmack im Mund, verursacht durch zu viele ungute Gedanken.

Um ihn herum in der Hütte saßen etwa ein Dutzend Männer vor den Monitoren oder beugten sich über Karten der Umgebung. In einer Ecke besprach sich eine Gruppe in dunklen Tarnanzügen. Nicolas' Vater winkte einen von ihnen heran.

»Colonel Dumarc wird die Operation leiten. Du kennst ihn womöglich, oder zumindest seine Stimme.«

»Freut mich, *Monsieur* Guerlain. Wir haben uns …«

»Ich weiß«, unterbrach Nicolas ihn. »Im Jardin du Luxembourg. Sie waren der Mann auf der Bank. Die unbekannte Stimme in meinem Ohr.«

Der Mann lächelte.

»Entschuldigen Sie die Maskerade.«

»Ich möchte das Ganze schnell durchziehen«, sagte Alexandre Guerlain. »Ich habe den zuständigen Staatsanwalt informiert, er hat uns einen Durchsuchungsbefehl ausgestellt, wegen des Verdachts auf Planung eines terroristischen Aktes. Es geht los, sobald Julie eingetroffen ist. Die Gäste müssten auch bald erscheinen. Wir sichern alle Unterlagen und nehmen alle Anwesenden erst einmal in Gewahrsam, allen voran Pierre Melville. Er erwartet uns nicht, er weiß überhaupt nicht, dass wir hier sind. Wenn wir im Haus auch nur den kleinsten Hinweis finden, dann reicht uns das, um sie bis nach den Feierlichkeiten festzuhalten.«

»Chef, kommen Sie mal, bitte.«

Einer der Männer deutete auf einen Bildschirm, auf dem die Einfahrt zu Melvilles weitläufigem Anwesen zu sehen war. Ein weißer Roller näherte sich dem Eingangstor. Alexandre Guerlain nickte.

»Da ist sie. Es geht los.«

Als Nicolas kurz darauf mit den Männern nach draußen in die Dunkelheit trat, hielt sein Vater ihn auf.

»Du bleibst hier. Meine Männer sind für das hier ausgebildet, du nicht.«

»Das ist Blödsinn, Vater. Das weißt du genau.«

Einen Moment lang sahen sie einander schweigend an, während um sie herum die Operation begann. Nicolas begriff, dass es zwecklos war.

Sein Vater drehte sich um und stieg in den Wagen, der kurz darauf in Richtung des Landhauses verschwand. Er würde mit seinen Männern auf einem dunklen Seitenweg in unmittelbarer Nähe des Anwesens warten. Colonel Dumarc hingegen führte in diesem Augenblick bereits sein Team durch das dichte Gras den Hang hinab.

Sie wollten die Männer von zwei Seiten einschließen. Auch wenn sie nicht wussten, wie viele es sein würden: Niemand durfte entkommen.

Dafür war der Einsatz bei diesem Spiel zu hoch.

Nur wenige Kilometer entfernt stieg ein Mann etwas mühsam eine steile Treppe hinauf. Er trat durch die Tür zu einem kleinen Zimmer, öffnete das einzige Fenster im Raum und setzte sich auf einen Hocker am Fußende eines Bettes.

Jean Prudhomme war ganz ruhig. Er lächelte.

»Hallo, Vater. Ich bin wieder da.«

KAPITEL 29

Normandie
J-26

Julies Hand zitterte leicht, als sie auf den Klingelknopf drückte.

Reiß dich zusammen, ermahnte sie sich in Gedanken und ordnete ein paar Haarsträhnen. Als sie aus dem Innern des Hauses Schritte hörte, holte sie tief Luft und setzte das Lächeln auf, das sie über so viele Jahre perfektioniert hatte.

Pierre Melville strahlte sie an, als er die Tür öffnete, und küsste sie auf den Mund. Er roch gut, in der linken Hand hielt er ein bauchiges Rotweinglas, im Hintergrund lief klassische Musik.

»Komm rein, dir muss von der Fahrt kalt sein!«

Sie blickte ihn an, während er ihr aus der Motorradjacke half.

»Pierre, warum bin ich hier? Wir hatten abgemacht, dass ich unten im *Mulberry* bleibe …«

Melville lächelte und legte ihr seinen Zeigefinger auf die Lippen.

»Alles ist gut, Julie. Ich möchte dich einfach bei mir haben, sonst nichts. Dies ist ein wichtiger Abend, endlich sind wir am Ziel. Keiner kann uns mehr aufhalten. Verstehst du? Ich möchte diesen Moment einfach mit dir teilen, Julie.«

Sie glaubte ihm nicht.

Nachdenklich folgte sie ihm in die große Küche, wo in mehreren Töpfen Beilagen vor sich hin köchelten. Im Ofen konnte sie eine ganze Pute erkennen, in einem großen Kessel begann die Muschelsuppe gerade zu dampfen, die das *Mulberry* am Nachmittag geliefert hatte.

Melville summte beschwingt eine Melodie, während er einen Löffel in die Suppe tauchte und davon probierte.

»Allerdings, meine Liebe, sosehr ich dich als Frau an meiner Seite schätze, als Kellnerin könnte ich dich heute Abend durchaus auch gebrauchen!«

»Natürlich.«

Julie blickte in das große Esszimmer hinüber, der Tisch war für zehn Personen gedeckt. Von hier aus konnte man tagsüber bis hinaus aufs Meer sehen. Jetzt hingegen war es draußen dunkel, und sie fragte sich, ob die Männer des Geheimdienstes sich schon am Haus positioniert hatten.

Sie zuckte zusammen, als sich eine Hand auf ihren Nacken legte. Auf ihrem Haar spürte sie seine Lippen, er roch an ihr, atmete ihren Geruch ein, wie er es so gerne tat.

»Du wirkst angespannt«, flüsterte er. »Ist alles in Ordnung?«

Nein, dachte sie.

»Ja«, sagte sie und drehte sich zu ihm um. »Natürlich. Es ist nur … du hast lange gewartet. Ich freu mich für dich.«

»Ich freu mich für uns«, antwortete er und küsste sie. Dann blickte er auf die Uhr an der Wand.

»Sie müssten bald kommen.«

Nicolas wartete, bis die Wagenkolonne, angeführt von seinem Vater, auf die kleine Landstraße hinab zum Meer eingebogen war. Das Licht der Autoscheinwerfer wanderte noch einen Augenblick über die Hügel, streifte Bäume und Hecken, bevor es sich in der Dunkelheit verlor. Dann war es stockfinster. Aus der kleinen Hütte hörte er die ruhigen Stimmen der verbliebenen Männer, die vor den Monitoren saßen.

Die Operation war angelaufen.

Und doch gab es etwas, es war nur ein vages Gefühl, das ihn beunruhigte.

Er kehrte der Dunkelheit den Rücken und schloss die Tür der Schäferhütte hinter sich.

»*Monsieur*, dort sehen Sie das Team von Colonel Dumarc«,

erklärte ihm einer der Männer und deutete auf mehrere rote Punkte am Rande eines Monitors.

Das Team von Dumarc war mit Ortungsgeräten ausgestattet, Nicolas konnte sehen, dass sie gut vorankamen. In Kürze würden die Männer in den dunklen Tarnanzügen den kleinen Grenzzaun am Anwesen erreichen.

»Warum hat Melville eigentlich keine Wachen aufgestellt?«, murmelte Nicolas wie zu sich selbst und suchte verschiedene Bildschirme mit den Augen ab.

Die Wagenkolonne war nur noch ein paar hundert Meter vom Anwesen entfernt, sie fuhren einen leichten Bogen, der Straße folgend, die sich an einem kleinen Weiher vorbei den Hang hinunterschlängelte. Direkt an einer Scheune ging ein kleiner Feldweg ab, der nach wenigen Metern hinter einigen Bäumen verschwand. Dort würde Nicolas' Vater mit seinem Team warten.

Auch dort hatte Melville keine Wachen aufgestellt.

Nicolas' Handy klingelte, er nahm es nicht wahr.

»Zielperson eins ist im Haus, *Monsieur*«, sagte einer der Männer vor einem der Monitore. »Zielperson zwei, also Julie, ist ebenfalls im Haus. Wachen gibt es keine, die rechnen offensichtlich überhaupt nicht mit uns.«

Wenn das mal stimmt, dachte Nicolas. Einer der Männer reichte ihm einen kleinen Ohrstecker, über den er den Funkkontakt zwischen Dumarcs Team und dem seines Vaters mithören konnte.

»Hier Team 1. Noch hundert Meter bis zum Zaun.«

»Hier Team 2.« Nicolas erkannte die Stimme seines Vaters. »Halten Sie noch Abstand. Wir sind gleich in Position. Und noch sind die Gäste nicht da.«

»*Monsieur*, Ihr Handy klingelt.«

»Entschuldigung.« Nicolas holte sein Handy hervor. »Ja, hier spricht Nicolas Guerlain?«

»Nicolas, hörst du mich? Ich bin es, Claire!«

Die Verbindung war nicht besonders gut, offenbar störten die

Funkverbindungen und die Satellitenverbindungen der Monitore den Handyempfang.

»Claire, ich kann jetzt nicht, wir sind mitten …«

Auf einem der Monitore sah er, dass der erste Wagen leise an die Lichtung heranrollte.

Nicolas öffnete die Tür, in der Hoffnung, besseren Empfang zu kriegen. Er wollte aber die Monitore nicht aus den Augen lassen und blieb in der Tür stehen.

»Claire, wo bist du überhaupt?«

»Auf dem Friedhof in Colleville. Bei den Amerikanern. Hier ist es stockdunkel, ich sitze im Auto auf dem Parkplatz. Und ich bin mir ziemlich sicher, dass ihr etwas übersehen habt.«

»Hier Team 2. Kolonne auf Position. Bislang keine Bewegung auf der Straße erkennbar. Dabei müssten die Gäste nach unseren Informationen längst da sein.«

»Hier Team 1. Sind am Haus. Alles gesichert, wir verteilen uns jetzt auf die Positionen. Warten dort auf Befehle.«

»In Ordnung. Verdammt, warum kommt keiner?«

Durch seinen Kopfhörer konnte Nicolas die Männer atmen hören, ihre hastigen Schritte in der Dunkelheit.

»Hier Team 1. Zielperson eins ist in ihrem Arbeitszimmer. Sie hat einen Safe geöffnet und daraus Pläne entnommen.«

»Wir warten.«

»Claire, ich habe keine Zeit. Beeil dich.« Nicolas war jetzt einen Schritt vor die Tür getreten, er spürte die kalte Meeresluft in seinem Gesicht. Er fröstelte.

»Die Kreuze. Wir haben eines vergessen. Es sind nicht vierzig.«

Nicolas runzelte die Stirn und überlegte einen kurzen Moment.

»Vier auf dem Friedhof. Vier im Wasser. Und zweiunddreißig auf der Straße nach Arromanches. Das sind vierzig, Claire.«

»Genau, und zusammen bilden sie diesen einen Buchstaben auf dem Gräberfeld.«

»Richtig. *J*. Aber wie gesagt, es ist nur eine symbolische Markierung. Die Gräberfelder wurden untersucht, da ist nirgendwo ein Sprengsatz. Der Anschlag soll direkt am 6. Juni stattfinden, alles weist darauf hin, und wir werden es erfahren, wenn wir gleich …«

»Es sind einundvierzig. Wir haben das Kreuz vergessen, das bei Philippe im Wasser lag.«

Pierre Melville lächelte Julie zu, als er zu ihr in die Küche kam. In seiner Hand hielt er drei kleine Papierrollen.

Julie blickte auf die Uhr, während sie die Muschelsuppe etwas nachsalzte.

»Sollten sie nicht längst hier sein? Nicht, dass etwas dazwischengekommen ist. Ich meine, du sagtest, sie kommen um acht, jetzt ist es halb neun.«

Aber Melville winkte ab.

»Die kommen, mach dir keine Sorgen. Hauptsache, du bist da, das ist für mich heute Abend das Wichtigste.«

Er umarmte sie von hinten, und als Julie draußen in der Dunkelheit meinte, eine Bewegung wahrzunehmen, drehte sie sich rasch um und küsste ihn.

»Ich bin froh, dass du mich hergebeten hast«, sagte sie. »Ich will endlich diejenigen kennenlernen, die dich unterstützen.«

»Team 1, nicht so dicht, bleiben Sie auf Position! Verdammt, Dumarc, Ihre Männer sollen sich zurückhalten!«

»Verstanden. Immer noch nichts auf der Straße zu sehen?«

»Nein. Aber wir bleiben auf Position.«

»Mein Gott, der Wein! Ich habe den Weißwein im Keller vergessen!«

»Dann ist er schön frisch«, meinte Julie.

»Aber zu kalt ist auch nicht gut«, antwortete Melville und legte die Papierrollen auf eine Küchenablage. »Ich bin sofort wieder da.«

Nicolas war mittlerweile ganz nach draußen getreten und blickte in die Dunkelheit. Er konnte die Straße erkennen, die sich die Hügel hinaufwand, in Richtung Hinterland. Von dort mussten die Männer kommen, auf die sie warteten. Aber es war kein Licht zu sehen. Es kam niemand.

»Scheiße, irgendetwas stimmt doch da nicht«, murmelte er.

Immer noch hatte er Claire am anderen Ende der Leitung.

»Was ändert das, Claire, ein Kreuz mehr?«, fragte er ungeduldig. »Sie bilden immer noch den einen Buchstaben.«

»Ich glaube, du irrst dich«, sagte Claire. »Ich habe den ganzen Tag darüber sinniert, und im Supermarkt hatte ich plötzlich eine Idee.«

»Claire, bitte!«

»Das *J* steht in der Geschichte der Landung der Alliierten für *Jour*. Den Tag. Der Buchstabe ist also eine Abkürzung. Und was braucht man für eine Abkürzung?«

»Einen Punkt hinter dem Buchstaben.«

»Richtig. Oder eben ein Kreuz, das den Punkt darstellt. Ein einzelnes Kreuz, das neben dem Buchstaben steht. Neben dem Gräberfeld.«

»Claire, ich habe keinen blassen Schimmer …«

»Ich doch auch nicht!«, rief sie jetzt wütend ins Telefon. »Ich habe den Plan hier vor mir, und ich …«

»Claire?«

Sie war plötzlich still geworden.

»Claire?«

»Hier Team 1, haben Zielperson eins aus dem Sichtfeld verloren.«

»Scheiße, was soll das heißen?«

»Melville ist offenbar im Keller. Er muss gleich wieder hochkommen.«

»Hier Einsatzzentrale. Bestätige: Zielperson eins holt Wein aus dem Keller. Unsere Richtmikrofone funktionieren.«

Nicolas eilte zurück in die Hütte und sah auf einem der Monitore, dass die roten Punkte sich mittlerweile um das Gebäude verteilt hatten. Auf einem anderen Bildschirm war die Wagenkolonne zu erkennen.

Julie hörte Melville unten im Keller pfeifen. Mit einem Holzkochlöffel rührte sie die Suppe um, ihr Blick fiel auf die drei Papierrollen auf der Ablage.

Melville pfiff weiter. Sonst war es im Haus ruhig.

Die Uhr an der Wand zeigte zwanzig vor neun.

Sie legte den Löffel zur Seite, blickte über die Schulter Richtung Kellertür, dann öffnete sie sachte eine der Papierrollen. Es war ein Plan, versehen mit roten Punkten.

Eine Karte des amerikanischen Friedhofs in Colleville.

»Claire, sprich mit mir!«

»Moment, ich überlege noch!«

Nicolas' Blick flog über die Monitore, seine Gedanken überschlugen sich, während er den Stimmen in seinem Ohr lauschte.

»Team 1 an Team 2, hier stimmt etwas nicht.«

»Berichten Sie.«

»Zielperson zwei ist weiterhin in der Küche. Aber Zielperson eins ist nicht mehr im Sichtfeld. Wir haben alle Zimmer im Blick. Ich wiederhole, Zielperson eins ist nicht mehr zu sehen. Sie muss immer noch im Keller sein.«

»Was macht Melville da so lange?«

»Hier Einsatzzentrale. Im Haus scheint alles normal, keine Gespräche. Zielperson eins ist weiterhin im Keller, wir können eindeutig zuordenbare Geräusche hören, Flaschen, die aus einem Regal herausgezogen und dann wieder zurückgeschoben werden. Ich wiederhole, keine Veränderung der Lage von hier aus zu bemerken.«

Nicolas hörte die kühle, aber besorgte Stimme seines Vaters.

»Immer noch keine Fahrzeuge?«

»Leider nein«, antwortete einer der Männer, die vor den Bildschirmen saßen. »Keine Fahrzeuge im Umkreis von zehn Kilometern, ich wiederhole, wir haben keine Fahrzeuge im Umkreis von zehn Kilometern.«

Alexandre Guerlain schwieg für einen Augenblick. Dann meldete sich seine Stimme wieder in Nicolas' Ohr.

»An alle: Wir bleiben auf Position.«

»Claire, bist du noch dran? Ich glaube, hier läuft etwas schief, und …«

Aber Claire hatte einfach aufgelegt.

»Pierre? Hast du den Wein?«

Julie hatte den Plan wieder zusammengerollt und gemerkt, wie still es plötzlich war. Sie ging in den Flur und blickte sich um.

»Pierre?«, rief sie erneut.

Sie hörte kein Pfeifen mehr, und auch sonst drangen keine Geräusche aus dem Keller. Sie ging den Flur entlang zur Kellertür, die Tür war zugefallen.

»Pierre! Unsere Gäste müssen jeden Moment kommen, und …«

Julie drückte die Klinke hinunter, als sie plötzlich fröstelte.

Die Tür war abgeschlossen.

»Was ist das? Das da!«

Nicolas deutete auf einen der Monitore. Er hatte eine vage Bewegung wahrgenommen, ein Flimmern, das kurz über den Monitor gezuckt war. Als er sich näher zum Bildschirm beugte, erkannte er einen dunklen Punkt, der voranzuckte. Er befand sich am Rande des Anwesens, fernab von Dumarcs Team und dem seines Vaters.

Und alles verschob sich. Die Steine auf dem Spielfeld sortierten sich mit einem Mal neu.

»Zugriff!«, brüllte Nicolas so laut, dass die Männer vor den Monitoren zusammenzuckten. »Sofort Zugriff! Vater, ihr müsst da sofort rein!«

»Wie bitte?«, fragte einer der Männer, und Nicolas schlug mit der flachen Hand auf den Tisch, dass die Tatstatur erbebte.

»Ich sagte: Zugriff! Und machen Sie diesen Ausschnitt dort heller!«

»Zentrale an Team 1 und Team 2. Position halten. Ich wiederhole: Position halten!«

»Nein!«, brüllte Nicolas. »Wir müssen sofort rein! Sie ist …!«

»Was soll das?«, hörte Nicolas die Stimme seines Vaters, aber er achtete nicht auf sie. Er trat erneut näher an einen der Monitore heran und betrachtete den Bildausschnitt, der jetzt heller wurde.

»Da!«

Er zeigte auf den Punkt, und einer der Männer zoomte den Ausschnitt noch weiter heran. Das Bild wurde schärfer. Büsche und Bäume wurden sichtbar, ein kleiner Pfad, der den Hang hinabführte.

Die Dunkelheit löste sich auf, die Schatten wichen zurück.

Der Vorhang der Nacht hob sich und gab den Blick frei auf den Sturm, der unaufhaltsam auf sie zukam.

»Team 2, bitte warten, wir überprüfen …«

»Team 1, Lagebericht!«

»Lage unverändert! Zielperson eins verschwunden. Zielperson zwei steht am Esstisch. Sollen wir reingehen?«

»Ja!«, rief Nicolas.

»Nein!«, brüllte sein Vater. »Halt dich da raus, Nicolas!«

Aber Nicolas machte genau das Gegenteil. Kalte Luft fuhr durch die Schäferhütte, als er die Tür aufriss und losrannte. Mit gezogener Waffe und der aufgestauten Wut vier vergeudeter Jahre im Bauch.

KAPITEL 30

Normandie
J-26

Claire blickte durch die Windschutzscheibe des Dienstwagens hinaus in die Dunkelheit. Auf ihrem Schoß lag der auseinandergefaltete Plan des amerikanischen Friedhofs, in ihrem Kopf herrschte Durcheinander, vor ihrem inneren Auge sah sie das Bild eines leblosen Körpers in einem windumtosten Meer.

Sie glaubte nicht an den letzten Gang durch einen Tunnel, an ein alles umhüllendes weißes Licht, wenn einmal alles vorbei sein würde. Für sie gab es kein Leben nach dem Tod. Aber sie glaubte an die Wahrheit und daran, dass die Erklärung für Philippes Tod hier auf diesem Friedhof zu finden war.

J.

Der Buchstabe prangte vor ihr auf dem Plan, mit roten Linien hatte sie die Verbindungen zwischen den vierzig Kreuzen gezogen, so wie Nicolas es vor wenigen Tagen am Strand von Arromanches mit den Steinen getan hatte. Der große Buchstabe erstreckte sich über das gesamte Gräberfeld B, das direkt oberhalb der Böschung lag, die hinunter zum Strand, zu Omaha Beach führte.

Vierzig Kreuze.

Und eines für den Punkt.

Und jetzt saß sie hier und merkte, dass sie Angst hatte.

»Reiß dich zusammen«, sagte sie laut, aber ihre Stimme war brüchig. Ihr rechter Zeigefinger lag auf einer Stelle des Plans, der einen Punkt abseits der Gräberfelder bezeichnete. Es war der Rasen direkt gegenüber dem alten Besucherzentrum. Dort, wo die Sicherheitskräfte seltener patrouillierten.

»Komm schon, Claire«, schalt sie sich und holte tief Luft. Dann faltete sie den Plan zusammen, steckte ihn in ihre Jackentasche und nahm eine Taschenlampe aus dem Handschuhfach. Sie öffnete die Fahrertür, stieg aus und näherte sich kurz darauf dem modernen Eingangsbereich des Museums. Sie konnte in einiger Entfernung die Silhouetten des Wachpersonals sehen, die in ihrem kleinen Häuschen jeden Fremden abwimmelten, der zu dieser Uhrzeit noch auf das Gelände wollte.

Ihr jedoch würden sie zuhören müssen.

Nasse Zweige schlugen Nicolas ins Gesicht, als er einen kleinen Pfad entlangrannte, der in der Dunkelheit ohne Taschenlampe kaum auszumachen war. In seinem Ohr explodierten die Stimmen, die Wut seines Vaters war bis hierher spürbar. »Nicolas, was ist los?«

»Er haut ab, Vater! Melville haut ab!«

»Hier Team 1. Wir sind an der hinteren Tür. Nichts Auffälliges zu sehen.«

Natürlich nicht, dachte Nicolas. Er war sich sicher, dass Melville durch einen anderen Ausgang geflohen war.

»Was macht Julie?«, fragte er in die Nacht hinein, sein Atem ging jetzt immer schneller, sein Blick suchte die Dunkelheit vor seinen Füßen ab.

»Sie ist in der Küche. Sie hat mehrere Papierrollen in der Hand.«

»Jetzt reicht es mir«, hörte Nicolas die Stimme seines Vaters. »Team 2 geht rein. Team 1, sichert die Rückseite des Hauses. Wenn Melville dort rauswill, muss er erst an Ihren Männern vorbei, Dumarc.«

Das ist er längst, dachte Nicolas, aber er sagte nichts.

Pierre Melville gehörte ihm. Seit mehr als vier Jahren gehörte dieser Mann ihm.

Nicolas rannte noch immer den kleine Pfad entlang, der den Hang hinabführte, er erkannte neben sich eine weitläufige Weide. Mit einem Satz sprang er über ein Gatter und wäre auf der anderen Seite beinahe ausgerutscht. Das Gras war feucht. Er verfluchte sich dafür, dass er keine Taschenlampe mitgenommen hatte. Als er hinaus aufs Meer blickte, konnte er sehen, dass sich einige Wolken vor den hellen Mond geschoben hatten. Jetzt war es stockdunkel.

In seinem Ohr erklang das Geräusch von Motoren, kurz darauf vernahm er das Quietschen von Reifen, als die Wagenkolonne seines Vaters den kleinen Zufahrtsweg zum Anwesen entlangpreschte.

Julie hatte inzwischen ihre Waffe gezogen. Unschlüssig stand sie im Eingangsbereich.

»Verdammt, wo bist du, Pierre?«, wisperte sie.

In ihrem Kopf drehten sich die Bilder wie in einem Karussell, sie sah die Loge, in der sie Melville kennengelernt, die Hotelzimmer, in denen sie ihn anfangs getroffen hatte. Sein Lächeln, sein Charme, ihr trauriger Blick, wenn sie sich selbst im Spiegel betrachtete, in all diesen Jahren.

Aber es gelang ihr irgendwann, zu ihm vorzudringen, seine dunkelste Seite zu beleuchten. Zwischendurch dachte sie immer wieder, dass ihr Auftrag sinnlos war, dass es da nichts gab. Dass Nicolas' Vater im Unrecht war und Melville nur ein leicht überheblicher Spieler, der seine Absichten nicht in die Tat umsetzen würde.

Doch immer wieder war sie geblieben, weil er Andeutungen fallen gelassen hatte, die sie hatte ernst nehmen müssen, weil er seine Absichten schließlich doch in die Tat umsetzte.

Und zwar heute.

Aber dieser Tag, den sie so lange herbeigesehnt hatte, entwickelte sich in eine völlig falsche Richtung.

Nachdenklich blickte sie die verschlossene Kellertür an.

Draußen in den Hügeln riss für einen kurzen Moment die Wolkendecke auf, aschfahles Licht legte sich auf die Wiesen jenseits der Klippen.

Nicolas sah ihn sofort.

Pierre Melville hastete mit schnellen Schritten einen steinigen Weg am Rande der Klippen entlang. Weiter vorne machte der Pfad einen Bogen und führte zwischen Weidezäunen und Ginsterbüschen weiter den Hang hinauf.

Nicolas dachte an all die Schützengräben und Bunkerbefestigungen, die die Deutschen vor so vielen Jahren hier in die Hügel geschlagen hatten. Und wer wusste schon, wie viele Geheimgänge außerdem gegraben worden waren. Einer davon führte offenbar vom Keller des Landhauses in die umliegenden Hügel.

Das nennt man dann wohl Heimvorteil, dachte er bitter und rannte weiter. Er würde Melville den Weg abschneiden. Mit gezogener Waffe überquerte er eine weitere Weide.

Im selben Augenblick nahm einer der drei wachhabenden Soldaten in Colleville eine große Stabtaschenlampe von einem Haken und nickte Claire zu.

»*All right, Miss*, dann wollen wir mal nachschauen. Aber ich kann Ihnen versichern, Sie werden hier nichts finden. Wir haben die Gräber alle …«

Claire unterbrach ihn ungeduldig.

»Nicht die Gräber. Wir müssen hierhin, jetzt sofort!« Sie zeigte auf die Stelle auf dem Plan, die sie zuvor ausgemacht hatte.

»Wenn das *J* so groß ist wie hier auf dem Plan, dann wäre der entsprechende Punkt dafür genau hier!«

Ein zweiter Soldat machte erst ein fragendes Gesicht, öffnete ihr dann aber die Tür nach draußen.

»In Ordnung. Dann gehen wir da eben hin. Da vorne rechts, zwischen den Bäumen durch, dann kommen wir zur Kolonnade. Hinter der großen Bronzestatue geht es dann nach links. Bitte schön.«

Claire hastete durch die Tür und ging mit schnellen Schritten voran. Die beiden Männer warfen sich amüsierte Blicke zu, für sie war Claire vor allem eine nette Abwechslung in einer ansonsten langweiligen Nacht.

»*Sorry*, aber was wollen Sie überhaupt an der Inschrift?« Einer der Männer hatte zu ihr aufgeschlossen und sah sie interessiert von der Seite an.

»Mich irren«, sagte Claire bestimmt, und es war ihr Ernst.

»Hier Team 1. Im Umfeld des Hauses ist nichts.«

»Hier Team 2. Verstanden. Wir sind so weit und gehen vorne rein. Achtung, Zugriff in: drei-zwei-eins! Und los!«

Nicolas hörte einen dumpfen Knall in seinem rechten Ohr, danach Stimmengewirr und laute Befehle.

Um ihn herum jedoch war es still. Dann hörte er schnelle Schritte in der Dunkelheit, in wenigen Sekunden würde der Mann, auf den er wartete, an dem Bretterverschlag vorbeikommen, hinter dem Nicolas sich verbarg.

Pierre Melville war dem Pfad weiter gefolgt, Nicolas hatte ihn nicht aus den Augen gelassen, während er im Schutz der Dunkelheit weiter den Hang hochgelaufen war. Und jetzt stand er hier, den Rücken zu einer Bretterwand, mit geschlossenen Augen und ruhigem Atem.

Er hörte das Knirschen von Kies unter Ledersohlen. Er sah einen Schatten, den das Mondlicht auf den Boden warf.

Nicolas entsicherte leise seine Waffe.

Dann trat er mit festem Schritt hinaus auf den Weg. Für einen kurzen Moment blickte er dem Mann hinterher, der eben an seinem Versteck vorbeigekommen war und jetzt weiter den Hang hinauflief.

Ohne Hast, wie es schien.

Nicolas zielte auf den Hinterkopf des Mannes. Vier Jahre hatte Melville ihm Julie geraubt. Und er war nicht sicher, ob sie immer noch die Julie war, die ihn damals verlassen hatte.

Sein Zeigefinger krümmte sich um den Abzug.

»Da vorne ist es, am Rand der großen Wiese«, sagte einer der amerikanischen Soldaten zu Claire.

Der Schein der großen Taschenlampe wanderte über den asphaltierten Weg, links und rechts standen hohe Bäume.

Als sie vorhin die Kolonnaden umrundet hatten, hatte Claire noch einmal einen Blick auf das Gräberfeld geworfen, auf die unzähligen weißen Kreuze, die dort standen wie Soldaten, die in Reih und Glied auf ihren Befehl warteten. Auf das Kommando ihres Generals, aufzuerstehen aus der Geschichte dieses unheilvollen Ortes.

Omaha Beach, Küste der Toten.

»Hier sind wir.«

Der Lichtstrahl der Taschenlampe fiel auf eine kleine Steinplatte, die am Rande einer frisch gemähten Wiese in die Erde eingelassen war. Claire bückte sich und wischte etwas Gras von der Inschrift, um sie besser lesen zu können.

In memory of General Dwight D. Eisenhower and the forces under his command. This sealed capsule containing news reports of the June 6, 1944 Normandy landings is placed here by the newsmen who were here, June 6, 1969.

Am unteren Rand der Platte stand noch etwas, und Claire wusste sofort, dass sie richtiggelegen hatte. Und das nicht nur, weil jemand ein kleines, kaum sichtbares rotes Kreuz neben das letzte Wort gemalt hatte.

»Nicht schon wieder«, stöhnte einer der Soldaten hinter Claire.

Oh doch, dachte sie.

To be opened June 6, 2044.

Unter der Platte lagen Befehle aus jener Nacht im Juni 1944, als Omaha Beach sich in die Hölle auf Erden verwandelte. Befehle, die erst am hundertsten Jahrestag des D-Days geöffnet werden sollten.

Claire strich behutsam über das aufgemalte rote Kreuz. Jetzt erst sah sie einige Erdkrumen, die vor ihren Füßen auf dem Weg lagen, unmittelbar vor der Platte.

Sie brauchte nicht lange, um zu verstehen.

»Melville! Bleiben Sie stehen!«

Nicolas' Stimme drang wie ein scharf geschliffenes Messer durch die Nacht, und doch schien es, als habe der Mann, der jetzt in der Dunkelheit stehen geblieben war, nicht einmal gezuckt. Als habe er mit Nicolas' Erscheinen bereits gerechnet.

Als Pierre Melville sich langsam zu ihm umdrehte, erkannte Nicolas, dass er etwas übersehen hatte. Eine Schusswaffe, klein und tödlich, in Melvilles rechter Hand.

Nicolas hatte zu lange gezögert.

»Runter mit der Waffe!«, rief er und zielte auf sein Gegenüber.

Zwischen ihnen lagen keine zehn Meter.

Die Wolken hatten sich endgültig verzogen, der helle Mond stand als stummer Zeuge ihres Auftritts über dem Meer. Nicolas spürte einen leichten Windzug an seiner Wange.

Es war totenstill hier draußen.

»Ah, *Monsieur* Guerlain! Ich habe mich schon gefragt, wo Sie wohl stecken.«

Er blickte Nicolas mit einem kalten Lächeln an.

»Eingangshalle gesichert!«

»Küche gesichert!«

»Team 1 geht hoch! Team 2 bleibt bei mir!«

Nicolas hörte die Befehle seines Vaters, der in diesem Augenblick mit seinen Männern das Landhaus durchkämmte, etwa zwei Kilometer von ihnen entfernt.

»Sie hätten es fast geschafft«, sagte er ruhig, während er seine Waffe fester umschloss. Der Lauf war auf Melvilles Brust gerichtet.

Ein spöttischer Blick war die Antwort.

»*Monsieur* Guerlain, Sie enttäuschen mich. Glauben Sie im Ernst, hier endet es? So?«

»Für mich nicht. Für Sie schon. Nehmen Sie Ihre Waffe runter!«

»Sie wissen, dass das nicht geht.«

Für einen kurzen Moment schwiegen sie beide. Wieder konnte Nicolas die Kommandos aus dem Landhaus hören.

»Hier ist eine Kellertür offen!«

»Sichern!«

Nicolas atmete langsam aus, er ließ Melville nicht aus den Augen.

Sobald er den Finger krümmt, drücke ich ab, dachte er.

»Sind Sie zufrieden mit dem Spielverlauf, *Monsieur* Melville?«, fragte er, und sein Gegenüber lächelte.

»Nun, bis eben war ich es tatsächlich. Jetzt, das muss ich zugeben, verspüre ich eine leichte Verärgerung, aber das wird sich legen.«

»Das glaube ich nicht. Ich denke, Sie werden sich noch viel mehr ärgern, wenn das hier beendet ist.«

Melville lachte laut auf.

»Nein, *Monsieur* Guerlain. Wenn all das beendet ist, sitze ich an einer mächtigen Position in Paris, weil das Volk erkannt hat, dass nur meine Partei es schützen kann. Der 6. Juni wird in die Geschichte Frankreichs eingehen, wieder einmal. Weil es der Tag sein wird, an dem die Menschen begreifen werden, dass nicht nur Ihr verehrter Vater versagt hat, *Monsieur* Guerlain. Sondern der ganze Staat. Ein Anschlag, der angekündigt wurde und der dennoch nicht verhindert werden konnte. Das kann sich kein Staat erlauben, keine Sicherheitsbehörde. Und wenn dann die Wahlen kommen, wofür, glauben Sie, *Monsieur* Guerlain, werden die Menschen sich entscheiden?«

Er ist vollkommen wahnsinnig, dachte Nicolas.

»Tja, aber dieser Plan ist nun aufgeflogen, *Monsieur* Melville. Wir haben alles, was wir brauchen. Sie, Ihre Pläne …«

Wieder lachte Melville, und Nicolas fixierte dessen gekrümmten Zeigefinger am Abzug.

Nur einen Millimeter …

»*Monsieur* Guerlain, Sie stellen so viele Fragen und haben selbst so wenige Antworten. Sie möchten etwas verhindern, das längst begonnen hat. Und das viel größer ist, als Sie denken. Denn anders, als Sie es wahrhaben wollen, bin ich es, der Ihnen einen Schritt voraus ist. Immer, hören Sie?«

»Jetzt nicht mehr.« Nicolas spürte, dass er anfing zu schwitzen.

»Ich denke, da täuschen Sie sich.«

Melville umschloss den Griff seiner Waffe fester.

»Sie haben das Spiel einfach nicht verstanden, *Monsieur* Guerlain. Das ist natürlich schade, ich dachte, Sie und Ihr Vater seien bessere Spieler. Tatsächlich habe ich mich zwischendurch fast ein wenig gelangweilt.«

Nicolas zielte weiterhin auf Melvilles Brust, während er an Julie dachte, die sich offenbar irgendwo in dem Haus versteckte.

Melville schien seine Gedanken zu erraten.

»In diesem Augenblick durchsucht Ihr Vater das Landhaus, was denken Sie, was er finden wird? Einen gedeckten Tisch für zehn Personen? Saucen und Beilagen in der Küche? Eine Pute im Ofen? Sind das Ihre Beweise, von denen Sie sprechen?«

Vielleicht war es der Mond, der sein blasses Licht auf die Hügel warf. Vielleicht war es das Aufblitzen eines Signallichtes draußen auf dem Meer, von einem Fischkutter oder einer Nachtfähre. Was auch immer es war, das Nicolas' Gedanken kurz innehalten ließ. Er begriff schlagartig, dass dieses Spiel ganz anders gespielt wurde, als sie alle bislang angenommen hatten.

Und er begriff, dass der Mann, der ihm gegenüberstand, bereit, ihn zu erschießen, nahezu uneinholbar vorne lag.

Er blickte Melville an.

»Es kommen gar keine Gäste«, flüsterte er. »Es gibt sie nicht. Keine Hintermänner, nur Sie alleine.«

»Ah, *Monsieur* Guerlain, herzlichen Glückwunsch! Sie haben

soeben eine Sechs gewürfelt, Sie dürfen noch mal!« Ein irres Kichern erschallte.

Nicolas packte seine Waffe noch fester.

»Es ist vorbei, Melville. Hören Sie endlich auf und …«

Aber Melville zog mit einer schnellen Handbewegung ein Handy hervor, ohne Nicolas dabei aus den Augen zu verlieren.

Da standen sie, auf einem schmalen Pfad in den grünen Hügeln der Normandie, beschienen von einem blassen Mond.

Eine Pattsituation in einem tödlichen Spiel.

Hämisch hielt Melville Nicolas das Handy hin.

»Was halten Sie von einem weiteren Spiel, *Monsieur* Guerlain? Hier und jetzt, nur wir zwei?«

»Was ist der Einsatz?«, fragte Nicolas, der mit einem Ohr hörte, wie die Männer seines Vaters noch immer das Haus durchsuchten.

Verdammt, Julie, dachte er. Wo steckst du? Komm da raus!

»Der Einsatz ist Ihr Leben, *Monsieur* Guerlain. Und meines natürlich. Ach, und ehe ich es vergesse: Das Leben Ihrer Freundin. Das Leben von Julie. Die dort unten gerade im Keller nach mir sucht und die nicht weiß, was ihr blüht.«

Nicolas atmete langsam aus. Dann wieder ein.

Bleib ruhig, atme. Atme ruhig.

Nicht schießen.

Er blickte abwechselnd auf Melvilles Zeigefinger am Abzug und auf das Handy in seiner anderen Hand.

Er, Nicolas, war dabei, das Spiel zu verlieren.

Melville blickte ihn überrascht an.

»Oh, das tut mir jetzt leid«, sagte er mit gespieltem Bedauern. »Haben Sie wirklich gedacht, dass ich nicht wüsste, wer Julie wirklich ist? Dass ich es nicht schon die ganze Zeit gewusst habe, von Anfang an?«

Nicolas schluckte schwer.

»Herrje, *Monsieur* Guerlain, das beleidigt mich jetzt aber

wirklich! Ich meine, für wen halten Sie mich? Einen Schwachkopf, der auf eine Frau hereinfällt, nur weil sie schön und intelligent ist?«

Nicolas konnte die Stimmen der Männer im Landhaus hören. Er griff mit einer Hand nach dem kleinen Funkgerät, das an seiner Hose befestigt war. Er blickte Melville an, als er auf den Knopf drückte.

»Vater, ihr müsst verschwinden. Ich wiederhole: Ihr müsst sofort raus da! Habt ihr Julie?«

»Nicolas, endlich! Was soll das …!«

»Hier ist Team 2. Hier ist ein Kabel. Ich wiederhole, eine Tür ist verkabelt. Wir prüfen die Situation.«

»Ihr müsst sofort raus!«, sagte Nicolas jetzt deutlich. »Hört ihr? Sofort raus da!«

»Hier ist Team 1. Oben ist auch alles verdrahtet.«

»Gefällt Ihnen dieses Spiel, *Monsieur* Guerlain? Wie werden Sie sich entscheiden? Erschießen Sie mich? Dann drücke ich womöglich eine gefährliche Taste auf meinem Handy. Oder lassen Sie mich gehen? Dann riskieren Sie das Leben von sehr viel mehr Menschen.«

Melville lachte laut. Zugleich schien er völlig ruhig zu sein. Er richtete seine Waffe noch immer auf Nicolas. Nicolas' Blicke flogen zwischen Melvilles Daumen auf dem Handy und dessen gekrümmtem Finger am Abzug hin und her.

»Fragen Sie mich! Fragen Sie mich, seit wann ich es weiß!«

Nicolas überlegte fieberhaft, er suchte nach einem Ausweg. Aber es gab keinen.

»Seit wann wissen Sie es?«, fragte er leise, und Melvilles Lächeln wurde breiter.

Dann verschwand es ganz, und zurück blieb das ernste Gesicht eines Mannes, der gewonnen hatte. Von Anfang an.

»Seit ich sie mir zum ersten Mal genommen habe, *Monsieur* Guerlain. Seit ich Ihre Freundin das erste Mal hatte. Und Sie können mir glauben, sie hat ihre Rolle perfekt gespielt, sie ist nahezu darin aufgegangen!«

Nicolas' Hand zitterte, sein Finger krümmte sich. Er spürte, dass der Abzug gleich nachgeben würde.

»Sie spricht im Schlaf. Wussten Sie das? Natürlich wussten Sie es. Und es war Ihr Name, den sie gesagt hat, wenn sie neben mir schlief. Immer wieder, sie hat ihn geschrien, sie hat nach Ihnen gerufen, hören Sie, *Monsieur* Guerlain? Und Sie haben sie nicht gehört, Sie haben sie im Stich gelassen, so sieht es doch aus.«

»Hören Sie auf, oder …«

Melville zuckte mit den Schultern.

»Wissen Sie, was schade ist? Dass Julie Ihnen nicht mehr die Wahrheit sagen kann. Darüber, warum sie damals gegangen ist, warum sie den Auftrag angenommen hat. Das fragen Sie sich doch, jeden Tag, nicht wahr, *Monsieur* Guerlain?«

»Es reicht, Melville!«, zischte Nicolas.

Der gekrümmte Finger. Der Daumen.

Die Waffe, die auf ihn gerichtet war. Das Handy, das alles in die Luft jagen würde.

»Gefällt Ihnen dieses Spiel, *Monsieur* Guerlain? Sie haben die Wahl, erschießen Sie mich, dann drücke ich womöglich mit letzter Kraft auf die Taste auf meinem Handy. Dann stirbt Julie, dann stirbt Ihr Vater, denn ich glaube, die sind immer noch dort drinnen.«

»Das wagen Sie nicht, Sie …«

»Oh doch, das wage ich sehr wohl. Es sei denn, Sie lassen mich gehen, dort oben am Bunker steht mein Wagen. Dann jedoch riskieren Sie, dass am 6. Juni noch viel mehr passiert. Was meinen Sie, *Monsieur* Guerlain? Was ist Ihnen wichtiger? Julie? Oder doch die Politiker, dieser Staat, den Sie geschworen haben zu beschützen? Das ist doch wirklich ein zu schöner Einsatz, nicht wahr?«

Melville lachte, offenbar berauscht von der Situation, über die er Herr der Lage war. Der Spielleiter.

Komm schon, dachte Nicolas. Eine Unachtsamkeit, und ich knall dich ab.

»Hier Team 2. Die Kabel führen durch das ganze Haus.«

»Vater!«, zischte Nicolas und blickte dabei in Melvilles grinsende Fratze. »Holt Julie da raus und dann verschwindet!«

»Nicolas, verdammt, wo bist du?«

Nicolas spürte einen kalten Windzug auf seinem Gesicht, weit unter sich meinte er das schwache Geräusch der Brandung zu hören.

Das Spielbrett war zu voll.

Es war an der Zeit, einen Stein herauszunehmen. Eine andere Wahl hatte er nicht.

Er krümmte den Finger weiter.

Melville lächelte.

»Schießen Sie ruhig, *Monsieur* Guerlain. Ich habe den Daumen auf der Taste. Und all die lästigen Gestalten dort unten in meinem Haus werden verschwinden. Auch Julie. Schade eigentlich, ich hatte mich sehr an sie gewöhnt.«

Es reicht, dachte Nicolas. Ich kann nicht mehr.

»Vater! Habt ihr sie?«

Genau in diesem Augenblick vernahm er hinter sich ein leises Knirschen. Das vorsichtige Aufsetzen von Füßen auf einem gekiesten Pfad.

»Also gut, dann eben nicht. Dann entschuldigen Sie mich bitte, *Monsieur* Guerlain. Ich werde jetzt gehen. Und Sie werden mich offenbar nicht aufhalten, weil Sie Julie mehr lieben als dieses Land. Das ist sehr romantisch, das muss ich zugeben.«

Langsames Ausatmen hinter ihm, eine leise Ahnung in Form eines Kribbelns auf seinem linken Arm.

Ein Gefühl.

Eine Hoffnung.

»*Au Revoir, Monsieur* Guerlain. Vielleicht sehen wir uns in Paris wieder, ich kann immer einen ...«

»Nicolas, runter!«

Ein greller Blitz an seinem linken Auge, steiniger Boden, der näher kam. Das Geräusch eines fallenden Handys, getroffen von einer Kugel, die nicht aus Nicolas' Waffe kam.

Ein Keuchen, ein Aufschrei.

Alles ging so rasend schnell.

Melvilles Arm war nach hinten gerissen worden, er taumelte, und für einen kurzen Augenblick schien er zu zögern. Überrascht blickte er dorthin, wo eben noch Nicolas gestanden hatte und wo jetzt die Silhouette einer jungen und furchtbar erschöpften Frau erschien.

Melville hob seine Waffe und zielte.

Nicolas lag noch immer am Boden.

Mehr als vier Jahre waren vergangen seit jenem Abend im Théâtre des Champs-Élysées in Paris, als Julie aus seinem Leben verschwand. Und jetzt war sie zurückgekehrt, emporgestiegen aus den Untiefen. Aufgetaucht aus den dunklen Gängen eines engen Tunnels, der ein abgelegenes Landhaus mit den weiten Hügeln der Normandie verband.

Und auch wenn Julies Auftrag von Anfang an gescheitert war, auch wenn Melville sie dazu benutzt hatte, um das Spielbrett einfach herumzudrehen, auch wenn Melville ihr und ihm vier gemeinsame Jahre geraubt hatte – all das war jetzt nicht wichtig.

Jetzt ging es nur darum, nicht zu zögern, hier oben in der Dunkelheit über dem Meer.

Und Julie zögerte nicht. Genauso wenig wie er selbst.

Als Pierre Melville seine Waffe abfeuern wollte, das Gesicht wutverzerrt, drückten sie beide gleichzeitig ab. Melville wurde von der Wucht der beiden Kugeln zurückgeschleudert, er taumelte, drehte sich einmal um die eigene Achse und fiel in das feuchte Gras neben dem Pfad.

Das Echo der Schüsse hallte noch über den Klippen, als Julie mit einem schnellen Schritt über Nicolas hinwegstieg und die Waffe wegkickte, die Melville immer noch in der zuckenden Hand hielt. Für einen Moment dachte Nicolas, sie würde noch einmal auf ihn schießen, aber stattdessen kniete sie sich neben ihn und blickte ihn an.

Melville spuckte Blut und keuchte heftig, als sie sich mit ihrem Gesicht seinem näherte.

Ihre Stimme vermischte sich mit dem Röcheln des Mannes, über den sie gebeugt war.

»Das hier gehört dir.«

Nicolas zielte weiterhin auf Melvilles Brust, während er sah, wie Julie einen abgerissenen Streifen mit Passfotos in Melvilles blutige Hemdtasche stopfte.

Er lächelt, erkannte Nicolas plötzlich. Warum lächelt er?

Melville hob seine rechte Hand und strich Julie eine Strähne aus der Stirn. Sie wehrte sich nicht, auch nicht, als seine Finger eine blutige Spur auf ihrer Wange hinterließen.

»Du bist wirklich zum Kotzen«, sagte er leise, und in seinem Blick lag abgrundtiefe Enttäuschung.

»Ich weiß«, antwortete Julie mit kühler Stimme.

Melville spuckte erneut Blut.

»Aber vergiss eines nicht«, sagte er mit letzter Kraft. »Der längste Tag …«

Plötzlich packte er sie und griff nach ihrer Hand. Mit einer aufbäumenden Kraft umschloss er ihre Faust mit seinen Händen und presste sie zusammen. Dabei lachte er ein kehliges Lachen, schrill und hell, wie es nur ein Mann konnte, der wusste, dass nichts verloren war.

»… hat längst begonnen!«

Nicolas feuerte drei Mal und traf Pierre Melville mitten in die Brust.

»Julie!«

Hastig kroch er zu ihr, umschloss ihre Schultern, hielt sie fest, umarmte sie, spürte ihre Tränen an seiner Schulter und das Gefühl einer unfassbaren Leere, das sie beide umschloss.

Julie schluchzte, ihre Schultern zuckten, als sie so neben Melvilles leblosem Körper kauerten.

»Nicolas …«

»Ich bin da. Es ist vorbei.«

»Nein. Es ist nicht vorbei!«

Verwundert löste er sich von ihr und blickte in ihre von Tränen verschleierten Augen. In einiger Entfernung konnte er den Schein von Taschenlampen erkennen.

Langsam öffnete Julie ihre Hand, die immer noch zur Faust geballt war. Sie zögerte, und als Nicolas ihre Faust Finger für Finger behutsam ganz öffnete, schluchzte sie erneut auf.

Und er wusste, warum.

Weil sie verloren hatten, trotz allem. Mehr als vier Jahre waren vergangen, und am Ende hatten sie verloren.

In Julies linker Handfläche lag ein kleiner Fernzünder. Sie hatte ihn selbst betätigt, als Melville ihre Hand zur Faust geballt hatte.

Ein letzter Gruß vor dem Tod.

Als die Männer des Geheimdiensts sie kurz darauf erreichten, saßen Nicolas und Julie stumm nebeneinander auf dem schmalen Pfad, eng umschlungen, die Köpfe aneinandergelehnt.

Über die dunklen Hügel strich ein kalter Wind, er fuhr durch Büsche und Bäume, pflügte durch das hohe Gras, vorbei an zerfallenen Steinhäusern und über einen leeren Strand hinweg. Schwarzes Wasser schlug gegen die Klippen, und in der Luft hing das Echo einer nicht weit entfernten Explosion.

Der längste Tag hatte längst begonnen.

Die Detonation war von einer ungeheuren Wucht. Sie entwurzelte die umliegenden Bäume und riss einen tiefen Krater in den amerikanischen Friedhof von Colleville. Weiße Kreuze wurden aus dem Boden gerissen und einige Meter weit durch die Luft geschleudert, Baumkronen brannten. Das Dach eines angrenzenden Gebäudes wurde vollständig abgedeckt.

Eine erste Sirene heulte auf, Stimmen waren zu hören. Laute, verzweifelte Rufe.

Nicht weit entfernt, zwischen den langen Reihen eines Gräberfeldes, bedeckt von den zerfetzten Resten einer amerikanischen Flagge, lag der verdrehte Körper einer jungen Polizeianwärterin.

Teil drei

DER LÄNGSTE TAG

KAPITEL 31

Normandie
Drei Wochen später
J-2

Luc Roussel saß auf einem frisch gemachten Krankenhausbett und blickte auf die kleine Reisetasche zu seinen Füßen. Heute Morgen hatten seine behandelnden Ärzte ein abschließendes Gespräch mit ihm geführt, er durfte nun endlich wieder nach Hause. Er konnte hören, wie Sandrine in dem kleinen Badezimmer nebenan seine Sachen zusammenpackte, er sah, wie sich draußen im Klinikgarten die Menschen auf den Parkbänken sonnten.

»Der Bart steht dir eigentlich ganz gut«, sagte Sandrine, als sie mit seinem Rasierer in der Hand zu ihm ins Zimmer kam. »Gut, er kratzt ein wenig, aber ich mag ihn.«

»Wenn du meinst«, antwortete Roussel und lächelte sie an. Sie setzte sich neben ihn auf die Bettkante. Für einen Augenblick saßen sie so nebeneinander und blickten aus dem Fenster. Zögernd fasste er nach ihrer Hand.

»Du warst immer da«, sagte er leise. »Ich hätte nicht gedacht, dass sich um mich alten Knochen noch einmal jemand so kümmern würde.«

Sanft strich sie ihm über die Wange.

»Wir kriegen dich schon wieder hin, Luc Roussel«, flüsterte sie. »Ich habe dich fast verloren, jetzt lass ich dich nicht mehr los.«

Als sie die letzten Sachen in seine Reisetasche steckte, blickte Roussel sich in dem Zimmer um, in dem er die vergangenen Wochen verbracht hatte. Immer noch schmerzte seine rechte Seite, wenn er sich zu schnell drehte, immer noch kratzte sein Hals, ihm wurde ständig schwindelig und vor allem abends auch übel.

Er war noch lange nicht der Alte.

»Wenn ich mich doch bloß an diese verdammte Stimme erinnern würde«, fluchte er. Er war sich sicher, dass dies seine vollständige Gesundheit schlagartig wiederherstellen würde, wenn er doch nur …

»Lass es gut sein«, beruhigte Sandrine ihn. »Du wirst dich erinnern, irgendwann, ganz bestimmt. Viel wichtiger ist doch, dass sie Melville geschnappt haben. Und dass jetzt endlich wieder so etwas wie Alltag einkehren kann. In zwei Tagen finden die Feierlichkeiten statt. Alles andere wird sich finden, du wirst schon sehen.«

Kurz darauf nahm sie seine Tasche, und er hakte sich bei ihr unter.

Luc Roussel verließ die Klinik – 136 Tage, nachdem sie ihn mehr tot als lebendig aus dem Atlantik gefischt hatten –, leicht humpelnd und mit einem tiefen Loch in seiner Erinnerung.

Zur gleichen Zeit genoss Julie die warmen Sonnenstrahlen, die gerade über die Häuser von Arromanches krochen und den kleinen Platz an der Uferpromenade beschienen. Noch lagen die meisten Touristen in ihren Betten, saßen beim Frühstück oder standen unter der Dusche, noch fuhren die Reisebusse über die Autobahn, bevor sie zwischen Caen und Bayeux auf die Landstraße abbiegen würden, die hinunter zum Meer führte.

Sie atmete die frische Seeluft ein und beobachtete zwei Möwen, die auf der Suche nach einem Stück Crêpe oder ein paar Brotkrümeln über den Asphalt trippelten. Am Eingang des Landungsmuseums schob Jean Prudhomme geräuschvoll das Rollgitter hoch.

Immer im Dienst, dachte sie.

Sie wünschte sich, dass alles schnellstmöglich vorbeigehen würde. Dieser Tag, diese Zeit, dies alles eben. Sie würde Nicolas endlich sagen, warum sie so lange fortgeblieben war. Fort und stumm.

Natürlich hieß der Grund für ihr langes Verschwinden Pierre Melville.

Aber es gab noch einen anderen Grund.

Eigentlich musste Julie nicht mehr weiter als Kellnerin im *Mulberry* arbeiten, Melville war tot. Aber der Anschlag auf den amerikanischen Friedhof in Colleville hatte das ganze Land im Mark getroffen. Und auch wenn die offizielle Stellungnahme der französischen Regierung keinen Zweifel daran ließ, dass jegliche Gefahr gebannt war: Die Ermittlungen im Hintergrund sprachen eine andere Sprache. Sämtliche Behörden arbeiteten fieberhaft daran, alle Sicherheitslücken zu schließen. Potenzielle Gefahrenquellen mussten frühzeitig erkannt und sofort aus dem Weg geräumt werden.

Doch sie fanden nichts. Keine Namen, keine Helfershelfer, keine Verbindungen zu politisch einschlägigen Gruppierungen. Konten, Immobilien, angemietete Geschäftsräume – alles, was Melville einst gelenkt hatte, wurde durchforstet.

Vergeblich.

Und die Zeit schritt voran, in kleinen tippelnden Schritten, während Julie nervös auf ihren Nägeln kaute und Nicolas das eine Gefühl nicht loswurde, das er mehr hasste als alles sonst.

Die Unsicherheit.

Sie telefonierten jetzt häufiger miteinander, er in Paris, wo sein Dienst Berichte im Minutentakt von ihm verlangte, und sie hier, in Arromanches, wo sie weiterhin als Kellnerin arbeitete, weil sie nicht wusste, wie alles enden würde. Und auch weil Janine, die Wirtin, sie brauchte. Und gebraucht zu werden war etwas, an das Julie sich gewöhnen konnte. Gerade jetzt.

Sie wusste, dass sie nicht länger vor ihrer Verantwortung davonlaufen konnte. Und vor der Wahrheit. Einer Wahrheit, die nur zwei Menschen kannten.

Sie selbst.

Und Alexandre Guerlain.

Aber Alexandre Guerlain war nach all den langen Jahren – so unglaublich es auch war – nicht mehr Chef des mächtigen Inlandsgeheimdienstes. Er hatte das Spiel gegen Pierre Melville vielleicht gewonnen, so schien es zumindest. Aber er war dennoch ein Verlierer.

Der Wechsel an der Spitze der Behörde war nach den Ereignissen und der schicksalhaften Nacht im Hinterland von Arromanches unausweichlich gewesen. Bereits in dem Augenblick, als der Sprengsatz auf dem amerikanischen Friedhof explodierte, hatte Alexandre gewusst, dass Melville ihn schlussendlich doch besiegt hatte. Ein Schachmatt mit dem letzten Zug.

Und als das Spiel vorbei war, war er selbst es gewesen, der seine Niederlage einräumte und seinen Stuhl frei machte. Der einst so mächtige Strippenzieher wollte das Feld nicht als Bauernopfer verlassen. Aber ein solches hätte die Politik gefordert, sobald ans Licht gekommen wäre, dass Melvilles Pläne bereits seit Jahren bekannt gewesen waren.

Alexandre Guerlain räumte seinen Stuhl, mit aufrechtem Gang und stechendem Blick, so wie seine Mitarbeiter ihn kannten. Die Enttäuschung, die Anschlagspläne nicht in Gänze verhindert zu haben, schmerzte ihn, aber er ließ es sich nicht anmerken.

Einmal noch hatte er zum Hörer gegriffen und Julie angerufen.

Er hatte ihr für ihren Einsatz gedankt und sie gewarnt vor dem, was jetzt kommen würde. Das Geheimnis, das nur sie beide kannten, würde zutage treten, die Akte in seinem Schreibtisch war bereits in den Händen seines Nachfolgers. In dünnen Worten hatte er gesagt, dass es ihm leidtue, und Julie glaubte ihm.

Allein, es half nichts. Sie würden kommen. Fast stündlich rechnete sie mit einem Anruf oder gar einem vorfahrenden Polizeifahrzeug, das sie mitnehmen würde. Aber noch war es offenbar nicht so weit, noch hatte Alexandre Guerlains Nachfolger an der Spitze des DGSI anderes zu tun. Sie hatte seinen Namen und sein Foto in einer Zeitung gesehen. Er hieß Charles Pleyel, und sie war sich sicher, dass er bald nach ihr suchen lassen würde. Das durfte nicht passieren, bevor sie mit Nicolas gesprochen hatte. Sie musste ihn vorbereiten, ihm endlich unumwunden alles erzählen.

Alle Gründe für all ihr Handeln.

Noch hatte sie den Mut dazu nicht gefunden.

In den Medien kam die Frage auf, ob die Sicherheitsapparate die Bevölkerung überhaupt noch ausreichend schützen konnten. Genau, wie Pierre Melville es vorhergesagt hatte.

»Er hat sein Leben verloren, aber nicht sein Spiel«, merkte Nicolas irgendwann sarkastisch an. Und tatsächlich schien es auch Julie so, als hätten Gewinner und Verlierer von vornherein festgestanden, unverrückbar und unausweichlich.

In den Stunden und Tagen nach der Detonation in Colleville, in denen auf politischer und operativer Ebene blankes Chaos herrschte, wurde unter Hochdruck die Gefahr eines weiteren Anschlages untersucht. Also wurde ganz Arromanches erneut nach Sprengsätzen abgesucht, Spürhunde wurden durch jedes Haus, jede Wohnung, jeden Keller geführt. Und wieder fanden sie nichts. Schließlich wurde das Programm der Feierlichkeiten zwar etwas gekürzt und die Sicherheitsmaßnahmen nochmals erhöht. Aber François Faure, der Minister, der Staatspräsident werden wollte, entschied, dass eine Absage weiterhin nicht in Frage kam.

»Ich brauche Beweise«, hatte Faure mehrfach gemahnt. »Und wenn es keine Beweise gibt, dann gibt es auch keinen weiteren Anschlag.«

Der 6. Juni würde gefeiert werden, in Arromanches und auch auf dem amerikanischen Friedhof. François Faure würde seine große Bühne bekommen.

Nur Julie stand auf dem Platz an der Uferpromenade und hoffte, dass der längste Tag bald vorbei sein würde. Sie war müde. Und sie wollte nach Hause, auch wenn sie nicht wusste, wo das war.

Zwei Polizisten kamen aus dem *Mulberry* und lächelten ihr zu.

»Das wievielte Mal war das jetzt?«, fragte sie leicht belustigt.

»Für uns erst das zweite Mal«, antwortete einer der Beamten. »Aber die Jungs vom Geheimdienst waren ja auch schon da und der Secret Service ebenso. Alles Routineuntersuchungen, so ist das jedes Mal vor dem 6. Juni.«

Julie lachte und legte den Kopf zur Seite.

»Außer guter Muschelsuppe gibt es da drin tatsächlich nichts zu holen«, sagte sie. »Janine hat den Laden fest im Griff, aber von dem, was hier draußen passiert, kriegt sie kaum etwas mit.«

Der zweite Polizist zeigte zum Fenster im ersten Stock.

»Der da oben wohl auch nicht …«

Die Handbewegung des Polizisten war eindeutig. Julie drückte ihre Zigarette in einem kleinen Sandeimer auf einer der Fensterbänke aus.

»Wir haben noch Kaffee, wenn Sie möchten.«

»*Merci*«, lächelte sie einer der Beamten an. »Wir kommen später vorbei.«

»Natürlich. Er steht in einer Thermoskanne hinter dem Tresen, falls ich gerade in der Küche bin.«

Die Polizisten verabschiedeten sich, und Julie blickte ihnen eine Weile nach.

Dann ging ihr Blick aufs Meer, wo zwischen den weiter draußen liegenden Senkkästen ein Polizeiboot patrouillierte.

Arromanches ist eine besetzte Stadt, dachte sie, so wie Deauville es vor einem Jahr gewesen ist. Damals der G8-Gipfel, den sie nur im Fernsehen verfolgt hatte, Nicolas' Einsatz, das Attentat auf François Faure. Und jetzt der 6. Juni, der Jahrestag der Alliiertenlandung in der Normandie. Der längste Tag.

Damals wie heute, dort wie hier, wimmelte es in der Stadt von Polizisten. Etwa die Hälfte der Betten war mit Sicherheitspersonal belegt, die unzähligen Bereitschaftspolizisten hatte das Innenministerium in der näheren Umgebung untergebracht, in Manvieux, in Ryes und in Asnelles. In regelmäßigen Abständen überflog ein Polizeihubschrauber die Küste, er rauschte über die Dächer von Arromanches, umkreiste die Klippen im Nordwesten und flog dann in einer langen Kurve zurück nach Bayeux oder Caen.

Am Museum gegenüber postierte Jean Prudhomme einige Metallaufsteller, auf denen die Vorführungen im neuen Kinosaal angepriesen wurden. Als er kurz aufblickte, lächelte er schüchtern und winkte Julie zu. Sie winkte zurück.

Hinter sich konnte sie die Schritte eines alten Mannes hören, der gleich um die Ecke kommen würde, mit zerfurchtem Gesicht und verdrießlicher Miene. Er würde kurz stehen bleiben, sie skeptisch anblicken, dann auf die Polizisten zeigen oder auf die Hundestaffel, die mal wieder den Strand absuchte.

»Der Ort hat den Krieg überlebt. Aber die hier, die bringen uns um.«

Und sie würde lächeln und ihm sagen, dass der Kaffee in einer Thermoskanne hinter dem Tresen stand, gleich neben der Flasche Pastis, die er aber erst am Nachmittag bemerken würde. Wenn auch am frühen Nachmittag.

Ihr Blick fiel auf ihre rechte Hand, und sie dachte an den Zünder, den sie vor drei Wochen selbst gedrückt hatte. Sie hatte es nicht kommen sehen, und jetzt waren zwei Wachsoldaten des amerikanischen Friedhofs tot, und Claire lag schwer verletzt im Universitätskrankenhaus von Caen. Sie lebte nur, weil sie kurz vor der Explosion einen Schatten hinter den Bäumen zu sehen geglaubt und sich ein paar Schritte von den anderen entfernt hatte.

Trotzdem war sie mehrere Meter durch die Luft geschleudert worden.

»*Salut,* Enzo«, sagte Julie mit lauter Stimme, kurz bevor der alte Mann um die Ecke kam. Ein Brummen war die Antwort, offenbar hatte er genau wie sie das Kamerateam gesehen, das Aufnahmen von den flachen Pontons machte, die direkt hinter der Strandpromenade im Schlick steckten.

Enzo blickte zu den Polizisten hinüber, die vor dem Landungsmuseum mit Jean Prudhomme redeten. Er schnaubte kurz und spuckte etwas Kautabak auf den Asphalt.

»Der Ort hat den Krieg überlebt, Anna. Aber die hier, die bringen uns um.«

Sie lächelte, ihr Blick folgte einer Möwe, die über dem Wasser schwebte wie ein weißer Pinselstrich auf einer grauen Leinwand.

»Der Kaffee steht in einer Thermoskanne hinter dem Tresen. Gleich neben der Flasche Pastis. Bediene dich einfach.«

»Danke. Du bist schwer in Ordnung, Kind. Verlass uns ja nicht so schnell, Anna, hörst du?«

Sie hätte ihm am liebsten über das zerknitterte Gesicht gestrichen, so, wie er hier vor ihr stand und sie aus seinen matten Augen anblickte.

»Ach, Enzo, man weiß nie, was kommen wird. Aber ich muss jetzt rein, Janine braucht mich. Bis später.«

Aber da war er schon weitergegangen, die Hände auf dem Rücken verschränkt.

Von der anderen Seite des Platzes sah Jean Prudhomme, wie Julie im *Mulberry* verschwand, und er gab sich kurz dem Gedanken hin, später mit ihr einen Spaziergang am Strand zu machen. Vorbei an den großen Kästen, entlang der Klippen, die auf sie herabschauen würden, während ihre nackten Füße im nassen Sand Spuren hinterließen, meilenweit. So lange, bis sie nicht mehr konnten und alles hinter ihnen liegen würde.

»Danke für das Pult!«, rief er Enzo zu, der über die Strandpromenade spazierte. Der alte Mann winkte mürrisch zurück.

Das Museum würde in einer halben Stunde öffnen, noch also blieb Jean etwas Zeit. Er ging hinein und schloss die Tür zum großen Ausstellungsraum auf. Die Luft war stickig, und so öffnete er eines der großen Fenster, die hinaus aufs Meer gingen. Kurz darauf stand er mit einer Tasse Kaffee in der Hand neben einer Glasvitrine und genoss die Aussicht auf den Strand, auf die Pontons und die Klippen, die dahinterlagen.

Er hatte die Schublade einer kleinen Kommode geöffnet und den Schallplattenspieler darin angemacht. Die ersten Töne eines alten Liedes erklangen, die Melodie verlor sich in der salzigen Luft, und Jean begann langsam, mit dem rechten Fuß zu wippen.

»Les sanglots longs des violons de l'automne …«

Ein Lächeln, eine Gewissheit.

Dass alles gut werden würde, irgendwie, nach all dem, was schlecht gewesen war.

Jean nahm einen Schluck Kaffee, blickte auf die Wellen und das graue Wasser, den Wellenbrecher und das Fischerboot, das weit draußen sein Netz ausgeworfen hatte.

Er begann das Lied mitzusummen, seine linke Hand fuhr in sanften Schwüngen durch die Luft.

»Blessent mon cœur, d'une langueur, monotone.«

Er dirigierte die Möwen, die über dem Wasser kreisten, und vergab Einsätze an die wenigen Spaziergänger, die über den Strand liefen.

Seine Füße begannen zu tänzeln, mit seinen Händen ordnete er die Gezeiten neu, und das Lächeln wollte nicht mehr aus seinem Gesicht verschwinden.

Nur noch zwei Tage bis zu seiner großen Rede.

Vielleicht konnte er ja so das Museum retten. Mit einer großen Rede, die noch bestehen würde, wenn auch der letzte Gast gegangen und alles vorbei wäre.

Eine Rede für die Geschichtsbücher. Eine Rede für die Ewigkeit.

»Et je m'en vais, au vent mauvais, qui m'emporte.«

Und dann sah er es plötzlich. Wie es auf den Wellen tänzelte. Wie es kurz verschluckt wurde und wieder auftauchte. Wie es sich vorarbeitete, mühsam und doch siegesgewiss, wie es sich der Küste näherte, dem flachen Strand.

Jean Prudhomme kniff die Augen zusammen, machte einen Schritt nach vorn, vergaß für einen Augenblick die Musik und seinen Kaffee, das Museum und das gute Gefühl, dass es fast vorbei war.

Denn das war es nicht.

Weiter unten am Strand stand das Kamerateam eines Regionalsenders, der Reporter zeigte auf die Wellen, auf die Senkkästen und auf das, was dort draußen auf Arromanches zutrieb. Der Kameramann stellte sein Objektiv scharf, aufgeregt begann sein Kollege in sein Handy zu reden.

Polizisten kamen über den Platz gelaufen, manche deuteten auf das Meer, auf die Wellen, die auf Arromanches zurollten. Jean konnte sehen, wie die Tür zum *Mulberry* aufging und Anna zusammen mit einigen Gästen herauskam, ebenfalls neugierig, was dort draußen auf dem Wasser trieb. Sein Blick ging zum ersten Stock, wo ein Fenster offen stand, der Vorhang dahinter bewegte sich sanft im Wind.

»Ruh dich aus, Vater«, flüsterte er.

Dann schloss er das Fenster im Museum, machte die Musik aus und stellte seine Kaffeetasse weg. Als er hinaus auf den Platz trat und sich neben den alten Enzo an die Kaimauer stellte, sah er, was kommen würde.

Und Enzo sah es auch.

Keiner von ihnen sagte ein Wort, während das Holzkreuz von einer letzten energischen Welle auf dem nassen Sand abgelegt wurde. Die rote Farbe glänzte in der Sonne, als wäre es eben erst angestrichen worden, dort unten, in den Untiefen, aus denen es emporgekommen war.

Die Botschaft, die in dunklen Lettern in das nasse Holz geritzt war, wurde live von einem Fernsehteam verbreitet.

Der längste Tag ist gekommen.

KAPITEL 32

Paris
Kurz darauf
J-2

Nicolas blickte auf den leeren Koffer, der geöffnet vor ihm auf dem Bett lag. Er war nicht besonders breit und nicht besonders tief, und doch bot er genug Platz, um ein ganzes Leben darin zu verstauen.

Das Fenster in seinem Schlafzimmer stand offen, draußen schien die Sonne und wärmte die Tauben, die zufrieden auf dem Dach gurrten. Es war ungewöhnlich still an diesem Morgen, die Stadt schien durchzuatmen und sich dem Sommer hinzugeben. Leise Musik stieg zu ihm herauf, und Nicolas musste unwillkürlich lächeln. Es war das erste Lächeln seit langer Zeit.

Danke, Tito, dachte er und begann behutsam, sein Leben in dem kleinen Koffer zu verstauen. Ein dunkler Anzug, natürlich. Weißes Hemd, ein Gürtel. Ersatzmunition für seine Dienstwaffe, ein zweites Holster. Zwei Krawatten, Unterwäsche. Ein zweites Paar Schuhe, Rasierschaum und Klingen, seine Zahnbürste. Ein dunkler Pullover, Socken.

Die immer noch gültige Jahreskarte für das Théâtre des Champs-Élysées in der Avenue Montaigne, die er bereits zum vierten Mal verlängert hatte und die er wie immer obenauf legte.

Reihe D, Plätze 13 und 14, tief eingebrannt in seine Seele.

Er schloss den Koffer, zog den Reißverschluss zu und setzte sich für einen Moment auf das Bett.

Sein Handy klingelte, es war Julie.

»Ich habe das mit dem Kreuz schon im Radio gehört«, sagte er. »Und wir haben recht gehabt, es ist nicht vorbei.«

»Was machen wir jetzt?«, fragte sie.

»Es ist vermutlich zu spät, die Feierlichkeiten abzusagen. Viele Gäste sind schon eingetroffen. Ich werde mit meinem Dienst telefonieren, was die meinen, aber die Sicherheit ist kaum noch zu erhöhen. Ich weiß wirklich nicht, wo da noch Platz für einen Anschlag sein sollte.«

Julie versicherte, von Arromanches aus alles im Blick zu behalten.

»Pass auf dich auf, Julie.«

»Du auch. Es ist bald vorbei.«

Nicolas stand langsam auf und stieg hinaus auf die Dachterrasse, von der aus er zumindest die Hälfte der Spitze des Eiffelturms sehen konnte.

»Tito, hast du deinen Koffer gepackt?«, rief er nach unten.

»Was geht dich das an?« Titos Stimme knarzte, und Nicolas dachte, dass sein alter Nachbar nicht jünger wurde.

»Hast du dir ein Taxi bestellt? Du weißt, wir können dich nicht mitnehmen.«

»Ist mir schon klar!«

Nicolas blickte über die Dächer von Paris, dorthin, wo in der Ferne die Tuilerien lagen.

»Ich muss los, Tito. Bleibt alles, wie wir es besprochen haben?«, fragte er.

»Natürlich bleibt es dabei«, knurrte sein Nachbar. »Wir sehen uns morgen in der Normandie!«

Die vergangenen drei Wochen waren schlimm gewesen, fast unerträglich schlimm. Immer wieder war Nicolas nach Caen gereist, er hatte sich in das kleine Eckzimmer gesetzt, auf einen braunen Stuhl mit kaputter Armlehne, und hatte Claire angeblickt, stundenlang.

Es ging ihr langsam besser, sagten die Ärzte.

Es ging ihr weiterhin schlecht, sagten ihre Eltern.

Es hätte nie so weit kommen dürfen, sagte er sich.

Die linke Seite ihres Gesichtes war noch immer unter einem weißen Verband verborgen, ihr Puls war schwach. Splitter hatten sich in ihre rechte Seite gebohrt, erst nach mehreren Operationen konnten alle entfernt werden. Die Ärzte meinten, sie habe keine inneren Verletzungen, sie brauche nur Zeit.

Ab und zu war sie aufgewacht, aber nie, wenn er im Raum war. Auch der dicke Bruno hatte sie einmal besucht, und später hatte er Nicolas unumwunden gestanden, dass er dabei geweint hatte. Selbst Roussel hatte sich herbringen lassen, keuchend und humpelnd war er an ihr Bett getreten.

»Scheiße, Mädchen, du siehst ja noch schlimmer aus als ich.«

Und dann hatte er Nicolas angesehen, aus rot umränderten Augen.

»Ich bemühe mich, Nicolas. Ich versuche alles. Aber die Stimme … sie ist wie hinter einem dicken Wattebausch. Ich weiß noch nicht mal, ob es eine Männer- oder eine Frauenstimme ist.«

Und genau das war der Grund, warum Nicolas vor einigen Tagen mit Tito gesprochen hatte. Um etwas mit ihm auszuhecken. Eine Vorsichtsmaßnahme, in die er sonst nur noch Julie, Bogdanic und sein Team einweihte, und er hoffte, dass sie sich ohnehin als unnötig erweisen würde.

Auch seinen Vater hatte er eingeweiht, weil er für seine Vorsichtsmaßnahme Hilfe brauchte. Sein Vater hatte ihm zugehört und dann versprochen, einige Anrufe zu machen. Er selbst würde aber diesen so wichtigen Tag nur aus der Ferne begleiten.

»Ich bin raus, Nicolas«, hatte er gesagt, und seine Stimme hatte bitter geklungen.

Und nun stand Nicolas in seiner Wohnung, mit einem nicht sehr großen und nicht sehr tiefen Koffer in der Hand, und blickte in den Wandspiegel im Flur.

Was er sah, machte ihm wenig Hoffnung.

»Ich bin gleich wieder da«, sagte er zu dem müden Mann im Spiegel. Dann öffnete er die Tür und trat hinaus ins Treppenhaus.

KAPITEL 33

Normandie
Einen Tag später
J-1

Der Vorhang der Nacht öffnete sich, und der Sommerregen, der über der Küste niederging, klang wie der anhaltende Applaus eines erwartungsfrohen Publikums. Das Wasser, das auf Wiesen und Hecken prasselte, war wie das Geflüster aufgeregter Gäste, die in ihren Logen saßen und mit ihren Operngläsern in Richtung Bühne blickten. Aber noch waren die Lichter aus, noch hatte das Orchester den Graben nicht besetzt, um die Instrumente zu stimmen.

Noch war es zu früh.

Aber sie würden auf ihre Kosten kommen, sie alle, dessen war sich Jean Prudhomme sicher, als er am kleinen Fenster im Zimmer seines Vater stand und in den Regen hinausblickte. Auf dem kleinen Platz zwischen dem *Mulberry* und dem Landungsmuseum patrouillierten mittlerweile im Minutentakt Streifenbeamte, und weiter die Straße hinauf sah er die langen Reihen der Satellitenwagen von Fernsehsendern sowie zwei Mannschaftsbusse der Bereitschaftspolizei. Einigermaßen verunsichert lief eine kleine Touristengruppe in Richtung Strand, der jedoch mit einem rot-weißen Band abgesperrt und von vier grimmig dreinblickenden amerikanischen Sicherheitskräften gesichert war.

Jean Prudhomme zog die Vorhänge ganz auf und blickte zu seinem Vater hinab, der in seinem Bett lag und die Welt um ihn herum nicht wahrzunehmen schien.

»Es ist fast so weit, Vater«, flüsterte Jean und schloss vorsichtshalber die Tür.

»Morgen werde ich die Rede vor den Veteranen halten, und du wirst sehen, danach wird alles besser werden.«

Er setzte sich auf die Bettkante und zupfte die Decke zurecht. Dann nahm er die Hand seines Vaters und massierte sie sanft.

»Es ist vieles schiefgelaufen in letzter Zeit, ich weiß. Und ich habe dich enttäuscht. Aber ich habe es wieder hingekriegt. Und du weißt ja, die Sachen habe ich nur für das Museum verkauft, ich will es nicht verlieren, das habe ich dir doch erklärt, oder?«

Sein Vater sah ihn an, sein Blick war sanft und verständnisvoll, und Jean lächelte einen Augenblick. Alles würde sich fügen.

»Ich komme heute Abend wieder, ja? Und dann werde ich dir meine Rede vortragen, du wirst sehen, sie wird dir gefallen!«

Leise schloss er die Tür hinter sich und stieg die steile Treppe hinunter ins *Mulberry*, wo ihn der Duft von frisch geschnittenen Kräutern empfing. Aus der Küche hörte er das Klappern von Töpfen, an den kleinen Tischen im Gastraum saßen einige Touristen.

Anna, die er so sehr mochte, stand hinter dem Tresen und lächelte ihn an. Als sie ihm im Vorbeigehen zuzwinkerte, senkte er verlegen den Kopf und ging weiter in Richtung der großen Schwingtür, die in die Küche führte. Aus dem Radio über dem Tresen erklang leise Musik, hinter dem Tresen lag ein Holzbrett, auf dem Anna anscheinend gerade Brot geschnitten hatte. Daneben sah er ihr Handy, es leuchtete. Offenbar hatte sie es gerade verwendet.

Jean blickte kurz in den Gastraum, Anna stand mit dem Rücken zu ihm in einer der hinteren Ecken und stapelte Teller auf ein Tablett.

Er wusste nicht, warum er es tat, es war wie ein innerer Drang.

Mit einem schnellen Schritt stand er neben dem Holzbrett, tippte auf das große Display und fand nach zwei Sekunden die zuletzt verfasste Nachricht.

Sein Blick war nachdenklich. Er konnte nicht fassen, was er da las.

»Nicolas, wer ist das?«, murmelte er, während er in die Küche ging. »Und warum schreibt sie ›Kuss, Julie‹?«

KAPITEL 34

Arromanches-les-Bains
Am frühen Abend
J-1

Die aufziehende Dämmerung hatte von der Küste Besitz ergriffen, die Schatten rückten vor und vertrieben allmählich das restliche Licht eines vor Nervosität vibrierenden Tages. Nicolas und sein Team hatten die Aufgaben für die Feierlichkeiten besprochen, die unterschiedlichen Sicherheitsteams würden mehr denn je zusammenarbeiten müssen. Auf dem amerikanischen Friedhof, den die Staatsgäste aus aktuellem Anlass zuerst besuchen würden, würde der Secret Service die Sicherheit übernehmen, das galt auch für die Fahrt hierher, nach Arromanches.

Die Feierlichkeiten würden dann bei Ebbe direkt auf dem Strand beginnen. Nach den offiziellen Reden würden sämtliche Staatsgäste sofort wieder abreisen, ebenso der Staatspräsident.

Nur das französische Kabinett würde noch zu einem Mittagessen bleiben, in einem anderen Restaurant würden die Veteranen versorgt, die zuvor an einer Führung inklusive Kinovorstellung im Landungsmuseum teilnahmen. Eigentlich hätten auch die Mitglieder der Regierung das Museum besuchen sollen, und als verantwortlicher Minister für die gesamten Feierlichkeiten hätte François Faure sogar eine kurze Rede gehalten. Aber dieser Punkt war nach dem Anschlag auf den amerikanischen Friedhof aus dem Programm gestrichen worden.

Es ging jetzt darum, dass alles so schnell und so reibungslos wie möglich ablief.

Natürlich hatten die Sicherheitskräfte vor Ort, genau wie der gesamte Sicherheitsapparat im Hintergrund, über die Bedeutung des Kreuzes diskutiert, das im Hafenbecken angespült worden war. Erneut wurden Gefahren abgewogen, Risiken abgeschätzt. Der gesamte Ort wurde erneut durchkämmt, ohne Ergebnis. Der längste Tag würde besser gesichert sein als je zuvor.

»Scheiß Regen!«, fluchte Bertrand, als sie die Tür zum *Mulberry* öffneten und hineinschlüpften.

»Das wird ein Spaß morgen, wenn das so bleibt«, sagte Gilles Jacombe und zog seine durchnässte Jacke aus. Sie hatten einen Tisch reserviert, den er jetzt zielstrebig ansteuerte. Julie, die hier alle nur als »Anna« kannten, stand hinter dem Tresen und begrüßte sie freundlich, aber beiläufig, so, wie sie auch alle anderen Gäste begrüßte.

Das *Mulberry* war fast leer, da keine Touristen mehr in der Stadt waren, nur einige wenige Zivilbeamte saßen an einem der Tische am Fenster und spielten Karten.

»*Bonsoir*«, sagte sie, als sie die Speisekarte brachte. »Kann ich schon mal etwas zu trinken bringen?«

Die Männer bestellten.

Sie gingen nochmals die Abläufe für den morgigen Tag durch. Die Ankunft von François Faure am Morgen am Flughafen in Caen. Die Fahrt zum amerikanischen Friedhof. Die Positionen des Teams, die Besetzung der Flügel, die Absprachen mit den anderen Teams, die Absicherung nach allen Seiten.

Julie kam mit den Getränken.

Als sie hinüber zu einem der anderen Tische ging, blickte Bertrand ihr einen Augenblick hinterher.

»Also eines steht mal fest, liebe Kollegen«, flüsterte er. »Sie ist noch hübscher geworden in den vergangenen vier Jahren.«

»Bertrand«, zischte Gilles Jacombe ihn sofort an.

»Ist ja gut, ich meine ja nur …«

Nicolas musste lächeln, Bertrand hatte völlig recht. Die kürzeren, schwarz gefärbten Haare betonten ihre helle Haut, sie hatte gleichzeitig etwas Geheimnisvolles und Durchscheinendes an sich.

Julie sah gut aus. Und er hätte es ihr gern gesagt.

Draußen regnete es unaufhörlich, und als der alte Enzo in den Gastraum trat, breitete sich sogleich eine große Pfütze Regenwasser unter seinen Füßen aus. Er zwinkerte Julie kurz zu und setzte sich an seinen Platz am Tresen, wo sie ihm einen Kaffee hinstellte.

»*Merci.*«

Als er die Zivilbeamten und das Team von François Faure erblickte, knurrte er etwas Unverständliches. Dann schlürfte er genüsslich seinen Kaffee, beugte sich ein wenig zur Seite und rief die steile Treppe hinauf, die neben dem Tresen nach oben führte.

»Eh, Jean Petit! Bist du da?«

Draußen prallten die Wellen gegen die steinerne Hafenmauer, starker Wind war aufgekommen, ein schlecht befestigtes Ruderboot hatte sich gelöst und trieb hilflos in der Dunkelheit. Der Regen würde noch eine Weile anhalten.

»Jean Petit! Bist du oben?«

Kurz darauf hörte Nicolas schwere Schritte auf der steilen Treppe, dann stand Jean Prudhomme mit einem Tablett in der Hand im Gastraum.

»Ah, da bist du ja! Ich krieg noch achtzig Euro von dir! Für das Pult.«

»Nenn mich nicht Jean Petit, Enzo, sonst kriegst du gar nichts. Ich kann es nicht leiden.«

»Ist ja gut, aber zahlen musst du auf jeden Fall, schließlich habe ich es dir auch ins Museum gebracht. Morgen wird ein großer Tag, nicht wahr?«

Jean Prudhomme wusch sich die Hände hinter dem Tresen, für einen kurzen Moment schien er den Geruch von Kaffee, Muscheln und erkaltetem Zigarettenrauch einzusaugen. Ein kleines Bistro in einem kleinen Ort mit großer Geschichte. Und morgen würde ein weiteres Kapitel dazukommen.

Die Tür zur Küche öffnete sich, und Julie trat heraus.

»*Salut*, Jean, bist du bereit für den großen Tag?«

Als Nicolas sie lächeln sah, war es, als würde der Sturm für einen Augenblick innehalten, als würden die Straßenlaternen ihre Köpfe senken, um besser durch die kleinen Fenster in das Innere des *Mulberry* schauen zu können.

Und ganz offensichtlich ging es Jean Prudhomme genauso.

»*Bonsoir, Mademoiselle* Anna.«

Julie lachte, und ihr schwarzes Haar tanzte für einen Augenblick auf ihren nackten Schultern. Energisch pustete sie eine widerspenstige Strähne aus der Stirn, und Nicolas konnte sehen, wie Jean Prudhomme ihre Sommersprossen betrachtete, die sich auf wundersame Weise nur auf ihrer linken Gesichtshälfte abzeichneten. Julie trug ein enges, am Hals verknotetes Top und schien sich nicht daran zu stören, dass es nach den zahlreichen Gängen in die Küche fleckig war.

»Hör auf mit dem *Mademoiselle,* lieber Jean, so jung bin ich leider nicht mehr! Einfach nur Anna reicht völlig. Also, was macht deine Rede, ist sie fertig?«

Sie kam kurz herüber zu Nicolas' Tisch.

»*Voila,* hier ist schon mal das Brot. Die Suppe kommt sofort. Noch jemand etwas zu trinken?«

»Nein, danke, wir haben alles«, antwortete Nicolas und blickte ihr hinterher, was Jean Prudhomme offenbar nicht gefiel.

Sie nahm einen Schluck Weißwein aus einem Glas, das sie hinter dem Tresen abgestellt hatte, und flüsterte dem alten Enzo etwas zu. Für einen Moment standen alle drei leise lachend neben dem Tresen. Dann verschwand sie wieder in der Küche.

Nicolas blickte auf seine Armbanduhr. Gleich würde sie losfahren, hoch zu den Felsen, von wo aus sie einen guten Blick über den Platz hatte. So hatten sie es besprochen.

Das Spiel konnte beginnen.

Jean Prudhomme verabschiedete sich von seiner Mutter und

wollte gerade das *Mulberry* verlassen, als er ratlos begann, seine Taschen abzuklopfen.

»Wo hab ich ihn denn nur hingesteckt …«, hörte Nicolas ihn murmeln.

»Linke Hosentasche!«, rief er ihm quer durch den Gastraum zu. Überrascht hob Jean Prudhomme den Kopf und blickte irritiert zu ihm herüber.

Nicolas lächelte.

Kurz darauf kam Julie aus der Küche, sie hatte sich eine dunkle Regenjacke übergezogen und trug einen Motorradhelm in der Hand.

Sie nickte Enzo zu und verließ gemeinsam mit Jean Prudhomme das *Mulberry*. Nicolas sah noch, wie sie energisch ihren Roller startete und Jean zum Abschied zuwinkte.

Dann war sie fort.

KAPITEL 35

Normandie
Der Tag J

Der längste Tag begann unter einem aufgeräumten Himmel. Die schweren Wolken waren einem feinen Dunst gewichen, der wie ein durchsichtiger Schleier über der Küste schwebte. Nicolas stand neben Gilles Jacombe und Bertrand auf dem Rollfeld des Aéroport de Caen-Carpiquet. Die private Maschine aus Paris war vor wenigen Augenblicken gelandet und rollte nun auf die ihr zugewiesene Position.

Nicolas blickte kurz auf sein Handy, es war keine weitere Nachricht von Julie eingegangen. Ihr letzter Kontakt war in den frühen Morgenstunden gewesen. Sowohl von den Felsen aus als auch von anderen Stellen oberhalb der Stadt hatte sie nichts Auffälliges feststellen können.

»Jean Prudhomme ist in der Nacht nicht mehr rausgekommen«, hatte sie gesagt. »Und auch sonst habe ich nichts bemerkt, nicht am Strand und auch nicht in den Hügeln oberhalb.«

Sie hatten vereinbart, dass sie von dort oben die Stadt im Blick behielt. Nicolas hingegen war die ganze Nacht über durch die Straßen patrouilliert, hatte Polizisten zugenickt und mit amerikanischen Security-Kräften gesprochen.

Nichts deutete auf eine Gefahr hin.

Nichts, bis auf das rote Kreuz, das vor zwei Tagen an Land gespült worden war und das nach vielen Überlegungen und noch mehr Untersuchungen in Form von Tauchgängen und Laboranalysen vom Geheimdienst als Nachzügler gewertet wurde. Ein weiteres Kreuz, das sich jetzt erst vom Grund des Meeres gelöst hatte und das nun zufällig direkt in Arromanches angespült worden war. Nicolas hingegen beunruhigte dieses Kreuz. Ebenso wie die kurze Nachricht auf seinem Handy, die er vor einer Stunde von Roussel bekommen hatte.

Kann mich immer besser an die Stimme erinnern. Das Museum könnte eine Rolle spielen. Bin nicht sicher … Ein Anschlag im Museum vielleicht? Ist das möglich? Oder verrückt? Scheiße, keine Ahnung. Roussel.

Aber genau das würde einen Sinn ergeben, dachte Nicolas. Roussel hatte etwas von einem geplanten Anschlag mitbekommen und deshalb den Begriff *Bodyguard* in das Metall ritzen wollen. Ein Anschlag, mit dem an offizieller Stelle allerdings niemand mehr rechnete, weil der staatliche Sicherheitsapparat gerade viel zu sehr mit sich selbst beschäftigt war und die neue Führungsspitze andere Sorgen hatte.

Auf einmal wünschte Nicolas sich seinen Vater herbei. Aber Alexandre Guerlain musste sich in diesen Tagen vor einem Ausschuss der Nationalversammlung verantworten, und der neue Leiter des DGSI hatte Nicolas selbstverständlich nicht an seinen Besprechungen teilnehmen lassen.

»Nun denn, dann wollen wir diesen Tag hinter uns bringen«, sagte Gilles Jacombe in diesem Augenblick.

Nicolas konnte sehen, wie nervös sein Teamleiter war, nervöser als sonst. Seine Hand lag ständig an seiner Waffe, seine Blicke schienen in alle Richtungen gleichzeitig zu gehen, sein Ton war knapp und scharf.

Gilles Jacombe hatte noch einmal angeregt, die Feierlichkeiten abzusagen, aber er hatte schnell gemerkt, dass er keine Chance hatte, damit durchzukommen. Jetzt war es zu spät, der Tag hatte begonnen. Und einer der wichtigsten Protagonisten trat in diesem Augenblick aus der Kabine eines Privatjets und würdigte die Normandie und die anwesende Presse mit einem strahlenden Lächeln. Direkt hinter ihm kam Hélène, seine Frau, die schmale

Gangway herunter und winkte den wenigen Schaulustigen mit einer schüchternen Geste zu. Ihr Mann beachtete sie, wie so oft, kaum.

»Wie besprochen, ich steige mit den beiden in den mittleren Wagen«, erklärte Gilles Jacombe. »Bertrand und Carole in den hinteren, Nicolas sitzt im ersten Fahrzeug. Los geht's, Tempo! Ich will keine unnötigen Verzögerungen.«

Als die Wagenkolonne auf die Autobahn abbog, waren am Himmel über Caen bereits die nächsten Maschinen im Anflug.

Im selben Augenblich stand Jean Prudhomme am Bett seines Vaters und lächelte ihn an.

»Na, wie findest du meine Krawatte?«

Sein Vater antwortete nicht, aber Jean hatte auch nicht damit gerechnet.

»Ich weiß, dir ist es einerlei, wie ein Mensch aussieht. Hauptsache, er hat das Herz am rechten Fleck. Aber ich muss doch einigermaßen aussehen, wenn ich nachher meine Rede halte, oder?«

Draußen hörte er das Geräusch der Wellen, ein Sonnenstrahl fiel durch das angelehnte Fenster zu ihnen herein. Nach all der Aufregung der letzten Zeit hatte Jean das Gefühl, dass ihnen heute ein guter Tag bevorstand.

»Ich war gestern noch mal beim Bürgermeister, weißt du, Vater? Ich habe mich bedankt, ich meine, es ist keine Selbstverständlichkeit, dass ich heute die Rede halten darf, nach allem, was passiert ist, oder? Schade nur, dass jetzt der Minister aus Paris doch nicht vor mir reden wird. Sie haben seinen Besuch im Museum abgesagt.«

Sein Vater blickte stumm aus dem Fenster, während Jean mit einer Bürste vor einem Spiegel stand und sich die dünnen Haare zurückkämmte.

»Ich meine, immerhin habe ich ja Sachen aus dem Museum geklaut und verkauft. Aber der Bürgermeister meinte, ich hätte das Museum retten wollen und das würde er respektieren. Womöglich haben sie aber auch einfach keinen anderen gefunden, was meinst du? Na ja, wie auch immer, ich muss los.«

Er schloss das Fenster, zog den Vorhang zu und füllte aus einem Steinkrug auf dem Nachttisch etwas Wasser in ein Glas.

Nachdenklich blickte er ein letztes Mal zu seinem Vater.

»Schade, dass du nicht mitkommen kannst.«

Kurz darauf stieg er die steile Treppe ins *Mulberry* hinunter.

»*Maman*, ich gehe schon mal rüber, ja?«

»Ist gut!«, schallte es aus der Küche. »Viel Erfolg!«

Jean Prudhomme trat hinaus auf den kleinen Platz, der zu dieser Stunde noch menschenleer war. Die Sicherheitsbehörden hatten ihn weiträumig abgesperrt, eines der rot-weißen Bänder hatte sich gelöst und wurde in diesem Augenblick vom Wind davongetragen.

Ein Dutzend Beamte hatten sich in einer Seitenstraße postiert, weitere Sicherheitskräfte standen vor der Fußgängerzone und auf der Strandpromenade hinter dem Landungsmuseum. Es waren noch drei Stunden, bis die Staatsgäste hier in Arromanches eintreffen würden, und doch meinte er bereits jetzt eine gewisse Anspannung in der Luft zu spüren. Auf einer Anhöhe standen mehrere Kamerateams, begleitet von Polizisten, die gerade die Presseausweise kontrollierten. Sie alle einte ein Gefühl von Nervosität, das auf eine schwere Explosion auf dem amerikanischen Friedhof vor drei Wochen zurückging.

Jean Prudhommes Blick folgte dem rot-weißen Absperrband, das mittlerweile hoch in die Luft gestiegen war und in Richtung Meer schwebte. Es flog über das schwere Panzergeschütz hinweg und trudelte in einiger Entfernung kurz im Wind, bevor es nach ein paar Drehungen auf dem nassen Sand landete, direkt vor den Füßen einer jungen Frau, die hinaus auf die Brandung blickte.

Jean lächelte, als er Anna erkannte, die offenbar den beiden Polizisten an der Absperrung die Erlaubnis abgeschwatzt hatte, kurz an den Strand gehen zu dürfen. Am liebsten würde er sich jetzt zu ihr gesellen, aber das ging nicht. Er hatte zu tun. Er kramte nach dem Schlüssel in seiner Hosentasche, es war an der Zeit, das Museum aufzuschließen und alles vorzubereiten.

Er hatte heute Großes vor.

Julie bekam von all dem, was in ihrem Rücken passierte, nichts mit, ihr Blick war fest auf den Horizont geheftet, wo der durchsichtige Schleier aus feinen Dunsttröpfchen sich zu lichten begann. Etwas wurde sichtbar, kam auf sie zugerollt, mit vollen Segeln.

»*Mademoiselle*, wir müssten Sie jetzt bitten …«, sagte einer der Männer, die sie eben auf den Strand durchgelassen hatten. Er stand direkt hinter ihr.

»Natürlich«, murmelte sie. »Nur noch eine Minute, es ist so friedlich, ja?«

Der Mann entfernte sich wieder von ihr, behielt sie aber im Blick.

Wenige Minuten später schritt sie lächelnd auf die beiden Polizisten zu.

»*Pardon*, ich gehe jetzt. Haben Sie vielen Dank. Dies wird ein schöner Tag.«

»Natürlich wird er das, *Mademoiselle.*«

Und während sie über den Strand zurück in Richtung Promenade ging, schritt Jean Prudhomme ein letztes Mal die Ausstellung ab, überprüfte die Vitrinen und strich eine alte Kriegsuniform glatt.

»Sergeant Montgomery, immer auf Ihr Aussehen achten!«

Er stieg die kleine Treppe zum Kinosaal hinauf, schloss die breite Schwingtür auf und setzte sich in die vorletzte Reihe.

Jetzt musste er nur noch warten.

KAPITEL 36

Normandie
Kurz darauf
Der Tag J

Ankunft in acht Minuten.«

Nicolas saß im ersten der drei Wagen, die in diesem Augenblick in hohem Tempo in eine kleine Landstraße einbogen. Sie führte hinab zum Meer, vorbei an leeren Scheunen und verfallenen Steinhäusern. An einigen von ihnen waren Werbetafeln der zahlreichen kleinen Museen und Ausstellungen angebracht, die sich rund um Omaha Beach und die umliegenden Landungsstrände befanden. Nicht nur Arromanches, auch die kleineren Dörfer entlang der Küste und im Hinterland versuchten, ein Stück des Kuchens abzubekommen. Jeder Hinweis auf den D-Day, auf die Landung der Alliierten, lockte Touristen an, füllte kleine Hotels und Restaurants, die ansonsten kaum eine Chance zu überleben hatten.

»Alles bleibt wie geplant«, hörte Nicolas die angespannte Stimme seines Teamleiters in seinem Ohr. Gilles Jacombe saß gemeinsam mit François Faure und dessen Frau im mittleren Wagen.

Das Team hatte den Einsatz mehrfach durchgespielt, der Besuch auf dem amerikanischen Friedhof, der Festakt in Arromanches und schließlich das Mittagessen des Kabinetts im *Mulberry*, an dem nur François Faure und einige wenige Mitglieder der französischen Regierung teilnehmen würden. Der Staatspräsident, der Ministerpräsident sowie alle ausländischen Staatsgäste würden die Normandie auf dem schnellsten Weg wieder verlassen, das hatte der DGSI angeordnet. Die Veteranen hingegen würden noch eine Filmvorführung im Museum sehen und danach ebenfalls zum Essen gehen. Auf sie sollte es niemand abgesehen haben. Das gesamte Programm war auf das Nötigste reduziert worden: die unerlässlichen Reden, die Fotos – dann wäre der offizielle Teil der Feierlichkeiten bereits vorbei.

Nicolas blickte durch das Seitenfenster hinauf in den stahlblauen Himmel. Er dachte an Roussels Nachricht.

»*Ein Anschlag im Museum …*«

»Sie sehen angespannt aus, Gilles«, hörte er die Stimme von Hélène Faure in seinem Ohr.

»Es ist ein wichtiger Tag, *Madame*«, antwortete sein Teamleiter. »Da ist es normal, dass wir …«

»Aber im Wagen haben Sie sonst nie die Hand an der Waffe, oder?«, unterbrach sie ihn freundlich, und Nicolas musste lächeln. Hélène Faure mochte eine einsame Frau sein, die die Anstrengungen ihrer Ehe zu oft in Alkohol ertränkte, aber sie war wahrlich nicht auf den Kopf gefallen.

»Entspann dich, Gilles«, sagte er leise in sein Mikro. »Es gibt keinen Grund zur Sorge.«

»Du bist ein schlechter Lügner, Nicolas.« Das war Bertrands Stimme, er saß im dritten Wagen, gemeinsam mit Carole Adams.

»Ankunft in drei Minuten.«

In der Ferne konnte Nicolas einen Hubschrauber starten sehen, wenige hundert Meter von den Klippen entfernt. Alle Seitenstraßen, an denen sie vorbeikamen, waren von Motorradstreifen gesichert. Die grünen Hügel rund um den amerikanischen Friedhof von Colleville waren besetztes Land, fest im Griff der amerikanischen und französischen Sicherheitskräfte.

Auch Nicolas legte jetzt die rechte Hand an seine Dienstwaffe.

Zur selben Zeit stand Julie hinter dem Tresen im *Mulberry*. Sie war nervös.

Immer wieder blickte sie auf die Uhr, immer wieder ging sie durch das leere Bistro, wischte über die Tische, setzte sich auf einen der Hocker, stand wieder auf, setzte sich wieder. Schließlich blickte sie aus einem der Fenster. Polizisten hatten den Platz abgesperrt, ein paar neugierige Anwohner standen an der Absperrung und sahen dabei zu, wie der rote Teppich auf den Strand gerollt und die Rednerpulte auf ihre Positionen gebracht wurden. Das Wasser hatte sich zurückgezogen, als wollte es Platz machen für die Gäste, die demnächst hier erscheinen würden.

Julie beugte sich vor und blickte zum Dach des *Hotel Overlord* hinüber, auf dem zwei Scharfschützen Stellung bezogen hatten.

»Es ist alles angerichtet«, murmelte sie leise, als sie hörte, wie hinter ihr die Küchentür aufschwang. Der Duft von Janines Muschelsuppe erfüllte den Raum.

»Na ja, fast«, ließ sich die Besitzerin des *Mulberry* vernehmen. »Die feinen Herren wollen ja wohl meine Suppe nicht mit Messer und Gabel essen, nicht wahr?«

»Oh, verdammt!«

Julie eilte hinüber zum Tresen, sie hatte doch tatsächlich keine Löffel neben die Suppenteller gelegt.

»Schon gut«, sagte die Wirtin, »noch sind sie ja nicht da! Aber es ist schon Wahnsinn, was dort draußen alles aufgeboten wird. Es ist jedes Jahr das Gleiche, und diesmal hat es eben uns getroffen.«

Julie blickte erneut auf die Uhr, Nicolas und sein Team mussten in diesem Augenblick mit der Wagenkolonne den amerikanischen Friedhof von Colleville erreichen.

Als die Tür geöffnet wurde, erschrak sie so sehr, dass ihr gleich mehrere Löffel aus der Hand glitten und geräuschvoll zu Boden fielen.

»*Merde*«, rief sie und fuhr sich müde übers Gesicht.

»*Oh, pardon*«, sagte der alte Enzo und blickte sie unglücklich an, während er unschlüssig und mit leicht gekrümmtem Rücken auf der Schwelle stehen blieb. Dann zeigte er nach draußen.

»Die Jungs dort meinten, ich könnte schnell noch einen Kaffee kriegen.«

Gemächlich tippelte er zum Tresen und hievte sich auf einen der Hocker.

»Mädchen, ist alles in Ordnung?«

Julie lächelte ihn an.

»Na klar, Enzo. Ich bin nur etwas müde, aber das geht vorbei. Warte, ich bring dir deinen Kaffee, meinetwegen kannst du auch hier sitzen bleiben.«

»Vielen Dank.«

Als sie in die Küche kam, lächelte Janine sie an.

»Schön, dass du da bist. Ich meine, falls ich das noch nicht gesagt habe. Wir haben so dringend eine neue Kellnerin gebraucht, und jetzt haben wir dich, das ist toll. Gerade heute …«

Julie lächelte und begann, ein paar Teller aus der Spülmaschine zu räumen, sie mochte es, den heißen Dampf auf ihrem Gesicht zu spüren.

Als Janine kurz rausgegangen war, schloss sie die Klappe der Spülmaschine und griff mit einer schnellen Bewegung in einen kleinen Spalt zwischen dem Kühlschrank und den Wandfliesen. Sie löste das Klebeband, das dort befestigt war, und holte ihre Waffe hervor. Rasch schob sie sie hinter den Gürtel unter ihrer Küchenschürze.

Wenigstens war sie vorbereitet. Auf was auch immer.

Kaum mehr als fünfzig Meter entfernt saß Jean Prudhomme in der ersten Reihe des Kinosaales, mit geschlossenen Augen und einem friedlichen Gesichtsausdruck. Er ruhte in sich, an diesem Tag, an dem alle anderen um ihn herum so nervös waren. Er blickte auf seine Armbanduhr, das Ziffernblatt leuchtete matt in der Dunkelheit.

Am amerikanischen Friedhof von Colleville begann in diesem Augenblick der erste Teil der Feierlichkeiten.

Der Tag *J* erlebte seinen ersten Höhepunkt, als die Truppen hinter dem Horizont hervorkamen.

Nicolas befand sich am Rande der Klippen, hinter ihm standen auf frisch gemähtem Rasen die weißen Kreuze in Reih und Glied, alles wirkte aufgeräumt und friedlich, als hätte es nie einen Anschlag auf diesen Ort gegeben. Nur am anderen Ende des Geländes flatterten Absperrbänder, der Weg, der zum alten Besucherzentrum führte, war noch immer gesperrt.

Zuerst waren es nur einzelne Punkte, die am Himmel sichtbar wurden, wie Staubkörner auf einem ansonsten makellosen Bild. Aber die Punkte wurden größer, Rotorblätter zeichneten sich ab, das Geräusch von starken Motoren drang durch die Luft. Das Meer begann sich zu kräuseln, die Wellen schienen vor Schreck zurückzuweichen, als sechs große Transporthubschrauber der amerikanischen Luftwaffe sich der Küste näherten.

Die Gäste, die sich bereits auf dem Gelände des amerikanischen Friedhofes eingefunden hatten, blickten auf das Schauspiel, während hinter ihnen ein leichter Wind durch die Reihen der weißen Kreuze fuhr.

Das Gekläff eines Spürhundes wurde verschluckt vom Geräusch der riesigen Rotorblätter, die in diesem Augenblick den Sand von Omaha Beach aufwirbelten. Kurz darauf landeten die Maschinen auf dem harten Boden, dort, wo vor so vielen Jahren amerikanische Soldaten zu Hunderten gefallen waren.

Nicolas blickte auf seine Uhr. Es war so weit.

Neben ihm straffte François Faure die Schultern, während die geladenen Staatsgäste unten am Strand aus den Maschinen stiegen und begleitet von zahlreichen Personenschützern die Stufen zum Friedhof nahmen. Hélène Faure stand neben ihrem Mann und lächelte das tapfere Lächeln einer Ehefrau, die gerne woanders gewesen wäre.

Für einen kurzen Moment trafen sich ihre Blicke, und Nicolas nickte ihr zu.

»Wechsel auf die Plätze.«

Gilles Jacombes Stimme klang noch immer angespannt. Nicolas machte François Faure ein Zeichen, und dieser begab sich zu seinem Platz am Rande des Gräberfeldes, wo etwa hundert

Stühle aufgestellt worden waren. Nicolas' Hand lag an seiner Waffe, und sein Blick ging über die weißen Kreuze hinweg, dorthin, wo vor einigen Wochen eine gewaltige Explosion einen tiefen Krater in das Erdreich gerissen hatte.

Das aufgeregte Klicken der Kameras ertönte, als der französische Staatspräsident und sein amerikanischer Amtskollege mit ernster Miene das Podium betraten. Nicolas erspähte eine einzelne amerikanische Flagge, die an einem der Kreuze befestigt worden war. Ungefähr dort musste Claire gelegen haben.

Bevor der US-Präsident mit seiner Rede begann, erhoben sich alle Gäste. An den Fahnenmasten hingen die Flaggen auf Halbmast, und für eine Minute kehrte Stille ein, als die Staatsgäste der amerikanischen Wachsoldaten gedachten, die bei der Explosion des Sprengsatzes hier auf dem Friedhof getötet worden waren.

Nicolas dachte an Claire und hoffte, dass es ihr besser ging.

Als der US-Präsident nach dem Mikro griff, fragte Nicolas sich, ob sie etwas übersehen hatten.

Währenddessen betrat in Arromanches ein alter Mann die Rezeption des *Hotel Overlord* direkt gegenüber der Strandpromenade. Sein Gang war schleppend, er nickte kurz, als ihm ein Hotelangestellter seinen kleinen Koffer abnahm. Draußen fuhr ein Taxi davon, begleitet von den wachsamen Blicken einiger Dutzend Polizisten. Die Beamten hatten das Taxi erst passieren lassen, als der Fahrer ihnen eine Durchfahrtsgenehmigung zeigte.

Sein Fahrgast wurde offensichtlich erwartet.

»*Monsieur*, ich befürchte, wir sind ausgebucht«, begrüßte ihn kurz darauf eine junge Frau hinter dem Empfangstresen des Hotels, während sie mit einigermaßen erstaunter Miene auf seine zerlöcherte Strickjacke blickte.

»Für mich müsste ein Zimmer reserviert sein«, sagte der alte Mann und blickte sich neugierig um, ganz so, als wäre er zum ersten Mal in einem größeren Hotel.

»*Oh, pardon, Monsieur*«, entschuldigte die Empfangsdame sich. »Darf ich nach Ihrem Namen fragen?«

Der alte Mann lächelte ein fast zahnloses Lächeln.

»Nennen Sie mich einfach Tito, junge Frau.«

KAPITEL 37

Normandie
Eine Stunde später
Der Tag J

Jean Prudhomme öffnete die Augen, stand aus seinem Kinosessel auf und streckte sich.

»Nun denn«, sagte er, »dann testen wir mal die Anlage.« Er ging zu einem kleinen Kasten, der an der Wand befestigt war.

»Mal sehen, was haben wir denn da«, murmelte er und griff nach einigen Kabeln.

»Französisch – Achtung, Test, Test, eins-zwei-drei. Funktioniert.«

»Englisch – *Hello? Do you understand me? Hello and welcome!*«

»So, hier noch einmal in Deutsch, und mehr brauchen wir diesmal nicht.« Zufrieden schloss er den kleinen Kasten wieder.

Er hatte keine Ahnung von Elektronik, aber die Ansagen in den unterschiedlichen Sprachen funktionierten einwandfrei.

Er ging hinüber zu dem Pult, das Enzo für ihn geschreinert hatte, und holte seine Rede aus einer kleinen Schublade hervor. Enzo hatte wirklich an alles gedacht.

Dann ein Räuspern, ein ernster Blick.

Er war so weit.

Nicolas saß auf dem Beifahrersitz eines der Begleitfahrzeuge, das in diesem Augenblick die Hügel oberhalb von Colleville erklomm. Im Rückspiegel sah er das Meer und den blauen Himmel, der sich darüber wölbte.

Ein schöner Tag, dachte er.

Er war früher aufgebrochen als die übrigen Gäste. Der gewaltige Konvoi aus Limousinen, Begleitfahrzeugen, Motorrädern und Pressebussen würde sich in Kürze ebenfalls in Bewegung setzen.

»Nicolas, alles in Ordnung bei dir?« Gilles Jacombes Stimme kam über das Autotelefon.

»Ja, alles in Ordnung. Ich bin im Zeitplan.« Er nickte kurz seinem Fahrer zu.

Das Blaulicht der drei vor ihnen fahrenden Motorräder spiegelte sich in der Windschutzscheibe. Steinhäuser und dichte Ginsterhecken, Holzzäune und Apfelbäume rauschten abwechselnd an ihnen vorbei, wieder war jede Hofeinfahrt, jede Abzweigung von Polizisten gesichert. Aus nicht allzu großer Entfernung drang das Geräusch eines tief fliegenden Polizeihubschraubers zu ihnen.

Der kleine Festakt auf dem amerikanischen Friedhof von Colleville war ohne besondere Vorkommnisse verlaufen. Nach zwei kurzen Eröffnungsreden hatten die Staatsgäste Kränze für die beiden getöteten Wachsoldaten niedergelegt. Immer wieder waren die Blicke zu der Anschlagsstelle gewandert. Der 6. Juni war ein Tag des Gedenkens an die Toten eines längsten Tages vor vielen Jahren. Diesmal jedoch war der Schrecken näher als jemals zuvor. Sowohl in der Rede des US-Präsidenten als auch in der seines französischen Amtskollegen war der Anschlag erwähnt worden. Die beiden Nationen würden weiter nah beieinanderstehen, gerade in Momenten wie diesen. Der französische Präsident hatte den Gästen in ergreifenden Worten versichert, dass der Drahtzieher des feigen Attentats zur Strecke gebracht worden sei. Mit dem Brustton der Überzeugung hatte er von einer schnellen Ermittlungsarbeit und lückenlosen Aufklärung direkt nach dem Anschlag gesprochen.

Nicolas hoffte, dass er recht behalten würde.

Im *Mulberry* sortierte Julie Messer ein, räumte Kochtöpfe weg, fegte die Küche durch. Schließlich blickte sie auf die Uhr und trat durch die Tür in den Gastraum.

»He, Enzo, aufwachen!«

Der alte Mann räusperte sich verlegen und fuhr sich müde übers Gesicht.

»Muss eingeschlafen sein, kein Wunder, kann ja nicht arbeiten heute. Na ja, dann geh ich wohl mal. *Salut,* Anna!«

Langsam schlurfte er durch die Tür hinaus auf den Platz und winkte einigen Sicherheitsbeamten zu, die ihn durchließen. Kurz darauf verschwand er in Richtung seiner Tischlerei, und Julie, die hier immer noch Anna genannt wurde, blickte nachdenklich hinüber zum Landungsmuseum.

Sie konnte nichts tun als warten.

Die Staatsgäste verließen in ihren Limousinen die Autobahn, die Kolonne bog auf eine einsame Landstraße ab und fuhr vorbei an alten Bauernhäusern und Apfelbäumen, unter denen braungescheckte Kühe ihr Mittagessen wiederkäuten.

»Ankunft in fünfzehn Minuten«, sagte Gilles Jacombe in sein Mikro, seine Hand lag erneut auf seiner Waffe. Im Wagen hinter ihnen machten Bertrand und Carole Adams sich bereit für die nächste Phase.

»*Monsieur le Ministre,* es läuft alles nach Plan.«

François Faure nickte Gilles Jacombe zu, während seine Frau stumm aus dem Fenster schaute.

KAPITEL 38

Normandie
Kurz darauf
Der Tag J

Nicolas blickte aus dem Wagenfenster, als sie auf einer kurvigen Landstraße hinab zum Meer rollten. Er fuhr an der Spitze einer gewaltigen Kolonne von Fahrzeugen, in wenigen Minuten würden sie die Klippen von Arromanches erreichen. Das Wasser lag ruhig vor der Küste wie ein großer Spiegel, und Nicolas stellte sich vor, wie er darin sein eigenes, ratloses Gesicht sehen konnte.

In seinem Ohr knarzte es.

»Ankunft in fünf Minuten.«

Julie sammelte gerade die Scherben eines heruntergefallenen Weinglases hinter dem Tresen auf, als sie die Wagen vorfahren hörte. Ihre Gedanken rasten, ihr Blick flog von der Uhr an der Wand zur Eingangstür, vor der mittlerweile drei Polizisten Stellung bezogen hatten.

Sie setzte sich für einen Augenblick an einen der Tische und atmete tief durch, sie konnte die harten Kanten der kleinen Handfeuerwaffe, die in ihrem Gürtel steckte, spüren. Sie zog die Waffe hervor, betrachtete sie kurz und steckte sie dann wieder weg.

Sie merkte, wie ihr Kopf klarer wurde, ihre Atmung ruhiger, ihr Blick schärfer.

»Das Spiel ist noch nicht zu Ende, Pierre«, murmelte sie kaum hörbar. »Und diesmal gewinnst du nicht.«

Der erste Wagen der Kolonne parkte direkt vor dem *Mulberry*, und Julie lächelte, weil sie sah, wer als Erstes ausstieg. Sie legte die rechte Hand an die Fensterscheibe, aber Nicolas bemerkte sie nicht. Sie beobachtete, wie er die Gebäude scannte, die Promenade absuchte und sich mit den Polizisten und Sicherheitsberatern besprach.

Er machte das, was er am besten konnte: Er beschützte andere.

Auch Jean Prudhomme hörte die Wagen vorfahren, er vernahm die Rufe der Sicherheitskräfte, die Schritte der Pressefotografen. Limousinen wurden eingewiesen, Gäste stiegen aus, wieder wurden Hände geschüttelt, der Bürgermeister stellte sich vor, helfende Hände führten die Damen hinunter an den Strand, wo der rote Teppiche teure Schuhe vor dem schlammigen Untergrund bewahrte.

»Dann wollen wir mal!« sagte er, seine Füße tänzelten in einem Rhythmus, den nur er hörte. Kühle Luft strömte in den Raum, als er die große Eingangstür öffnete. Jean Prudhomme blickte über den Platz, der mittlerweile von Dutzenden von Staatsgästen und deren Personenschützern bevölkert war. Er erkannte die deutsche Kanzlerin, die britische Premierministerin und andere hochrangige Politiker.

Wahnsinn, dachte er. Die kommen alle hierher, zu uns.

»Nicolas, nicht so eng.«

»Bertrand, mehr Abstand. So ist gut.«

Die Stimme von Gilles Jacombe drang nun im Sekundentakt in Nicolas' Ohr. Seine Nerven waren zum Zerreißen gespannt. Er lief einige Meter links von François Faure und dessen Frau, sein Blick ging über die Staatsgäste hinweg zum Strand, der sich vor ihnen erstreckte.

»Gilles, auf dreizehn Uhr.«

»Gesehen.«

Ein Pressefotograf hatte sich in die Gruppe von Politikern gedrängt, offenbar hatten einige Personenschützer nicht aufgepasst. Nun war er fast bei Hélène Faure angelangt, die in ihrem eleganten Kostüm wie immer ein gutes Motiv abgab. Ihr Mann unterhielt sich mit einer spanischen Ministerin, unbekümmert machte er ihr Komplimente, während sein Arm sie wie unbeabsichtigt streifte. Nicolas konnte sehen, wie der Fotograf seine Kamera hob. Im entscheidenden Moment aber schob Gilles Jacombe sich dazwischen und drängte den Mann ab.

»He!«, rief der Fotograf, aber der amerikanische Secret Service hatte die Situation bereits erkannt und den Mann eingekreist. Sie geleiteten ihn wortlos aus der Menschentraube hinaus.

Nicolas blickte hinüber zum Museum und sah Jean Prudhomme direkt vor dem Eingang stehen, flankiert von zwei martialisch aussehenden Spezialkräften. Direkt über ihm, auf dem Dach des Museums, lag ein Scharfschütze. Mit leicht geneigtem Kopf blickte Prudhomme auf das Schauspiel, das sich ihm bot: Staatsgäste und Journalisten, Personenschützer und Lokalpolitiker, und sie alle strömten auf jenen Strandabschnitt zu, an dem vor so vielen Jahren alles begonnen hatte.

Für einen kurzen Augenblick hörte Nicolas keine Geräusche mehr, alles Leben um ihn herum schien verstummt zu sein.

Alles stoppte.

Wie ein Film, der plötzlich angehalten wurde, ein Moment, eingefroren auf einer großen Leinwand. Ein Suchbild, dachte Nicolas. Ein unübersichtliches Suchbild voller Vorahnungen.

Er wusste nur nicht, wonach er suchen sollte.

Er spürte den Wind auf seiner Wange, als der Film stotternd begann, weiterzulaufen.

Nicolas sah, wie Jean Prudhomme den Kopf langsam in seine Richtung drehte, er schien ihn aber nicht zu erkennen. Dann blickten sie beide über die Besucher hinweg, die nun wieder in Richtung Strand liefen, hinüber zur anderen Seite des Platzes. Dorthin, wo im ersten Stock ein Fenster leicht geöffnet war und der Wind einen Vorhang sanft hob.

»Nicolas!«

Fast hätte Nicolas die erste Stufe hinab zum Strand übersehen. Gilles Jacombe blickte ihn finster von der Seite an, während François Faure und die spanische Ministerin Seite an Seite die kleine Treppe von der Promenade hinunter an den Strand nahmen. Hélène Faure lächelte kurz, als Jacombe ihr die Hand reichte.

»Es geht schon, Gilles, danke.«

Das Meer hatte sich zurückgezogen, die Stadt hatte einige hundert Stühle auf dem Watt aufgestellt, gerahmt von großen Plakatwänden, die Bilder vom 6. Juni 1944 zeigten. Nicolas sah aus den Augenwinkeln, wie die deutsche Kanzlerin und ihr polnischer Amtskollege vor einem der Bilder standen. Es zeigte das Meer an jenem Morgen vor mehr als einem halben Jahrhundert, der Nebel war aufgerissen, und am Horizont zeichneten sich die ersten Silhouetten der alliierten Schiffe und Flugzeuge als dunkle Punkte ab.

Es waren unzählige.

Auf den anderen Plakaten waren Landungsboote zu sehen, die großen Ausstiegsklappen waren gerade herabgelassen worden, Männer mit ängstlichen und zugleich entschlossenen Mienen machten sich bereit, den Kontinent zu befreien. Einige von ihnen würden sterben, bevor sie französischen Boden auch nur betraten, getroffen von deutschen Kugeln.

Nicolas betrachtete den Boden vor seinen Füßen und konnte förmlich sehen, wie das Blut der Soldaten langsam zwischen Muscheln und panisch fliehenden Krabben im Sand versickerte. Er blinzelte zweimal, dann blickte er hoch.

Die ersten Gäste setzten sich auf ihre Plätze.

»Nicolas, du bleibst bei Faure.«

»Verstanden.«

Überall auf dem Strand verteilt standen Personenschützer, dazu machte Nicolas auf jedem zweiten Hausdach an der Promenade einen Scharfschützen aus, es mussten insgesamt an die fünfzehn sein, die den gesamten Strandabschnitt im Visier hatten. Und auch auf dem Wasser patrouillierten Militärboote.

Der französische Staatspräsident trat ans Pult. In seinem Rücken stolzierte eine Möwe mit erhobenem Haupt über das rostige Metall eines Senkkastens. Die Sonne brach sich für einen Augenblick im kalten Wasser, leichter Wind fuhr über den Sand.

Nicolas entsicherte seine Waffe.

Auf der anderen Seite der Stuhlreihen tat Gilles Jacombe das Gleiche. Einen kurzen Moment lang begegneten sich ihre Blicke, sein Teamleiter nickte ihm zu.

»Liebe Gäste, ich heiße Sie erneut herzlich willkommen, hier in der Normandie. Herzlich willkommen, hier, wo alles begann. Und wo alles endete.«

Der französische Staatspräsident nahm seine Lesebrille ab und blickte zu den Staatsgästen, zu den Veteranen, die direkt dahintersaßen, und dann hinüber zu den Felsen am Rande der Stadt.

»Jedes Jahr sind wir hier, um der Menschen zu gedenken, die an diesen Stränden gestorben sind, für ihr Land und für unseres. Lassen Sie uns erneut für einen kurzen Moment innehalten.«

Es wurde still, und womöglich war es dieser Moment, vor dem Nicolas am meisten Angst gehabt hatte. Eine Stille, die seinen Herzschlag gleichsam verstärkte und seine Angst laut werden ließ.

Sein Finger legte sich um den Abzug, während sein Blick durch die Menge flog. Er sah François Faure und neben ihm seine Frau, die anderen Mitglieder des Kabinetts, die Gäste aus dem Ausland. Er sah die Personenschützer, die Mitglieder des Secret Service, die großen Kästen im Schlick, die kleinen Rinnsale, die sich ihren Weg hinunter zum Wasser suchten.

Eine dunkle Muschel auf hellem Sand.

Helle Sandkörner auf dem dunklen Leder seiner Schuhe.

Tito, der auf einem der hinteren Stühle saß und ihm zunickte.

»Vielen Dank. Meine Damen und Herren, ich freue mich, dass in diesem Jahr der amerikanische Präsident die Festrede hier in Arromanches-les-Bains halten wird. Seien Sie versichert, dass unsere Länder auch durch den feigen Anschlag auf den amerikanischen Friedhof von Colleville-sur-Mer nicht auseinanderzubringen sind. Vielleicht sogar jetzt weniger denn je.«

Der US-Präsident erhob sich von seinem Platz in der ersten Reihe.

Im gleichen Augenblick schloss Julie das Fenster im ersten Stock des *Mulberry* und stieg die steile Treppe hinab in den Gastraum, wo sie sich hinter den Tresen stellte und das Besteck sortierte, als hätte sie dies nicht schon längst getan.

Sie griff wieder nach ihrer Waffe und überprüfte erneut das Magazin.

KAPITEL 39

Normandie
Eine Stunde später
Der Tag J

Nicolas spürte allmählich, wie sein Innerstes sich entkrampfte, wie der Zeigefinger, der die ganze Zeit am Abzug gelegen hatte, sich langsam zurückzog, so wie das Wasser vor der Küste.

Autotüren klappten zu, hastige Abschiedsküsse wurden verteilt, der Bürgermeister schüttelte Hände, sprach Einladungen aus. Befehle hallten durch die Luft, Scharfschützen nahmen ein letztes Mal den Platz ins Visier, auf dem die ersten Wagen bereits langsam in Richtung Hinterland davonrollten. Hélène Faure stieg in eine Limousine, Carole Adams an ihrer Seite, die sie als Personenschützerin zurück nach Paris begleiten würde.

Nicolas sah, wie sich das Gesicht seines Teamleiters ein wenig entspannte, wie sein Blick etwas ruhiger zwischen den Menschen auf dem Platz hin und her wanderte.

»He, Nicolas! Jetzt geht's los, oder?«

Nicolas fuhr herum und blickte in das knittrige Gesicht von Tito, der sich offenbar prächtig mit den anderen Veteranen verstand.

»So ist es, Tito. Ich komme gleich nach. Geht schon mal vor.«

»Los, Männer, wir dürfen ins Kino!«, krächzte Tito, und Nicolas sah, wie die anderen ihm ins Museum folgten.

Er war beruhigt. Seine Vorsichtsmaßnahme, die er in mehreren Telefonaten mit seinem Vater durchgesprochen hatte, schien reibungslos zu verlaufen. Und womöglich war dies alles ohnehin übertrieben.

Neben ihm fuhr ein Bus an, er war vollbesetzt, und Nicolas wusste, dass sein Ziel das neue 360-Grad-Kino oben auf den Hügeln war.

Auf der anderen Seite des Platzes öffnete sich die Tür zum *Mulberry* und Janine Prudhomme, die Wirtin, trat heraus. Sie hatte einen eleganten dunklen Rock zur weißen Bluse angezogen, und ihre Augen blitzten, als sie die ersten Gäste begrüßte. Bertrand begleitete François Faure und drei weitere Minister ins Bistro hinein, das kurz zuvor ein letztes Mal von Gilles Jacombe überprüft worden war.

In Nicolas' Ohr knackte es.

»Wir machen es wie besprochen, Nicolas. Wir haben hier drüben alles im Griff.« Aus einiger Entfernung nickte ihm Gilles Jacombe zu.

Nicolas atmete tief durch und wollte gerade ins Museum gehen, als sein Handy klingelte.

Er erkannte die Nummer sofort.

»*Salut*, Roussel.«

»*Salut*, Bodyguard.«

»Ich habe gerade nicht viel Zeit. Ist dir noch etwas eingefallen?«

»Nein, das nicht. Aber ich bin mir mittlerweile ziemlich sicher, dass das, was ich dir geschrieben habe … also das stimmt, glaube ich zumindest … ach, verdammt!«

»Du meinst die Stimme, die du gehört hast?«

»Richtig. Jemand hat telefoniert. Ich sehe es nicht vor mir wie bei einer normalen Erinnerung, verstehst du, aber ich bin mir ganz sicher, dass die Stimme gesagt hat: ›Dann schlagen wir im Museum zu.‹«

»Ist gut, Roussel. Ich schnappe mir jetzt Jean Prudhomme, wir sind vorbereitet.«

»Dann bin ich mal gespannt. Viel Erfolg, Bodyguard.«

Als Nicolas kurz darauf das Landungsmuseum betrat, fuhren draußen die letzten Staatsgäste in ihren Limousinen davon, auch die Kolonne des Staatspräsidenten war bereits abgefahren.

Arromanches war wieder ein freier Ort.
Zumindest fast.

»*English?* Deutsch?«

Jean Prudhomme stand neben dem Eingang zum Kinosaal und verteilte mit einem schüchternen Lächeln die Kopfhörer an seine Gäste. Einige kamen im Rollstuhl über eine breite Rampe in den Saal, andere stiegen mühsam die zwei Treppenstufen hinauf, gestützt von einem Kameraden oder einem Angehörigen.

»*Français?* Bitte sehr, einfach in die Buchse in der Armlehne stecken.«

»Danke.« Tito betrat den Kinosaal und ließ sich mit einem Aufseufzen in einen der roten Plüschsessel sinken. Er blickte sich um. »Nicht schlecht«, murmelte er.

Jean Prudhomme hatte fast alle Kopfhörer verteilt, als er überrascht aufblickte.

»*Monsieur* Guerlain! Sie waren gar nicht angekündigt!«

Nicolas lächelte den Mann an, der vor ihm stand, als könnte er keiner Menschenseele auch nur ein Haar krümmen.

»*Bonjour, Monsieur* Prudhomme. Ich dachte mir, ich schaue mir den Film mal an, das ist doch erlaubt, oder?«

Er sah, wie Prudhomme zögerte, wie er auf die Kopfhörer in seiner Hand blickte, dann in den Saal, in dem mittlerweile fast alle Veteranen Platz genommen hatten.

Er schwitzte leicht.

»Nun, die Vorstellung ist eigentlich nur für die Veteranen …«

»Ach, ich finde schon noch einen Platz, ganz hinten vielleicht«, unterbrach Nicolas ihn und nahm ihm ein Paar Kopfhörer aus der Hand. »Ich interessiere mich für Geschichte, und ich habe gehört, dass Ihr neuer Film ein besonders sehenswerter sein soll! So ist es doch, nicht wahr?«

Nicolas suchte sich einen Platz in der vorletzten Reihe. Er sah, wie Jean Prudhomme leise die Tür schloss. Dann machte er das Licht aus, im Saal wurde es schlagartig dunkel.

»Ah, die berühmte Muschelsuppe! Genau deswegen sind wir hier!«

François Faure saß in der Mitte eines langen Tisches, den Julie für den hohen Besuch im *Mulberry* gedeckt hatte. »Bitte sehr, *Monsieur*.«

»*Voilà, Madame*.«

»Ich bringe gleich noch etwas Brot.«

Julie lief um den Tisch herum und verteilte dampfende Suppenteller an die Gäste.

Kurz darauf wurde es für einen Augenblick still in dem kleinen Bistro. Wie immer, wenn die Gäste das erste Mal von der Suppe probieren, dachte Julie und zog sich hinter den Tresen zurück. Hinter ihr blickte Janine durch das kleine Bullauge in der Küchentür und lächelte zufrieden.

Gilles Jacombe stand draußen, direkt vor der Tür des *Mulberry*, und blickte ab und zu herein zu ihnen. Julie konnte sehen, wie er in regelmäßigen Abständen in ein Mikro am Ärmel seines Jacketts sprach, vermutlich zu Bertrand, der am Hintereingang Position bezogen hatte.

Von ihrem Platz aus konnte sie auch den Eingang des Museums erkennen.

Sie blickte auf die Uhr.

Genau jetzt begann Jean Prudhomme mit seiner Ansprache.

Nicolas hatte seine Waffe gezogen. Vorn am Pult stand Jean Prudhomme und blickte in den abgedunkelten Saal. Er kann nur Schatten sehen, dachte Nicolas.

Die älteren Männer vor ihm hatten es sich bequem gemacht, einige hatten bereits ihre Kopfhörer aufgesetzt.

Jean Prudhomme räusperte sich. Er schwitzte, und sein Bein begann leicht zu zittern. Er hielt sich mit beiden Händen an dem Pult fest, seine Nervosität war nicht zu übersehen, nur sein Blick war ganz klar.

»Guten Abend … Ich begrüße Sie alle sehr herzlich an diesem wunderbaren Ort.«

»Die Suppe ist wirklich fantastisch!«

»Vielen Dank, das freut uns sehr.«

Als Julie den Teller von François Faure abräumte, spürte sie, wie er mit der linken Hand ihre Hüfte streifte. Nimm deine Pfoten weg!, dachte sie angewidert und lächelte ihn freundlich an.

»*Mademoiselle*, bitte sagen Sie doch der Köchin, es war ganz vorzüglich. Sie hat uns nicht enttäuscht … Entschuldigung, aber kennen wir uns? Habe ich Sie schon einmal gesehen?«

Scheiße, dachte Julie.

»Ich kenne Sie natürlich, *Monsieur*. Aber ich selbst bin niemand Wichtiges, Sie müssen mich verwechseln.« Sie versuchte zu lachen.

»Ich könnte schwören … nun ja, wie auch immer. Vielleicht können wir das ja noch nachholen, was meinen Sie?« Er lachte.

Julie nickte ihm nur freundlich zu und nahm die Bestellungen für den Kaffee entgegen.

»Sie sind sehr zufrieden, soll ich dir ausrichten«, sagte sie, als sie wieder bei Janine in der Küche war.

»Das hoffe ich doch. Meinst du, ich sollte kurz rausgehen?«

»Natürlich!«, antwortete Julie. »Aber pass auf, dass François Faure dich nicht begrabscht.«

Janine lachte kurz auf.

»Das ist mir schon seit Jahren nicht mehr passiert, Kind. Leider, möchte ich fast sagen. Also gut, ich sage mal hallo.«

Im Museum hatte Jean Prudhomme jetzt Mut gefasst, seine Stimme nahm Fahrt auf, wurde selbstbewusster. Vor ihm, in der Dunkelheit, saßen die Veteranen und lauschten seinen Worten, genau wie Nicolas.

»… an diesem Ort, der nicht mir gehört und auch nicht dieser Stadt. Er gehört nicht dieser Region, nein, er gehört auch nicht Frankreich. Dieser Ort …«

Das Bein hinter dem Pult zitterte nicht mehr. Nicolas beugte sich weiter nach vorn, bereit, einzugreifen, wenn es nötig war. Aber sie hatten alles absuchen lassen, das Museum war sauber, und dieser Saal war es auch. Die Frage war nur, ob diese Tatsache ausreichte, Jean Prudhomme zu trauen.

»Wie hast du es geplant, wie wolltest du es machen?«, murmelte Nicolas kaum hörbar. Denn mittlerweile hatte ihn das Gefühl fest im Griff, Pierre Melville habe doch noch mehr geplant. Und dass Jean Prudhomme bei diesen Plänen eine Rolle spielte.

»Dieser Ort gehört einzig und alleine Ihnen. Denn ohne Sie, ohne Ihren Mut und ohne Ihre Bereitschaft, Ihr Leben zu riskieren, wären wir nicht hier. Nicht ich. Und auch nicht die Staatsgäste, die heute unsere Strände besucht haben, um der Soldaten zu gedenken, die hier für uns gestorben sind. Und vielleicht auch, um einfach eine gute Muschelsuppe zu bekommen.«

Jemand lachte auf, und Nicolas sah, dass Jean Prudhomme sich darüber freute. Er lächelte und spielte dabei nervös mit einer kleinen weißen Fernbedienung, die er in der Hand hielt. Dann sprach er mit ruhiger Stimme weiter.

»Das Museum von Arromanches möchte Ihnen mit diesem neuen Film, den wir Ihnen jetzt vorführen werden, danken. Und Ihnen eine Geschichte erzählen. Eine Geschichte, die Sie selbst geschrieben haben, vor vielen Jahren. Eine Geschichte über das Leben. Und den Tod. Vor allem aber eine Geschichte darüber, wie das Leben den Tod besiegt. Wie Sie alle, die Sie hier sitzen, den Tod besiegt haben. Und wie Sie uns das Leben schenkten.«

Ich mache dem jetzt ein Ende, dachte Nicolas und schlich sich durch die Dunkelheit zur Eingangstür. Direkt neben der Tür war ein Kasten mit der Licht- und sonstigen Technik für den Kinosaal angebracht.

»Ah, die Köchin! Wie schön, wir sind alle immer noch ganz hin und weg von Ihrer Suppe.«

»Das freut mich …«

»Setzen Sie sich doch kurz zu uns …«

Durch das kleine Bullauge konnte Julie sehen, wie Janine Prudhomme sich einen Stuhl heranzog und begann, mit den

Mitgliedern des Kabinetts zu plaudern. Die Politiker waren ganz offensichtlich froh, den staatstragenden Teil des Tages beendet zu haben und jetzt einfach nur in einem gemütlichen Bistro zu sitzen und mit einer fröhlichen Köchin über Rezepte für Muschelsuppen zu diskutieren.

»Wenn Sie möchten, lasse ich Sie mal kurz in meinen Topf schauen.«

Alle lachten.

Nicolas konnte die Verblüffung sehen. Die Verwunderung.

Dann die Angst. Schließlich die Panik.

Weil nichts war, wie es schien, und weil nichts kam, wie es kommen sollte.

Jean Prudhomme stand an seinem Pult, die Augen weit aufgerissen, als könnte sein Blick so die Dunkelheit durchdringen.

Vor wenigen Sekunden hatte er seine Rede mit pathetischen Worten beendet.

»Der Vorhang der Nacht erhebt sich. Und was wir sehen, ist das Ende des Bösen. Und der Beginn alles Guten. Es ist Ihr Beginn. Es ist unser Beginn.«

Dann hatte er mit einer hastigen Bewegung auf die kleine Fernbedienung gedrückt. Aber es war nichts passiert.

Jean Prudhomme drückte noch einmal. Wieder passierte nichts, er blickte auf den dunklen Vorhang hinter sich, der sich längst hätte öffnen müssen. Er schwitzte und fing an zu stottern.

»Moment … es müsste …«

Und dann kam das Licht. Es war ein einzelner Spot, und Jean Prudhomme erstarrte augenblicklich wie ein waidwundes Reh auf einer hell erleuchteten Straße.

Die Veteranen fingen an zu murmeln, Nicolas konnte Titos schelmisches Lächeln sehen.

Jean Prudhomme schirmte mit dem Arm sein Gesicht ab, er blickte sich um, drehte sich um seine eigene Achse, wusste nicht, was er machen sollte.

»Ist alles in Ordnung, *Monsieur* Prudhomme?«

»Nein, wie kommen Sie darauf … es ist nur … ich meine, der Film müsste laufen, aber …«

»Ich glaube, wir können das Ganze beenden, *Monsieur* Prudhomme.«

Nicolas drückte auf einen Knopf, ein weiteres Licht an der Decke flammte auf, der Vorhang vor der Leinwand wurde hell erleuchtet, und der Mann am Pult begann, sich panisch umzublicken.

»Was meinen Sie? Ich muss doch … ich wollte doch nur …«

Nicolas blickte sich im Saal um. Einige Gäste hatten ihre Kopfhörer abgelegt, andere waren aufgestanden und nickten ihm zu.

»*Monsieur* Guerlain, machen Sie bitte das Licht aus … es ist doch nur … die Veteranen sollen doch … ich probiere es noch mal.«

Nicolas drückte auf einen weiteren Knopf, die ersten drei Sesselreihen wurden angestrahlt, der Schatten zog sich immer mehr zurück.

»*Monsieur* Prudhomme«, setzte Nicolas an, »ich glaube, wir müssen uns bei Ihnen entschuldigen.«

»Was meinen Sie?« Jean Prudhomme blickte sich irritiert um, er sah die Gäste in den ersten Reihen, ihre alten Kampfuniformen, ihre Krückstöcke und ihre Rollstühle.

Dann fiel ihm etwas auf.

Die Männer waren zu jung. Viel zu jung.

»Das ist …« Er schnappte nach Luft.

»Richtig, *Monsieur* Prudhomme. Das sind gar keine Veteranen. Und wissen Sie auch, warum? Weil uns das Risiko zu groß erschien. Weil Sie vor einem halben Jahr einen Mann namens Luc Roussel zuerst niedergeschlagen, angeschossen und dann ins Meer geworfen haben. Genau wie sie es später mit dem Polizisten Philippe Pasquale gemacht haben, weil er herausbekommen hat, wofür sie die viele Farbe tatsächlich verwenden. Meinen Sie nicht, es wäre an der Zeit, die Wahrheit zu sagen, *Monsieur* Prudhomme?«

Wieder drückte Nicolas auf einen Knopf, die nächsten Reihen wurden beleuchtet. Männer standen auf, nahmen ihre Barette ab, öffneten ihre Uniformjacken. Sie stemmten sich aus Rollstühlen, legten Krückstöcke zur Seite und zogen falsche Hörgeräte aus den Ohren.

Nicolas musste zugeben, dass es ein beeindruckendes Schauspiel war. Als würde eine Armee alter Krieger neu geboren werden. Er blickte durch die Reihen und sah Tito, der ihm zuzwinkerte. Neben ihm saß ein breitschultriger Mann mit einer roten Wollmütze und einer großen Narbe auf der Stirn. Nicolas nickte ihm zu, während Jean Prudhomme mit hängenden Schultern auf das Spektakel blickte, das sich ihm bot.

»Was soll das alles«, stammelte er. »Wo sind ... das ist eine Vorführung für echte Veteranen!« Seine Stimme wurde schrill, sie bebte vor Wut, auf seiner Stirn glänzten Schweißtropfen.

»Wer sind diese Männer?«, schrie er Nicolas an, der immer noch an dem Kasten mit der Saaltechnik stand.

»*Pardon, Monsieur* Prudhomme, Sie haben recht. Wie unhöflich von mir!« Nicolas zeigte auf den Mann mit der roten Wollmütze.

»Das dort drüben ist Leon. Und direkt daneben mein alter Nachbar, Tito. Sie haben mir vor einigen Monaten schon mal aus der Patsche geholfen. Damals waren sie Bauern in der Champagne. Heute sind sie Veteranen in der Normandie. Das Leben steckt voller Überraschungen, nicht wahr?«

»Was soll das?«

Nicolas blickte ihn streng an und hoffte zugleich, dass sein Plan aufgehen würde. Er musste Jean Prudhomme fertigmachen, nur dann würde er seinen Widerstad aufgeben.

»Die richtigen Veteranen haben wir kurzfristig in ein anderes Museum geführt, oben auf dem Hügel.«

»Das 360-Grad-Museum«, murmelte Jean Prudhomme tonlos. »So modern, alles neu ...«

»Es ist vorbei, Jean Petit«, unterbrach Nicolas ihn. »Sagen Sie mir, was Sie machen sollten für ...«

»Nennen Sie mich nicht so!« Prudhommes Stimme war plötzlich schrill, sie überschlug sich.

Er tut mir irgendwie leid, dachte Nicolas. Aber er hatte keine Wahl, sosehr er es auch hasste, so unnachgiebig aufzutreten.

Aus den Augenwinkeln sah er, wie Polizisten den Eingangsbereich absicherten. Das Landungsmuseum war von Beamten des *Commissariat* in Caen umstellt worden, so wie er es mit Bruno Bogdanic besprochen hatte. Bogdanic gehörte zu den wenigen Menschen, die Nicolas persönlich in seinen Plan eingeweiht hatte.

Julie, Bogdanic und sein Team.

Sein Vater hatte weit mehr Leute einweihen müssen. Er hatte es mit seinen Kontakten überhaupt erst ermöglicht, dass Leon, Tito und die anderen Männer in den Sicherheitsbereich und ins Landungsmuseum von Arromanches gelangt waren. Auch wenn er nicht mehr im Amt gewesen war, als Nicolas ihn anrief und ihm von seinem Plan erzählte – Alexandre Guerlain genoss in Sicherheitskreisen unverändert hohes Ansehen, und, nicht minder wichtig: Er hatte landesweite Kontakte, von denen der eine oder andere ihm noch einen Gefallen schuldete.

So konnte er letztlich den Einsatzleiter in Arromanches davon überzeugen, seinem Sohn zu vertrauen.

Ein getarnter Spielzug vor den Augen der Weltöffentlichkeit – und vor den Augen von Jean Prudhomme.

Der Austausch der echten gegen die falschen Veteranen war unkompliziert gewesen. Prudhomme befand sich zu diesem Zeitpunkt bereits im Kinosaal und hatte nichts von den Vorgängen draußen mitbekommen, und die echten Veteranen hatten sich gefreut, das neue Gebäude oben auf dem Hügel kennenzulernen. Leon und seine Männer hatten im Foyer ihres Hotels gewartet und waren dann, angeleitet von Bogdanic, schnell ins Museum hinübergelaufen, begleitet von den misstrauischen Blicken der Scharfschützen und Sicherheitskräfte.

Nicolas machte den Polizisten, die jetzt, wie mit Bogdanic vereinbart, ins Museum kamen, ein Zeichen, vor dem Kinosaal zu warten.

Er brauchte endlich Gewissheit. Geringe Risiken gab es nicht.

Entweder es gab ein Risiko oder es gab keines, so hatte Nicolas es stets gehalten. Und Jean Prudhomme war eines, da war er sich sicher.

»Es ging um François Faure, nicht wahr? Nur leider ist der nicht hier, wie ursprünglich geplant. Was hatten Sie vor? Was sollten Sie tun für Melville?«

»Das … das ist …« Prudhomme stammelte, suchte nach Worten, blickte sich immer wieder panisch um.

Und dann schrie er, laut und schrill, seine Stimme wurde zu einem Flehen.

»Gar nichts habe ich vor! Ich habe auch niemanden getötet! Ich verstehe doch das alles gar nicht … ich wollte, ich sollte doch nur eine Rede halten … für Faure … und für die Veteranen. Und jetzt ist der Minister gar nicht da, ich wollte ihm sagen, wie wichtig dieses Museum ist, hören Sie! Ich wollte doch alles tun, damit die zuhören, damit *die* dann etwas tun! Das ist es, was ich wollte … ich …«

Langsam ging er in die Hocke, hieb mit seinem Kopf unsanft gegen das Pult. Dann sackte er ganz zusammen und setzte sich schließlich mit krummem Rücken auf die Kante der kleinen Bühne, er zitterte.

»Der längste Tag hat längst begonnen«, sagte Nicolas, bewusst mit leiser und bedrohlicher Stimme. »So heißt es doch, nicht wahr? So hat es Ihnen Pierre Melville doch immer eingeschärft?«

Die falschen Veteranen verließen nach und nach den Saal, Leon und Tito nickten Nicolas zu, er gab beiden die Hand. Erneut in ehrlicher Dankbarkeit.

Sie hatten nicht gezögert, als er sie um ihre Hilfe bat, auch wenn er ihnen die Hintergründe für seinen Plan nicht erzählen konnte. Er brauchte einen Saal voller angeblicher Veteranen, um Prudhomme ein falsches Spiel vorzuspielen. Mehr hatte er nicht gesagt, aber das hatte gereicht. Er hatte gewusst, dass er ihr Leben nicht gefährden würde. Das Museum und der Kinosaal waren letztlich so sehr gefilzt worden, dass selbst ein verdächtiges Staubkorn aufgeflogen wäre.

»Nein, ich wollte … ich will … ich verstehe nicht …«

Nicolas blickte Prudhomme an, es war ein bemitleidenswerter Anblick. Aber er musste hart bleiben, noch fehlte ihm ein Geständnis.

»Sie haben das alles geplant, schon vor Monaten! Melville war der Kopf, aber Sie sollten hier im Museum den Anschlag ausführen, nicht wahr? Sie wollten ja auch ein Zeichen setzen. Endlich gesehen werden. Und vor allem gehört! Ist es so? Haben Sie deshalb auch Roussel …« Nicolas' Stimme brach ab. Er bemerkte eine Regung in Prudhommes Gesicht.

Mittlerweile war er sich ganz sicher, dass es die Pläne für den Anschlag auf Faure gewesen waren, die Roussel mitbekommen hatte.

Prudhomme runzelte die Stirn und blickte auf die mittlerweile fast leeren Sitzreihen. Dann hob er den Kopf, seine Nase lief, seine Augen waren rot umrändert.

»Was für ein Anschlag?«, flüsterte er leise. »Ich weiß nichts von einem Anschlag. Ich könnte doch niemals … ich verstehe nicht … das muss ein Missverständnis sein.«

Etwas bewegte sich plötzlich. Regte sich, begehrte auf, tief in Nicolas' Innerem.

Etwas kicherte, lachte höhnisch und gemein, kaum hörbar erst, dann immer lauter.

»Ich will doch nur das Museum retten«, fuhr Prudhomme fort, seine Stimme verlor sich im Halbdunkel der hinteren Reihen.

Etwas kratzte, nagte, biss sich fest. Saugte gierig und unaufhaltsam. Es kroch hervor, mit kalt leuchtenden Augen, geifernd und schmatzend. Es griff nach ihm und rang ihn nieder, es raubte ihm den Atem. Und als es ihn überwältigt hatte, das Gefühl, alles falsch gemacht zu haben, wurde Nicolas plötzlich schlecht.

Weil er wusste, dass der längste Tag längst nicht beendet war.

»Ich habe es doch für dich getan, Vater«, flüsterte Jean Prudhomme in diesem Augenblick, seine Stimme war schwach und kaum mehr als ein Flüstern. »Ich wollte das Museum für dich retten, Vater. Aber ich würde niemals …«

In Nicolas' Kopf drehten sich die Gedanken, Gesichter flogen vor seinem inneren Auge vorüber, Szenen legten sich übereinander.

Hatten Sie vielleicht doch alles falsch gemacht?

Und Pierre Melville alles richtig?

»Scheiße!«, sagte Nicolas laut und drückte einen weiteren Lichtschalter. Einen letzten Trumpf hatte er noch.

Das große Deckenlicht ging an, es leuchtete auch die hintersten Stuhlreihen aus. Der Schatten wich ganz zurück und gab preis, was Julie Leon und seinen Männern anvertraut hatte.

Jemanden, der sonst im ersten Stock, direkt über dem Gastraum des *Mulberry*, in seinem Bett lag.

Jean Prudhomme blinzelte, sein Blick suchte nach Halt, nach etwas Fassbarem.

Aber was er sah, war für ihn nicht zu fassen.

Langsam stand er auf, mit zittrigen Beinen und fiebrigem Blick, der auf einen Sessel in der letzten Reihe fiel. Dort saß ein alter Mann, eingehüllt in eine Decke, seine Augen waren halb geschlossen, fast so, als würde er schlafen.

Nicolas blieb an der Eingangstür stehen. Ruhig zog er seine Waffe und richtete sie auf den Sessel in der letzten Reihe. Als er den Finger um den Abzug legte, hörte er, wie Jean Prudhomme wimmerte.

»Das wagen Sie nicht …«

Es war ihm egal.

Er hatte keine Zeit mehr.

»*Monsieur* Prudhomme, Sie sagen mir jetzt, was Sie hier eigentlich vorhatten. Ich will endlich die Wahrheit hören: dass Sie Pierre Melville geholfen haben, die ganze Zeit. Sonst erschieße ich Ihren Vater. Und ich schwöre Ihnen: Ich meine es ernst.«

KAPITEL 40

Normandie
Zur gleichen Zeit
Der Tag J

Bertrand, wie sieht es bei dir aus?«

»Alles ruhig.«

»Gut. Wir brechen in zehn Minuten auf.«

»In Ordnung.«

Gilles Jacombe blickte hinüber zum Museum. Er hoffte, dass Nicolas mittlerweile etwas aus Jean Prudhomme herausbekommen hatte. Als sie vor wenigen Tagen alles durchgesprochen hatten, waren sie immer wieder an der einen Frage gescheitert.

Was machen wir, wenn es nicht Prudhomme ist?

Die Frage war bis heute unbeantwortet geblieben. Sie wussten einfach nicht, was sie dann tun würden.

Die ganze Sache barg zu viele Risiken, die sie nicht einschätzen konnten, es gab zu viele Unbekannte in dieser Gleichung, und das war etwas, womit Gilles Jacombe denkbar schlecht umgehen konnte.

Nervös blickte er auf seine Uhr.

Nicolas machte währenddessen zwei schnelle Schritte auf Jean Prudhomme zu, der immer noch ungläubig auf den Mann blickte, der in der letzten Reihe saß.

»Das wagen Sie nicht …«, stammelte er wieder.

»Oh doch, *Monsieur* Prudhomme, das wage ich. Wer ist für das Ganze hier verantwortlich? Ich muss es jetzt wissen!«

Im *Mulberry* wischte François Faure sich unterdessen mit einer Serviette den Mund ab und blickte zur Küchentür.

»Entschuldigen Sie mich kurz, ja? Ich habe der Köchin versprochen, kurz bei ihr in die Töpfe zu schauen. Vielleicht hat sie ja noch einen Rest Suppe …«

Die ersten Kabinettsmitglieder waren bereits nach draußen auf den Platz getreten und warteten auf ihre Fahrer.

Jean Prudhomme kam ins Stocken, während er sprach, und blickte dabei immer wieder zu seinem Vater.

»Ich … also, ich weiß es nicht! Ich habe Ihrem Kollegen … also, dem Polizisten aus Deauville … ich habe ihm doch nur …«

Nicolas richtete seine Waffe erneut auf den alten Mann, der von all dem, was um ihn herum geschah, nichts mitzubekommen schien.

»Hören Sie auf damit!«, schrie Jean Prudhomme. »Nehmen Sie Ihre Waffe runter!« Verzweifelt starrte er Nicolas an. »Ich habe ihm doch nur diese Manschettenknöpfe verkauft, über das Internet … ich schwöre … ich, also, er muss wiedergekommen sein, dieser Polizist aus Deauville, meine ich, jedenfalls … wahrscheinlich hat er herausgefunden, dass sie aus dem Bestand des Museums stammen … und …«

»Schneller!«, blaffte Nicolas ihn an.

»Ich weiß es doch nicht!«, schrie Jean Prudhomme. »Plötzlich hieß es, er würde erschossen auf einem der Senkkästen liegen … ich hatte keine Ahnung.«

»Ich glaube Ihnen kein Wort«, sagte Nicolas, aber er dachte mittlerweile etwas ganz anderes.

Jean Prudhomme war alles, aber kein Mörder. Und schon gar kein Attentäter. Wenn aber Prudhomme nichts mit der Sache zu tun hatte, wer dann?

Es half nichts, er musste es weiter probieren, auch wenn das wimmernde Bündel von Mann immer mehr sein Mitleid erregte. Aber er blieb seine einzige Chance.

»Haben Sie getanzt, als Roussel zurück ins Museum kam?

Haben Sie mit einer Ihrer Puppen getanzt, zu einer alten Platte und dann …«

»Seien Sie still!«, unterbrach Jean Prudhomme ihn. »Ich habe doch sonst niemanden, die Puppen … sie geben mir das Gefühl, nicht alleine zu sein. Ich hasse es, alleine zu sein!«

Nicolas blickte auf seine Armbanduhr. In fünf Minuten würde er zu seinem Team stoßen müssen, François Faure würde zurück nach Paris fahren.

Wenn nichts anderes dazwischenkam.

Jean Prudhomme verknotete seine Hände ineinander, er blickte an die Decke. Dann blies er die Backen auf.

»Hören Sie … bitte … ich war das nicht! Ich …«

»Und was ist mit Philippe, dem jungen Polizisten?«

»Keine Ahnung!«, wimmerte er, »wirklich. Ich will nach Hause. Vater, wir gehen nach Hause, ja?« Sein Kopf sackte auf die Knie, sein Atem ging stoßweise.

In Nicolas' Ohr knackte es.

»Nicolas, wir brechen demnächst auf«, erklang die Stimme seines Teamleiters. »Lass es gut sein.«

»In Ordnung«, sagte Nicolas und kam zu einem Entschluss. Einen Versuch war es wert.

»Tut mir leid, *Monsieur* Prudhomme, ich glaube Ihnen kein Wort.«

Dann ging er los, die Reihen entlang nach hinten, mit gezogener Waffe.

»Nein!«, schrie Jean Prudhomme, sprang auf den Boden vor der kleinen Bühne und rannte auf die erste Sitzreihe zu.

»Sie lassen mir keine Wahl, *Monsieur* Prudhomme«, sagte Nicolas mit fester Stimme, während er mit ruhigen Schritten weiterging.

»Vater!«

Jean Prudhomme hechtete über die erste Reihe, kletterte mit gehetztem Blick weiter, über Armlehnen und Sitzflächen. Er stolperte, fiel hin, raffte sich wieder auf. Offenbar glaubte er, so schneller an sein Ziel zu kommen, so Nicolas noch einholen zu können.

»Vater, ich komme!«

»Prudhomme! Es ist vorbei! Ich habe die Schnauze voll!« Nicolas' Stimme hallte von den Wänden, er brüllte jetzt aus vollem Halse.

Er war schneller als Jean Prudhomme, der weiter über die Sessel kletterte. Prudhommes Nase lief, die Augen hatte er panisch aufgerissen.

»Ich komme, Vater! Du weißt, dass ich das nicht war! Ich würde nie einen Menschen töten, hörst du, Vater? Ich wollte nur das Museum retten! Ich wollte uns retten, Vater!«

Nicolas schritt an den Reihen vorbei und erreichte die hintersten Sessel. Wieder fiel Prudhomme auf den Boden, wieder raffte er sich auf. Auch er hatte die letzte Reihe jetzt fast erreicht.

»Irgendjemand hat Pierre Melville unterstützt«, rief Nicolas ihm zu und richtete den Lauf seiner Waffe auf den alten Mann, der stur geradeaus blickte, als würde er das Chaos um sich herum gar nicht wahrnehmen.

»Wer, wenn nicht Sie! Sagen Sie es!«

»Nein!«

Nicolas blieb stehen.

Scheiße, dachte er. Verdammte Scheiße. Aber er hatte keine Wahl.

Er blickte erneut auf seine Uhr.

So wie in diesem Augenblick auch Gilles Jacombe erneut auf seine Uhr blickte.

Und Julie.

So wie Janine Prudhomme, die vor ihrem großen Kochtopf stand, neben François Faure, der genüsslich den heißen Dampf der Muschelsuppe einatmete.

Und wie Bertrand, der am Hintereingang des *Mulberry* stand und zuerst auf seine Uhr und dann aufs Meer hinausblickte, als hinter ihm unter schnellen Schritten der Kies knirschte.

Mit einem Hechtsprung erreichte Jean Prudhomme die letzte Reihe und warf sich vor die Füße des Mannes, der da saß, eingehüllt in eine dicke Decke.

»Vater, ich bin da!«

Nicolas aber hielt dem alten Mann bereits seine Waffe an den Kopf.

»Ihr Vater ist tot«, sagte er.

»Nein! Ist er nicht!« Jean Prudhommes Stimme war schrill und verzweifelt, er vergrub seinen Kopf im Schoß des alten Mannes, langte nach seinen Händen, küsste sie, hielt sie fest.

»Jetzt, *Monsieur* Prudhomme«, forderte Nicolas mit leiser Stimme. »Sie sagen mir genau jetzt, wer die Farbe benutzt hat, um die Kreuze anzumalen. Wer, wenn nicht Sie? Und wer meinen Kollegen Luc Roussel angeschossen und den jungen Philippe getötet hat. Wer, *Monsieur* Prudhomme? Das waren Sie!«

Aber Jean Prudhomme schluchzte nur, seine Schultern bebten.

»Vater … ich wollte nur … das Museum retten … es ist doch mein Leben … und deines auch …«

Nicolas schloss den Zeigefinger um den Abzug seiner Waffe. Der alte Mann vor ihm zuckte nicht, er bewegte sich überhaupt nicht. Als sei er damit einverstanden, das Spielfeld der Geschichte hier und heute zu verlassen.

»Nein! Nicht!!«

Nicolas schob sein Mitgefühl beiseite. Er dachte an all die gemeinsamen Jahre, die das Leben Julie und ihm vorenthalten hatte. Für einen kurzen Augenblick war die Wut, die in ihm aufstieg, nicht gespielt.

Zu allem entschlossen zog er den Abzug durch.

»Ist gut, Bertrand. Ich komme«, sagte François Faure, ohne sich umzudrehen, als hinter ihm die kleine Tür nach draußen aufging und ein frischer Luftzug durch die Küche fuhr. Er wollte ein letztes Mal von der Suppe probieren. »Das hier ist wirklich zu köstlich.«

Er hörte, wie die Wirtin einen überraschten Laut von sich gab. Kurz darauf war ein dumpfer Schlag zu hören.

Erschrocken setzte er den Löffel ab und fuhr herum, als er einen kurzen Stich am Oberarm spürte. Es war nicht Bertrand, der ihn zum Aufbruch drängte. »*Monsieur le Ministre*, bitte folgen Sie mir.«

François Faure blieb wie erstarrt stehen, zu seinen Füßen lag Janine Prudhomme auf den kalten Küchenfliesen.

»*Sie?* Was … Mein Gott, was haben Sie getan?«

Der Schuss hallte durch den Saal und ließ den jammernden Jean Prudhomme so heftig zusammenzucken, als wäre er selbst getroffen worden. Die Kugel bahnte sich ihren Weg durch den Kopf des alten Mannes, sie drang durch das linke Ohr ein, ging quer durch das Gehirn und trat auf der Höhe der rechten Backe wieder aus.

Mit einem seltsam pfeifenden Ton kippte die lebensgroße Puppe zur Seite, der Kopf neigte sich in einem unnatürlichen Winkel, der Körper rutschte langsam nach unten. Der Schlafanzug, in den Jean Prudhomme die Puppe gesteckt hatte, verrutschte, und Nicolas konnte darunter altes, verblichenes Plastik erkennen. Er konnte nur ahnen, welchen seelischen Schmerz er Jean Prudhomme in diesem Moment zufügte, aber es war seine letzte Karte.

»Ihr Vater ist seit mehr als dreißig Jahren tot, *Monsieur* Prudhomme. Gestorben an Lungenkrebs, als sie noch ein Kind waren, nicht wahr? Sie haben ihn immer vermisst, und irgendwann haben sie ihn einfach wieder zum Leben erweckt. Und alle spielen Ihr Spiel mit, bewahren Ihre Illusion. Weil alle wissen, dass Sie sonst nichts haben. Ihr Museum und Ihren Vater. Aber das ist jetzt vorbei. Manchmal hilft es, der Realität ins Angesicht zu blicken. Und jetzt will ich die Wahrheit.«

Jean Prudhomme blickte ihn voller Hass an, aber da war noch etwas anderes, das tief aus seinem Innern an die Oberfläche zu kommen schien.

Eine Ahnung, vielleicht. Eine Idee. Ein entsetzlicher Gedanke.

»Die Farbe … ich wollte die gar nicht … gar nicht so viel. Aber das kann nicht … er hat mir gesagt, das würde nicht reichen und … nein, das ist unmöglich.«

In diesem Augenblick blickte Nicolas zu dem kleinen Pult, das auf der Bühne stand. Ein Pult mit einer Schublade für die Rede.

Und mit einer zweiten, verschließbaren, für den Sprengsatz.

Jemand hatte an alles gedacht.

Jean Prudhomme folgte seinem Blick.

»Und ich habe mich noch gefragt, wofür die andere Schublade ist …«, sagte er. »Die mit dem Schloss.«

Seine Stimme war kaum mehr als ein Flüstern, als er endlich den einen Namen nannte.

Und Nicolas rannte los.

KAPITEL 41

Normandie
Der Tag J

Es war Julie, die zuerst bemerkte, dass etwas nicht stimmte. Sie hatte die letzten Gläser vom Tisch geräumt und die Brotreste in den Mülleimer geworfen, als sie plötzlich einen Windhauch spürte. Verwundert blickte sie zur Eingangstür, die jedoch geschlossen war. Durch ein Fenster sah sie, dass die Wagenkolonne des Ministers vorgefahren war.

Dann bemerkte sie die Stille.

Niemand sprach.

Sie war allein im *Mulberry*. Und es genügte ein Blick durch das Bullauge in die Küche, um zu sehen, dass die Katastrophe tatsächlich eingetreten war.

In einer fließenden Bewegung riss sie die Schwingtür auf und zog gleichzeitig ihre Waffe.

»Janine!« Die alte Frau lag auf dem Boden und stöhnte leise. Julie sah etwas Blut an ihrem Hinterkopf.

»Janine, was ist passiert«? Ein weiteres Aufstöhnen war die Antwort, und Julie wusste, dass ihr keine Zeit für langwierige Befragungen blieb.

François Faure war verschwunden.

Die Tür, die von der Küche in eine kleine Seitenstraße führte, stand offen.

»Bertrand!«

Julie stürzte nach draußen und fand zu ihrem Entsetzten auch den großen Personenschützer auf dem Boden, direkt neben der Tür.

»Bertrand! Oh nein, bitte nicht …«

Eine leichte Bewegung verriet ihr, dass ihre schlimmsten Befürchtungen nicht eingetroffen waren. Aber da war viel Blut auf seiner Stirn, offenbar war er mit einem schweren Gegenstand niedergestreckt worden. Es hat ihn völlig unvorbereitet erwischt, dachte sie. Ein Angreifer, den man nicht als solchen erkennt.

»Okay, bleib einfach liegen, Bertrand. Gleich kommt Hilfe!«

Sekunden später rannte sie die Gasse entlang, vorbei an geduckten Häusern mit leer stehenden Ferienwohnungen. Und während sie die Nummer des Notrufs wählte, hörte sie in der Ferne ein Motorrad.

Fast zeitgleich brach Gilles Jacombe mit gezogener Waffe und mehreren Sicherheitskräften im Rücken durch die Eingangstür des *Mulberry*.

»Hier ist nichts. Schankraum gesichert!«

»Einer die Treppe hoch!«

»Scheiße, Scheiße, Scheiße!«

Einer der Männer stieß die Tür zu den Toiletten auf.

»Toiletten gesichert!«

»Treppe gesichert!«

Sie öffneten die Tür zur Küche und sicherten auch diesen Raum. Mit schnellen Schritten war Gilles Jacombe an der Hintertür, ein anderer kümmerte sich um Janine.

»Ich rechts, du links«, rief Jacombe einem Kollegen zu. »Wo ist Nicolas, verdammte Scheiße?«

Vor ihnen lag Bertrand am Boden, er stöhnte und hielt sich den Kopf.

»Chef, es ist …« Seine Lider flatterten.

»Bleib ganz ruhig, Bertrand«, sagte Gilles Jacombe und zu einem seiner Männer: »Den Notruf, schnell!« Er blickte die Straße entlang.

Sie war menschenleer.

Wütend trat er eine Mülltonne um. Dann sprach er in sein Mikro.

»Nicolas, bitte kommen. Wo steckst du?«

Aber Nicolas hatte keine Zeit zu antworten, weil er genau in diesem Augenblick hinter das Lenkrad einer schwarzen Limousine sprang und das Gaspedal durchdrückte. Als der Wagen nach vorn preschte, sah er im Seitenspiegel, wie der Fahrer wild gestikulierend hinter ihm herlief.

»Ich bring ihn zurück«, sagte er halblaut und beschleunigte weiter.

Mit einem ohrenbetäubenden Lärm durchbrach er ein Absperrgitter und jagte den Wagen die kleine Treppe hinunter, die auf den Strand führte. Funken stoben, als ein Vorderrad auf einem größeren Stein aufsetzte. Mit aller Kraft riss er das Lenkrad herum, nur wenige Augenblicke, bevor die schwarze Limousine gegen einen der Pontons geknallt wäre.

»Nicolas, bitte kommen! Wo steckst du?«

»Kann jetzt nicht … Scheiße!«

Der Wagen blockierte, als er über weitere Steine preschte, dann endlich griffen die Reifen wieder. Er drückte das Gaspedal durch und trieb den Wagen über den Strand, der bei Ebbe einer harten Asphaltfläche glich. Wasserfontänen spritzten zu allen Seiten auf, als er einen kleinen Bach überquerte, der sein Ziel, das Meer, fast erreicht hatte.

Er beugte sich ganz vor zur Windschutzscheibe, da erblickte er das Motorrad.

Julie rannte durch die kleinen Straßen, ihre Lunge schmerzte, die kalte Luft brannte ihr im Gesicht. Häuser flogen an ihr vorbei, kleine Gärten, die verdutzten Gesichter eines älteren Ehepaares, das auf einer Bank saß.

In einiger Entfernung sah sie das Motorrad, das sich mühsam den Hang hinaufquälte. Es war natürlich dennoch deutlich schneller als sie, aber sie rannte weiter. Weil sie nicht wusste, was sie sonst hätte tun sollen.

»Nicolas! Wo bist du? Wo ist Faure?«

»Gilles! Sie sind nach Westen unterwegs!«

Nicolas preschte über den Sand, schlingerte kurz, das Heck der Limousine brach aus, als er bei voller Fahrt einem großen Stein ausweichen musste.

Dann sah er den Wellenbrecher vor sich.

»Oh, Scheiße!«

Er hatte keine Zeit, um sich Gedanken zu machen, er musste eine Entscheidung treffen. Der Hügel, der hinter der Stadt parallel zum Strand anstieg, lag jetzt links von ihm. Das Motorrad fuhr auf einem schmalen Weg bergan. Es war eine alte Maschine mit einem Beiwagen, und sie raste jetzt in hohem Tempo bergauf, der Weg war breiter geworden.

Wo will er bloß hin?, überlegte Nicolas und versuchte, sich die Karte des Ortes in Gedächtnis zu rufen.

Dann erreichte er den Wellenbrecher.

Mit einem heftigen Ruck riss er in letzter Sekunde das Steuer nach links, der Wagen jagte eine steinerne Rampe hinauf, auf der sonst Segelboote ins Wasser gelassen wurden. Er schoss auf die Promenade, jagte einige Meter dahin, bevor er mit einem weiteren Ruck den Wagen zurück auf den Strand lenkte.

»Aua!«

Sein Kopf knallte gegen die linke Fensterscheibe, als der Wagen wieder auf dem Sand aufprallte. Vor ihm lagen noch etwa zwei Kilometer Strand, bevor die Klippen begannen.

Er wusste jetzt, wohin er musste.

François Faure hatte währenddessen Mühe, die Augen aufzuhalten. Kalter Fahrtwind fuhr ihm ins Gesicht, er saß offenbar im Beiwagen eines Motorades. Aber bevor er sich Gedanken darüber machen konnte, was das zu bedeuten hatte, kippte sein Kopf zur Seite und seine Augen fielen wieder zu. Den kleinen Stich im Oberarm, den er in Janine Prudhommes Küche plötzlich verspürt hatte, hatte er längst vergessen.

Er meinte, die Stimme eines Mannes zu hören.

»Wir sind gleich da, *Monsieur le Ministre*.«

Julie hielt inne, sie musste kurz durchatmen. Als sie zurück zum Dorf blickte, sah sie, wie mehrere Wagen vor dem *Mulberry* hielten. Etwa ein Dutzend Männer stiegen ein, die Wagen brausten sofort los.

Sie umschloss ihre Waffe fester und rannte weiter.

Nicolas trieb den Wagen weiter voran, feuchter Sand schlug gegen die Windschutzscheibe, und obwohl die Scheibenwischer auf Hochtouren arbeiteten, wurde die Sicht immer schlechter. Als er so gut wie nichts mehr sah, erreichte er den Fuß der Klippen. Er stoppte den Wagen mit einer Vollbremsung, sprang heraus und rannte mit gezogener Waffe los.

Ein schmaler Pfad führte im Zickzackkurs die Klippen hinauf, die hier nicht besonders steil waren. Mit großen Schritten überwand er die ersten Meter, seine Schuhe knallten gegen spitze Steine und Erdklumpen, die der Wind hierher getragen hatte. Immer wieder rutschte er aus und musste sich mit der linken Hand abstützen, sein Gesicht war schnell von Schweiß und Staub bedeckt.

Als er eine einsame Möwe hörte, die sich offensichtlich über ihn lustig machte, blickte er kurz zurück. Unter ihm lag das Meer, seelenruhig, als sei die Jagd, die sich hier gerade abspielte, etwas Alltägliches.

Diese Felsen haben schon Schlimmeres erlebt, dachte Nicolas, während er weiterhastete. Genau hier mussten die Soldaten hochgekommen sein, genau hier waren sie zu Hunderten gestorben, weil die Hügel ihnen kaum Deckung vor den tödlichen Geschützen der Deutschen hatten geben können.

Die Hügel rund um Arromanches waren ein Friedhof der Geschichte, und er rannte mittendurch, ohne Respekt vor den Toten. Weil er sich um die Lebenden kümmern musste.

Dann sah er plötzlich die Bunker.

Sie standen oben auf der Kuppe, und Nicolas konnte sich ausmalen, wie die deutschen Soldaten hier vor so vielen Jahren, am Ende einer dunklen Nacht und zu Beginn eines noch dunkleren

Tages, auf das gewartet hatten, was die Geschichte für sie vorgesehen hatte.

Die Hölle auf Erden.

Es waren drei flache Bauten. Massive Betonblöcke, die die Deutschen hier in den harten Boden der Normandie gestampft hatten, um ihren Krieg zu verteidigen. Die Bunker waren zum Teil zerfallen, zum Teil sahen sie noch genauso aus wie während des Zweiten Weltkrieges. Als er näher kam, sah er die langen Rohre, die aus jedem Bunker ragten. In dem rostigen Gestell dahinter mussten die jungen Soldaten gekauert haben.

»Laden!«

»Geladen!«

»Feuer!«

Der staubige Weg endete an den Bunkern. Ein altes Motorrad stand verlassen auf dem steinigen Boden. Der Beiwagen war leer.

Julie hörte die Motoren in der Ferne, genau wie das Geräusch eines heranfliegenden Hubschraubers.

Dann sah sie die Bunker, weit vor sich.

Ein Mann stand davor, sie erkannte ihn sofort.

Nicolas hielt seine Waffe im Anschlag, als er die drei Stufen hochschlich, die in den Geschützbunker hineinführten. Überall waren Spinnweben, rostige Getränkedosen und Pizzakartons lagen auf dem Boden verteilt. Hier nach frischen Spuren zu suchen war aussichtslos. Der Abfall der Gegenwart machte auch vor der Vergangenheit nicht halt.

Es war still im Innern des Betonklotzes. Muffige Feuchtigkeit empfing ihn, als er einen kleinen Gang betrat und in zwei angrenzende Räume blickte.

Hier war niemand.

Rasch näherte er sich dem zweiten Bunker. Von weitem drang das Geräusch eines Hubschraubers zu ihm.

Auch der zweite Bunker war leer, leise schob er sich am rostigen Sitz des Geschützes vorbei, sicherte nach und nach die

Räume, immer die Waffe im Anschlag. Wieder Spinnweben, wieder die klamme Enge, in der die Soldaten damals ihrem Ende entgegengesehen hatten.

Als er sich dem dritten Bunker näherte, hörte er eine Stimme.

Sie waren da.

Langsam schob er sich außen an der Steinmauer entlang und blickte durch eine Schießscharte in das Innere des Bunkers. François Faure lag auf dem harten Betonboden, offenbar war er nicht bei Bewusstsein. Ob er überhaupt lebte, konnte er nicht erkennen.

»Gleich geht es los, *Monsieur le Ministre.*« Die Stimme war alt und knarzig, und fast schien es Nicolas, als klänge sie fröhlich.

»Wir müssen nur noch die Kamera anschalten, *Monsieur le Ministre.* Das Licht ist perfekt, die Show kann beginnen. Wir haben nicht viel Zeit, Sie sprechen mir einfach nach, einfach in die Kamera hinein. Und dann beenden wir es. Es ist nur dieser eine Satz, hehe. *Mein Tod hätte verhindert werden können, aber der Staat hat versagt.* Kriegen Sie das hin? Na klar, das schaffen Sie schon! So, es kann losgehen. Hoch mit Ihnen! Es geht auch schnell, versprochen!«

»Enzo!«

Nicolas' Ruf hallte durch den Bunker, prallte gegen die Mauern, füllte dunkle Ecken aus und vertrieb die bösen Geister.

Mit erhobener Waffe näherte er sich dem Eingang, im matten Licht des Bunkers zeichnete sich die Gestalt des alten Mannes ab.

»Enzo, es ist vorbei!«

Nicolas hatte das Geschützrohr erreicht, er umrundete es vorsichtig und betrat über eine kleine Treppe den Bunker.

Der alte Enzo war sichtlich überrascht, aber er hatte Zeit gefunden, ebenfalls eine Waffe zu ziehen. Es war eine alte Luger.

Er richtete sie auf den am Boden liegenden François Faure, den er gerade noch hatte hochzerren wollen. Hinter ihm konnte Nicolas eine Kamera auf einem Stativ erkennen, ein Kabel führte zu einem Laptop, der auf dem Boden lag. Offenbar hatte der alte Enzo seine Tat direkt ins Internet übertragen wollen.

Sein Blick war entschlossen, seine Miene grimmig.

»Lassen Sie die Waffe fallen, Enzo!«

Zu Nicolas' Überraschung lachte der alte Mann hämisch.

»*Monsieur* Guerlain, also wirklich! Ich muss zugeben, Sie nerven gewaltig!« Jetzt richtete Enzo die Waffe auf ihn.

»Nun, Sie könnten einfach aufgeben, was halten Sie davon?« Nicolas kam langsam näher, seine Augen hatten sich mittlerweile an das dämmrige Licht gewöhnt. Der Lauf seiner Waffe zielte auf Enzos Brust. Er blickte verwundert auf die Gestalt vor sich. Die ansonsten gebückte Haltung des alten Mannes war verschwunden, Enzo stand aufrecht und mit durchgestrecktem Rücken vor ihm. Seine Augen blitzten, und erst jetzt bemerkte Nicolas, wie kräftig seine Oberarme waren, fast schon durchtrainiert.

Dies war nicht der alte Enzo. Dies war Enzo, der Tischler, der alle getäuscht hatte. Ein Mann, der kräftig genug war, um Pierre Melville zu helfen.

Kräftig genug, um Roussel zu erschießen.

Kräftig genug, um Philippe, den jungen Polizisten, ins Meer zu werfen.

Kräftig genug, um Kreuze bei dunkler Nacht auf einen Friedhof zu schleppen.

Und vor allem kräftig genug, um einen Minister in seine Gewalt zu bringen.

Enzo lachte und spuckte ihm vor die Füße. Nicolas blickte auf die rechte Hand des alten Mannes und auf die Waffe, die sie hielt. Der Zeigefinger krümmte sich um den Abzug.

»Sie haben Pierre getötet, so ist es doch, nicht wahr. Sie haben meinen Pierre getötet!«

Nicolas spürte plötzlich, wie sich alles fügte.

»Ihren Pierre? Sie sind … für seinen Vater sind Sie zu alt, also … aber das kann nicht sein …«

Der alte Mann nickte grimmig.

»Sein Großvater, und zwar sein leiblicher. Überrascht Sie das? Er war mein einziger Enkel, und Sie haben ihn mir genommen! Dafür nehme ich Ihnen Ihren Minister! So, wie Pierre es vorhatte. Und die Menschen werden seine letzten Worte hören. Und sie werden verstehen, dass mein Pierre dieses Spiel gewonnen hat und dass der Staat sie niemals wird schützen können. Nicht dieser Staat!«

Nicolas' Gedanken überschlugen sich, seine Hand zitterte leicht, immer noch keuchte er von dem schwierigen Anstieg die Klippen hinauf.

»Sie sind … das kann nicht sein … Melvilles Großvater ist gestorben! Bereits vor einigen Jahren, an einem Herzinfarkt.«

Nicolas erinnerte sich an die zahlreichen Dossiers und Berichte, die der Geheimdienst seines Vaters erstellt hatte. Pierre Melville war nach dem Tod seiner Eltern bei seinem Großvater aufgewachsen. Einem Handwerker im Hinterland, der ihn streng konservativ erzogen hatte.

Nicht bei irgendeinem Handwerker, kam es ihm plötzlich in den Sinn.

Bei einem Tischler.

Wieder kicherte Enzo, als er merkte, wie Nicolas zu begreifen begann.

»Ein Spiel, *Monsieur* Guerlain. Es ist tatsächlich alles nur ein Spiel. Pierre und ich haben die Spielregeln geändert, lange bevor ihr Vater sich ans Spielbrett setzte. Dass ich angeblich gestorben bin, das war Pierres Idee, und es war wirklich eine gute, nicht wahr? Wir haben mich vom Spielfeld genommen, aber nur, damit wir immer einen Zug voraus sind. Und jetzt spiele ich eben das Spiel zu Ende. Ohne Pierre, aber dafür werden Sie büßen, *Monsieur* Guerlain! Heute oder an einem anderen Tag!«

Sie hatten alles falsch gemacht. Sie hatten nichts verstanden. Und sie hatten nie richtig gelernt, das Spiel zu spielen.

Sie hatten nie eine echte Chance gehabt.

»Pierre und ich, wir waren ein Team.« Enzos Stimme war plötzlich leise und traurig. »Wir hatten eine Idee, wie unser Land wieder werden müsse. Und was dafür nötig sei, ein großer Knall, der den Menschen zeigen würde, wie schlecht es um sie steht.«

Nicolas machte einen Schritt nach vorn.

»Ich treffe Sie auf jeden Fall, Enzo. Ich bin schneller, glauben Sie mir! Lassen Sie es gut sein.«

Der alte Mann lächelte.

»Na und? Was habe ich schon zu verlieren? Meinen Sie, ich gehe zurück in dieses Plastikdorf mit seinen stinkenden Bussen und den Horden fetter Touristen? Das ist nicht mehr meine Welt, *Monsieur* Guerlain. Wenn der Weg hier endet, dann ist es eben so. Es wär mir sogar recht. Pierre wartet auf mich. Ich bin bereit, das sollten Sie wissen.«

»Philippe Pasquale, der junge Polizist, war noch nicht so weit«, sagte Nicolas, aber Enzo winkte ab.

»Ein Toter mehr oder weniger, diese Küste trieft ohnehin vor Blut. Als er nachts ins Museum wollte und ich ihn zufällig traf, da wusste ich sofort Bescheid. Ich habe ihm gesagt, ich könne ihm einen Schlüssel besorgen. Er wollte zu den Farbeimern, eine neue Probe holen. Ich musste ihm einfach nur von hinten eine überziehen, er hatte gar keine Chance. Der Rest war einfach: eine Schubkarre, ein kleines Boot im Dunkeln. Kurz seinen Kopf unter Wasser drücken, fertig!«

Nicolas schauerte es. Er schluckte.

»Und mein Kollege Luc Roussel? Er hat ihre Pläne gleich zu Beginn mitbekommen, nicht wahr?«

Enzo lächelte.

»Natürlich war das mein Fehler, ich hätte zweimal schießen sollen, bei einem solch kräftigen Mann. Er hat mich am Telefon belauscht, unten am Strand. Offenbar wollte er nur eine rauchen, nach seinem Handel mit unserem kleinen Jean Petit und seinen Manschettenknöpfen. Ich muss schon sagen, das ist ein zäher Bursche, dieser Roussel. Wenn er nicht da am Strand über einen Stein gestolpert wäre, hätte er mich einfach mitgenommen. Gleich da vor Ort verhaftet. Er hat eins und eins zusammengezählt, als er mich belauschte. Tja, aber manchmal kommt es anders. Ein Stein, ein Stolpern, seine Waffe vor meinen Füßen. Der Rest war einfach.«

Der alte Enzo runzelte die Stirn.

»Aber ich schweife ab. Was wollen wir jetzt machen, *Monsieur* Guerlain? Ich für meinen Teil würde das hier jetzt gerne beenden. Und wenn Sie dabei draufgehen, dann wäre mir das noch viel lieber.«

Nicolas blickte von Enzo zu François Faure, der am Boden lag, und wieder zurück. Was er sah, war Hass. Wild entschlossener Hass. Und diese Tatsache machte ihm Angst. Mit einer fließenden Bewegung, die für sein Alter überraschend schnell war, senkte Enzo seine Waffe und richtete den Lauf wieder auf den immer noch bewusstlosen François Faure.

Scheiße, dachte Nicolas.

»Der künftige Staatspräsident, erschossen von einem alten Sack. Und Sie konnten es nicht verhindern, *Monsieur* Guerlain. Nicht schön, oder?«

Nein, dachte Nicolas, während er fieberhaft nach einem Ausweg suchte. Das war wahrlich nicht schön.

»Er gehörte von Anfang an zum Plan, nicht wahr? François Faure meine ich. Der Anschlag auf den amerikanischen Friedhof war das eine. Aber Faure im Kino … Sie wollten das Pult manipulieren, nicht wahr? Das Rednerpult.«

Enzo nickte.

»Alles war vorbereitet, ich hätte bloß noch den kleinen Sprengsatz im Rednerpult deponiert. Plastiksprengstoff, es hätte nur Faure erwischt. Er sollte ja ins Kino kommen und eine kleine Rede halten, alles wäre perfekt gewesen. Und niemand wäre auf mich gekommen. Der alte, vertrottelte Enzo. Aber ich hätte alles genau so beendet, wie mein kleiner Pierre es sich ersonnen hat.« Enzo schwieg einen Moment, seine Augen glänzten. »Faure … Er hätte dieses Land erbärmlich geführt, glauben Sie mir. Aber nun hat mir das Schicksal ihn ja doch noch in die Hände gespielt, man muss nur geduldig sein, hehe!«

Ein leichter Wind fuhr durch den Bunker, auf dem Boden wurde eine kleine Mülltüte aufgewirbelt. »Begreifen Sie jetzt, *Monsieur* Guerlain?«, fragte Enzo ihn leise.

Nichts war mehr übrig von der gekrümmten Statur des gemütlichen Tischlers, der ab und zu im *Mulberry* am Tresen saß und über die Touristen schimpfte. Es war alles Fassade gewesen.

Nicolas hielt seine Waffe immer noch in beiden Händen, sein Blick flog zwischen Enzos Gesicht und der Waffe in seiner alten Hand hin und her.

»Wie bei Pierre, das passt doch, oder?«, sagte der alte Mann mit einem wehmütigen Lächeln. »Einer von uns wird verlieren. Das nenne ich mal eine schöne Ironie des Schicksals.«

Nicolas fluchte innerlich.

Er würde alles auf eine Karte setzen müssen.

Er verlangsamte seine Atmung und konzentrierte sich.

Offenbar hatte Enzo etwas Ähnliches im Sinn.

»Wir beenden das jetzt, *Monsieur* Guerlain. Und Sie können nichts dagegen tun.«

Nicolas suchte nach einem Ausweg. Aber er fand keinen.

»Sie können mich jetzt erschießen, *Monsieur* Guerlain«, erklärte der alte Enzo im ruhigen Ton. »Aber das Risiko ist groß, dass ich gleichzeitig Ihren Minister treffe. Oder Sie übergeben mir Ihre Waffe, dann erschieße ich vielleicht Sie beide, das ist natürlich auch blöd, nicht wahr? Und die dritte Option: Ich erschieße jetzt einfach den Minister hier, und dann erschießen Sie mich. Haben Sie die Regeln verstanden? Es ist sozusagen ein letztes gemeinsames Spiel. Und ich bin mir sicher, mein kleiner Pierre sitzt oben auf der Zuschauertribüne und klatscht vor Begeisterung in die Hände. Ich komme gleich, Pierre!«

Nicolas war jetzt ganz ruhig, seine Waffe lag fest in seinen Händen.

»Die Option, dass Sie einfach aufgeben, scheint mir von Ihnen etwas vernachlässigt worden zu sein«, sagte er leise.

Der alte Enzo lächelte.

»Ach, *Monsieur* Guerlain, ich bin ein alter Mann, dessen Enkel zu früh gestorben ist. Lassen wir das doch. Ich zähle einfach bis drei und …«

»Warten Sie!«

»… dann sehen wir weiter.«

Enzos Finger krümmte sich um den Abzug.

Nicolas' Finger krümmte sich um den Abzug.

Ihm war kalt.

»Eins.«

»Enzo! Ich …«

»Zwei.«

Nicolas drückte ab.

KAPITEL 42

Normandie
Der Tag J

Für einen Moment hing der Nachhall des Schusses in der modrigen Luft. Und alles geschah im dünnen Hauch eines Augenblicks.

Nicolas wusste, dass er zu spät geschossen hatte. Denn er hatte einen Sekundenbruchteil vor seinem eigenen Schuss gehört, was er unbedingt hatte vermeiden wollen.

Am Ende war er jämmerlich gescheitert.

Enzo war schneller gewesen.

Dann jedoch stutzte Nicolas, weil er das, was vor seinen Augen geschehen war, nicht verstand.

Er hatte Enzo getroffen, der alte Mann war durch die Wucht des Schusses nach hinten geschleudert worden. François Faure hingegen lag unverletzt auf dem Boden.

Weil jemand Enzo zuvorgekommen war. Weil jemand Nicolas zuvorgekommen war.

Weil ein weiterer Spieler auf dem Spielfeld erschienen war.

Eine Spielerin.

Nicolas senkte seine Waffe und blickte nach links. Durch die Schießscharte in der dicken Betonwand blickte ihn Julie aus weit aufgerissenen Augen an.

Langsam nahm sie ihre Waffe runter.

»Das war knapp«, sagte sie mit leiser Stimme, und er hörte, wie erschöpft sie war, von ihrem Lauf, von diesem Tag, von all den Jahren.

In einiger Entfernung hörte er näher kommende Fahrzeuge.

Als Julie um die Ecke bog und in das dämmrige Licht des Bunkers blickte, sah er, dass sie weinte.

Dann lachte sie.

Dann weinte sie wieder.

Die Hand, die eben noch den Abzug betätigt hatte, zitterte.

Nicolas blickte in die Ecke des Bunkers, wo der alte Enzo lag. Er war tot.

»Es ist vorbei«, sagte er leise und nahm Julie fest in den Arm.

Da standen sie, im Inneren eines deutschen Geschützbunkers, wo die Luft modrig war, am Boden ein toter alter Mann und ein bewusstloser Minister, am Ende eines längsten Tages.

»Warum hast du schon bei zwei geschossen?«, fragte er Julie mit einem Lächeln.

Sie blickte ihn erstaunt an.

»Bei zwei? Ich kam an, sah euch und habe sofort abgedrückt. Habt ihr Zählreime aufgesagt?«

»So ähnlich«, flüsterte Nicolas ihr ins Ohr und drückte sie noch fester an sich.

Dann schwiegen sie, weil alles gesagt war, am Ende einer langen Reise, und Nicolas spürte, wie sie sich für einen kurzen Augenblick in seinen Armen verlor.

Draußen ertönten Stimmen, er hörte das Geräusch schwerer Stiefel auf matschigem Grund. Gleichzeitig war der Wind stärker geworden, die Brandung war zu hören, die sich bereitmachte, immer kräftiger gegen die Klippen zu schlagen.

Die Ebbe ging, die Flut kam.

»Nicolas«, flüsterte Julie und er vergrub sein Gesicht in ihrem Haar, hielt sie fest, ließ sie nicht mehr los.

»Sag nichts«, antwortete er, während draußen vor dem Bunker Wagen hielten, Türen wurden aufgemacht und wieder zugeschlagen, das Kläffen eines Polizeihundes war zu hören.

»Ich muss aber«, sagte sie und löste sich ein kleines Stück von ihm. Julies Augen waren verquollen, sie schluckte schwer.

»Was ist los?«, fragte er, und insgeheim hoffte er, dass dies der Moment war, auf den er so lange gewartet hatte. Mehr als vier Jahre waren vergangen, und jetzt sollte er endlich erfahren, warum sie sich ihm nicht anvertraut hatte, warum sie einfach gegangen war, um einen Auftrag ohne Sinn zu erfüllen.

In der Ferne war ein Militärhubschrauber zu hören.

Julie lächelte plötzlich, und Nicolas dachte, dass er dieses Lächeln nie wieder vergessen würde.

Aber es passte überhaupt nicht zu dem, was sie ihm sagte.

»Warte auf mich. Ein letztes Mal.«

Es war kaum mehr als ein Flüstern.

»Waffe weg!«

Schatten schoben sich voran, aus den Augenwinkeln sah er bewaffnete Männer, die in den Bunker strömten.

»Was meinst du damit, Julie? Ich verstehe nicht …«

»*Monsieur* Guerlain, legen Sie die Waffe auf den Boden, sofort!«

Wie in Trance ließ Nicolas seine Waffe fallen und sah, wie Julie die Hände hinter dem Kopf kreuzte. Sie ließ ihn dabei nicht aus dem Blick.

»Warte auf mich, Nicolas. Ich brauche dich.«

Ihm fiel auf, dass sie nicht mehr weinte.

»Kommen Sie langsam zu mir herüber, *Mademoiselle*! Langsam! Ich will ihre Hände sehen!«

»Was soll das!«, brüllte Nicolas.

Eine kräftige Hand packte ihn an der Schulter und drückte ihn zu Boden. Mit dem Gesicht im Staub sah er, wie ein Paar brauner und ganz offensichtlich teurer Lederschuhe den Bunker betrat.

»Julie!«

»*Mademoiselle,* Ihre Hände, bitte. Machen Sie es uns nicht unnötig schwer, leisten Sie keinen Widerstand.«

Die Lederschuhe blieben stehen, die Spitzen drehten sich in Nicolas' Richtung.

»Lassen Sie ihn aufstehen.«

Nicolas kannte die Stimme nicht, und er kannte auch nicht das Gesicht, das er erblickte, als einer der Beamten ihn hochzerrte. Julie wurde von einer schwer bewaffneten Polizistin abgetastet.

Sein Kopf drehte sich, alles verschwamm.

»Was ist hier los! Ich will sofort …«

»*Monsieur* Guerlain, bitte! Dieser Aufruhr ist nicht nötig, glauben Sie mir. Ich danke Ihnen wirklich sehr, dass Sie den Minister gerettet haben. Glauben Sie mir, das rechnet Ihnen mein Dienst hoch an.«

»Ihr Dienst, welcher Dienst?«

Der Mann, der ihn aus kalten Augen anlächelte, war einen Kopf kleiner als Nicolas selbst. Er schätzt ihn auf Mitte fünfzig, er hatte lichtes Haar und trug eine runde Nickelbrille. Sein Blick war spöttisch, und trotz seiner geringen Körpergröße füllte seine natürliche Autorität den Raum aus.

»Mein Dienst ist natürlich der DGSI, *Monsieur* Guerlain. Der Inlandsgeheimdienst, er dürfte Ihnen durch Ihren Vater bestens bekannt sein.«

»Allerdings«, zischte Nicolas und sah mit Entsetzen, wie Julie abgeführt wurde. Verzweifelt versuchte er, seine Bewacher abzuschütteln, aber die kräftigen Männer hatten ihn fest im Griff.

»Mein Name ist Charles Pleyel, ich bin der neue Direktor des DGSI. Ich bin der Nachfolger Ihres Vaters, *Monsieur* Guerlain. Und als solcher muss ich die Missstände beseitigen, die er jahrelang geduldet, wenn nicht gar gefördert hat. Und ich muss Dinge wieder glattbügeln, Dinge, die ich zum Beispiel in gewissen Schubladen seines Büros gefunden habe, wo sie vor allzu neugierigen Blicken sorgfältig verstaut worden sind.«

»Ich verstehe kein Wort«, antwortete Nicolas. »Julie! Verdammt, lassen Sie mich endlich los!«

Der kleine Mann mit dem kalten Lächeln blickte ihn sorgenvoll an.

»Hat Ihnen Ihr Vater nie gesagt, warum Ihre kleine Freundin seinen Auftrag angenommen hat? Nun, das wundert mich nicht. Sie sollten ihn bei Gelegenheit fragen, *Monsieur* Guerlain. Fragen Sie ihn, was Ihre Freundin getan hat, kurz bevor sie verschwand. Und fragen Sie ihn auch, wie er es geschafft hat, die ganze Schweinerei unter den Teppich zu kehren und für seine Zwecke zu nutzen. Das würde mich nämlich selbst auch sehr interessieren. Jetzt aber erst mal: *au revoir*. Wir sehen uns gewiss bald wieder.«

»Das können Sie nicht ... Julie!«

Nicolas sah, wie der Hubschrauber, den er die ganze Zeit gehört hatte, auf der Wiese vor den Bunkern landete, wie die Rotorblätter das Gras durcheinanderwirbelten. Immer noch hielten ihn zwei uniformierte Polizisten fest, der Lärm des Hubschraubers übertönte seine eigenen Rufe. Er sah, wie der bewusstlose François Faure in einem Krankenwagen fortgebracht wurde, gefolgt von mehreren Einsatzfahrzeugen.

Der neue Direktor des Geheimdienstes stieg in eine schwarze Limousine, während Julie zum Hubschrauber geführt wurde. Ein Beamter drückte ruppig ihren Kopf nach unten und bugsierte sie auf einen der Sitze. Über ihr kreisten immer noch die Rotorblätter. Als die metallene Schiebetür hinter ihr zugezogen wurde, blickte sie kurz zu ihm zurück.

Sie lächelte nicht.

Dann hob der Hubschrauber ab, und die Männer, die ihn eben noch festgehalten hatten, lösten ihren Griff. Nicolas riss sich los und rannte aus dem Bunker nach draußen, wo ihn der Lärm der Rotorblätter empfing, die nun die schwere Maschine zügig nach oben hoben. Er stemmte sich gegen den Wind und kniff die Augen zusammen, weil das grelle Licht eines wahrlich längsten Tages ihn blendete. Sein Mund war trocken, seine Rufe wurden vom Motorenlärm überdeckt. Aus den Augenwinkeln sah er, wie die Limousine des neuen Geheimdienstchefs sich langsam entfernte.

Für einen Moment schien es, als würde der Hubschrauber

wieder zur Landung ansetzen, als hätte der Pilot Nicolas' Rufe erhört. Dann jedoch kippte die Maschine leicht zur Seite und flog mit einem Fauchen über die Klippen hinaus auf die offene See.

Mehr als vier Jahre waren vergangen.

Vier Jahre, die das Leben in all seiner Grausamkeit Nicolas geklaut hatte. Und jetzt, da er auf die Knie fiel und im feuchten Gras schwer atmend einem sich rasch entfernenden Hubschrauber des französischen Militärs hinterherblickte, schwor er sich, dass es nicht noch einmal vier Jahre werden würden.

Das Meer lag grau zu seinen Füßen. Die Maschine spiegelte sich für einen Augenblick im kalten Wasser, bevor sie nach Norden abdrehte. Wenig später war sie nur noch ein schwacher Punkt am Horizont, und Nicolas brannten die Augen, als er versuchte, die Maschine am Himmel auszumachen.

Er blinzte einmal.

Er blinzelte zweimal.

Dann war der Punkt weg.

Abspann

EIN KALTER FRIEDEN

KAPITEL 43

Normandie
Dreißig Minuten später

Als Luc Roussel mit deutlicher Anstrengung die Beifahrertür des Zivilfahrzeugs öffnete und vorsichtig hinaus auf den kleinen Platz trat, war ihm, als würde er ein zurückgelassenes Schlachtfeld betreten. Die rau verputzten Wände der umliegenden Häuser warfen das Blaulicht der Polizeifahrzeuge zurück, auf dem Parkplatz vor dem Landungsmuseum standen Zivilfahrzeuge des Geheimdienstes neben Mannschaftsbussen der Bereitschaftspolizei. Rufe hallten durch die schmalen Straßen der Altstadt von Arromanches, Anwohner standen in kleinen Gruppen hinter flatternden Absperrbändern, argwöhnisch beäugt von Sicherheitsbeamten in dunklen Anzügen.

Noch während Sandrine den Wagen durch die Hügel hinunter an die Küste lenkte, war die schicksalhafte Wendung dieses längsten Tages in sein Bewusstsein gesickert. Wie zur Bestätigung waren Hubschrauber über ihnen gekreist, ein schnell fahrender Krankenwagen war ihnen entgegengekommen, gefolgt von mehreren dunklen Limousinen aus dem Fuhrpark der französischen Regierung.

Sandrine war dagegen gewesen, überhaupt hierherzukommen, sie hatte ihm vorgehalten, dass er noch nicht so weit sei und in Arromanches ohnehin genug Polizisten vor Ort seien.

»Du bist noch immer nicht der Alte, Luc«, hatte sie sanft, aber bestimmt gesagt.

»Ich werde nie wieder der Alte sein«, hatte er sie angeblafft und sich dafür geschämt.

Sein Ton war in letzter Zeit rau und hart, seine Laune schlecht und seine gesundheitliche Verfassung nicht so, wie die Ärzte es prognostiziert hatten.

Er erholte sich nicht. Und er wusste auch, warum.

Und genau deshalb wollte er hierher, nach Arromanches.

»*Monsieur*, bitte steigen Sie wieder ein. Dieser Bereich ist ausdrücklich nur für die Sicherheitskräfte!«

Ein junger Streifenpolizist näherte sich ihm mit großen Schritten, sein Blick flatterte, er war ganz offensichtlich verunsichert über die Wandlung, die dieser Tag genommen hatte. Hinter ihm eilten zwei Beamte über den Platz zum Museum, Roussel konnte aus dem Augenwinkel sehen, wie im ersten Stock über dem *Mulberry* hinter einem geöffneten Fenster ein Vorhang leicht im Wind flatterte.

Müde wandte Roussel sich dem jungen Beamten zu und fischte seinen Polizeiausweis aus seiner Jackentasche.

»Ist gut, junger Mann. Ich darf hier stehen.«

Argwöhnisch betrachtete sein Gegenüber den Ausweis und blickte ihm dann ins Gesicht.

»Schon gut«, knurrte Roussel, »ich sehe nicht mehr ganz so frisch aus wie auf dem Bild. Es ist einiges passiert ... Kann ich jetzt weiter?«

»Ich weiß nicht«, zögerte der Polizist. »Sie kommen aus Deauville, darf ich Sie fragen, was Sie ...«

»Nein«, blaffte Roussel ihn an. Hinter ihm stöhnte Sandrine hörbar.

»Luc, ich parke den Wagen und warte dann in dem Café dort drüben«, sagte sie.

Aber Roussel antwortete nicht. Er kniff die Augen zusammen und blickte zum Strand, wo die großen Kästen im Schlick steckten. Die Flut hatte sie bereits fast vollständig umschlossen.

»Ich will nur an den Strand«, erklärte er übellaunig. »Ich störe die Ermittlungen nicht, keine Sorge.«

Der junge Polizist zögerte noch immer, als plötzlich ein lauter Pfiff quer über den Platz ertönte.

»Jérome! Lass ihn gefälligst durch!«

Roussel blickte zu einer Gruppe Männer, aus der sich in diesem Augenblick ein Mann löste und auf sie zukam. Der junge Polizist zog sich mit einem kurzen Nicken zurück. Roussel spürte den kalten Wind auf seinem Gesicht, müde fuhr er sich über die Bartstoppeln. Kurz darauf war der Mann bei ihm.

»*Salut,* Roussel«, sagte der dicke Bruno und reichte ihm die Hand.

»*Salut,* Bruno«, antwortete Roussel und zeigte auf die vielen Männer, die auf dem Platz hin und her eilten.

»Ganz schön was los heute, nicht wahr?«, sagte er mit knarzender Stimme, und Bruno Bogdanic musste kurz lächeln.

»Allerdings. Und oben bei den deutschen Bunkern sind noch mal genauso viele wie hier.«

Die beiden Männer kannten sich von Seminaren und Tagungen, und auch wenn die benachbarten Kommissariate sich nicht immer grün waren, Roussel und der dicke Bruno hatten einander stets respektiert. Sie waren vom gleichen Schlag, Männer der Straße, die für Ränkespiele im höheren Dienst nie viel übriggehabt hatten. Und jetzt standen sie hier im schneidenden Wind und blickten auf das, was von diesem längsten Tag übrig war.

Roussel wollte gerade nach Nicolas fragen, als hinter ihnen Rufe zu hören waren. Zwei Polizisten kamen aus dem Landungsmuseum. In ihrer Mitte hatten sie Jean Prudhomme, der mit beiden Händen eine lebensgroße Puppe umklammerte, die in einem Schlafanzug steckte. Als die Polizisten sie ihm entwenden wollten, begann er zu schreien und um sich zu treten.

»Sie haben kein Recht … lassen Sie mich!«

Die Polizisten gaben schließlich auf, und Roussel konnte sehen, wie sie Prudhomme unsanft in einen Polizeiwagen bugsierten. Jean Prudhomme blickte aus dem Seitenfenster zurück auf das Museum und das *Mulberry,* aus dem in diesem Augenblick seine Mutter kam, gestützt von zwei Sanitätern. Sie hielt sich eine Kompresse gegen den Hinterkopf, ihr Blick war schmerzverzerrt. Sie merkte nicht, dass ihr Sohn ihr winkte. Kurz darauf war der Polizeiwagen hinter einer Ecke verschwunden.

Jean Petit tanzte nicht mehr.

»Wir werden ihn nicht lange festhalten«, murmelte Bogdanic. »Wir vernehmen ihn, dann lassen wir ihn wieder laufen. Er scheint mit den Plänen von Melville und Enzo tatsächlich nichts zu tun zu haben. Sie haben seine rote Farbe verwendet, er hat vermutlich gar nicht richtig mitbekommen, dass etwas davon fehlte. Und auch von dem geplanten Anschlag während der Vorstellung wusste er wohl nichts. Der arme Kerl wäre womöglich auch draufgegangen, wenn François Faure neben ihm am Rednerpult gestanden hätte.«

Die beiden Männer schwiegen für einen Augenblick.

Roussel blickte nachdenklich aufs Meer. Dann schüttelte er den Kopf.

»Ich dachte, wenn ich hierherkomme, fällt mir noch etwas aus jener Nacht ein. Aber da ist nichts.«

Bogdanic zeigte auf die Stufen, die hinunter zum Strand führten.

»Lass uns ein paar Schritte gehen.«

Das Wasser arbeitete sich Zentimeter um Zentimeter den Strand hinauf, bis zu jener unsichtbaren Linie, an der es wieder umkehren würde, weil das Spiel von vorn begann.

Roussel blickte zurück zum Museum, dann hinaus aufs Wasser, wo in einiger Entfernung der äußere Ring der Senkkästen zu erkennen war.

Bogdanic konnte förmlich sehen, wie Roussel versuchte, etwas aus den Untiefen seiner Erinnerung hervorzuholen. Aber da war nur eine abgründige Traurigkeit, die er vorher noch nie an seinem Kollegen bemerkt hatte.

»Es tut weh, nicht wahr?«, sagte er, ohne Roussel dabei anzublicken. »Wenn da nichts ist.«

Roussel lächelte kurz.

»Ja, es tut weh. Auf der anderen Seite: Es ist alles gesagt. Enzo hat ein volles Geständnis abgelegt. Das muss reichen. Auch wenn ich mich nicht selbst erinnern kann …«

»Ja, du hast recht, es ist vorbei. Melville ist tot, Enzo ebenso. Auch der längste Tag geht irgendwann zu Ende.«

Roussel fröstelte, er schlang seine Jacke enger um sich.

»Und jetzt?«, knurrte er. »Wenn das hier das Ende sein soll … oder der Frieden … dann fühlt der sich verdammt kalt an. Und zugig.«

Bogdanic lachte auf.

»Dagegen gibt es ein gutes Mittel. Und zufälligerweise kenne ich einen recht hübschen Ort, wo man es verabreicht bekommt. Komm, ich lad dich ein.«

Er zeigte zum *Mullberry* hinauf, aber Roussel folgte seinem Blick nicht. Stattdessen schaute er den Strand entlang, der von drei Möwen überflogen wurde und an dessen Ende bei den Felsen ein dunkler Punkt zu erkennen war.

»Das klingt nach einer guten Idee, Bruno«, sagte er. »Aber ich fürchte, dein Mittel muss noch ein bisschen warten. Auch, wenn ich es gut gebrauchen könnte.«

Der dicke Bruno kniff die Augen zusammen und blickte nun seinerseits in Richtung der Felsen.

Der Punkt kam näher. Und er wirbelte dabei Staub auf.

Staub und Sand.

»Ich habe mich schon gefragt, was er nun machen will«, murmelte Bogdanic.

Roussel warf einen letzten Blick hinaus auf das Meer, das ihn vor so langer Zeit ausgespuckt hatte wie einen faulen Fisch. Genau das bin ich, dachte er verbittert. Ein kalter Fisch, der nicht einmal dem Tod schmeckt. Dann drehte er sich zu Bogdanic um und reichte ihm die Hand.

»*Salut*. Und viel Erfolg beim Abschluss des Falles.«

Bogdanic blickte ihn überrascht an.

»Wo willst du hin?«

»Nach Paris.«

Der dicke Bruno zog eine Augenbraue hoch. Aber da war Roussel bereits losgelaufen, in Richtung des schwarzen Punktes, der immer näher kam.

Auf der Fahrt nach Arromanches hatte Roussel sowohl mit Bogdanic telefoniert, um sich über die jüngsten Geschehnisse zu informieren, als auch mit einem alten Freund, der ihm noch einen Gefallen schuldete. Er hatte ihn um eine Information gebeten und diese schließlich auch erhalten.

Und jetzt lief er über den weichen Sand, er schwitzte und seine Wunde schmerzte. Aber er hatte keine Lust mehr, untätig herumzusitzen. Er hatte keine Lust mehr, Sandrine zur Last zu fallen und darauf zu warten, dass der Betriebsarzt ihn endlich für voll arbeitsfähig hielt. Er hatte von allem genug, von dieser Küste, von den grünen Hügeln, von den Möwen, die über seinem Kopf kreischten.

Paris, also.

Der Punkt wurde größer, er schlingerte kurz über den Sand, durchquerte eine breite Wasserfurche und näherte sich dem Wellenbrecher, an dem eine schmale Auffahrt vom Strand wegführte – und fort von allem, was da sonst noch war.

Roussel beschleunigte seine Schritte.

Er wollte vor dem Punkt da sein.

Nicolas trieb den Wagen mit hoher Geschwindigkeit über den Sand, er musste das Lenkrad fest umklammern, weil die Reifen immer wieder ausbrachen. Seine Hände waren staubig, seine Schuhe mit Schlamm überzogen. Sein linkes Hosenbein war zerrissen, durch sein weißes Hemd sickerte etwas Blut auf seinen Anzug.

Er spürte nichts davon.

Er war mehrfach ausgerutscht, auf seinem Weg den steilen

Abhang hinab, zurück zum Wagen, den er auf dem Strand stehen gelassen hatte. Ein paarmal war er mehrere Meter über Steine und Büsche hinweggeschlittert, er hatte in Dornen gegriffen und dabei doch den Horizont nicht aus den Augen verloren.

Aber der Hubschrauber war nicht zurückgekehrt.

Als er den Strand erreichte, war er keuchend zum Wagen gelaufen, der Schlüssel hatte noch immer gesteckt, und er hatte den Motor gestartet.

Und ihn dann doch wieder ausgemacht.

Weil der Horizont plötzlich hinter dichten Schleierwolken verschwunden war. In dem Moment konnte Nicolas sein Herz schlagen hören, und das Blut rauschte ihm in den Ohren. Er blickte auf seine zitternden Hände.

Nach einigen Minuten beruhigte er sich und versuchte, seinen Vater zu erreichen. Aber der nahm den Anruf nicht entgegen. Nicht beim ersten Mal. Und auch nicht beim siebten.

Und schließlich hatte er den Motor wieder angelassen und war losgefahren, weil alles besser war, als hierzubleiben. Was auch immer hinter den Schleierwolken war, was auch immer sich dort verbarg, er wollte es wissen.

Er wollte endlich alles wissen.

Und als er nun in hohem Tempo über den Strand schoss und sah, wer sich ihm in den Weg stellte, mit schiefer Haltung und keuchendem Atem, so kurz vor dem Wellenbrecher und der schmalen Auffahrt, da musste er lächeln.

Er trat spät auf die Bremse, Sand spritzte neben seinem Fenster auf, die Reifen griffen nur langsam, das Heck brach leicht zur Seite aus. Mit einem quietschenden Geräusch versuchten die Scheibenwischer, den Dreck von der Frontscheibe zu wischen. Dahinter kam die Gestalt von Luc Roussel zum Vorschein. Er blieb einfach stehen, obwohl der bremsende Wagen im Sand kaum Halt fand.

Nicolas kam nur wenige Zentimeter vor ihm zum Stehen.

Er ist in diesem Leben schon einmal gestorben, dachte Nicolas. Ein zweites Mal würde ihm das nicht passieren.

Die Beifahrertür wurde geöffnet. Nicolas blickte nicht zur Seite, als sich Roussel langsam und mit einem leisen Aufstöhnen neben ihn setzte.

Sie schwiegen für einen Moment.

»Ich kann nicht behaupten, dass mein Fahrstil besonders angenehm ist«, sagte Nicolas schließlich und drehte den Kopf zu Roussel. »Die Ärzte könnten das nicht gutheißen, vermute ich.«

Roussel machte keine Anstalten, wieder auszusteigen. Nicolas trommelte leise mit dem rechten Zeigefinger auf das Lenkrad.

»Ich meine, Sandrine muss doch sicherlich irgendwo warten, oder?«

Roussel schwieg weiter, und Nicolas wartete. Weil ihm nichts Besseres einfiel.

Eine Minute.

Zwei.

»Ich weiß, wo Julie ist.«

Roussels Stimme klang müde und brüchig, eine Stimme, die zu diesem Tag passte.

Nicolas blickte nach vorn. Er hörte das Pochen in seinem Kopf, den rasselnden Klang seines Atems. Sein rechter Zeigefinger hatte mit dem Trommeln aufgehört.

Roussel blickte ihn jetzt von der Seite an.

»Ich weiß, wo sie ist«, wiederholte er. »Und ich weiß auch, warum sie abgeführt wurde.«

Nicolas schluckte schwer. Hunderte Fragen fielen ihm ein, aber er traute sich nicht, auch nur eine davon zu stellen. Weil er die Antwort scheute. Jede einzelne.

Roussel räusperte sich.

»Hör zu, Nicolas, wir können hier noch weiter stehen, bis die Flut uns eingeholt hat. Oder wir fahren jetzt los. Und ich erzähle dir unterwegs alles, was ich weiß.«

Nicolas drehte sich zu ihm, die Sprachlosigkeit des Augenblicks verflüchtigte sich nur langsam.

»Was wird ihr vorgeworfen?«, fragte er mit heiserer Stimme.

Es war nicht die wichtigste aller Fragen, aber mit Sicherheit eine schmerzhafte. Aber er hatte keine Lust mehr, dem Schmerz aus dem Weg zu gehen. Und hier saß er nun, staubig und erschöpft, an einem Strand, der so viel Schmerz aufgenommen hatte wie kaum ein anderer Ort auf der Welt.

Roussel zögerte kurz.

»Nichts Gutes«, sagte er dann mit leiser Stimme. »Wirklich nichts Gutes. Und wir haben nicht viel Zeit.«

Keine drei Minuten später ließen sie das Ortsschild von Arromanches hinter sich. Nicolas lenkte den Wagen in hohem Tempo durch die hügeligen Straßen des Bessin. Kurve um Kurve entfernten sie sich von den Stränden der Normandie, vom Rauschen der Brandung, von den Museen und den Kriegsfriedhöfen, auf denen weiße Kreuze standen und kleine Flaggen im Gras steckten.

Keiner von ihnen blickte zurück.

Sie achteten auch nicht auf die Möwe, die hoch über ihren Köpfen ihre Kreise zog und die kurz darauf in einem weiten Bogen aufs Meer hinausflog. Als sie krächzend über den Wellen kreiste, auf der Suche nach Beute und mit weit ausgebreiteten Flügeln, da schob sich eine blässliche Sonne für einen kurzen Augenblick zwischen den Wolken hervor.

Der Schatten des Vogels legte sich wie ein dunkles Kruzifix auf das Meer vor der Küste.

Wie ein Schattenkreuz auf einer kahlen Wand.

Einer Wand ohne Bilder.

Aber voller Erinnerungen.